U0123897

广视角·全方位·多品种

权威·前沿·原创

北京人才蓝皮书

BLUE BOOK
OF BEIJING'S TALENT

北京人才发展报告
（2010~2011）

北京市人力资源研究中心
主　编／张志伟
执行主编／闫　成　杨河清

ANNUAL REPORT ON DEVELOPMENT
OF BEIJING'S TALENT
(2010-2011)

社会科学文献出版社
SOCIAL SCIENCES ACADEMIC PRESS (CHINA)

法律声明

"皮书系列"（含蓝皮书、绿皮书、黄皮书）为社会科学文献出版社按年份出版的品牌图书。社会科学文献出版社拥有该系列图书的专有出版权和网络传播权，其 LOGO（ ） 与"经济蓝皮书"、"社会蓝皮书"等皮书名称已在中华人民共和国工商行政管理总局商标局登记注册，社会科学文献出版社合法拥有其商标专用权，任何复制、模仿或以其他方式侵害（ ）和"经济蓝皮书"、"社会蓝皮书"等皮书名称商标专有权及其外观设计的行为均属于侵权行为，社会科学文献出版社将采取法律手段追究其法律责任，维护合法权益。

欢迎社会各界人士对侵犯社会科学文献出版社上述权利的违法行为进行举报。电话：010 - 59367121。

社会科学文献出版社

法律顾问：北京市大成律师事务所

北京人才蓝皮书编委会

编 撰 机 构 北京市人力资源研究中心

主　　　编 张志伟

执 行 主 编 闫　成　杨河清

执行副主编 马　宁

编　　　委 张志伟　闫　成　杨河清　李海峥　于　淼
马　宁

执 行 编 辑 马　宁　李晓霞　饶小龙　胡秋华　孟志强
曹立锋　王选华　马　剑　王俊峰　秦元元

北京市人力资源研究中心简介

　　北京市人力资源研究中心是北京市委组织部直属的人力资源开发与管理应用对策研究和咨询机构，成立于 2004 年 12 月 23 日，是全国组织系统中组建的第一家人力资源研究机构。

　　北京市人力资源研究中心担负开展北京市委、市政府关于首都人力资源开发与管理的应用研究，推进人力资源交流与合作，为组织干部人才工作和社会提供专业化的人力资源研发服务职责。几年来，该研究中心按照"小机构、大平台、宽服务"的要求，紧紧围绕北京市委、市政府的中心工作，圆满完成了多项重大调研任务，并通过开办论坛、出版书籍和内刊等多种形式，为全市各级党委、政府、企事业单位提供了强有力的决策支持和服务。

主要编撰者简介

张志伟 现任北京市委组织部副部长、北京市人才工作领导小组办公室主任。经济学硕士。曾任北京双高人才发展服务中心主任，北京奥组委人事部副部长、副秘书长、培训工作协调小组办公室主任，北京市委组织部副部长、北京市人事局局长。

闫 成 现任北京市委组织部副部长、北京市人才工作领导小组办公室副主任。北京交通大学系统工程专业博士研究生。曾任共青团北京市委权益部部长、大学中专工作部部长、北京市未成年人保护委员会办公室主任，北京信息科技大学党委副书记，北京市委组织部部务委员、人才工作处处长、人才工作领导小组办公室副主任、北京市人力资源研究中心主任。曾担任北京市法学会理事，北京市第八届青年联合会常委委员。主持开展了首次"北京市未成年人成长状况调查"活动，编辑出版《聚焦新生代》并荣获北京市第七届哲学社会科学优秀成果综合类一等奖。

杨河清 首都经济贸易大学劳动经济学院院长、教授、博士生导师，国家重点学科和北京市重点学科负责人、北京市市属市管高校学术创新团队带头人。经济学博士。主要研究方向：劳动经济、人力资源开发与管理、社会保障、人才学。主要研究成果：《我国人才安全问题研究》（中共中央组织部研究课题）、《国有企业经营者薪酬决定与调整机制研究》（原国家劳动和社会保障部研究课题）、《企业经营者（层）薪酬激励机制研究》（北京市哲学社会科学"十五"规划课题）、《首都区域人才竞争力指标体系研究》（北京市委组织部研究课题）等。《论人力资源开发与资源量、资源构成》获中国人力资源开发研究会2003年优秀研究成果一等奖；《首都区域人才竞争力评价的影响因素及量化指标研究》获2010年中国人才发展论坛优秀论文一等奖，主编的《职业生涯规划》获北京市精品教材奖，入选教育部"十一五"国家级规划教材。

摘　要

　　2011 年度《北京人才蓝皮书》全面总结了 2010 年北京人才发展的理论成果和实践经验。本书采用了规范分析和实证分析相结合的方法，系统分析了北京人才发展的现状、问题及未来发展趋势。全书由主题报告、理论探索、调查研究、创新实践、政策文件和北京人才发展大事记六部分组成。

　　在主题报告中，北京市人力资源研究中心"北京人才蓝皮书"课题组对 2010 年北京市人才发展状况进行了全面梳理和总结，对突出问题和未来形势进行了分析，并在此基础上对 2011 年北京市人才发展情况进行了预测和展望。理论探索篇和调查研究篇共计 13 篇，主要选取了近年来不同领域的专家学者和实际工作人员围绕北京人才发展的热点、重点和难点问题进行深入探索研究，取得了有价值的成果。内容涉及世界城市人才指标体系、人力资本度量、人才经济效能等热点问题，涉及党政人才、专业技术人才、社会工作人才等各支人才队伍。有的侧重理论上的创新，有的注重对实践的指导；有的在宏观层面谋划全局，有的从微观角度理清思路；有的定性分析深入透彻，有的定量分析数据详实。创新实践篇是从 2010 年北京市表彰的组织工作创新项目中选取的 10 个关于人才工作的典型案例，这些案例从不同角度、不同层面展示了北京市各系统、各部门、各单位在推进人才发展过程中的创新举措。政策文件篇收录了近两年来北京市关于人才发展的重要政策文件，大事记向读者介绍年度内北京人才发展大事，从而为关注北京人才发展的读者提供一些参考资料。

Abstract

Blue Book of Bejing's Talent comprehensively summarizes the theoretical achivements and practical experiences in the talent development in Beijing. The book uses both normative and empirical method, and tries to analyze the current situation, main problems and future trend. It consists of six parts, including "Subject Report", "Theoretical Exploration", "Investigation", "Innovative Practice", "Policy Documents" and "Chronicle of Events".

In the subject report, the topic-based group in Beijing Center for Human Resources Research combs through and summarizes the condition of Beijing's talent development in 2010, analyzes the outstanding issues and future situation, and finally predicts its development trend in 2011.

The "Theoretical Exploration" and "Investigation" chapters mainly select some valuable results around the hot, important and difficult issues in talent development studied by experts and practitioners from different fields in recent years. The two chapters includes 13 reports, some hot spots and different personnel teams are involved, such as "talent index system for world cities", "measurement of human capital", "human resource economic effectiveness", "senior public personnel", "professional and technical personnel" and "social work personnel". In these reports, some focus on theoretical innovation, and some focus on practical guidance; some arrange at the macroscopic level, and some clarify from a microscopic point; some qualitative analysises are in-depth and thorough, and some quantitative data is detailed. The "Innovative Practice" section selects some typical cases from the innovative projects in Beijing's organization work in 2010, which show the creative measures in talent development proposed by different systemes, departments and units from diverse angles and levels. The "Policy Documents" chapter contains Beijing's major policy documents about talent development in the last two years. The "Chronicle of Events" introduce the annual events about talent development in Beijing to the readers. The last three parts provide some referrence materials for readers who pay attention to Beijing's talent development.

目 录

ℬ I　主题报告

ℬ II　理论探索

BⅢ 调查研究

BⅣ 创新实践

B V 政策文件

B VI 大事记

皮书数据库阅读**使用指南**

努力把北京建设成世界一流的人才之都[*]

（代序）

刘 淇

一 认真学习贯彻胡锦涛总书记重要讲话和
全国人才工作会议精神

2010 年 5 月，中央召开了全国人才工作会议。胡锦涛、温家宝、习近平等中央领导同志出席大会并发表了重要讲话。胡锦涛总书记的讲话，站在党和国家事业全局的高度，深刻阐述了建设人才强国的重大意义，明确提出了人才工作的总体要求、基本思路、重点任务和重大政策措施，具有很强的思想性、理论性、针对性，是指导我们做好新形势下人才工作的重要纲领性文件。全市各级党组织和广大党员干部一定要认真学习、深刻领会、全面贯彻，切实把思想和行动统一到中央的要求和部署上来，认真贯彻落实人才强国战略，切实加强人才队伍建设，不断开创首都人才工作的新局面。

北京市委、市政府高度重视人才工作。特别是 2003 年全国人才工作会议后，首都人才工作不断加强。大力实施首都人才发展战略，明确了首都人才事业发展的总体思路，确立了人才工作在首都经济社会发展中的基础性、战略性地位；着力构建现代化人才资源开发管理体制，不断完善聚才、育才、选才、用才的政策法规体系，首都人才发展环境进一步优化；认真落实国家"千人计划"，不断加大实施"北京海外人才聚集工程"、吸引和培养高层次创新型人才的力度，与首都现代化建设需要相适应的高素质人才队伍逐步壮大；拓宽视野，深化改革，充分发挥首都人才资源优势，人才强国战略极大地推动了首都经济社会又好又快发展。

当前，首都已经进入了一个新的发展阶段。站在新的历史起点上，新的形

---

* 本文为中共中央政治局委员、中共北京市委书记刘淇同志 2010 年 7 月 29 日在全市人才工作会议上的讲话整理稿，题目为编者所加。

势、新的任务对首都人才工作提出了新的更高的要求。从国际上看，经济全球化深入发展，科技进步日新月异，国际竞争日趋激烈，特别是2008年国际金融危机发生以来，世界各国为了在综合国力竞争中掌握主动权，都在大力培养和吸引优秀人才，抢占人才发展的战略制高点。从国内来看，各兄弟省区市都处于高速发展的态势，制订并实施新的人才战略，不断加大吸引人才、延揽人才的力度。从首都自身发展看，一方面，深入贯彻落实科学发展观，加快经济发展方式转变，瞄准建设世界城市的目标，以更高的标准推进人文北京、科技北京、绿色北京建设，急需大批高素质人才；另一方面，北京市人才发展水平与世界先进水平相比还有较大的差距，与首都各项事业发展需要相比还有许多不相适应的地方。这些都迫切要求我们必须牢固树立人才资源是第一资源的战略思想，大力实施首都人才优先发展战略，培养和造就一支数量充足、结构优化、素质一流、富有创新精神的人才队伍，努力把北京建设成为世界一流的人才之都，在建设人才强国进程中走在全国前列。

全市各级党委政府都要认真贯彻落实全国人才工作会议精神，深刻认识新形势下加强人才队伍建设的极端重要性，深刻认识推动人才工作优先发展、优化人才发展环境的极端重要性，深刻认识加强人才服务工作的极端重要性，进一步增强责任感和紧迫感，不断提高首都人才工作科学化水平，为建设世界城市，以更高的标准推进人文北京、科技北京、绿色北京发展战略提供坚实的人才保障。

二　全面落实《首都中长期人才发展规划纲要（2010～2020年）》

为了加强人才工作，北京市委、市政府制定了《首都中长期人才发展规划纲要（2010～2020年）》，明确了做好新形势下首都人才工作的指导思想、指导方针、战略目标和重大举措，关键是要抓好落实。

第一，完善首都人才战略布局。加强新形势下首都人才工作，要按照人才资源优先开发、人才结构优先调整、人才投资优先保证、人才制度优先创新的要求，抓好首都人才战略布局。

（1）要进一步优化人才结构。一方面，要按照建设世界城市，实施人文北京、科技北京、绿色北京发展战略的要求以及发展战略性新兴产业的安排，调整和优化高层次人才队伍结构，推动高素质人才资源向新兴产业聚集，以人才的优势增强产业的实力，抢占产业发展的高端。另一方面，要加强区域人才资源整合，推动人才在城区、郊区之间的合理流动，鼓励优秀人才向郊区农村、生产科研一线、基层以及急需人才的岗位流动，凝聚和引导各类人才更好地参与首都现代化建设，在攻坚克难的过程中展示才华、体现价值。

（2）要进一步加大对人才队伍建设的投入。人才投入是效益最好的投入。各级党委政府要加大对人才发展的投入力度，加强对高层次人才培养、紧缺人才引进、杰出人才奖励以及重大人才开发项目的经费保障。要逐步构建多元化、社会化的人才投资体系，进一步引导用人单位、个人和社会组织加大人才投入力度，多方面调动人才投资的积极性。

（3）要进一步激发人才资源的活力。做好人才工作的关键是增强人才资源的活力。重点是要在扩大总量的同时，提高质量，盘活存量，使各类人才人岗相适、各得其所、各展所长，充分发挥作用。实现这样的目标：一要下力量抓好各项人才政策，特别是完善产学研用一体化、海外人才引进、引导优秀人才向基层流动、扶持人才创新创业、知识产权保护、维护人才合法权益等方面的政策法规制度，探索人才多岗任职的措施，发挥人才的知识技能特长，调动各类人才的积极性。二要创新人才工作体制机制，特别是健全人才培养开发、评价发现、选拔任用、激励保障等方面的机制，引导各类人才为首都发展多作贡献。三要大力推进人才工作的社会化运行，加快专业性、行业性、国际化人才市场建设，完善人才公共服务体系，健全有利于人才合理流动的体制机制。

第二，加强人才队伍建设。围绕首都工作大局，统筹抓好各类人才队伍建设，是全市人才工作的中心任务。

（1）要加强高层次创新型科技人才队伍建设。要结合贯彻落实"千人计划"，抓好"北京海外人才聚集工程"，大力引进海外高层次人才，特别是要引进世界水平的科学家、科技领军人才以及高水平的创新团队。要把这项工作作为人才工作的重中之重，通过建立起一支高层次创新型科技人才队伍，提高首都的自主创新能力，完成建设创新型城市的任务，为增强国家科技创新实力作出新的贡献。在这方面，要积极推广北京生命科学研究所的经验。北京生命科学研究所通过引进高端顶尖人才及其团队，形成优势创新群体，完善科研组织管理体制，极大地提高了基因组、蛋白质组、神经科学、系统生物学等领域的科研水平。在其他科研领域，也应当抓一批这样的典型。同时，要加快开发经济社会发展所急需的各类优秀人才，依托重大科技专项、重点产业项目，聚集和培养人才，下大

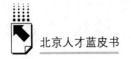

力量抓好战略性新兴产业、金融、国际商务、生态环境以及低碳经济等领域的高层次人才队伍建设。要根据首都扩大对外开放的需要，着力培养造就一批复合型、高层次、通晓国际规则、适应世界城市建设需要的国际化人才。

（2）要加强党政人才队伍以及各类人才队伍建设。党政人才是人才队伍的重要组成部分。要从首都工作特点出发，培养和造就一支政治坚定、勇于创新、勤政廉洁、求真务实、奋发有为、善于推动科学发展的高素质党政人才队伍。加强党政人才队伍建设，关键是要不断深化干部人事制度改革。在这方面，市委、市政府做了积极的探索。2010 年上半年，北京市又拿出 241 个局处级职位，面向社会公开招聘，发现了一大批优秀党政人才，社会反响很好。通过这样的改革，使干部人事制度在提高科学化水平上又迈出了新的步伐，实实在在地提高了选人用人的公信度。要进一步加大这项工作的力度，按照领导首都科学发展的要求，把更多的具有基层一线工作经验的干部、具有国际视野的干部、具有创新意识和创新能力的干部充实到领导班子之中，进一步增强各级领导班子的整体功能。同时，各条战线都要抓好人才队伍建设。要围绕提高首都企业国际竞争力的要求，加快优秀企业家和职业经理人队伍建设。围绕首都产业结构的优化升级，特别是优化一产、做强二产、做大三产的任务，加强专业技术人才、高技能人才队伍建设。围绕繁荣首都文化、建设人文北京和全国文化中心的任务，抓好"四个一批"工程，加强理论家、作家、艺术家、出版家以及高水平的编辑、记者、主持人队伍建设。围绕推进城乡一体化和社会主义新农村建设，不断加强农村实用人才队伍建设。围绕加强社会建设、创新社会管理，大力加强社会工作者队伍以及教育、卫生、政法等领域的人才队伍建设。总之，要通过加强各类人才队伍建设，把各方面优秀人才更多地聚集到首都现代化建设各项事业中来，开创人才辈出、人尽其才、以才兴业的大好局面。

（3）要切实加强青年人才工作。各级党委政府都要高度重视青年人才，把培养青年人才作为人才队伍建设的一项重要战略任务。在青年人才的培养和使用上，要破除论资排辈、求全责备的观念，不拘一格，广纳贤才，特别是要在首都现代化建设的实践中，在急难险重的任务中，发现青年人才、培养青年人才、锻炼青年人才、使用青年人才。要建立青年英才的全过程培养体系，为青年人才队伍建设提供有效的政策保障、组织保障、制度保障和资金保障。要切实抓好青年专业技术人才、高技能人才、农村实用人才等各类人才培养，加强各类非公有制经济组织、新社会组织的青年人才队伍建设，打造首都现代化建设的生力军，发挥青年人才在推动首都科学发展中的突击队、先锋队作用。

第三，积极创新人才工作。要顺应首都发展的新形势、新任务、新要求，创新人才工作的方式方法。

（1）要促进首都人才一体化发展。首都人才大多集中在中央在京大型企业、科研院所、大专院校。加强首都人才队伍建设，必须放宽视野，依托中央在京单位的优势，实现央地人才资源一体化开发。要采取有效措施，通过支持人才开展科技专项联合攻关、产业项目联手共建，促进人才资源融合，更好地发挥中央在京单位高端人才的优势，为首都发展增添新的动力。

（2）要促进首都人才集群式发展。在新的发展阶段，推动科技自主创新，不仅要靠单个的科技专家，更要靠高效的科技团队，形成人才的集成优势。首都人才工作要适应这种趋势，积极推进人才集群发展。要促进高层次人才向产业功能区聚集，特别是向中关村国家自主创新示范区、经济技术开发区、商务中心区、金融街、丽泽商务区、天竺保税区等聚集，依托产业集群，建设人才集群，集成人才优势，促进产业发展。要大力推动科技创新人才向重大科技专项聚集，利用国家和北京市重点科研项目、重点实验室、新型科研机构等平台，聚集高层次人才，促进科研信息共享，形成人才团队联合攻关的优势。要积极引导人才向重点建设工程、重点产业项目聚集，结合重大项目的开工、投产、运行，科学配置人才，为重大项目建设提供更加坚实的科技与智力支撑。

（3）要促进首都人才国际化发展。提高人才队伍建设的国际化水平，是首都人才工作的重要任务。这方面工作的重点是搭建国际化的人才发展平台。一方面，要积极组织高校、科研机构、企业开展国际学术交流和项目共建；另一方面，要大力吸引各类跨国公司、国际组织总部在京落户，拓展人才参与国际竞争和吸引国际人才的渠道。要着力抓好中关村人才特区建设，按照"特殊政策、特殊机制、特事特办"的原则，建立健全与发达国家同样的科研环境、创业环境、人才发展环境，引进海外高层次人才领衔的各类人才团队，抢占国际人才发展的制高点，构筑创新型城市的人才发展高地。

三 切实加强党对人才工作的领导

加强党对人才工作的领导，要坚持和完善党管人才原则，切实改进党管人才的方式方法。

（1）要进一步完善人才政策体系。要学习借鉴国际国内先进的人才工作经验，围绕建设世界城市的需求，创新人才工作的理念，完善人才工作的政策体系。把人才工作纳入首都经济社会发展大局之中，使人才政策与教育、科技政策相衔接，与经济、产业政策相配套，与地区、行业发展需求相一致。要着眼于解决好人才工作面临的突出矛盾和问题，抓紧制定专项政策，不断推进首都人才管理工作的科学化、制度化、规范化。当前，要以《首都中长期人才发展规划纲要（2010～2020年)》为指导，结合制定"十二五"规划，编制好各区县、各行业系统以及重点领域的人才发展规划和配套政策，加快形成有利于首都人才发展的政策环境。

（2）要建立健全人才工作运行机制。要完善党委统一领导，组织部门牵头抓总，有关部门各司其职、密切配合，社会力量广泛参与的人才工作格局。各级党委（党组）要把人才工作摆在更加突出的位置，建立定期听取人才工作汇报的制度，履行好管宏观、管政策、管协调、管服务的职责。各级人才工作领导小组要发挥好统筹协调的作用，议大事、谋全局、抓战略，更加注重优化资源配置、整合工作力量、解决关键问题。党委组织部门要重点做好总体规划制定、重要政策统筹、创新工程策划、重点人才培养等方面工作，落实好牵头抓总的职责。政府人力资源和社会保障部门要在人才公共服务体系建设、人力资源开发、就业、收入分配制度改革、社会保障等方面发挥职能作用。各区县各行业系统要健全人才工作机制，提高执行能力，做好人才工作。要全面调动各级党政机关、企事业单位、群众团体和各类非公有制经济组织、新社会组织的积极性，形成推动首都人才工作的整体合力。

（3）要抓好人才工作的落实。《首都中长期人才发展规划纲要（2010～2020年)》针对北京市人才发展中亟待解决的重大问题，提出了9项重大任务和12项重点工程。要分解细化，列出具体的折子工程，明确工作时间、进度要求和责任人。同时，进一步健全责任制，把人才工作列入市委、市政府督查范围，确保人才工作的各项任务抓出实效、落到实处。

（4）要营造人才发展的良好环境。各级党委政府都要高度重视人才工作，坚持以事业凝聚人才、以待遇激励人才、以诚意留住人才、以服务成就人才，切实做好服务人才各项工作。要积极帮助各类人才解决好学习、工作和生活问题，完善人才薪酬、税收、社保、医疗、住房、子女入学等配套政策，千方百计为各类人才排忧解难。要大力宣传党的人才政策、人才强国战略、《首都中长期人才发展规划纲要（2010~2020年）》、各条战线人才工作的好经验好做法以及优秀人才的先进事迹，努力营造全社会关心、支持人才发展的浓厚氛围。

同志们，人才支撑发展，发展孕育人才。让我们紧密团结在以胡锦涛同志为总书记的党中央周围，解放思想，开拓创新，扎实工作，不断开创首都人才工作新局面，为推动首都科学发展，建设人文北京、科技北京、绿色北京奠定坚实的人才基础！

前　言

2010 年是中国人才发展的重要一年，这一年有三件大事将载入中国人才发展史册：（1）中央颁布中国第一个国家中长期人才发展规划，确立建设人才强国战略目标；（2）党中央、国务院召开全国人才工作会议，胡锦涛总书记、温家宝总理、习近平同志发表重要讲话，对建设人才强国作出全面部署；（3）中央"十二五"规划建议，把落实人才发展规划、建设人才强国作为"十二五"时期经济社会发展十大任务之一。

在全国人才事业加速发展的大背景下，2010 年首都人才工作也呈现出崭新的面貌。这一年是北京人才发展的"布局之年"：7 月 29 日，市委、市政府召开全市人才工作会议，正式发布《首都中长期人才发展规划纲要（2010～2020年）》，确立了建设世界一流人才之都的发展目标；各区县相继召开人才会议，出台本地区人才规划，全市人才发展规划体系初步形成，格局更加清晰，任务更加明确。这一年也是高层次人才引进的"深化之年"：以"千人计划"、"海聚工程"为牵引，以未来科技城建设为载体，海外高层次人才引进政策措施更加完善配套，工作力度不断加大，取得了显著成效。这一年还是人才体制机制改革的"突破之年"：中关村国家自主创新示范区人才特区建设正式启动，人才培养开发、评价发现、选拔任用、流动配置、激励保障等方面政策和体制机制创新稳步推进，人才发展环境不断改善，北京人才资源更加丰厚，在首都经济社会发展中的支撑作用更加有力。

为了全面总结 2010 年北京人才发展的理论成果与实践经验，在北京市人才工作领导小组办公室的领导下，北京市人力资源研究中心邀请相关知名专家学者和实际工作者，共同编写了《北京人才蓝皮书》。2011 年度的《北京人才蓝皮书》以科学发展观为指导，围绕"建设世界一流的人才之都"这一主题，收录了一年来北京地区在人才理论研究和实际工作方面的优秀成果。全书分为主题报告、理论探索、调查研究、创新实践、政策文件、大事记六个部分。编写过程中，坚持理论与实践、现状与趋势、宏观与微观、定性与定量、政策与法规相结

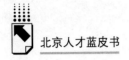

合的思路，力求系统展示一年来北京人才发展的总体脉络，整合理论、实践和制度等各方面的成果，以期为进一步推动北京市人才发展提供理论基础、决策参考、准确信息和翔实资料。

2011 年是"十二五"规划的开局之年，是实施"人文北京、科技北京、绿色北京"战略任务的关键一年，人才工作面临重大机遇，肩负重要任务。希望此书的出版对于目前深入学习科学发展观，全面贯彻全国和全市人才工作会议精神，落实首都人才发展中长期规划纲要，能够发挥有益的作用。

北京市人力资源研究中心

2011 年 3 月

主题报告

B.1

打造世界人才之都　引领世界城市建设

——2010 年北京人才发展报告

北京市人力资源研究中心课题组 *

摘　要：2010 年北京人才发展取得重大进展，人才战略目标更加明确，人才重点工程稳步推进，人才特区建设全面启动，人才事业平台不断拓宽，人才发展环境逐步改善，为推动首都科学发展发挥了重要作用。但与此同时，与世界城市的发展要求相比还有较大差距，具体表现在人才发展存在结构性短缺、人才环境有待进一步优化、人才制度改革相对滞后、人才资源效能发挥不足。在问题判断和形势分析的基础上，本文提出 2011 年北京人才发展要以落实首都中长期人才发展规划纲要为主线，加快建立和完善全市人

* 课题组组长：闫成，北京市委组织部副部长；课题组成员：马宁，北京市人力资源研究中心副主任，主要研究领域为人才政策、组织人事人才工作、公共部门人力资源管理等；饶小龙，管理学博士，北京市人力资源研究中心科研主管，研究方向为公共部门人力资源开发与管理；李晓霞，北京市人力资源研究中心科研主管，研究领域为人才战略、公共部门人力资源研究等；王选华，经济学博士，北京市人力资源研究中心科研主管，研究方向为人才经济。

才发展规划体系、构建首都人才精品项目体系、实施人才集群化发展战略、推动京津冀区域人才合作、提高人才工作的社会化参与程度、抓好党管人才工作体系建设。

关键词：人才之都　世界城市　人才发展

以北京奥运会和国庆 60 周年的成功举办为标志，首都经济社会发展进入了全面建设现代化国际大都市的新阶段。北京市委十届七次全会在全面分析当前形势的基础上，提出了建设世界城市的战略目标，要求以更高标准，加快实施"人文北京、科技北京、绿色北京"战略。习近平同志在北京调研时指出，北京建设世界城市，要立足于首都的功能定位，突出中国特色，努力把北京打造成国际活动聚集之都、世界高端企业总部聚集之都、世界高端人才聚集之都、中国特色社会主义先进文化之都、和谐宜居之都。高端人才的大量聚集不仅是世界城市的重要标志，也是建设世界城市的必要条件。在新的历史起点上，首都建设中国特色的世界城市对人才工作提出了新的更高的要求。

一　2010 年北京人才发展的新进展

2010 年是全面完成首都"十一五"规划任务的收官之年，是在新起点上推动首都科学发展的关键之年，也是首都人才发展意义非凡的一年。一年来，北京市认真贯彻落实全国人才工作会议精神，组织召开全市人才工作会议，发布《首都中长期人才发展规划纲要（2010~2020 年)》，加快实施首都人才优先发展战略，在人才队伍建设、人才制度创新、人才环境营造、人才效能发挥等方面取得了较大进展。

（一）人才发展格局重新部署，人才战略目标更加明确

面对国际国内的新形势、新变化，中共中央组织召开了全国人才工作会议，颁布了《国家中长期人才发展规划纲要（2010~2020 年)》，提出到 2020 年"确立国家人才竞争比较优势，进入世界人才强国行列"的人才发展战略目标。会议对建设人才强国进行了全面部署，提出了确立人才优先发展战略布局的总体要求，强调了人才资源是第一资源的重要思想，确定了"服务发展、人才优先、

以用为本、创新机制、高端引领、整体开发"的指导方针，提出了中国未来 10
年人才工作的基本思路、重点任务和重大政策措施。胡锦涛同志在会上发表重要
讲话，强调人才问题是关系党和国家事业发展的关键问题，人才工作在党和国家
工作全局中具有十分重要的地位，要坚定不移地走人才强国之路，加快实施人才
优先发展战略，逐步实现由人力资源大国向人才强国的转变。全国人才工作会议
的召开以及《国家中长期人才发展规划纲要（2010～2020 年)》的颁布，标志着
中国人才发展进入了一个新阶段。

为全面贯彻落实全国人才工作会议精神，北京市组织召开了全市人才工作会
议，发布了《首都中长期人才发展规划纲要（2010～2020 年)》，提出到 2020 年
"确立支撑世界城市建设的人才竞争优势，成为世界一流的人才之都"的人才发
展目标。会议强调，人才是世界城市建设的直接推动力，打造世界一流人才之
都，核心是要培养和吸引一支世界级人才队伍，关键是要构建世界级人才发展服
务体系，重点是要搭建世界级人才聚集发展平台，首都未来人才发展的目标路径
更加清晰。此外，规划纲要中还提出了"创新机制、服务人才、高端带动、引
领发展"的人才发展 16 字指导方针，要求加快确立首都人才优先发展的战略布
局，并提出 9 项重大任务和 12 项重点工程。通过全市人才工作会议的召开以及
《首都中长期人才发展规划纲要（2010～2020 年)》的发布，北京市委、市政府
对全市人才发展做出重新规划和具体部署，首都未来人才发展的目标和方向进一
步明确。随后，各区县也相继召开人才工作会议，研究制定本地区中长期和
"十二五"人才发展规划纲要，首都人才发展规划体系已初步形成。首都人才战
略目标的提出、人才规划体系的建立，是 2010 年首都人才发展工作取得的最大
进展，将对首都未来人才发展产生重大而深远的影响。

（二）人才重点工程稳步推进，人才队伍建设成绩显著

重大工程项目作为推进人才工作的重要抓手，是培养、发现和集聚人才的重
要途径，人才工作项目化、品牌化是首都推进人才工作的一个重要特点。20 世
纪美国的"曼哈顿计划"、中国的"两弹一星"工程，都是结合重大项目培养、
集聚优秀人才的典型案例。2010 年北京市按照规划纲要中打造世界级人才队伍
的思路和要求，以培养集聚高层次、创新型、领军型、国际化人才为重点，以人
才重大工程和项目为载体，统筹推进各支人才队伍建设，为首都世界城市建设集
聚了一批高素质人才（见图 1）。

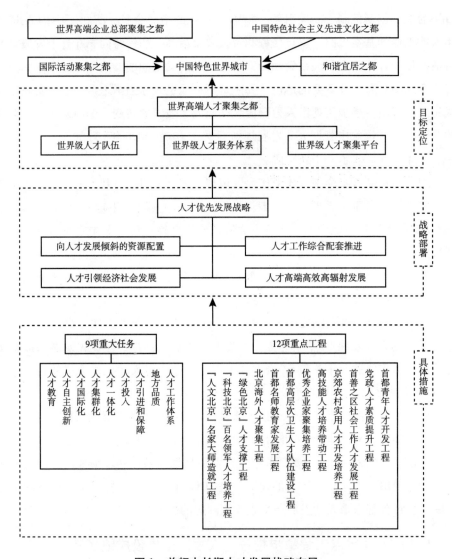

图1 首都中长期人才发展战略布局

为配合中央"千人计划"、吸引海外高层次人才来京创新创业，北京市于2009年发布"一个意见，两个办法"①，启动实施"北京海外人才聚集工程"（简称"海聚工程"），计划用5～10年时间，在市级重点创新项目、重点学科和

---

① "一个意见，两个办法"，即《关于实施北京海外人才聚集工程的意见》、《北京市鼓励海外高层次人才来京创业和工作的暂行办法》和《北京市促进留学人员来京创业和工作的暂行办法》。

重点实验室、市属高等院校、科研院所、医院、国有企业和商业金融机构及中关村科技园区、北京经济技术开发区等高新技术产业开发区，聚集10个由战略科学家领衔的研发团队，聚集50个左右由科技领军人才领衔的高科技创业团队，引进并有重点地支持200名左右海外高层次人才来京创新创业，建立10个海外高层次人才创新创业基地，通过北京海外人才聚集工程把北京打造成为亚洲地区创新创业最为活跃、高层次人才向往并主动汇聚的"人才之都"。为此，由北京市委组织部和市人力资源与社会保障局牵头，多次组织相关部门和用人单位组成"海外学人高级出访团"，到美国硅谷、华尔街等地宣传北京创业环境和人才优惠政策，洽谈人才引进具体事宜；同时举办"海归创业活动月"、"2010海外赤子北京行"等活动，通过政策说明会、论坛、职位介绍会、项目融资洽谈会、实地参观等多种形式的活动，让海外高层次人才全面感受首都创新创业环境，以增强他们来京创业工作的决心。截至2010年底，北京市已经完成了第四批海外高层次人才评选工作，2010年全年新引进海外高层次人才211人，其中已有63人入选国家"千人计划"，119人入选北京"海聚工程"，这些高层次人才分布在北京电子信息、生物医药、能源保护、文化教育、卫生医疗等各个重点领域①。在北京"海聚工程"的推进过程中，其吸引凝聚作用逐步显现，海外高层次人才的示范作用不断凸显，"海聚工程"作为北京人才工作的一个品牌已经在海内外打响。

在大力开展高层次人才引进工作的同时，北京市各部门紧密围绕"人文北京、科技北京、绿色北京"建设，实施了一系列的重点领域人才开发培养工程，为首都未来发展发现、培养、引进和储备了一批人才。例如，市人力资源与社会保障局实施了"五年五万"新技师培养计划，2010年拨付培训机构补贴经费253.8万元，技师社会化培训3550人②；市卫生局实施了首都高层次人才队伍建设工程（"215"工程），目前已有99名专家（13名领军人才、18名学科带头人和68名学科骨干）入选③；市教委实施了"人才强教深化计划"，开展高层次人才、创新人才、创新团队和优秀中青年骨干教师的选拔工作；市国资委围绕推动企业转变发展方式和实现大企业大集团战略，全年共完成了针对企业高级经营管

---

① 资料来源：北京市人才工作领导小组办公室。
② 资料来源：北京市人力资源和社会保障局。
③ 资料来源：北京市卫生局。

理人才的 13 个班次、570 人的培训任务，各企事业单位参加与组织各类经营管理人才培训也达 13 万人次①。此外，市委农工委、市委社会工委、市金融工作局、市委统战部等部门也针对相关领域的人才开展了相应的人才开发培养工作。

截至 2009 年底，首都各类人才资源总量达到 350 万人，比 2008 年增加 13 万人，增幅为 3.9%。在各类人才中，具有大专以上学历人员所占比例为 87.8%；具有高级职称人员所占比例达到 11.9%；第三产业人才拥有量达到 80.5%；非公经济组织和社会组织人才队伍数量大幅度攀升，达到 125 万人，占首都人才队伍总量的 35.7%②。

（三）人才特区建设全面启动，人才制度取得重要突破

人才制度的竞争力，决定了人才发展活力，人才竞争说到底是人才体制机制的竞争。北京市紧紧抓住中关村国家自主创新示范区建设的机遇，正积极探索在中关村建设人才特区，在股权激励、科技金融、科技经费管理、知识产权等方面先试先行，采用特殊的政策和特殊的机制为人才服务。目前，北京市政府已经起草了《关于中关村国家自主创新示范区建设人才特区的若干意见》，提出了人才特区的目标，即用 5 年时间，面向以海外高层次人才为代表的国家发展所特需的各类人才，建设"人才智力高度密集、体制机制真正创新、科技创新高度活跃、新兴产业高速发展"的改革示范区。中关村建设人才特区，就是要在特定区域实行特殊政策、特殊机制、特事特办，率先在经济社会发展全局中确立人才优先发展战略布局，构建与国际接轨、与社会主义市场经济体制相适应、有利于科学发展的人才体制机制。

据悉，中关村人才特区将致力于打造海归人才聚集区，在世界前沿科技领域、战略新兴产业和高新技术产业领域，引进一批能够突破关键技术、带动新兴学科、发展高新产业的科技领军人才；致力于打造国际化学术区，形成与国际接轨、充分激发人才创新活力的科研环境、学术环境、文化环境；致力于打造高端人才创业区，推进产学研紧密结合，逐步形成人才、资本随科技项目、产业项目流动的全新模式，形成若干世界领先的产业集群；致力于打造海归人才宜居区，关心和改善人才的生活条件，解决好他们在住房、医疗、就业、子女教育、家属

---

① 资料来源：北京市委教育工委。
② 资料来源：北京市人力资源和社会保障局。

随迁、社保等方面的实际问题，形成良好的工作生活环境。中关村人才特区建成后，无疑将成为中关村国家自主创新示范区的一张"新名片"。

在此之前，北京市就曾对人才管理体制改革进行了大胆试验。2005年，在中央的大力支持下，北京市以改革试点的方式，采用与国际接轨的管理和运行机制，以国际一流科学家集体为基础，面向全球招聘所长和研究人员，吸引了20余位顶尖留学人员回国工作，组建了北京生命科学研究所。该研究所实行理事会领导下的所长负责制，研究所所长的聘任实行国际公开招聘，并由理事会聘请的科学指导委员会进行评估、推荐后，由理事会聘任。科研活动由各实验室自主开展，实验室主任面向国际公开招聘，一律实行5年合同制，合同期内没有任何行政长官意志和考核评比的干扰，最后接受科学指导委员会的评估，决定其是否继续聘任。研究所先后多次从全球范围内严格遴选人才，突破以往人才评价体系的条条框框，不考虑其是否具备名校、名师背景，注重人才是否具备国际一流水平，是否是真正站在科研前沿的极具潜力的高端人才。仅仅几年时间，该研究所就在生命科学基础研究领域方面达到了较高的国际水平，得到国际同行的认可，同时在吸引海外高层次人才、探索与国际接轨并符合中国国情的科研运作机制等方面发挥了良好的示范作用。

在建设中关村人才特区的同时，北京市各系统、各区县、各单位也在积极推进人才发展体制机制的改革创新，在人才制度和政策措施等方面取得了较多创新突破。例如，《首都中长期人才发展规划纲要（2010～2020年）》中提出，逐步推行京津冀地区互认的高层次人才户籍自由流动制度，在北京大学、清华大学等著名大学中建立市立学院或研究院所，编制开发首都人才地图等；《东城区人才发展战略规划（2011～2030年）》提出，今后东城区将分期分批选送优秀党政人才到世界一流大学学习，到国际组织、跨国企业和发达国家政府部门挂职。在工作实践创新方面，市委农工委开展了"农村实用人才等级评定试点"工作，海淀区22家单位进行了股权激励的试点工作，朝阳区提出"两推一述三公开"处级正职提名推荐模式，石景山区提出了"创业导师制"工作模式，房山区创造了农村实用人才的"五化"帮带培养模式，京城控股公司实行了"首席员工"制度，等等。

（四）人才事业平台不断拓宽，人才效能发挥日益凸显

人才成就事业，事业造就人才。为了确保引进人才创业有机会、干事有舞

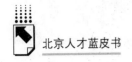

台、发展有空间，北京市结合中关村国家自主创新示范区建设，积极推进中关村科技园"一区十园"建设，重点建设未来科技城和中关村科学城，为吸引、凝聚和用好海外高层次人才搭建平台。

未来科技城是中央组织部和国务院国资委为深入贯彻落实建设创新型国家和中央引进海外高层次人才"千人计划"而建设的人才创新创业基地和研发机构集群。国家对未来科技城的定位是，致力于建设具有世界一流水准、引领中国应用科技发展方向、代表中国相关产业应用研究技术最高水平的人才创新创业基地，使之成为中国乃至世界上创新人才最密集、创新活动最活跃、创新成果最丰富的区域之一。未来科技城将为神华集团、中海油、国家电网等十几家重量级中央企业的高新科技研发基地搭建平台，以昌平区小汤山绿色走廊为核心并辐射周边区域。北京市为推动未来科技城建设，积极协调建设规划、项目用地和建设资金等问题，为央属科技、产业、智力资源在京落地做好各项服务工作，已与12家央企签署了战略合作框架协议，4家央企已经开工建设。计划从2009年7月起到2012年7月之前，用3年时间，全面完成未来科技城一期建设工作。毫无疑问，未来科技城建设将为首都海外高层次人才引进发挥重要载体作用。

与此同时，按照"把中关村建设成为具有全球影响力的科技创新中心"的战略定位，北京市委、市政府决定全力打造中关村科学城。据悉，中关村科学城将以信息网络、生命科学、航空航天、新材料、新能源五大技术领域为切入点，坚持需求拉动创新，形成产学研用相结合、军民融合、产业集群和替代进口的创新发展模式，以重大科技成果转化和产业化为抓手，通过资源优化整合、体制机制创新、城市规划管理创新，激发创新资源活力，形成高校、院所、高科技企业、高端人才、社会组织及政府"六位一体"的协同创新局面，使中关村科技城形成创新创业高端人才高度聚集、引领世界前沿技术、充满创新活力的区域，成为创新型国家建设的强大引擎和具有全球影响力的科技创新中心新地标。同时，为促进科研机构、高等院校、中央企业、民营企业和政府协同创新，北京市政府会同中关村国家自主创新示范区部际协调小组相关部门，将共同组建中关村科技创新和产业化促进中心（即首都创新资源平台）。

经过多年的努力，中关村吸引集聚了一大批海内外优秀人才，同时也对首都经济社会发展起到了重要的推动作用。目前中关村已经拥有近两万家高新技术企业，106万从业的创新创业人才，形成了以电子信息、生物医药、新材料、新能源与节能环保、航空航天为主的庞大产业群，成为中国经济规模最大的高技术产业基地（见图2）。中关村的上市公司总数已达154家，总市值超过1万亿元，年收入过亿元的企业有1251家，培育了联想集团等3家千亿元级企业集团，中国普天、北大方正、同方股份、华锐风电等10家百亿元级骨干企业和大唐电信、航天信息、百度、搜狐、新浪、京东方、双鹤药业、京东世纪、华胜天成等181家十亿元级创新型企业①。2009年，中关村高新技术企业总收入达到12995亿元，同比增长27%，约占全国57个国家级高新区的1/7；实现增加值2182亿元，占全市地区生产总值的18.4%；获得专利授权6362件；中关村的技术交易额达到全国的1/4以上，其中80%以上输出到北京以外地区②。

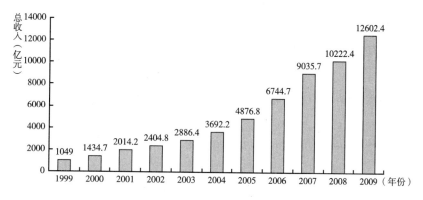

图2 中关村历年收入走势（1999～2009年）

（五）人才发展环境逐步改善，人才吸引集聚能力提升

人才发展环境是影响一个地区人才吸引集聚能力的重要因素，也是评价人才工作的重要指标。有了好的发展环境，没有人才可以吸引人才，来了人才可以留住人才，有了人才可以更好地使用人才。一年来，北京市始终将优化人才发展环境置于人才工作的重要位置，使人才发展的创业环境、服务环境、生活环境、社会环境都有了较大改善。

在人才创业环境方面，北京市结合未来科技城和中关村人才特区建设，研究

---

① 资料来源：《中关村上市公司已达154家总市值超1万亿元》，2010年10月21日《中国证券报》。

② 中关村国家自主创新示范区：《落实建设中关村国家自主创新示范区的批复加快建设海归创业人才特区》，2010年6月22日。

出台一系列支持人才创新创业的政策措施。例如，中关村提出包括在人才特区布局一批国家重大科技专项、重大科技基础设施和国家战略性新兴产业项目、居留和出入境、落户、资助、医疗、人才公寓等15项支持政策，通过建设国际一流的科研平台，创建"类海外学术环境"，支持高端人才和创新型企业公关重大科技项目，建设全新的创业孵化机制，健全与国际接轨的创业金融服务体系，创新人才发展体制机制，优化海归人才的发展环境等，逐步建立起留学人员创业体系。

在改善人才服务环境方面，北京市正式启用北京海外学人中心服务大厅。北京海外学人中心服务大厅也是北京留学人员服务大厅，是全市统一的为海外高层次人才和留学人员提供专业化、信息化和国际化服务的平台。一方面，为海外高层次人才专门设置"绿色通道"服务窗口，指定服务专员提供"全程代理制"服务，受理海外高层次人才有关居留和出入境、落户、医疗、社会保险、子女就学等相关需求；另一方面，为广大留学人员提供"窗口服务制"的服务模式。北京海外学人中心服务大厅可办理《北京市留学人员身份认定》、《北京市（留学人员）工作居住证》、留学人员人才引进、留学人员档案管理和公派出国留学等相关手续，提供有关留学人员政策咨询，指导留学人员来京创业、就业等等。

在改善人才生活环境方面，北京市大力发展城市轨道交通，积极推进人才公寓建设。大兴线、亦庄线、15号线首开段、昌平线一期、房山线五条轨道交通新线2010年12月30日开通试运营，大兴、北京经济技术开发区、顺义、昌平和房山与中心城区的交通往来将更加便捷，北京轨道交通运营里程达到336公里①，轨道交通网络进一步完善。从2011年开始，北京将用3年时间在中关村示范区内建设一万套人才公寓，公寓采取只租不售的方式进行管理，解决高层次人才在到中关村的创业初期中转用房的问题②。此外，北京昌平开建北京市首个村集体租赁房（简称集租房），主要面对未来科技城及昌平区其他高新技术企事业单位职工。

为营造"尊重劳动、尊重知识、尊重人才、尊重创造"的良好社会氛围，北京市对全市各行各业取得杰出成绩的优秀人才进行了大力表彰。在全市人才工作会议上，北京市委、市政府授予刘冠军、李彦宏、李桓英、张艺谋、欧阳中

---

① 资料来源：《北京5条地铁线同时开通总里程达336公里》，中国新闻网，2010年12月30日。
② 资料来源：《北京拟建人才特区提供一万套人才公寓》，中国新闻网，2010年09月08日。

石、柳传志6人"首都杰出人才奖",给予每人100万元的资金奖励,同时授予丁树奎等40人"北京市有突出贡献的科学、技术、管理人才"荣誉称号,授予王军等10人"北京市有突出贡献的农村实用人才"荣誉称号,对全市人才起到很好的鼓励示范作用。同时,北京市通过组织专家外出休养和健康体检、节假日走访慰问、召开联谊活动、组织人才专场慰问演出等形式,让各类优秀人才能够切实感受到组织的重视与关爱。

此外,北京市与新闻媒体合作广泛宣传人才工作。通过《人才》电视栏目、《人才》杂志和《北京日报》,深度解读全市人才发展的重大政策,总结推广经验做法,介绍优秀人才先进事迹。通过展现人才风采、探寻成才规律,树立了正面激励"人人皆可成才"的舆论导向;通过介绍工作方法、推广工作经验,达到了形成理解支持人才工作社会氛围的宣传目的。全市人才工作会议召开后,《人才》节目、《人才》杂志和《北京日报》都录制、编制了会议专题专栏,对人才工作会议精神和《首都中长期人才发展规划纲要(2010~2020年)》进行了详细解读,对全市人才发展取得的新进展进行报道宣传。

二　北京人才发展面临的主要问题

虽然北京人才发展取得了重大进展,但我们也要清醒地认识到,与首都建设中国特色世界城市的发展要求相比还存在较大差距,具体表现在人才发展存在结构性短缺、人才环境有待进一步优化、人才制度改革相对滞后、人才资源效能发挥不足。

(一)人才结构与高端产业发展不相适应

世界城市是具有全球控制力、影响力的资源配置中心,通常都是国际金融中心、决策控制中心、国际活动聚集地、信息发布中心和高端人才聚集中心。人才特别是高端人才的大量聚集不但是世界城市的重要标志,也是建设世界城市的先决条件。世界城市建设战略目标的提出,为首都人才发展提出了更高的要求,首都未来产业发展的高端化、国际化迫切需要一支拥有具有国际视野、现代理念和创新思维的高素质、高水平的人才队伍作支撑,而目前北京市的人才发展面临结构性短缺,还无法满足世界城市的发展要求。

从人才层次结构看,目前首都基础性人才资源丰富,但高层次、创新型、国际化人才相对匮乏，尤其是国际顶尖一流的科学家、产业领军型人才比较稀缺。从人才规模来看，目前北京人才基础比较雄厚，人才总量大约是纽约和伦敦的 3 倍、东京的 1.5 倍；但从人才质量角度，北京与其他世界城市相比还有很大差距，如北京每万从业人员中 R&D 活动力数量为 204 人·年，而纽约、伦敦、东京分别为 664 人·年、410 人·年和 795 人·年，北京 25 岁以上劳动力平均预期受教育年限只有 10 年，而纽约达到 16 年，另外北京从业人员接受高等教育比率也低于当前的几个世界城市[①]；2008 年北京市高技能人才占技能劳动者比例仅为 21.8%，而发达国家该比例一般都达到 30%。到目前为止，中国还没有本土科学家获得过诺贝尔奖，国内科学家中获得联合国知识产权组织"杰出发明家"金质奖、联合国教科文组织"科学奖"等综合性国际奖项的人也非常少。

从人才产业结构看，北京的人才结构仍需进一步优化。通过对纽约、伦敦和东京的研究发现，高科技产业、金融产业和文化创意产业是当今世界城市的典型产业特征，纽约、伦敦、东京都有 50%~55% 的从业人员集中在这三个产业中，而北京只有 17% 左右。通过研究发现，纽约、伦敦和东京等世界城市的高科技产业从业人员比重基本上都在 30% 左右，而北京只有 4.1%，差距非常大；在金融产业人员和文化创意产业人员方面，北京与三大世界城市相比也存在较大差距，特别是金融产业人员，北京只占 2.32%，而纽约和伦敦均在 10% 以上[②]。通过以上分析可知，北京目前的人才产业结构与世界城市相比还有很大差距，北京建设中国特色的世界城市，必须加快转变经济发展方式，加快推进产业结构优化升级，走高端产业的发展之路，走高端产业人才集聚发展之路。

（二）人才环境与世界城市相比存在较大差距

尽管近几年北京人才发展环境大为改善，在国内区域人才竞争中占据明显优势，但与纽约、伦敦、东京等世界城市相比，与吸引国际高端人才的要求相比，仍然存在较大差距，具体表现在人才经济环境、事业环境、生活环境和人文环境几个方面。

在人才经济环境方面，北京 GDP 总量为 1510 亿美元，约为东京的 1/10、纽约的 1/4 和伦敦的 1/3；北京人均可支配收入仅为 3256 美元，约为伦敦的 1/12、

---

① 北京市人力资源研究中心：《北京世界城市建设人才指标体系及人才发展路径研究》，2010。
② 北京市人力资源研究中心：《北京世界城市建设人才指标体系及人才发展路径研究》，2010。

东京和纽约的 1/11；北京人均可支配收入占人均 GDP 的比重接近 36%，而纽约、伦敦、东京三大世界城市比重分别达到 82%、64% 和 61%，北京与三大城市相比有很大差距①。单位 GDP 人均可支配收入是用来衡量 GDP 含金量的一个重要指标，同时也是居民收入的幸福指数，这反映出居民能够分享到经济发展成果的程度。基于上述分析，北京在人才经济环境方面与三大世界城市相比存在很大差距，这对北京在国际上的人才竞争力产生不利影响。

在人才事业环境方面，北京在跨国公司总部、地区分部、国际组织总部、R&D 研究机构等方面与三大世界城市相比也有很大差距，而这些都是高端人才聚集的重要平台。目前，北京市所拥有的世界 500 强跨国公司总部数量有 21 家，超过纽约（18 家）和伦敦（15 家），总部经济特征明显，但都是国有大型企业，目前还没有一家跨国公司总部在北京；北京的国际组织总部仅为 4 个，低于纽约（21 个）、伦敦（57 个）和东京（16 个）；在跨国公司地区分部和 R&D 研究机构的数量上，北京也明显低于其他三个世界城市②。

在人才生活环境方面，根据全球著名咨询机构——美世咨询发布的《2010年全球城市生活质量调查》③，北京在全球城市的生活质量排名为第 114 位，而作为世界城市的纽约、伦敦、东京排名分别为第 49 位、第 39 位和第 40 位，国内的香港和上海排名也比北京靠前，分别为第 71 位和第 98 位④。北京的高房价、交通拥堵带来的高生活成本，在一定程度上对人才形成"挤出效应"，许多首都高校毕业生开始放弃北京而选择到外地工作，这可以说是人才"挤出效应"的一个重要体现。根据中国社会科学院发布的《住房绿皮书：中国住房发展报告（2010～2011）》，2010 年上半年，在全国 35 个大中城市中，北京的住房支付能力指数最低⑤。零点研究咨询公司的一项最新调查也显示，北京市民每月因交通拥堵而造成的经济成本为 335.6 元，遥遥领先于广州（265.9 元）、上海（253.6 元）等其他一线城市，居全国之首⑥。

在人文环境方面，北京高等院校云集，在数量上超过纽约和伦敦，但在世界

---

①　北京市人力资源研究中心：《北京世界城市建设人才指标体系及人才发展路径研究》，2010。
②　北京市人力资源研究中心：《北京世界城市建设人才指标体系及人才发展路径研究》，2010。
③　美世咨询公司对世界 221 个城市根据政治社会环境、经济环境、社会文化环境、医疗卫生条件、教育质量、自然环境、公共服务和交通以及娱乐、消费品、住房等条件进行打分排序。
④　美世公司：《2010 年全球城市生活质量调查》，2010。
⑤　资料来源：《社科院住房绿皮书：北京住房支付能力最弱》，新华网，2010 年 12 月 08 日。
⑥　资料来源：《"首堵"：北京交通拥堵经济成本最高》，2010 年 1 月 14 日《中国经济导报》。

排名前 100 名的高校仅有清华大学和北京大学两所，而且到目前为止还没有一所称得上世界一流的大学，如美国纽约哥伦比亚大学、日本东京大学、英国伦敦经济学院，北京优质高等教育资源与三大世界城市相比还有一定差距。另外，公共图书馆、艺术馆、文化馆、博物馆作为衡量一个地区文化环境氛围的重要标志，北京与世界城市相比也有很大差距。例如，北京公共图书馆数量还不到伦敦和东京的 1/3、纽约的 1/7，艺术馆、文化馆和博物馆数量也相对较少，不足纽约的 1/2①。北京在人文环境方面存在的差距，在一定程度上也影响到对海内外人才的吸引。

（三）人才制度改革滞后于人才发展

人才自由流动配置的制度性壁垒较多。虽然各级党政部门的政策文件中反复强调，要支持和鼓励人才的合理流动，充分发挥市场在人才资源配置中的基础性作用，但是从实际操作情况来看，人才流动配置状况并不如人意，特别是体制内外不同部门、单位之间的人才流动制度障碍最多。一方面，为了确保社会公平，公务员和事业单位的人员招聘都要求"逢进必考"，特别是公务员招聘过程尤为严格，这在一定程度上遏制了用人上的不正之风，这是社会的一大进步，但同时由于人才选拔手段的局限性，通过考试选拔出来的人才并不一定最适合岗位，而许多能够胜任岗位的人才却可能因为考试而止步。在人才工作调研中，许多基层单位反映，下属许多科室经常由公务员编、事业编、聘任制三种不同身份的工作人员组成，同样的工作，不同的待遇，不同的发展前景，很多优秀人才因为无法解决身份问题而最终选择了离开。"逢进必考"在保障社会公平的同时，也对人才的自由流动配置形成制约，因此，要实现人才配置效率的最大化，除了考试还应该积极探索其他更多的人才交流途径，这方面可以借鉴发达国家的经验。另一方面，由于传统的单位观念和部门意识，各单位在对待人才流动问题上，大都从追求单位利益最大化的理性出发，一般不支持本单位人员到外面兼职，由此不同单位之间的人才柔性流动也受很多限制。在这种情况下，由于单位理性的限制而使全社会的人才资源无法实现自由流动，无法实现最优配置，最终导致整个社会在人才流动配置上的结果不理性。

人才价值的市场化体现不够充分。随着社会主义市场经济的发展，人才价值

---

① 北京市人力资源研究中心：《北京世界城市建设人才指标体系及人才发展路径研究》，2010。

越来越多地在市场中得到体现，具体表现在工资待遇的市场化。目前，对于体制外的非公经济企业、社会组织，人才价值的市场化水平较高，直接体现在人才的工资待遇上；而对于体制内的部门或单位，如党政机关、事业单位、国有企业，由于单位性质的不同，国家和地方政府有一套有别于市场的管理体系，人才价值无法通过市场来体现。尽管近几年国家对国有企业、事业单位的人员工资进行了改革，如对国有企业管理人员实行年薪制、对事业单位人员实行绩效工资等，但是改革进程相对较慢，距离人才价值的市场化目标还相差甚远。由于体制内人才的价值得不到充分的体现，在一定程度上影响了人才的积极性和创造性。例如，一些由财政拨款的科研机构，由于规定课题经费不能用于人员经费，导致"做与不做一个样、做多做少一个样"，都是拿固定的财政工资，研究人员的个体价值得不到体现，严重影响工作积极性。当然，体制内的单位除了工资激励外，还可以依靠行政激励手段，如职位晋升等，但对于大部分人来说这种机会很有限，因此行政手段的激励作用也很有限。在这种情况下，体制内单位的人才工作积极性整体不高，创新创业创优的潜能也很难激发出来。

人才管理制度与国际缺乏有效对接。首都建设世界城市，需要集聚吸引一大批国际化人才，而目前人才管理制度改革相对落后，与人才国际化的发展要求不相适应。一方面，人才管理的行政化倾向比较严重，以行政权力决定资源配置和学术发展的决策方式还比较普遍，研究人员的科研和学术自主权通常受到行政权力的干预，工作积极性和创造性受到影响。虽然《国家中长期人才发展规划纲要（2010～2020年）》中明确提出，"要克服人才管理中存在的行政化、'官本位'倾向，取消科研院所、学校、医院等事业单位实际存在的行政级别和行政化管理模式"，但是在实际工作中这一"去行政化"的改革措施执行起来难度很大。另一方面，目前的人才管理还是基于"人才容易犯错误"的前提假设，人才管理就是要通过制度束缚人才，缩小人才可以"犯错误"的空间，这与当前"解放人才"、"服务人才"的思路是截然相反的。例如，对于财政性科研项目的管理，项目过程必须接受严格的监督检查，科研人员通常需要提交一系列的复杂、繁琐的项目进展汇报材料，而且不允许科研项目的失败，科研人员经常忙于应付，耗费很多的时间精力。综上所述，虽然国家在人才管理上已经提出"去行政化"、"自主权"、"解放人才"的政策指导，但是在实际操作层面，人才管理制度的改革尚未取得实质性进展，与国际上自由、开放、包容的人才管理环境还有很大的差距。

（四）人才资源优势与人才效能发挥不相匹配

虽然北京人才资源基础雄厚，但由于人才产业结构分布不尽合理，人才制度改革相对滞后等各方面原因，北京人才效能发挥依然偏低，人才资源优势并没有相应体现到人才产出上，人才第一资源的作用没有充分发挥。

按照国际通行做法，通常使用人力资本对经济增长的贡献率作为衡量一个地区人力资源作用发挥的量化指标。国内有学者研究提出，可以根据现代人力资源理论将人力资本分为基础人力资本和专业人力资本，来测算专业人力资本即人才的贡献率。据此，通过计量经济学的相关模型可以测算出，1978～2008 年间首都人才资本对经济增长的贡献率为 35%，综合性人力资本的贡献率为 18%，同期物质资本对经济增长的贡献率为 64%[①]。而根据武汉工程大学桂昭明教授的研究，许多发达国家人力资本对经济增长的贡献率已经达到或超过 50%，如美国（65.7%）、奥地利（55.4%）、法国（52.9%）、德国（51.4%）[②]。虽然不同学者由于采用的计量模型和数据不同，得出的结果也不尽相同，但是仍然能够从整体趋势上看出，首都人才作用发挥的程度与发达国家相比还存在很大差距。

除人才贡献率外，我们还可以采用人均 GDP、劳动生产率、年专利 WIPO 授予量、国际三大期刊检索（SCI、SSCI 和 A&HCI）论文发表数量等指标来衡量人才效能。研究发现，在人才经济产出方面，无论是人均 GDP 还是劳动生产率，北京与其他三个世界城市之间的差距都非常大，北京人均 GDP 约为东京的 1/17、纽约的 1/8 和伦敦的 1/7，劳动生产率分别是东京、纽约和伦敦的 1/17、1/12 和 1/9[③]。在人才科技产出方面，北京的年专利 WIPO 授予量分别是东京的 1/35、纽约的 1/15 和伦敦的 1/8，国际三大期刊检索（SCI、SSCI 和 A&HCI）论文发表数量也只占三大世界城市的 1/2 左右[④]。这些指标虽然无法完全衡量出人才的产出效能，但却能在很大程度上反映出北京与当今世界城市在人才效率上的差距。除了进行国际比较外，我们还对全国 30 个地区的人才效能[⑤]进行了比较研

---

① 北京市人力资源研究中心：《首都经济增长中人才资源贡献率研究》，2010。
② 桂昭明：《人才贡献率在社会经济发展中的意义与作用》，在北京人才工作者培训班上的演讲，2009。
③ 北京市人力资源研究中心：《北京世界城市建设人才指标体系及人才发展路径研究》，2010。
④ 北京市人力资源研究中心：《北京世界城市建设人才指标体系及人才发展路径研究》，2010。
⑤ 研究中使用人均受教育年限（万年）/GDP（亿元）来比较 30 个地区人才效能据相对量之间的差异，同时使用人才效能的年均提高速度来比较地区之间的相对量差异。

究。研究发现，北京市的人才经济效能在国内而言依然偏低，在全国 30 个地区中，1998～2007 年期间北京的人才经济效能指数为 6.51，排名第 28 位，人才经济效能年均增长速度为 0.68，排名第 26 位[①]。

三　2011 年北京人才发展面临的形势与选择

2011 年是中国共产党建党 90 周年，是北京"十二五"经济社会发展规划实施的开局之年，同时也是《首都中长期人才发展规划纲要（2010～2020 年）》整体推进的第一年。在这种新的历史起点上，北京人才发展面临诸多新的机遇和挑战，认真分析当前发展形势，做出正确的发展选择，对北京迈向世界一流人才之都具有重要意义。

（一）面临形势

1. 世界城市建设对人才发展提出更高的要求

正如北京市市长郭金龙同志所说，"在世界城市的坐标系中，北京已经启程"。纽约、伦敦、东京等世界城市的发展经验告诉我们，在建设世界城市的征程中，人才特别是高端人才的大量聚集是必要条件。因此，打造一支数量充足、结构优化、素质一流、富于创新的世界级人才队伍成为建设世界城市的首要基础。当然，世界级的人才需要国际组织总部、跨国公司总部等世界级的发展平台，还有世界级的高品质人力资源环境和服务体系。这对人才开发的诸多方面提出更高的要求，不仅要按需培养引进相当数量和质量的高端人才，还要留住人才；不仅要储备、集聚好人才，还要用好人才，提高人才效能；不仅要让人才成为促进社会经济发展的主要推动力，还要让人才共享社会发展的果实，促进人才的全面发展。而且，北京要成为世界城市就必须增强对世界范围内要素资源的配置能力。因此，当前推进环渤海区域人才一体化，强化北京对周边地区的辐射作用，建立优势互补的人才机制，也就成为未来北京人才发展必须迈出的第一步。

2. "十二五"转变经济发展方式对人才提出新要求

根据哈佛大学波特教授的经济发展波段理论，人均 GDP 在 1000 美元以下的

---

①　北京市人力资源研究中心：《北京地区人才资源经济效能研究——基于全国区域面板数据的比较分析》，2010。

城市发展属于资源驱动型，人均 GDP 在 1000~10000 美元的属于资本驱动型，人均 GDP 超过 1 万美元的城市发展则由资源、资本驱动转为知识和创新驱动①。2009 年，北京市的人均 GDP 达到 10070 美元，首次突破 1 万美元，进入了知识和创新驱动的发展阶段。根据北京市十三届人大四次会议关于《北京市国民经济和社会发展第十二个五年规划纲要》的决议，"十二五"期间，北京将以加快转变经济发展方式为主线，全力推动"人文北京、科技北京、绿色北京"战略，率先形成创新驱动发展，努力建设"国家创新中心"，构建战略发展高地，形成新的发展格局。首都转变经济发展方式，就是发展方式由主要依靠增加物质资源消耗向主要依靠科技进步、劳动者素质提高、管理创新转变，本质是要实现创新驱动，重点是产业结构的优化升级，关键是吸引集聚一大批高层次创新型科技人才和产业领军人才。"十二五"期间，北京市将重点实施"科技北京"战略，建设创新型城市和国际创新枢纽，急需一批掌握核心技术、创新能力强、具有国际水平的科技领军人才和创新团队。与此同时，北京市将大力发展金融、文化创意等高端现代服务业，着力推动新一代信息技术、新能源汽车、节能环保、高端装备制造、生物医药、新能源、新材料和航空航天等战略性新兴产业的发展，打造"北京服务"、"北京创造"品牌，占领产业发展高端。北京市未来产业结构的优化升级，对人才产业结构提出新要求、新挑战。

3. 国内外激烈的人才竞争对人才发展带来挑战

从国际上看，经济全球化深入发展，国际竞争日趋激烈，特别是 2008 年国际金融危机发生以来，世界各国为了在综合国力竞争中掌握主动权，都在大力培养和吸引优秀人才，抢占人才发展的战略制高点。但无论在发达国家还是发展中国家，高层次人才短缺仍是经济社会快速发展面临的共同难题。世界各国普遍把高层次人才，尤其是高新技术、高级管理、高端创意人才以及其他学科的领军人才作为人才争夺的战略重点。经济落后的发展中国家迫切需要大量人才来改变落后的局面；发展较快的发展中国家迫切需要补充大量高层次人才，来完成工业化、现代化以及产业结构调整的进程；发达国家因经济规模庞大，为保持经济增长势头，也需要补充大量的人才。这都导致世界范围内高端人才总量不足，人才争夺趋于白热化。因此，从美国、欧盟、日本、澳大利亚、加拿大等发达国家到印度、巴西等新兴发展中国家，都在千方百计猎取各

---

① 陈佳贵、李扬：《2010 年中国经济形势分析与预测》，社会科学文献出版社，2009 年 12 月。

类高层次人才[①]。从国内来看，各兄弟省市都处于经济社会的高速发展阶段，对人才特别是高端人才的需求日趋强烈，不断加大吸引人才、延揽人才的力度。特别是中央"千人计划"启动之后，各省市也相继启动实施了针对高层次人才的专项引才计划，如上海海外高层次人才集聚工程、天津千人计划、江苏双创引才计划、广东珠江人才计划等。为引进高层次人才，各地纷纷建立人才发展专项资金，出台一系列吸引人才的政策措施，引才工作主动出击，引才方式日益多元化，但同时在引才政策和引进的对象上存在较大趋同性，相互之间的竞争异常激烈。面对国际国内人才竞争的白热化和复杂化、竞争手段的多样化和系统化、竞争对象的高端化趋势，北京在这场没有硝烟的战争中面临的挑战也非常严峻。

（二）发展选择

站在首都建设世界城市的历史新阶段，面对北京转变经济发展方式的要求，以及国内外激烈的人才竞争，北京人才发展面临前所未有的机遇和挑战。2011年，北京人才发展应该以全面落实《首都中长期人才发展规划纲要（2010～2020年)》为主线，着力解决人才发展中的重点难点问题，加快推进人才高端化、人才集群化和人才一体化发展，为北京建设世界一流的人才之都迈出重要一步。

1. 完善全市人才发展规划体系，建立人才规划监督落实机制

全市人才工作会议的召开和《首都中长期人才发展规划纲要（2010～2020年)》的发布，为首都未来人才发展描绘出了宏伟蓝图。目前，北京市各区县已相继召开人才工作会议，研究制定了区县人才发展规划，从市级到区县的人才规划体系已初步建立，下一步工作的重点应该是人才规划体系的进一步完善和人才规划监督落实机制的建立。

（1）各相关部门要加快研究制定全市党政人才、专业技术人才、企业经营管理人才、高技能人才、社会工作人才、农村实用人才六支人才队伍，以及金融服务业、文化创意产业和高新技术产业等重点产业的人才发展规划。各区县的纵向人才规划体系与各职能部门的横向人才规划体系，上下贯通、左右衔接，共同构建起了覆盖北京各行业领域的人才规划网络体系。（2）各部门、各区县要做好人才规划的任务分解，明确重大任务和重点工程的实施主体、责任主体，制订

---

① 高永中：《全球人才争夺愈演愈烈如何建设人才强国》，2010 年 06 月 22 日《人民日报》。

详细的任务计划和时间进展表；各相关部门要加快研究相应的人才配套政策措施，制订具体的工作实施方案。对于规划中提到的各项重点难点问题，要有计划地逐年突破、重点突破，争取每年解决1~2个重点难点问题，力求实现"年年有进步，五年一大步"。（3）要对各部门、各区县人才规划纲要中重大任务和重点工程的实施情况定期跟踪检查，及时发现和纠正工作中的问题和不足，确保各项任务保质按时完成。实施人才工作奖惩激励制度，研究制定可量化的考核指标，对人才规划的落实情况进行评估，并根据考核结果采取相应的奖惩措施。

2. 构建首都人才精品项目体系，发挥品牌项目的示范带动效应

人才项目既是推进人才工作的重要抓手，也是发挥人才工作示范效应的重要载体。一方面，很多人才工作还在"摸着石头过河"，特别是在区县等一些基层单位，对于开展人才工作缺乏清晰的思路，亟须得到上级部门的指导；另一方面，北京作为国家首都，人才工作理应走在全国前列，为其他兄弟省市的人才工作提供经验借鉴。因此，北京市要结合建设世界一流人才之都的战略目标，围绕世界级人才队伍、世界级人才服务体系、世界级人才聚集平台，建设若干个市级人才发展品牌项目，为各区县、各成员单位人才工作的开展提供示范，带动建设一批人才发展品牌项目，逐步构建起全市人才发展精品项目体系。以人才品牌项目的工作创新推进全市人才工作的创新，以人才品牌项目的重点推进，带动全市人才发展工作的全面展开。

（1）在人才队伍建设方面，继续深入开展北京"海聚工程"，在创业政策、引才方式、服务手段等方面寻求新突破，打造高端人才引进工作品牌。例如，委托猎头公司寻找引进人才，聘请国际知名人士担任"引才大使"联络人才；建立高层次人才举荐奖励制度，对为北京市举荐高层次人才的个人或组织提供奖励；探索建立"伯乐奖"，对为北京市人才培养和引进工作作出巨大贡献的个人或组织颁发荣誉，等等。（2）在人才制度和人才服务方面，加快推进"中关村人才特区"建设，在人才制度改革上先试先行，探索与国际接轨的人才管理制度环境，最大限度地解放人才，打造人才制度创新工作品牌。人才特区是政策特区、制度特区，建设人才特区就是要改变现有的制度结构，重新构建一种符合市场经济规律和人才成长规律的制度安排，必然涉及对行政权力和公共资源的再分配，改革难度可想而知，因此需要改革推动者的决心和勇气，正如刘淇同志在区县局级领导干部研修班上强调的，要敢于负责任、敢于碰难题、敢于创新。（3）在人才聚集平台建设方面，继续推进未来科技城和中关村科学城建设，为人才创新创业提供政策支持，做好相应的协调服务工作，创建人才创新创业基地品牌。以"未来科技城"、"中关村科学城"建设为借鉴，探索支持人才创新创业的资源平台、政策体系、服务体系，为北京各区县乃至全国的人才工作提供示范。

3. 实施人才集群化发展战略，促进人才与产业的良性互动

所谓人才集群化发展，是指根据产业发展的集群化趋势，依托产业集群吸引、培养、聚集人才资源，并通过对集群内人才资源的整合、开发、利用，不断扩大人才资源聚集优势，最终形成以集聚引发创新、以创新带动发展的良性循环。简单而言，就是"以产业聚集人才，以人才提升产业"。首都建设中国特色的世界城市，未来产业发展高端化、集群化的特征将越来越明显。目前，北京市已经形成了中关村科技园区、现代商务中心功能区（CBD）、奥运体育文化旅游功能区、金融街金融产业功能区、亦庄高新技术制造业功能区和临空经济功能区六大高端产业功能区，以及丽泽金融商务区、通州高端商务服务区、新首钢创意商务区、怀柔文化科技高端产业新区四大产业功能新区。实施人才集群化发展战略，把人才发展与产业集群发展紧密结合，是首都未来发展的战略性选择。

（1）要积极寻求与世界著名产业集群地建立对口产业联盟，如"中关村—硅谷—班德鲁尔"、"金融街—华尔街"、"北京CBD—曼哈顿"、"中影怀柔—好莱坞"等，通过开展各种形式的项目合作，在加快产业集群区建设的同时，为产业集群之间的人才交流合作搭建平台，通过选送优秀人才培养锻炼、支持合作研究项目、建立共同研究中心等形式，有序组织本地人才集群与国内外顶级人才集群接轨。（2）针对六大高端产业功能区和四大产业功能新区的发展需求，借鉴中关村人才特区的经验，在其余九大产业功能区打造"准人才特区"，通过研究制定特殊的产业扶持政策和人才引进政策，引导人才向集群区合理流动。（3）实施以领军人才为主导的人才集群发展战略，集中优质资源吸引相关产业高端领军人才，并充分发挥人才领袖引领作用，带动人才团队式流入。在北京"海聚工程"的实施过程中，探索以人才团队的形式进行申报，加大"海聚工程"对高端人才团队的吸引和引进。（4）加快人才集群公共服务平台建设，如定期举办产业发展论坛、项目推介会、主题会议，建立各种行业协会、俱乐部等，方便集群内各类人才交流沟通，发挥知识"溢出效益"，提升人才集群的整体素质水平。

4. 加强京津冀人才合作，推动区域人才一体化发展

北京建设世界城市，必须站在国家战略的高度，从京津冀大区域发展战略出发，构建起世界城市的区域城市群支撑体系，这样才能充分发挥北京作为世界城市的影响力和辐射力。区域人才一体化是区域经济社会一体化的内在要求，也是区域经济社会一体化强有力的推动力量。京津冀三地山水相连、人缘相通，但与长三角、珠三角相比，人才合作效果差强人意。提升京津冀区域整体竞争力，推动三地人才合作向更深程度、更高水平发展，可以说是势在必行。

（1）加强区域人才合作基本理论研究。分析欧洲一体化进程的经验和其他跨区域组织的运作机制，研究中国跨区域经济合作的方法、经验和教训，探索人才作为生产要素在区域间流动、组合和配置的运行规律。（2）学习借鉴中国其他地区人才合作的经验。进入21世纪以来，伴随经济社会发展越来越明显的区域合作态势，中国各地区的人才开发合作实践也在蓬勃开展，京津冀人才合作应借鉴这些地区在建立合作组织、签署合作协议、推动合作项目和破除政策障碍等方面的经验。（3）深入挖掘京津冀三地就业创业、表彰激励、户籍迁移、社会保障等人才相关政策之间的不相衔接、不相配套之处，以互利共赢为出发点制定促进京津冀人才一体化发展的办法和措施，为人才围绕事业自由流动破除障碍、创造条件。（4）加强京津冀三地人才工作部门的联系，协调召开京津冀人才工作联席会议，发布京津冀区域人才一体化发展宣言，选定一批重点人才、重点领域和重点项目先行试点，为大规模推动合作积累经验。

5. 提高人才工作开放程度，促进社会力量广泛参与

社会力量广泛参与是新时期人才工作格局的重要组成部分，也是当前需要深入研究和加快推进的重点领域。作为国家首都，北京人才资源呈现出高层次人才数量较多，国际化程度高，行业或地域分布相对集中，辐射能力强和影响范围广，人才自由发展和自主研究愿望强烈等特点，对人才工作提出了更高标准的多元化要求。为满足这些要求，仅靠党政部门是远远不够的，必须动员和组织市场的和社会的力量广泛参与，通过市场化、社会化的手段来满足人才全面发展的各项需要。

（1）开放决策。成立由企业家、高科技人才、人才学专家等广泛参与的"人才工作专家咨询委员会"，为科学制定决策提供咨询。继承和发扬党密切联系群众的优良传统，在决策制定时，力求通过传统渠道和新兴媒体等在更大范围内征求意见，汇集民意。（2）开放引才。探索向国际猎头公司购买服务，通过项目外包的形式提高引才效率，延揽海外高层次人才。根据国际"高级人才顾问协会"的统计，全球 70% 的高级人才流动都是由猎头公司协助完成的①，目前国内部分省市已经在探索通过知名猎头公司来寻找人才、联络人才、引进人才，相关的经验值得借鉴。（3）开放培养。支持设立"北京市高层次人才创新创业基金"，构建多元化的人才资本投入体系。继续推动高等院校、科研院所、企业参与人才培训项目，支持和鼓励各类社会培训机构发展壮大。（4）开放使用。充分发挥人才密集单位的主体作用，充分发挥行业协会的重要作用，充分发挥市场配置人才资源的基础作用，鼓励人才自由合理流动。此外，要积极鼓励和支持人才服务中介机构的发展。例如，广州市未来将重点扶持 30 个左右的高端人才服务机构及其人才服务团队，积极促进人才培训、人才外包、人才测评、人才网站、猎头等重点人才服务。

6. 抓好党管人才工作体系建设，夯实党管人才工作基础

党管人才是 21 世纪新阶段指导中国人才发展的根本原则，是发挥党在人才工作中领导核心作用，促进人才资源服务首都科学发展和实现世界城市建设目标的重要保证，是有效解决首都人才发展中深层次问题和提高人才工作科学化水平的迫切需要。做好新时期的北京人才工作，必须进一步加强党管人才工作，进一步明确党管人才工作的内容，进一步健全党管人才工作的工作体系，进一步完善党管人才工作的保障措施，为全面推进人才工作提供政治和组织保证。

（1）加快研究制定党管人才工作的实施意见。通过发布实施意见，进一步明确新时期加强党管人才工作的重要意义、目标任务、主要内容、工作格局和保障措施，为全市各部门、各单位的党管人才工作提供合法依据和方向指导。（2）加强全市人才工作者队伍建设。拥有一支数量充足、素质优良的人才工作者队伍是各项人才工作顺利推进的重要保障。要加强全市人才工作机构建设，在重点工作部门设立人才工作处，各区县委组织部完成人才科（组）单设工作，保证人才工作满编运行；通过开展境内外培训、工作交流等形式，不断提高人才工作者辨识人才、服务人才的能力，使全市各级人才工作者成为帮助人才发挥作用的专家、熟知人才成长规律的专家、建设人才队伍的专家和服务高层次人才的专家。（3）加强人才工作考评力度。人才工作绩效考核是进一步加强党管人才工作的重要手段。要健全党政领导班子和领导干部人才工作目标责任制度，把考核

---

① 张建松：《全球人才流动现新特征亚洲"人才回流"有利中国》，2011 年 01 月 07 日《经济参考报》。

结果作为领导班子和领导干部综合考核有关指标的主要依据，推动党政领导干部特别是主要负责同志更加重视和加强人才工作。健全各部门、地区人才工作年终绩效评定办法，加强绩效评定结果的使用，探索实施人才资助资金与考核结果相挂钩的制度。（4）建立人才资源统计常态化机制。人才资源统计是人才工作中的一项基础性工作，摸清人才队伍的发展现状是研究制定各类人才政策措施的重要前提。要健全人才统计系统，确定统计调查的责任部门和经费拨付方式，根据形势要求制定新的统计指标体系，加强非公经济领域和新社会组织人才统计工作力度，为实现党管人才提供数据支撑和科学依据。

Building World Talents Metropolis, Leading World City Construction

—Report on Beijing talents development, 2010

Research Group of Beijing Center for Human Resourses Research

Abstract：Beijing made a significant progress in talents development in 2010, the goal was clearier, the talents projects were steady promoted, the talents special zone was started up, the talents career arena was greatly extended, the talent development conditions ware gradually improved, and the talents development played an important role in beijing's economic and social development. At the same time, there is still a wide gap between the Beijing talents development and the three world cities nowadays, such as the structural shortage of Beijing talents, the talents conditions need to be further optimized, the system reform of talents management has lagged, the efficiency of talents is low, and so on. Based on the analysis made above, it proposed that the implementation of the long-term talents development plan of Beijing should be the main line of the talents work in 2011, and we need to establish and improve the city's talents development planning system, build many talents brand projects, carry out the talents cluster development strategy, promote the regional talents cooperation of Beijing, Tianjing and Hebei, improve the participation of the social community in the talents work, and enhance talents management of the Communist Party of China.

Key Words：World Talents Metropolis；World City；Talents Development

理 论 探 索

B.2

北京世界城市建设的人才指标
体系及人才发展路径研究*

北京市人力资源研究中心课题组**

　　摘　要： 北京已经进入全面建设世界城市的新阶段，人才是建设世界城市的第一资源。构建北京建设世界城市的人才指标体系，不仅能够科学测量和监测北京的人才状况，而且能发现和诊断人才队伍建设过程中存在的问题，为建设世界城市提供更加有力的支撑和保障。本文通过分析归纳世界城市的判定指标并将其人才化，结合北京的实际情况和特色，构建一套系统的世界城市人才指标体系，并将其与公认的三大顶级世界城市（纽约、伦敦和东京）的相关人才指标进行比较分析，明确北京建设世界城市在人才发

　*　本课题为北京市委组织部 2010 年度调研课题，北京市党建研究会资助课题。

**　课题组组长：闫成，中共北京市委组织部副部长；马宁，北京市人力资源研究中心副主任，主
　　要研究领域为人才政策、组织人事人才工作、公共部门人力资源管理等；李晓霞，北京市人力
　　资源研究中心科研主管，研究领域为人才战略、公共部门人力资源研究等；胡秋华，北京市人
　　力资源研究中心科研主管，长期从事组织人事人才等方面的研究。

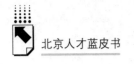

展方面具有的优势和差距，最后尝试提出相应的对策措施。

关键词：世界城市　人才　指标体系

一　世界城市人才发展指标体系的研究背景及意义

（一）北京已经进入全面建设世界城市的新阶段

2009 年，北京市委、市政府根据首都在国家工作大局中所承担的重要任务和中央对北京的发展要求，面对推动首都科学发展、促进社会和谐的历史责任，明确提出了建设世界城市的战略目标，确立以更高标准加快实施"人文北京、科技北京、绿色北京"战略，标志着北京已经进入全面建设世界城市的新阶段。2010 年 8 月习近平同志在京调研时特别指出，北京建设世界城市，要按照科学发展观的要求，突出中国特色，努力把北京打造成国际活动聚集之都、世界高端企业总部聚集之都、世界高端人才聚集之都、中国特色社会主义先进文化之都、和谐宜居之都。以经济增长为支撑，综合科技智力资源、历史文化优势，北京已经具备了建设世界城市的基础，北京确立建设世界城市这一极具远见的目标，对于北京未来的发展，对于国家战略的实施都具有极其重要的意义。

（二）人才是北京建设世界城市的第一资源

世界城市是国际城市的高端形态，是全球政治、经济、文化等具有强大影响力和控制力的空间节点。世界城市较之于其他城市的本质区别就是其在经济、政治、文化等方面全球的控制力、影响力和竞争力。知识经济时代是以知识和信息的生产、分配、使用为主导的时代。而世界城市则是知识经济活跃和起决定性作用的最主要的场所。人才则是知识和信息的创造者、传播者和使用者，是知识和信息最主要的载体和最活跃的因素，是其他生产要素的发现者、创造者、生产者和使用者。

因此，北京能否实现世界城市目标，人才的占有和使用起着至关重要的作用。从某种意义上说，人才整体状况的优劣是影响北京作为世界城市控制力的最核心要素，它对于知识经济时代世界城市的发展具有举足轻重的作用，是北京建设世界城市的第一要素。

（三）构建北京世界城市人才指标体系具有重要的理论价值和现实意义

从理论上讲，纵观国内外已有的研究，将世界城市的指标体系作为专题研究的文献极少，目前在国内的研究中，为数不多的学者对世界城市的指标体系构建进行了深入讨论。但单独将人才指标作为世界城市专题研究对象的文献到目前为止还没有发现。因此，本研究在理论上本身就是一个创新。

从现实意义上讲，构建北京建设世界城市的人才指标体系，不仅能够科学测量和监测北京的人才状况，而且能发现和诊断人才队伍建设过程中存在的问题，明确努力方向和重点，采取相应措施，吸引留住优秀人才，实现人才与产业规模、结构的健康匹配，为建设世界城市提供更加有力的支撑和保障。

本课题的研究思路是分析归纳世界城市的判定标准，将其人才化，并结合北京的实际情况和特色，构建一套系统的世界城市人才发展指标体系，然后将北京与世界公认的顶级世界城市相关人才指标进行比较分析，明确北京建设世界城市人才发展方面具有的优势和差距，最后尝试提出相应的对策措施。

二　世界城市及人才相关理论回顾

（一）世界城市相关理论回顾

1. 国外学者的世界城市观

德国学者歌德（Goethe）在描述罗马和巴黎时就率先使用"世界城市"一词。后来，英国学者格迪斯（Patrick Geddes）在其著作《进化中的城市》中正式使用"世界城市"术语，他主要从具有承载大规模和高规格商务活动功能的角度来界定世界城市。而真正具有现代意义的世界城市研究，还是英国学者霍尔（Peter Hall）① 在其著作《世界城市》中对世界七大城市所做的研究。

---

① Hall Peter. *The World Cities*. London：Heinemann. 1966；Hall Peter. *The World Cities*. London：Weidenfeld and Nicolson. 1984.

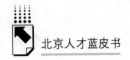

他从多个维度对当时的纽约、伦敦、东京、巴黎、莫斯科、莱茵—鲁尔和兰斯塔德等城市进行了综合考察，认为这些城市处于当时世界城市体系最顶端位置。在霍尔之后，西方城市经济学家将世界城市作为主要研究对象。从已有的文献来看，西方学者对世界城市的研究主要集中在三个方面：①对世界城市的内涵进行探讨；②对世界城市的标准进行界定；③对世界城市的等级进行划分。

（1）世界城市的内涵。霍尔将世界城市定义为：已经对全世界或者大多数国家在经济、政治和文化等方面产生影响的第一流大都市[①]。弗里德曼（Friedmann）认为，现代意义上的世界城市是全球经济系统的中枢，或组织节点，它集中了控制和指挥世界经济的各种战略性功能。后来，弗里德曼对世界城市的内涵进行了修正，认为世界城市应当具有等级层次，且大体上与它的经济控制能力相对应。一个世界城市在等级中的位次最终决定了它吸收全球资本的能力，但是随着政治的动荡和技术创新的不断发展，这种等级层级会发生改变。克拉克（Clark）认为，世界城市随着其历史、区位和所在国的经济规模的变化而不同，从而表现出具有不同的产品和服务专长[②]。萨森（S. Sassen）则另辟路径来研究世界城市，她将传统意义上的世界城市定义为全球城市，即那些能为跨国公司全球经营提供良好服务和通信设施的地点。卡斯特罗（M. Castells）将世界城市理解为"那些在全球网络中将高等级服务业的生产和消费与它们的辅助性社会联系起来的地方"，同时认为世界城市产生的基础是公司网络活动之间的关系和城市之间的关系。

（2）世界城市划分标准。关于世界城市的标准问题，是西方学者讨论的重点。从已有的文献来看，在标准划分方面比较典型的代表有海默（Stephen Hymer）、霍尔、弗里德曼和沃尔夫（Wolff）、弗里德曼、史瑞福特（N. J. Thrift）、戈德曼（Jean Gottmann）、萨森、伦敦规划咨询委员会、尼克斯（Knox）和泰勒（Taylor P. J.）等。他们对世界城市划分的具体标准如表1所示。

（3）世界城市等级。霍尔从多角度综合研究了世界城市，将伦敦、纽约、东京、兰斯塔德、莱茵—鲁尔、莫斯科等7个城市视为世界城市的最顶端[③]。海

①　Hall Peter. *The World Cities*. New York：McGrawhill. 1966.
②　Clark，David. *Urban Wolrd/Global City*. London：Routledge. 1996.
③　Hall Peter. *The World Cities*. New York：McGrawhill. 1966.

默从跨国公司总部的地理分布的标准确定了世界城市，主要包括纽约、伦敦、东京、巴黎、波恩等①。瑞德（H. C. Reed）构建了国际金融中心等级层次，他将纽约和伦敦视为第一层次的国际金融中心（即全球性金融中心），而东京、巴黎、阿姆斯特丹、法兰克福、苏黎世属于第二层次，布鲁塞尔、芝加哥、多伦多、新加坡、香港、悉尼、圣保罗等属于第三层次②。研究国际金融中心方面的学者还有巴蒂和韦斯特（Budd & S. Whimster）、李和玛维迪（Lee & Schmidt-Marwede），瑞恩曼（Drennan）、莫尔（Meyer）。在他们的研究结论中，多数学者认为纽约、伦敦和东京属于全球性金融中心。萨森通过实证研究发现，纽约、伦敦和东京位于全球城市体系金字塔的最顶端③。弗里德曼在其七条假设的基础上对全球 30 个城市进行了研究，他将这 30 座城市划分为四类：纽约、伦敦和东京为第一级，即全球金融中心；迈阿密、洛杉矶、法兰克福、阿姆斯特丹和新加坡为跨国协调中心，属于第二级；第三级为重要经济国家的中心，包括巴黎、悉尼、汉城等；第四级为具有区域的重要性，如香港、旧金山和慕尼黑等。史瑞福特在弗里德曼研究的基础上，重点强调世界城市的服务功能，并以公司和银行总部数量和质量为标准来对世界城市进行等级划分，其分类结果为：纽约、伦敦和东京为全球中心，拥有众多大型跨国公司和跨国银行的总部、分公司或区域总部，这些机构的经营范围涉及全球；而巴黎、香港、新加坡和洛杉矶为洲际中心，这些城市拥有众多的公司总部或者区域总部，但是其业务范围有限，仅仅在一两个洲的范围内经营业务，正是这些公司总部成了联系国际经济活动的纽带；芝加哥、悉尼、檀香山、旧金山、迈阿密、达拉斯等为区域中心。戈德曼将人口、脑力密集型产业和政府权力的影响作为划分世界城市的标准，由此而确定的世界城市有纽约、伦敦、东京、巴黎、莫斯科、兰斯塔德、莱茵—鲁尔；他将北京、圣保罗、汉城、墨西哥等列为潜在的新兴的世界城市④。霍尔通过设定信息、货币和权力流三项指标来对城市的地位进行评

① Hymer S. "The Multinational Corporation and the Law of Uneven Evelopment". In：Bhagwati J. *Economics and World Order from the 1970s to the 1990s.* Collier；MacMllian. pp. 113 – 140.

② H. C. Reed. "Financial Center Eegemony, Interest rates, and the Global Political Economy". In：Park Y S &Eassyyad M. *International Banking and Financial Centers.* Boston：Kluwer Acadenic Publishers. 1989. pp. 247 – 268.

③ Sassen S. *The Global City：New York, London , Tokyo.* Princeton：Princeton university press. 1991.

④ J. Gottmann. *What Are Cities Becoming Centers of ? Sorting Out the Possibilities.* London and Delhi：sage. 1989.

判，最终认为纽约、伦敦和东京在这三项指标中处于领先地位，并将其界定为全球城市的支配中心。

2. 国内学者的研究

在国内有关世界城市研究的文献中，大多数学者主要是介绍西方有关世界城市的基本理论，如蔡建明①，沈金箴、周一星②，谢守红、宁越敏③等。一部分学者通过借鉴国际经验来讨论北京建设世界城市的路径，如李国平④，李国平、卢明华⑤。为数不多的学者对世界城市的指标体系构建进行了深入讨论，比较典型的代表是屠启宇⑥。因此，本课题的研究在直接文献的支持方面面临巨大的挑战。但是，从屠启宇的研究中，我们发现他是从世界众多著名城市研究专家对世界城市的定义、标准划分中抽象出共性指标和个性指标，并将其视为世界城市的标识性指标。在此基础上，他又将后发城市建设世界城市的相关指标视为路径性指标，并最终形成世界城市指标体系分析框架，在其指标体系中，重点强调塑造世界城市的过程。

（二）人才相关理论回顾

1. 人才的概念

"人才"作为中国特有的概念，虽然不能在英语中找出一个完全对应的词，但是在其界定、内涵及本质等方面还是存在很大的重合度，国内外学者主要从以下两个层次对其概念进行界定。

第一，通常意义上的一般性人才。大量的学者对人才的界定可以归结为通常意义上的人才，这类定义侧重于考察人才的知识积累度、创造性劳动和社会贡献度等特点。即人才不同于一般的人力资源，需具备一定的知识技能，进行创造性

---

① 蔡建明：《"世界城市"论说》，《国外城市规划》2001 年第 6 期，第 32 ~ 35 页。

② 沈金箴、周一星：《世界城市的涵义及其对中国城市发展的启示》，《城市问题》2003 年第 3 期，第 13 ~ 16 页。

③ 谢守红、宁越敏：《世界城市研究综述》，《地理科学进展》2004 年第 9 期，第 56 ~ 66 页。

④ 李国平：《世界城市格局演化与北京建设世界城市的基本定位》，《城市发展研究》2000 年第 1 期，第 12 ~ 17 页。

⑤ 李国平、卢明华：《北京建设世界城市模式与政策导向的初步研究》，《地理科学》2002 年第 6 期，第 263 ~ 269 页。

⑥ 屠启宇：《世界城市指标体系研究的路径取向与方法拓展》，《上海经济研究》2009 年第 6 期，第 77 ~ 87 页。

的劳动，这是人力资源成为人才的基础。同时强调人才的贡献度，但关于贡献度的大小界定各方观点不同。一类观点认为只要作出贡献就是人才。比如认为人才是指具有一定的专业知识或专门技能，进行创造性劳动并对社会作出贡献的人，是人力资源中能力和素质较高的劳动者①。另一类则强调人才的社会贡献度较大②，且这种贡献度只是相对于一般劳动者而言的。

第二，精英和天才型的人才。从这个角度讲，人才是指那些在智力、能力、素质、社会贡献度方面都显著高于一般性人才的人。国内学者黄津孚③认为"人才是指在对社会有价值的知识、技能、意志方面有超常水平，在一定条件下能作出较大贡献的人。人才既包括知识超常知识分子，又包括技能超常的能工巧匠、艺人和领袖，还包括意志超常的英雄，就是社会需要的高素质的人"。美国著名心理学家、人才研究专家艾伯特（Robert S. Albert）④认为"天才人物是任何一位这样的人：不管他拥有其他什么特征，或者认为自己具有什么特征，他都能在一段很长的时间内从事很大一批研究，这些研究在许多年中对许多人产生了显著的影响"。

本文对人才的界定主要是以一般性人才为基础，综合考虑北京世界城市建设所必备的关键性人才需求，将人才的知识技能水平做了相应的限定，即人才是指具有一定的专业知识技能，进行创造性劳动并对社会作出贡献的人，是人力资源中能力和素质较高的劳动者，统计上是以那些拥有大专以上学历的人为人才的代表。

2. 城市发展与人才作用关系

目前国内外关于城市与人才作用的理论研究比较零散，大多从人才作为一种要素的重要性来分析，认为人才是经济社会发展的第一资源。典型的人力资本理论认为促进经济持续增长的动力不再是传统的物质资本与普通劳动力，而是存在于人体具有经济价值的熟练技能、广泛知识、较强实践能力和健康等多种质量要素的总和。而大多数学者也认同城市的综合发展水平和环境对于吸引和激励人才具有重要作用。但是系统分析城市与人才内部作用机制的研究比较少。倪鹏飞⑤等从产业价值体系形成和变化的角度分析了城市发展与人才资源的互动关系，指

① 《国家中长期人才发展规划纲要（2010～2020年）》。

② 王通讯：《人才学通论》，中国社会科学出版社，2001；叶忠海：《人才学概论》，湖南人民出版社，1983。

③ 黄津孚：《人才是高素质的人——关于人才的概念》，《中国人才》，2001。

④ 〔美〕R. S. 艾伯特：《天才与杰出成就》，浙江人民出版社，1988。

⑤ 倪鹏飞等：《城市人才竞争力理论与方法》，《中国人才发展报告》，社会科学文献出版社，2005。

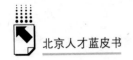

出城市人才资源规模和结构的变动影响城市的价值，某类人力资源的集聚会导致相关产业形成比较优势，从而引导城市向该方向发展。总之，城市与人才是一种相互影响、相互促进的关系。人才是城市发展的关键所在，人才可以引领城市的发展。同时城市的发展水平决定了它能在多大程度上吸引、留住优秀人才，并让人才发挥最大作用推动城市的发展。

参考倪鹏飞的研究成果，我们可以得知：第一，人才的规模和结构是建设世界城市的前提条件。一个城市发展基础在经济发展，而产业又是城市经济发展的直接推动力。它包含产业规模的扩大和结构的优化两方面的内容。产业规模的扩大是基础，它取决于人才的规模。人才规模总量与城市的整体增长呈正相关关系。在其他资源和条件一定和充足的情况下，一个城市拥有的人才规模越大，所掌握的知识信息越多，对城市的产业发展促进越大。产业结构优化是核心，是城市发展重中之重，它的优化决定于人才结构的优化。因为人才素质结构影响城市发展的速度。人才素质的变化特别是高层次人才的引进，可以引导产业升级，促进产业结构的调整和优化。人力资本投资越大，人才素质越高，产出效益也相应越高，对城市的产业贡献越大。同时人才的产业分布结构将主导一般性资源的流动方向，进而影响城市的产业结构的聚集状况。此外，人才结构尤其是知识技术的结构，直接制约和影响着城市的产业结构和技术结构。某产业人才聚集越多，结构越优，该产业的发展就越快越健康。第二，人才环境，即城市的经济发展水平、生活环境、事业环境、人文环境、国际化环境等则是人才生存、成长、创造的外部因素。任何人才都必须依托良好的外部环境才能正常、稳定、持久地创造应有的效益。

3. 人才评价指标体系

关于人才评价指标体系的研究非常多，主要分两类。一类是研究个体人才的评价指标体系，即判定具备什么条件才符合某类人才的要求。另一类是宏观层面的人才状况评价指标体系。在宏观层面，国内外学者侧重从国际、城市、区域竞争力的角度进行人才指标体系的设计。

桂昭明[1]从 IMD2000 年发布的《世界竞争力年鉴》的 290 个指标中选取设计人才的 52 个指标，并增补了 2 个，形成一个专门评价人才国际竞争力的指标体系。该体系分为人才数量、人才质量、人才创新能力、人才使用效益、人才状

---

① 桂昭明：《人才国际竞争力评价》，《中国人才》2002 年第 10 期。

态、人才环境六大维度，并选取若干国家和地区进行实证检验。

倪鹏飞[1]则将人才本体竞争力作为城市的核心进行深入研究，构建了人力资源数量、质量、配置、需求、教育指数 5 个维度、15 个二级指标、20 个解释指标的评价体系。该评价体系侧重反映城市的人才现状和潜力。此外，倪鹏飞还从目标层、准则层、指标层的分类角度构建人才竞争力指标体系。

杨河清[2]等则构建了包含人才数量指数、人才质量结构指数、经济环境指数、生活环境指数、社会文化指数、自然环境指数、人才市场环境指数、人才效益指数、人才政策指数 9 类指标的评价体系，共使用 65 个二级指标进行具体评估。

此外，戴志伟、丁向阳、江苏省人事厅课题组等也对区域或城市人才的评价指标体系进行了研究构建。分析众多学者的研究可以发现，人才指标体系研究中绝大多数涵盖了人才规模、环境、效能的考量，这也成为大多数学者的共识。

三 世界城市人才发展指标体系的构建

（一）构建原则

（1）科学性原则。以科学的人才理论和筛选方法为指导，选出能体现北京建设世界城市人才发展状况核心要素的指标。同时，严格按照分类学基本原理，将具有共性的指标归于同一类。

（2）可操作性原则。所有数据指标都应该是可量化的，并且所有数据都应具有可获得性。

（3）国际可比原则。基于世界城市的国际化特征，指标的选取和计算须按照国际规则进行处理。指标应当口径一致，尽可能与国际统计标准相统一，以便同其他世界城市进行对比分析。

（4）系统优化原则。尽可能以较少的指标全面反映北京世界城市建设人才发展状况的本质和核心，不同维度、不同指标之间相互独立，相同维度中的指标又具有某种共性，实现指标体系界限分明、层次合理的要求。

---

① 倪鹏飞等：《城市人才竞争力与城市综合竞争力》，《中国人才》2002 年第 10 期。

② 杨河清等：《首都区域人才竞争力评价指标体系的构建》，《首都经济贸易大学学报》2006 年第 5 期。

（二）世界城市人才发展指标的提取方法——世界城市评价指标的人才化

第一步，梳理国际权威学者和机构对世界城市的判定指标，如表1中"原生性指标"一列所示。他们从不同的角度判定一个城市是否是世界城市。比如霍尔比较综合地把对全世界或者大多数国家在经济、政治和文化等方面产生的影响力作为判定标准，选取了包括主要政治权力中心、首都和国际政府组织或非政府组织所在地、大型跨国公司总部所在地、主要国际展览中心、主要工业中心、主要世界交通枢纽、主要大学和科研中心等在内的14个指标。

第二步，将世界城市原生性指标人才化，形成世界城市体系下的人才指标群。把世界城市的判定指标人才化后的结果见表1"人才化指标"一列。比如霍尔认为"主要大学和科研中心"是判定世界城市的指标之一，那么人才化的过程就是指要实现"主要大学和科研中心"这一目标，应该具备高等学校数量、教育服务人员比重等14个人才方面的条件。原生性指标和人才化指标是"多对多"的关系，而非简单的一一对应，即一个人才化指标可以支持多个原生性指标，一个原生性指标也可能需要多个人才化指标来解释。

表1　世界城市指标体系的人才化过程

研究者	原生性指标	人才化指标	指标属性
Hall （1984）	主要的政治权力中心	国际组织总部数量	国际化环境
	首都和国际政府组织或非政府组织所在地		国际化环境
	大型跨国公司总部所在地	世界500强总部数量 世界跨国公司地区分部数量	事业环境
	主要工业中心	第二产业产值比重，第二产业从业人员比重	重点产业人才
	主要国际展览中心	专业和商务服务人员	重点产业人才
	主要铁路、高速公路、港口和航空中心	物流从业人员数量	重点产业人才
	主要银行、保险和投资公司总部所在地	金融人才数量	重点产业人才
	主要医疗和法律中心	医疗人员数量、律师数量 公共卫生支出占GDP比重 卫生服务人员比重	人才数量
	国家司法总部所在地	国家司法人员比重	人才数量

续表

研究者	原生性指标	人才化指标	指标属性
Hall (1984)	主要大学和科研中心	高等学校数量 教育服务人员比重 R&D 机构数量 每万从业人员中科学家和工程师数量 每万从业人员中 R&D 人员数量 R&D 投入占 GDP 比重 科技人员人均科技经费支出 科技经费支出占 GDP 比重 公共教育经费支出占 GDP 比重 年专利申请量 年专利授予量(WIPO) SCI 论文发表数量 SSCI 论文发表数量 A&HCI 论文发表数量	事业环境和人才数量
	国家剧院、歌剧院和著名餐厅所在地	公共图书馆数量 艺术馆、文化馆和博物馆数量	生活环境
	拥有大规模人口和足够国际型劳动力	城市常住人口 外籍从业人员占总从业人员比重 外籍侨民与本地人比例	人才数量
	服务业人口在总劳动力人口中所占比重不断增加	服务业人口规模以及占劳动力的比重	三次产业人才占比
	各种政府、工业界、科研机构及自愿组织的全球性会议备选之地	每年国际会议举办次数	国际化环境
Friedmann &Wolff (1982)	生产性服务业	生产性服务人员数量	重点产业人才
	金融业	金融从业人员数量	重点产业人才
Friedmann (1986)	金融中心	金融从业人员数量 跨国金融企业的国际化指数 跨国非金融企业的国际化指数	重点产业人才
	跨国公司总部	世界 500 强跨国公司 CEO(总部)数量	国际化环境
	国际性机构的集中度	国际机构数量	国际化环境
	商务服务部门的快速成长	商务服务部门从业人员增加速度	重点产业人才
	重要制造业中心	第二产业比重	三次产业人才
	主要的交通枢纽	物流从业人员	重点产业人才
	人口规模	总人口规模 从业人数 主要劳动力占总从业人员比重 人口密度	人才数量
	1995 年,增加了人口迁移目的地指标	国内国际移民占总人口比重	国际化环境

续表

研究者	原生性指标	人才化指标	指标属性
N. J. Thrift (1989)	公司和银行总部数量	跨国公司总部数量	国际化环境
		银行总部数量	事业环境
Jean Gottmann (1989)	人口、脑力密集型产业和政府权力的影响	受过高等教育以上从业人员及比重 平均受教育年限 高等教育毛入学率 (会计、法律、咨询、研发等从业人员)	人才数量
伦敦规划咨询委员会 (1991)	良好的基础设施、财富创造能力、就业增长力、维持高生活质量的吸引力	年新注册企业数、年均 GDP 规模、人均 GDP、人均可支配收入及占 GDP 比重、全员劳动生产率	经济环境
Knox (1995)	跨国商务活动,由入驻城市的世界 500 强企业数量来衡量	世界 500 强企业数量或 CEO 数量	国际化环境
	国际事务,由入驻城市的非政府组织和国际组织数量来衡量	政府与非政府组织数量	国际化环境
	文化集聚度,由该城市在国家中的首位度来体现	城市首位度[注:一国(地区)范围内首位城市与第二位城市人口数量之比,表明某国家或地区首位城市的集聚程度]	事业环境
D. Simon	需要有完整的金融和服务体系,以国际机构、跨国公司、政府和非政府组织为服务对象	金融机构的数量	事业环境
		金融从业人员数量	重点产业人才
	有高质量的生活环境、能够吸引和挽留有专长的国际移民、技术人才、政府官员和外交官	生活质量指数 住房价格 人均住房面积 人均绿化面积	生活环境
Beaverstock J. V.,Taylor P. J.(1999)	会计业、广告业、银行业和法律服务业等高等级服务业	专业和商务服务人员比重、文化创意产业从业人员比重	人才数量
Stephen Hymer(1972)	跨国公司总部的数量	跨国公司 CEO 数量	国际化环境
S. Sassen (1991)	城市的服务功能	生产、商务、专业、物流服务人才规模	人才数量
Castells,Batten,Warf,Hepworth,Lanvin	信息技术革命、信息网络	高科技产业人员比重	人才数量
Reed	国际金融中心:政治、经济、金融、文化和地理	四大中心指标	综合性指标

第三步，将人才指标群进行分类，形成统一的分析框架，构建出完整的世界城市人才指标体系。

通过对已有研究文献的分析和归纳，我们认为表1所示指标揭示了世界城市的四大控制力：政治控制力、经济控制力、科技控制力和文化控制力。支持这四大控制力的人才指标可以概括为两类：一类是基础性人才指标，主要用于反映世界城市各种控制力所依赖的人才基础；另一类当属控制性人才指标，用于反映世界城市在四种控制力方面的能力状况。这种指标分类的结果如表2所示。

表2　按四种控制力归类的人才指标

指标类型		具体指标
基础性指标		常住人口
		人口密度
		高等教育毛入学率
		人口平均受教育年限
		公共教育经费支出占 GDP 比重
		外籍人口与本地人口比例
		生活质量指数
控制性指标	政治控制力	国际组织总部数量
		每年召开的国际会议次数
	经济控制力	年均 GDP 规模
		人均可支配收入占 GDP 比重
		从业人员规模
		三次产业人才结构
		受过高等教育以上从业人员比重
		受过高等教育以上从业人员数
		全员劳动生产率
		跨国非金融企业的国际化指数
		世界 500 强跨国公司总部数量
		世界跨国公司地区分部数量
		金融行业从业人员比重
		跨国金融企业的国际化指数

续表

指标类型		具体指标
控制性指标	科技控制力	高等学校的数量
		R&D 机构数量
		每万从业人员中 R&D 人员数量
		每万从业人员中科学家和工程师数量
		高科技产业从业人员比重
		R&D 投入占 GDP 比重
		年专利申请量
		年专利授予量（WIPO）
		SCI 论文发表数量
		A&HCI 论文发表数量
		SSCI 论文发表数量
	文化控制力	公共图书馆数量
		艺术馆、文化馆和博物馆数量
		文化创意产业从业人员比重

（三）世界城市人才发展指标体系

基于世界城市的本质特点、人才与城市发展互动关系的基本规律，以及后发国家建设世界城市的经验，本指标体系主要设 3 个一级指标、10 个二级指标、35 个三级指标。其中，人才规模指标主要反映世界城市建设的基础支撑。只有具备数量充裕、结构合理的人才队伍，才能有力支撑世界城市的建设；人才环境指标是指世界城市建设过程中人才发展所需的经济、事业、人文和生活等方面的环境要素；人才效能指标则是世界城市建设成果的集中体现，人才效能主要包括两个方面，即人才投入与人才产出。人才投入主要包括教育、科技和医疗卫生三个方面，人才产出包括经济产出和科技产出两个方面，具体指标体系如表 3 所示。

（四）人才指标体系的运用

本文所构建的人才指标体系，其主要作用在于：通过这些指标来研究当今顶级世界城市的人才发展规律，并运用纽约、伦敦、东京和北京的相关数据做比较

表3　世界城市人才发展指标体系

一级指标	二级指标	三级指标
人才规模	人才数量	常住人口
		从业人员规模
		人才数量
	人才质量	平均预期受教育年限
		高等教育毛入学率
		接受高等教育从业人员比重
		每万从业人员中R&D人员数量
		每万从业人员中科学家和工程师人数
	人才产业结构	人才宏观产业集中度（三次产业结构比）
		高科技产业从业人员比重
		金融产业人员比重
		文化创意产业人员比重
人才环境	基础环境	人口密度
		生活质量指数
	经济环境	年GDP规模
		人均可支配收入
		人均可支配收入占人均GDP比重
	事业环境	世界500强跨国公司总部数量
		跨国公司地区分部数量
		R&D机构数量
	人文环境	高等院校数量
		公共图书馆数量
		艺术馆、文化馆和博物馆数量
	国际化环境	国际组织总部数量
		外籍侨民与本地人比例
		每年国际会议举办次数
		跨国非金融企业的国际化指数
		跨国金融企业的国际化指数
人才效能	人才投入	科技投入占GDP比重
		教育经费支出占GDP比重
		卫生经费支出占GDP比重
	人才产出	人均GDP
		劳动生产率
		年专利授予量（WIPO）
		论文发表数量（SCI、SSCI和A&HCI）

分析，将世界城市的人才发展规律具体化，从中寻找出北京和世界城市之间人才发展的比较优势和劣势，为北京世界城市建设的人才发展路径提供依据。

本文所构建的人才指标体系基本反映了当今世界城市的人才发展态势，但是在相关指标的使用过程中，需要根据北京的实际发展状况和数据的可获得性不断进行补充和发展，如人才流动性指标是衡量世界城市引进、使用和培养人才的核心指标，由于数据获取困难，故在此暂时没有涉及，将在以后的研究中尽量予以补充。

四　北京与纽约、伦敦、东京的人才发展状况比较①

（一）　四城市人才指标分类比较

1. 人才规模指标

人才规模从三个维度来体现：①人才数量，主要反映各城市人才队伍的总量，具体指标分解为三项，即常住人口、从业人员数量和受过高等教育从业人员的数量；②人才质量，从人口平均预期受教育年限、人口高等教育毛入学率、接受高等教育从业人员比重、每万从业人员中 R&D 人员数量、每万从业人员中科学家和工程师人数五项指标来反映；③人才产业结构分布，主要通过人才宏观产业集中度（三次产业结构比）、高科技产业从业人员比重、金融产业人员比重、文化创意产业人员比重来反映。

（1）人才数量指标。如图 1 所示，从常住人口、从业人员数量、人才数量的绝对值来看，北京在四城市中处于领先地位，主要原因在于北京市的常住人口基数最大。可以认为，北京建设世界城市的优势之一就是人才基础雄厚，规模庞大，人才潜力较大。

（2）人才质量指标。如图 2 所示，从受教育程度来看，北京人均受教育年限只有 10 年，只相当于初中毕业程度，而纽约、伦敦、东京等大都市人均受教育水平都达到了大专文化程度，北京劳动力人口的平均受教育水平低于其他大都市。从高等教育毛入学率来看，北京与纽约的差距较大。从北京从业人员接受高

---

①　四城市范围界定分别为：北京市是指 16 个区县，区域面积 16411 平方公里；纽约市是指包括布朗克斯区、布鲁克林区、曼哈顿区、皇后区、斯塔腾岛在内的 785.5 平方公里的区域；伦敦市是指英国首都大伦敦市，包括伦敦城及其周围 13 个市区的内伦敦和 20 个市区的外伦敦，区域面积 1584 平方公里；东京市是指其 23 个特别行政区和 26 个市、5 个町、8 个村，区域面积为 2187 平方公里。

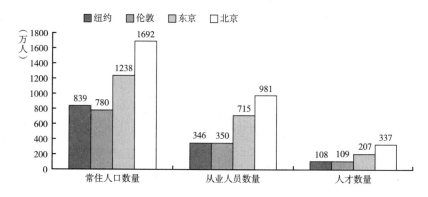

图 1　四城市人才规模对比图

数据来源：纽约数据来自美国调查局，伦敦数据来自英国调查局，东京数据来自日本调查局，北京数据来自《北京统计年鉴2009》。

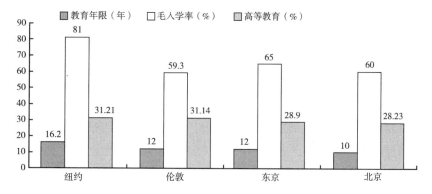

图 2　四城市人才质量之教育水平对比

数据来源：世界银行数据库（2006年）、国家统计局国际数据（2006年）、北京市教育委员会（2009年）、《美国教育年鉴2009》和《关于北京现代化和国际化水平的比较研究》（"2008年奥运会对北京现代化进程的影响和推动分析"课题组，《北京行政学院学报》，2003年第1期）。

等教育比例来看，与三大城市接近。从科技人才来看，北京与其他三个城市的差距较小，每万从业人员中科学家和工程师的数量比伦敦还多，与纽约接近。

（3）人才产业结构指标。如图3、表4所示，宏观产业人才结构，主要用于比较三次产业的从业人员分布。结果表明，北京的人才宏观产业分布处于最低端，纽约的产业结构处于最高端，第三产业的比重在90%以上①。

———————————

① 数据来源：《世界大都市人才数据》和《北京市统计年鉴2009》。

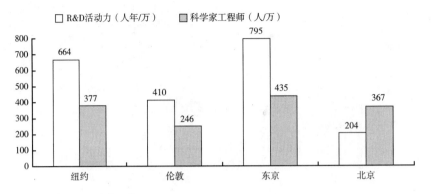

图3 四城市人才质量之科技人才对比

数据来源：北京数据来自《国际统计年鉴2010》，纽约、伦敦和东京数据根据国家层面数据推算。

表4 四城市人才产业结构分布

城市	人才宏观产业集中度	城市	人才宏观产业集中度
纽约	0.1∶9.8∶90.1	东京	0.4∶23.1∶76.5
伦敦	0.4∶15∶84.6	北京	6.4∶21.1∶72.4

从世界城市高端产业来看，高科技产业、金融产业和文化创意产业是其典型特征。通过对比不难发现，纽约、伦敦和东京在各类高端产业中处于领先地位，而北京高端产业人才在四个城市中最为薄弱，尤其是高科技产业人才（见图4）。人才产业分布比较表明，北京市的人才宏观产业结构相对较低，重点产业人才缺

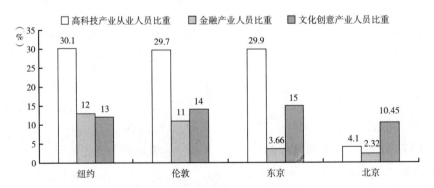

图4 四城市人才高端产业分布对比

数据来源：Dev Virdee，Tricia William（Editors），*Focus on London*：*TSO*，www. statistics. gov. uk 和《上海金融时报》（2007年11月27日）。

乏。优化人才宏观产业结构、加快培养重点产业人才刻不容缓。

2. 人才环境指标

人才环境是衡量一个城市人才发展力量的主要综合性指标。可以从五个方面来对城市的人才环境进行评价，即基础环境、经济环境、事业环境、人文环境和国际化环境。

（1）人才基础环境指标。人才基础环境主要反映人才生活和工作所必须的基础性条件状况，本文选择人口密度和生活质量指数两个指标来衡量。

从表5中可以看出，北京在四个城市中人口密度最小，分别为纽约、伦敦、东京的1/10、1/5和1/5。表面看来，北京人口密度较小，但其人才发展的地理空间优势并没有实现，所以在全球城市生活质量指数排名上，北京仅位于全球第113位，在四城市中排名最后。

表5　四城市人才基础环境比较

城市	人口密度（人/平方公里）	生活质量指数（分/位）
纽约	10681	100 分/50 位
伦敦	4924	101.6 分/38 位
东京	5660	102.2 分/35 位
北京	1031	69 分/113 位

数据来源：人口密度数据分别来自《纽约州统计年鉴 2005》、*Focus on London 2009*、《日本统计年鉴 2010》、《北京统计年鉴 2009》。生活质量指数数据来自"美世调查 2009"。

（2）人才经济环境指标。人才经济环境主要用于反映人才在一个城市工作所获得经济福利的机会大小。相对于经济落后的城市来讲，如果一个城市经济实力雄厚，经济发展水平较高，同样的人才所获得福利的机会就会较高，可以使用城市 GDP 规模、人均可支配收入及其占人均 GDP 的比重来反映。

从图5～图7可以看出，在经济环境方面，北京与纽约、伦敦、东京三大城市之间的差距非常明显。北京的 GDP 总量为1510亿美元，约为东京的1/10、纽约的1/4和伦敦的1/3；人均可支配收入仅为3256美元，是伦敦的1/12、东京和纽约的1/11。北京人均可支配收入占人均 GDP 的比重为36%，与三大城市相比有一定差距。通过分析可以得出，北京在财富分配中，年增加财富用于满足人才消费需求的比重偏小，这意味着人才整体福利水平较低。

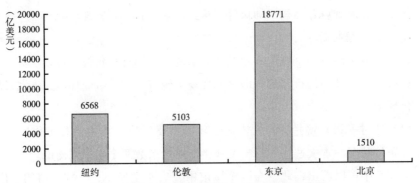

图 5　四城市人才经济环境之 GDP 规模对比图

数据来源：纽约数据根据《纽约州统计年鉴 2005》推算，伦敦、东京、北京数据分别来自 *Focus on London 2010*、《日本统计年鉴 2010》、《北京统计年鉴 2009》。

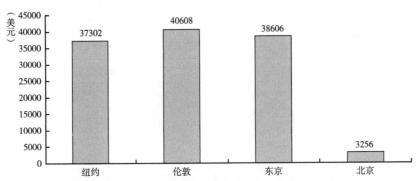

图 6　四城市人才经济环境之人均可支配收入对比图

数据来源：《纽约州统计年鉴 2005》、*Focus on London 2010*、《日本统计年鉴 2010》、《北京统计年鉴 2009》。

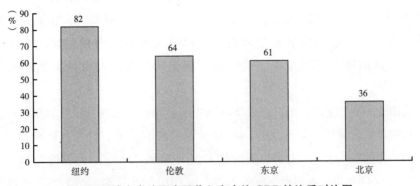

图 7　四城市人均可支配收入占人均 GDP 的比重对比图

数据来源：《纽约州统计年鉴 2005》、*Focus on London 2010*、《日本统计年鉴 2010》、《北京统计年鉴 2009》。

（3）人才事业环境指标。人才事业环境主要用来反映一个城市拥有的事业平台的数量。世界城市的高端人才主要积聚于大型跨国公司和科研机构，跨国公司的总部、分部和 R&D 机构就构成了人才发展的主要事业平台。

图 8 ~ 图 10 表明，北京市所拥有的世界 500 强跨国公司总部数量与伦敦、纽约差距不大，总部经济特征明显。从跨国公司分部数量来看，与纽约、伦敦相比还存在很大差距。从 R&D 机构的数量看，北京与三大城市的差距也很大。总之，北京的人才事业环境基础尚可，但创新创造型事业平台需要进一步拓展。

（4）人才人文环境指标。人文环境是人才发展所面临的社会软环境，对于人才的可持续发展和工作效率的提高具有重要保障作用。

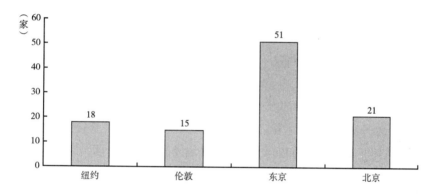

图 8　四城市跨国公司总部数量比较

数据来源：财富杂志（2008 年）。

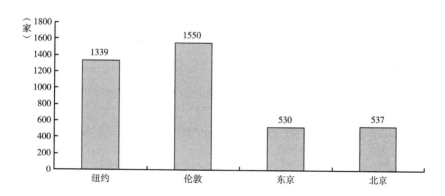

图 9　四城市跨国公司分部数量比较

数据来源：财富杂志（2008 年）。

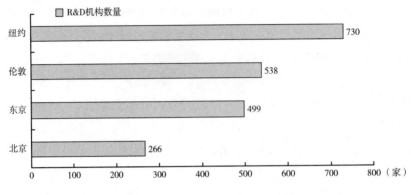

图 10 四城市 R&D 机构数量比较

数据来源：《纽约州统计年鉴 2005》、*Focus on London 2009*、《日本研发产业的空间集聚与影响因素分析》（王承云：《地理学报》第 65 卷第 4 期）、《北京统计年鉴 2009》。

从图 11 可以看出，与其他三个城市相比较，北京的高等院校数量仅次于东京，人文环境基础较好，但水平偏低。有资料表明，北京在世界排名前 100 位的高校凤毛麟角。同时，北京惠及大众的人文环境差距较为明显，比如公共图书馆数量还不到东京的 1/3，艺术馆、文化馆和博物馆数量也相对较少。总体来看，北京的人文环境具有一定的基础，但有些领域需要进一步改善。

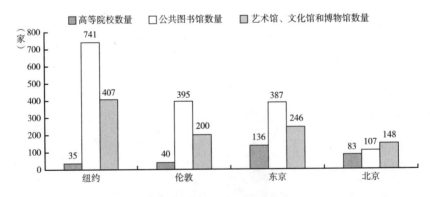

图 11 四城市人文环境对比

数据来源：《纽约州年鉴》（2004 年）和 http://news.sina.com.cn/c/2006-01-29/07088104364s.shtml。

（5）人才国际化环境指标。国际化是世界城市的基本特征，同时也是吸引人才聚集的基本条件。一个城市的国际化程度越高，集聚世界各国人才的能力就越强，激发城市活力和创造力的功能也就越强。衡量一个城市的人才国际化环境，可以通过构建五项指标来实现，即国际组织总部数量、外籍侨民占本地人口比例、国际会议召开的次数以及跨国金融（非金融）企业的国际化指数等。

从图12～图14中的数据来看，相对于纽约、伦敦和东京来讲，北京的国际化程度较低，外籍侨民占本地人口比重为0.68%，国际组织总部数量有4个，每年举办的国际会议约为纽约和伦敦的1/8。从跨国金融（非金融）公司的国际化指数来看，北京也低于其他三个城市。从比较结果看，北京要建设世界城市，国际化程度有待提高。

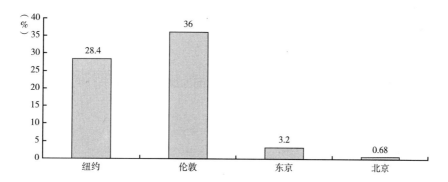

图12　四城市外籍侨民所占比例

数据来源：《纽约州统计年鉴2005》、*Focus on London 2010*、《日本统计年鉴2010》、《北京统计年鉴2009》。

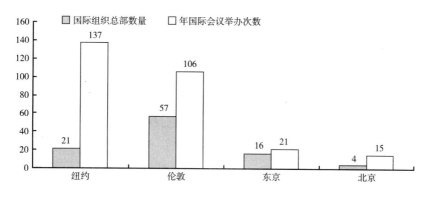

图13　四城市国际化环境之国际组织总部数量和国际会议对比

数据来源：北京WTO事务中心（2008年）。

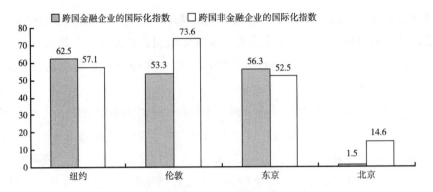

图14 四城市国际化环境之跨国企业国际化对比

数据来源：《纽约州统计年鉴 2005》、*Focus on London 2010*、《日本统计年鉴 2010》、《北京统计年鉴 2009》。

3. 人才效能指标

人才效能主要是反映人才效率和能力高低的综合性指标，主要通过人才投入和人才产出两个指标来衡量。

（1）人才投入指标。国际上，人才投入主要包括教育投入、科技投入和医疗卫生投入三个部分，四个城市的相关指标如图15、图16所示。

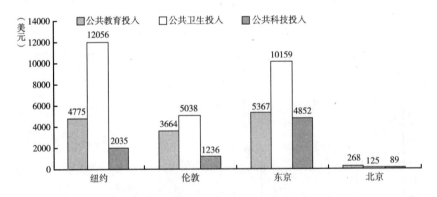

图15 四城市人才人均投入绝对值比较

数据来源：《纽约州统计年鉴 2005》、*Focus on London 2010*、《日本统计年鉴 2010》、《北京统计年鉴 2009》。

可以看出，同其他三个世界城市相比较，北京市的人才投入无论是总量还是比重都落后于其他城市。在公共教育投入方面，纽约市的财政投入比例达到6.1%，伦敦为5.6%，东京为3.54%，而2009年北京仅仅为3%。在公共卫生投入方面，

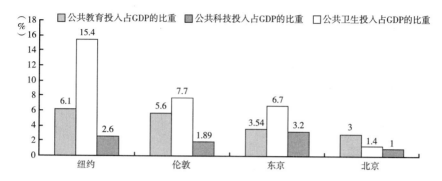

图16 四城市人才投入占GDP的比重对比

数据来源：《纽约州统计年鉴2005》、*Focus on London 2010*、《日本统计年鉴2010》、《北京统计年鉴2009》。

纽约市用于公共卫生投入的比重高达15.4%，伦敦为7.7%，东京为6.7%，而北京市仅仅为1.4%。在科技投入方面，东京的科技投入占GDP的比重在四个城市中居首，为3.2%；其次是纽约和伦敦，科技投入占GDP的比重分别为2.6%和1.89%，北京在科技方面的投入最低，占GDP的比重仅仅为1%。北京的人才投入无论是总量还是GDP占比，都落后于其他三大城市，人才投入不足，差距明显。

（2）人才产出指标。人才产出指标是用来衡量人才投入所产生成果的指标。人才产出指标主要包括两类：一类是人才经济产出，可以使用人均GDP和劳动生产率来表示；另一类是人才科技产出，可以使用专利和学术论文的发表数量来衡量。如图17、图18所示。

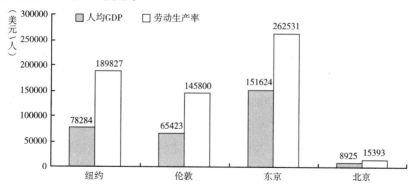

图17 纽约、伦敦、东京和北京四城市人才经济产出

数据来源：《纽约州统计年鉴2005》、*Focus on London 2010*、《日本统计年鉴2010》、《北京统计年鉴2009》。

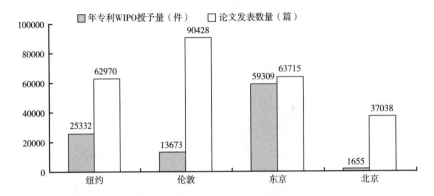

图18 纽约、伦敦、东京和北京四城市人才科技产出对比

数据来源：倪鹏飞、〔美〕彼得·卡尔·克拉索主编《全球城市竞争力报告（2007～2008）》，社会科学文献出版社，2008。

在人才经济产出方面，无论是人均 GDP 还是劳动生产率，北京与其他三个城市之间的差距还比较大。北京人均 GDP 是东京的 1/17、纽约的 1/8 和伦敦的 1/7，劳动生产率分别是东京、纽约和伦敦的 1/17、1/12 和 1/9。在人才科技产出方面，北京被授予专利的数量与三大城市的差距较为明显，国际三大期刊检索（SCI、SSCI 和 A&HCI）论文发表数量同其他三个城市相比存在一定差距。从人才效能的比较结果来看，北京的人才产出偏低，人才效能尚存不足。

（二）世界城市人才指标的比较结论

通过与三大世界城市的横向比较发现，北京虽然在某些人才指标方面具有一定的优势，但是整体来看，与三大世界城市之间还存在较大的差距。

1. 北京建设世界城市的人才优势

（1）人才基础雄厚。人才基础主要表现在两个方面：一是北京的人口规模庞大，从业人员较多，而人口和从业人员都是人才的基础；二是人才既有存量较多，从业人员中受过高等教育的比重与三大世界城市比较接近。

（2）人口密度相对较小。与其他世界城市比较，北京核心区人口虽然高于国际城市，但总体人口密度不高，在地理空间和城市质量上还有进一步挖掘的空间。

（3）人才事业平台基础较好。在人才事业平台方面，北京世界 500 强总部及跨国公司数量都已经超过伦敦，世界级跨国公司在北京的分部数量也超过东京，这表明北京在人才载体方面具有一定的优势。

（4）文化资源潜力巨大。北京作为全国的政治文化中心，几千年的历史文化积淀使北京成为独具魅力的世界名都，因此文化实力将是北京走向世界城市的不竭动力。

2. 北京建设世界城市的人才差距

（1）人才产业分布不合理。这主要表现在人才宏观产业和重点产业分布两个方面。人才的宏观产业分布与东京接近，但重点产业的人才比重偏低，这种人才产业结构分布制约了人才的创新发展。

（2）人才经济环境和国际化差距明显。经济环境是吸引和留住人才的重要因素。从宏观来看，北京的 GDP 与其他城市差距明显，经济基础相对较弱；从微观来看，人均收入偏少，占 GDP 的比重偏小，这种现状制约了北京对国际人才的吸引。

（3）人才投入产出差距较大。从人才投入来看，北京在教育、卫生和科技的公共投入方面与其他城市存在较大差距；在人才产出方面，经济产出和科技产出的效率偏低。

五　北京建设世界城市的人才发展路径选择

按照全国和全市人才工作会议精神，北京在建设世界城市的人才发展战略上，要高举中国特色社会主义伟大旗帜，以邓小平理论和"三个代表"重要思想为指导，按照科学发展观的要求，坚持党管人才原则，既要吸取其他世界城市的优点和共性，也要结合北京独特的资源禀赋、发展优势和城市魅力，体现中国的文化理念，坚持世界性和民族性的有机结合。在人才发展的具体实现路径上，要重视发挥教育在人才发展中的基础性作用，以培养集聚高端人才和重点产业人才为突破口，不断优化人才的层次结构和产业结构，通过加快人才的国际化事业平台建设，拓展人才聚集和辐射的全球化空间，创新人才发展体制机制，全面提升北京人才效能，为建设具有中国特色和全球影响力的世界城市提供强有力的人才支撑。

（一）利用首都区位和资源优势，加快推进人口人才化

北京从业人口数量巨大，这是建设世界城市的基础要素之一。对于北京而

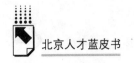

言，目前最大的任务就是充分利用雄厚的人才基础，加快人口人才化的进程，逐步确立北京人才发展在国际上的比较优势。

发挥教育在人才发展中的基础性作用。充分利用北京在教育、科技、文化等方面的资源优势，加大人才培养开发力度。以建设世界城市的发展要求为标准，按照有步骤的适度超越原则，推进基础教育、职业教育和高等教育量与质的全面提升。比如适度延长义务教育年限，转变基础教育方式，加快从应试教育到素质教育的转变；密切关注职业教育和产业发展的联系，培养一大批创新型高技能人才，满足首都现代制造业等高端产业和新兴产业的需求；改革高等教育，建立学校教育和社会实践锻炼相结合、国内培养和国际交流合作相衔接的一流培养体系。

实施以领军人才为主导的人才集群发展战略。发挥北京总部经济优势，集中优质资源引进相关产业高端领军人才，并充分发挥人才领袖引领作用，带动人才团队式流入。通过选送优秀人才、支持合作研究项目、建立共同研究中心等形式，有序组织本地人才集群与国内外本领域的顶级人才集群接轨。围绕首都发展需要，持续引进一批能突破关键技术、引领新兴学科、带动新兴产业的战略科学家和创新创业领军人才。重大工程项目是推进人才工作的重要抓手，是培养、发现和集聚人才的重要途径，人才工作项目化、品牌化是北京未来人才工作的一个重要方向。

（二）以发展重点产业人才为突破口，优化人才产业分布结构

根据建设世界城市产业结构优化升级的需要和实施"人文北京、科技北京、绿色北京"发展战略的要求，提高第三产业人才比重，以发展重点产业人才为突破口，优化第三产业人才的内部结构，促进各类人才向重点产业流动，使人才结构调整成为产业结构优化升级的助推剂。

大力发展金融产业人才。着力培养具有专业知识、专业技能和丰富实践经验的复合型人才，以适应未来金融业混业经营的要求。在人才引进上，要畅通高端金融人才享受优惠政策的渠道，提高政策的可操作性与便利性，加强金融人才服务工作。此外，股票交易中心作为金融人才集聚的重要载体，北京应在这方面做出努力。

大力发展高科技产业人才。通过项目带动、产学研结合、国际合作等形式，培养集聚一批具有国际水平的科技领军人才。打破科技领域行政化的现状，提高

人才开展创新活动的自主性，加大知识产权保护力度，维护创新人才的合法权益，为科研创新提供良好环境。

大力发展文化创意产业人才。有重点地培养和引进一批有较高影响力的理论家、作家、艺术家、新闻出版名人、工艺大师等，建立适应文化创意产业发展特点的投融资体系，打造文化创意产业发展所需要的技术、资金和人才交易服务平台，加快创意手段的数字化、传播的网络化、产品的市场化和服务的社会化进程，不断丰富北京文化内涵，大幅提升文化软实力和世界影响力。

此外，还要关注新能源、节能环保、都市绿色农业、社会工作等一系列有助于推进社会可持续、和谐发展等方面所必需的人才。

（三）拓展人才事业平台，加速推进国际化进程

拓宽人才国际化平台。吸引世界 500 强企业总部、国际组织总部等落户北京，延展人才参与国际经济政治活动的渠道。鼓励本土企业做强做大，支持本土企业逐步实施"走出去"的国际化发展道路，积极与国际巨头合作，探索建立"中关村—硅谷—班德鲁尔"、"北京 CBD—曼哈顿"、"金融街—华尔街"、"中影怀柔—好莱坞"等对口产业联盟，逐步形成新的人才集聚基地。

加强海外高层次人才引进。加快海外高层次人才创新创业基地建设，为海外人才来京创新创业搭建平台。坚持引才与引智并举，建立海外高层次人才特聘专家制度。制定具有国际竞争力的海外人才吸引政策，完善人才薪酬、税收、社保、医疗、住房、子女入学等配套政策。培育具有品牌效应的国际人才中介服务机构，在全国率先建成比较完善的国际人才市场。

加快本土人才国际化步伐。引导和鼓励高等院校、科研院所、企业跨国跨地区开展学术交流和项目共建，促进各类人才融入国际竞争。加强与海外高水平教育科研机构、知名企业的合作，联合建立一批研发基地，推动首都人才参与国际前沿科学和应用技术研究。设立北京人才国际化培训专项基金，建立一批境外培训基地，扩大境外学习培训规模。

（四）建设人才宜居城市，提升区域人才竞争力

营造生活宜居环境，提高人才生活质量。将以人为本、科学发展的理念融入首都整体发展规划，不断加快城市交通、公共卫生、通信网络等城市基础设施建设，逐步缩小与当今世界城市的差距。实施人才安居工程，建设"人才公寓"，

为各类人才提供定向租赁住房，政府给予租金补贴。严格首都生态环境保护，加快城市绿化美化。

优化地方人文环境，提升北京文化软实力。加强图书馆、文化馆、博物馆等设施建设，做好文化特色街区、高品位休闲娱乐场所的规划建设。鼓励各种国外演出机构在北京设立常设机构，增加北京国际化文化氛围。积极开展各种形式的国际文化交流活动，确立北京文化交流大舞台的国际定位。结合北京地方和民族特色，着力打造独具特色的文化品牌项目，使之成为对外文化交流的窗口。

创新人才服务方式，提高人才服务水平。简化地方行政审批程序、手续，提高行政审批效率，提高政府公共服务水平。建立人才综合服务大厅，为人才提供"一站式"服务。实施高层次人才服务专员制度，建立跟踪服务和反馈机制，及时解决人才工作和生活中的困难和问题。支持和鼓励社会中介服务机构发展，推进人才服务的社会化，通过市场化的手段满足人才的多样化需求。

（五）改革人才投入制度，建立人才投入回报机制

建立财政性人才投入增长机制。建立财政性人力资本投入占地区生产总值比例按年度增长制度，确保教育、科技、卫生事业健康快速发展。增加财政转移支付力度，保证教育优先投入。完善医疗保障制度，增加人才医疗补贴，探索建立高层次人才医疗专项基金。逐步提高人才工作专项经费额度，用于高层次人才培养、紧缺人才引进、杰出人才奖励以及重大人才开发项目。

改革创新人才投入管理制度。探索建立财政性人才投入经费用于人才本身培养和激励的制度，逐步提高教育投入和科研投入中直接用于人才培养和激励的经费比例。北京市财政拨付项目经费中，在建立一定的监督约束机制的前提下，允许承担项目的科研骨干有一定比例的自由支配额度。对于高层次人才领衔的财政项目，适当放宽对财政经费使用的过程管理。

建立多元化、社会化的人才投入体系。健全完善财政投入支持、税收减免、贷款贴息、质押融资等方面的政策，鼓励用人单位、个人和社会组织加大人才投入，引导社会力量出资建立人才发展基金。探索建立政府、社会、单位、个人"四位一体"的人才培养经费保障制度。探索建立社会公共资源向人才倾斜的政策体系，在职称评定、进京落户、子女教育等方面向重点人才、紧缺人才、高端人才倾斜。

探索建立人才投入回报机制。加强对人才投入资金使用情况的效果评价，不断提高人才投资效益，激发用人单位对人才投入的主动性和积极性。鼓励发明创造，加强专利保护力度，成立专门的科研奖励基金。积极支持国内科研人员向WIPO申请专利，对获得专利授予权的组织或个人给予奖励。充分发挥首都高校集聚效应，对部属、市属高校实施同等待遇，对发表高水平国际学术论文的作者给予一定奖励。

（六）推进人才制度改革创新，确立人才制度竞争优势

加快推进人才特区建设。借鉴改革开放初期建设经济特区的经验，探索建设人才特区，在特定区域实行特殊政策、特殊机制、特事特办，构建与国际接轨、与社会主义市场经济体制相适应、有利于科学发展的人才体制机制。通过建设人才特区，大量聚集拔尖领军人才，促进各类人才的全面发展，依靠人才智力优势，提升自主创新能力，促进新兴产业发展，不断形成新的科学发展优势。

健全党管人才工作格局。研究制定《关于进一步加强党管人才工作的实施意见》，规范人才工作领导体制，推动工作理念与首都发展相适应，工作机制与政策创新相配套。进一步明确党管人才工作的职能定位、职责边界、职权分工，进一步加强领导部署、计划推动、改革试点、政策突破、项目示范、典型宣传和协调服务等各项运行机制的建设，把"管宏观、管政策、管协调、管服务"的职能具体化、规范化、科学化。

Research on Talent Index System and Talent Development Path of Constructing the World City in Beijing

Research Group of Beijing Center for Human Resourses Research

Abstract：Beijing has entered a new phase of the World Cities Construction, for which talent is the first resource. Building the talent index system for Beijing to become one of the world cities, is able to not only measure and monitor scientifically the human

resources condition, but also find and diagnose problems and provide more effective support and protection in the process. Combined with the actual situation and characteristics of Beijing, through analyzing and summarizing the judging indicators of world cities, the paper constructs a talent index system. Then the paper compares it with corresponding index from three top recognized world cities (New York, London and Tokyo), analyzes the advantages and gaps in terms of talent development for Beijing to construct the world city. In the end, the author tries to put forward corresponding countermeasures.

Key Words: World Cities; Talent; Index System

B.3
北京市人力资本度量研究
——J-F终生收入法的应用

李海峥　贾娜　张晓蓓*

摘　要：人力资本是经济增长的源泉、技术创新的动力，是经济社会可持续发展的重要因素。北京市作为中国政治、经济、文化、教育的中心，人力资本对其经济增长的作用不容忽视。本文结合北京市的数据状况，运用并改进了Jorgenson-Fraumeni的终生收入法，计算了1985~2008年北京市人力资本总量及人均人力资本，并进一步测算了相应年度的总劳动力人力资本和人均劳动力人力资本。测算结果表明，北京市人力资本总量和人均量都保持了较快增长速度，北京市实际劳动力人力资本的年均增长速度远远超过了同时期劳动力人口的增长速度，总劳动力人力资本增长快于人均劳动力人力资本的增长。与此同时，北京市的人力资本水平远远超过了物质资本水平，且在人力资本上升较快的年份，物质资本同样有较快的增长，这进一步表明了人力资本投资的重要性。

关键词：北京市　人力资本　劳动力人力资本　终生收入　J-F估算法

一　引言

自Schultz和Becker提出人力资本的概念以来，人力资本在学术研究和政

* 李海峥，中央财经大学中国人力资本与劳动经济研究中心教授，美国佐治亚理工大学经济学院教授。主要研究领域为劳动经济学、计量经济学、产业经济学和中国经济等。贾娜，中央财经大学中国人力资本与劳动经济研究中心博士研究生。研究方向：人力资本的投资及效益。张晓蓓，湖南大学经济与贸易学院博士研究生。研究方向：劳动经济学与应用计量经济学。

策分析中被广泛应用，人力资本理论也被认为是20世纪后半叶对教育经济学最原创、最重要的发展。国际经济合作与发展组织（OECD）对人力资本的最新定义为："人力资本是个人拥有的能够创造个人、社会和经济福祉的知识、技能、能力和素质。"这表明人在经济活动中产生积累的知识、技能及创造力在经济增长和社会进步中起着至关重要的作用。具体而言，人力资本是人力资源的核心，代表人力资源的质量，是经济增长的源泉、技术创新的动力，是经济社会可持续发展的重要因素，同时也是减少贫困和不平等的重要条件。大量研究表明，人力资本对中国30年的经济增长起到了极其重要的作用。

北京作为中国的政治、经济和文化中心，人力资本对其经济的快速发展同样起到了巨大的推动作用。鉴于此，我们在运用并改进国际上广泛运用的Jorgenson-Fraumeni终生收入法（简称J－F收入法）的基础上，估算了北京市1985～2008年间的总人力资本水平、人均人力资本水平及总劳动力人力资本水平和人均劳动力人力资本水平，以具体分析北京市的人力资本状况。

本文的第二部分介绍J－F收入法及计算公式，第三部分简要说明使用的数据，第四部分给出测量结果并进行分析，最后得出结论。

二 估算方法

终生收入法是以个人预期生命期的终生收入的现值来衡量其人力资本水平。假设某个体的人力资本可以像物质资本一样在市场上交易，那其价格就是该个体的预期生命期的未来终生收入的现值。采用终生收入而不是当前收入来度量人力资本的一个重要原因就是它能够更加准确合理地反映出教育、健康等长期投资对人力资本积累的重要作用。

Jorgenson-Fraumeni终生收入法在人力资本测量领域得到了广泛的应用，许多国家还用它来构建人力资本账户，例如，加拿大、新西兰、挪威、瑞典和美国。该方法的主要优点是有充分的理论依据，它基于人力资本产生的收入流来计算人力资本；其次，它所要求的数据和变量相对容易获得。

未来的收入由估计年份中年龄更大的人的收入来决定。在估算未来的收入时，该方法考虑到了劳动收入增长率和折现率，并假设二者是不变的。同时，使用倒推的方式，从退休年龄 60 岁，然后 59 岁、58 岁等一直推到 0 岁。对于没有参加工作的年轻人群，我们计算的是他们的预期终生收入。

J－F 收入法将生命周期划分为五个阶段，预期收入的计算也相应地使用不同的公式。

第五个阶段，也是最后一个阶段，为退休状态，即既不上学又不工作。根据中国法律规定，我们把男性退休年龄定为 60 岁，女性定为 55 岁，因此最后阶段为男性 60 岁及以上、女性 55 岁及以上

$$mi_{y,s,a,e} = 0 \tag{1}$$

其中，下标 y、s、a、e 分别代表年份、性别、年龄及受教育程度。mi 代表预期未来终生市场劳动收入。

第四个阶段是工作，但不再接受正式的学校教育。我们根据中国国情定义为 25～男 59（或女 54）岁，其计算公式为

$$mi_{y,s,a,e} = ymi_{y,s,a,e} + sr_{y+1,s,a+1} \times mi_{y,s,a+1,e} \times \frac{1+G}{1+R} \tag{2}$$

其中，sr 是存活率[①]，即活到下一岁的概率。ymi 代表该群体该年的年收入，等式右边 mi 的下标为 y，而非 $y+1$，是因为在计算 y 年的人力资本存量时，我们假设 y 年 a 岁的人在 $y+1$ 年（即他们 $a+1$ 岁）时的人均收入等于 y 年 $a+1$ 岁相应人群（即相同的性别和受教育程度）的未来终生收入乘以（$1+G$），G 为实际收入增长率，R 为折现率[②]。

第三阶段是可能上学，也可能工作，16～24 岁，计算公式为

$$mi_{y,s,a,e} = ymi_{y,s,a,e} + [senr_{y+1,s,a+1,e+1} \times sr_{y+1,s,a+1} \times mi_{y,s,a+1,e+1} + \\ (1 - senr_{y+1,s,a+1,e+1}) \times sr_{y+1,s,a+1} \times mj_{y,s,a+1,e}] \times \frac{1+G}{1+R} \tag{3}$$

其中，$senr$ 是升学率，即一个受教育程度为 e 的人进入受教育程度 $e+1$ 的概率。

第二阶段是上学而没有工作，6～15 岁，计算公式为

---

① 存活率可能与受教育程度也有一定关系，但目前没有详细的分年龄、性别、受教育程度的存活率统计数据，因此，计算中只使用了分年龄、性别的存活率。

② 在计算中，假定实际收入增长率为一个平均值，即收入每年以相同的速度增加。

$$mi_{y,s,a,e} = \left[senr_{y+1,s,a+1,e+1} \times sr_{y+1,s,a+1} \times mi_{y,s,a+1,e+1} + \right.$$
$$\left. (1 - senr_{y+1,s,a+1,e+1}) \times sr_{y+1,s,a+1} \times mj_{y,s,a+1,e} \right] \times \frac{1+G}{1+R} \qquad (4)$$

第一阶段是既不上学也不工作，0~5岁，计算公式为

$$mi_{y,s,a,e} = sr_{y+1,s,a+1} \times mj_{y,s,a+1,e} \times \frac{1+G}{1+R} \qquad (5)$$

再用 Ly、s、a、e 分别表示 y 年、性别为 s、年龄为 a、受教育程度为 e 的人口数，由市场收入计算得到一个国家总人口的预期未来终生收入 $MI(y)$，即从收入角度出发的人力资本存量为

$$MI(y) = \sum_s \sum_a \sum_e mi_{y,s,a,e} L_{y,s,a,e} \qquad (6)$$

本文的计算只包括市场收入[①]。如果加上非市场终生收入 $nmiy$、s、e，则为

$$MI(y) = \sum_s \sum_a \sum_e (mi_{y,s,a,e} + nmi_{y,s,a,e}) \cdot L_{y,s,a,e} \qquad (7)$$

本研究对 J - F 收入法做了改进，利用各种可获得的家庭调查数据，采用 Mincer 方程来估算收入。这一改进不仅弥补了中国收入数据的缺乏，而且使计算结果能够反映经济转型过程中教育回报率和工作经验（在职培训和干中学）回报率的变化对人力资本的影响。

三　数据

在用 J - F 收入法计算 1985~2008 年北京市人力资本存量时，所使用的数据主要包括人口数据、收入数据和增长率、贴现率数据。在具体的数据处理上，我们同时使用了宏观数据和微观数据。宏观数据主要包括北京市普查和 1% 抽样年份的分城乡、年龄、性别、受教育程度的人口数，历年各年龄组人口数，历年分城乡、性别的出生人数，历年分年龄和性别的死亡率。其中，我们对缺失数据的年份进行了尽可能合理的估算[②]。我们使用 Mincer 收入方程来估算相应收入。

---

① 因为非市场收入难以量化和估算价值，比如家务活动、护理等。
② 具体参见《中国人力资本报告 2010》。

$$\ln(inc) + \alpha + \beta Sch + \gamma Exp + \delta Exp^2 + u \tag{8}$$

其中，$\ln(inc)$ 代表收入的对数，Sch 代表各个教育水平的教育年限，Exp 和 Exp^2 分别代表工作经验年数及其平方，u 是一个随机误差，β 为多接受一年教育的回报率，γ 和 δ 为工作经验的回报率参数。

用于估算收入方程系数的数据包括 1986～1997 年国家统计局城市社会经济调查队的"中国城镇住户调查"数据（UHS），"中国健康和营养调查"数据（CHNS），调查年份是 1989 年、1991 年、1993 年、1997 年和 2000 年，以及中国住户收入调查（CHIP）数据库。

实际收入增长率方面，我们选用农村和城镇劳动生产率增长率来预测终生收入，北京市这一比率为 6.27%；在进行折现时，我们采用 4.58% 的 OECD 折现率。

四　测量结果及分析

（一）北京市总人力资本分析

1. 北京市总人力资本

本文计算了北京市总人力资本存量名义值和实际值。其中，名义值基于 4.58% 的折现率计算[①]，实际值采用消费者价格指数对名义值调整而得。1985～2008 年间，北京市总人力资本迅猛增长。2008 年，北京市的名义总人力资本达到 35.41 万亿元，将近 1985 年的 110 倍，年平均增长率达到 22.72%。特别是 1997 年以来，总人力资本以年均 24.93% 的比率增长，超出 1997 年之前平均增长率约 5 个百分点。

为了探讨北京市总人力资本存量的变动趋势，往往需要将名义人力资本存量调整为实际值。使用消费价格指数折算的总人力资本实际值（以 1985 年为基期）显示，北京市总人力资本实际值仍保持上升趋势，但上升幅度较名义值有所减缓。具体来看，北京市的总人力资本由 0.32 万亿元增加到 6.77 万亿元（按 1985 年可比价格计算），增长了 20 倍多，年平均增长率达

---

① 4.58% 是 OECD 国家估算人力资本时使用的折现率。

到 14.55%，其中 1997 年之前的增长率为 5.89%，1998～2008 年平均增长率则达到 22.49%。图 1 显示了实际总人力资本存量与名义总人力资本存量的变动趋势，图形显示的结果与笔者的分析相同。无论是名义值还是实际值，1997 年前后北京市总人力资本曲线斜率都存在显著差异，1997 年之后曲线更为陡峭。

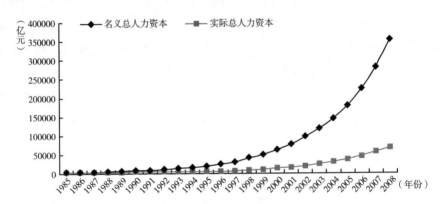

图1　北京市名义总人力资本、实际总人力资本

进一步来看，为了对北京市总人力资本的大小有一个直观的感受，图 2 和图 3 分别给出了历年名义人力资本与名义 GDP 的比率、历年实际人力资本存量与固定资产实际投资额比率的变动趋势。

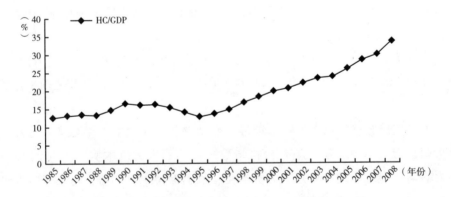

图2　北京市名义总人力资本与名义 GDP 的比率

总体看来，各年人力资本水平均远高于 GDP，且二者比率呈上升态势。名义人力资本与名义 GDP 的平均比率达到了 18.78%，可见相较于物质资本，人力

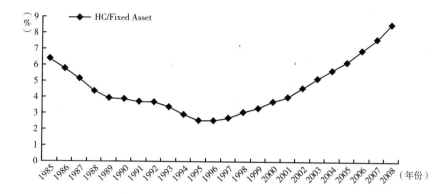

图3　北京市实际总人力资本与实际固定资产投资比率

资本的增长十分迅速。1985～1997年北京市人力资本（市场）与GDP的比率总体上缓慢上升，其中1992～1995年间略有下降。1997年以后，名义人力资本与名义GDP的比率上升较快，反映了这一时期相对于物质资本，人力资本总量的更快增长。

与此同时，北京市人力资本水平也远高于固定资产投资额，1985～2008年间，二者的平均比率达到4.59%。1985～1997年间，北京市人力资本与固定资产比率持续下降，而1997年以后二者比率不断上升，这表明1997年之后人力资本总额的增长速度远远超过固定资产投资。

图4是北京相应期间的总人力资本指数趋势。可以看出，1997年后，人力资本上升速度明显加快，这也与前文的分析结论相一致。

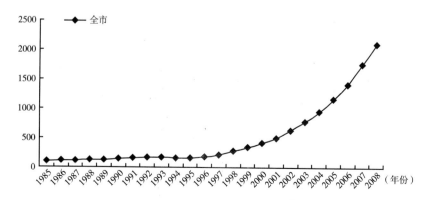

图4　北京市实际总人力资本指数（1985～2008年）

综合以上可知，1985~2008 年间，北京市总人力资本名义值和实际值均保持增长趋势，尤其是 1997 年以来，人力资本总量上升势头更为强劲。

导致人力资本变动的原因众多，人口总数、平均受教育程度的波动是其中的两个重要因素。图 5 和图 6 分别显示了北京市人口数和人口教育构成的变动趋势。

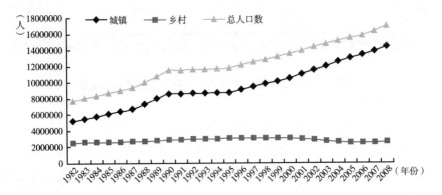

图 5　北京分城乡的总人口数（1982~2008 年）

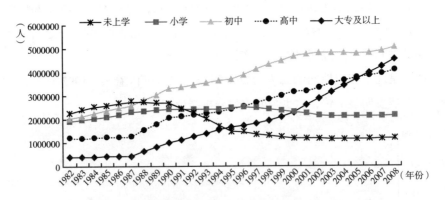

图 6　北京各教育程度的人口数（1982~2008 年）

首先，1985~2008 年间，北京市人口总数翻了将近一番，由 1985 年的 860 万增长到 2008 年的 1695 万。在此期间，城镇人口占总人口的比率也不断上升，2008 年所占比率达到 85%，较 1985 年增加了 15 个百分点。由于城镇人口人均人力资本高于农村人口，人口的城乡转移对北京市总人力资本变动产生了重大影响。

其次，1985～2008 年间，北京市人口教育构成发生了显著变动。未上过学及小学程度人口总数持续下降，二者占总人口的比率分别下降 23% 和 11%。相对应的，初中及以上受教育程度人口不断上升，其中初中、高中学历人口占总体比率分别增长 3% 和 10%，而大专及以上人口比率增长达到 22%。

因此，人口总数的增加和平均受教育程度的提高是推动北京市总体人力资本水平持续上升的两大源泉。

2. 北京市分城乡、性别的总人力资本

考虑到城镇与农村、男性与女性人力资本可能存在的差异，本文分别给出了北京市分城乡、性别的总人力资本测算结果，这样就能够清楚地反映自经济改革以来，快速的城镇化和大规模的城乡劳动力迁移对北京市人力资本变化的影响。

图 7 和图 8 分别显示了北京市分性别、分城乡的总人力资本存量变动趋势。1993 年之前各类人力资本存量增速缓慢，性别差距较为稳定，城乡差距较大。1993 年之后男性人力资本和女性人力资本均显著增加，差距也进一步扩大。

北京市男性人力资本高于女性的总人力资本的现状及其变化趋势与全国情况相同。究其原因，首先，中国劳动法规定的女性退休年龄早于男性（女性退休年龄为 55 岁，男性退休年龄为 60 岁），因此男性有更多的时间在市场中获得收入，终生收入要高于女性[①]；另外男性的受教育水平要高于女性。而且男女之间的收入差距也在扩大，这也直接影响了男女人力资本的总量。图 7 显示，北京市各性别总人力资本均持续增长，但是男性增长速度显著高于女性。

图 8 显示了城镇与农村的总人力资本的变动情况。在 1994 年以前，城镇人力资本总量为农村的 5 倍左右；然而，从 1995 年开始，城镇的总人力资本增长加快，农村却长时间保持低增长甚至不增长，导致城乡间差异迅速拉大。正基于此，城镇的人力资本水平几乎与总人力资本水平同步变化。到 2008 年，北京城镇总人力资本已达到农村的近 36 倍。1985～2008 年，北京市农村的总人力资本

---

① 为了城乡一致，本文将农村男性和女性的工作年龄也定为 60 岁和 55 岁。因为农村女性工作年龄一般都超过 55 岁，因此计算应该是低估了农村人力资本总量。这也符合保守估计的原则。

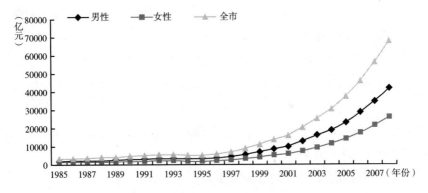

图 7　北京市分性别的实际总人力资本（1985～2008 年）

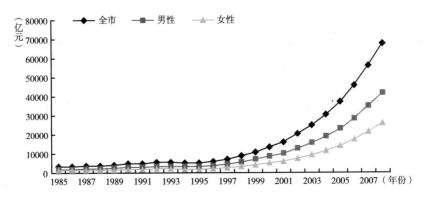

图 8　北京市分城乡的实际总人力资本（1985～2008 年）

由 0.051 万亿元增至 0.18 万亿元，城镇的总人力资本从 0.27 万亿元增至 6.58 万亿元。同期，农村的人力资本年均增长 5.55%，而城镇的人力资本年均增长率达 13.86%。城镇和农村人力资本之间的差距从 1985 年的 0.22 万亿元增加到 2008 年的 6.4 万亿元，并且这种差距有进一步扩大的趋势，因为城镇的增长在后期相对农村更快。

导致这种城镇和农村不同变化趋势的原因在于：一是经济转型期间快速的城镇化以及大规模的农村人口向城镇的迁移，这一特点在北京市体现得尤其明显。二是城乡间的教育差距（见图 9、图 10），1985 年，北京市城镇大学文化程度人口占城镇总人口的 6.68%，到 2008 年，这一比例增加到 30.93%；而农村大学文化程度人口占农村总人口的比重在 1985 年和 2007 年分别只有 0.27% 和 3.44%。

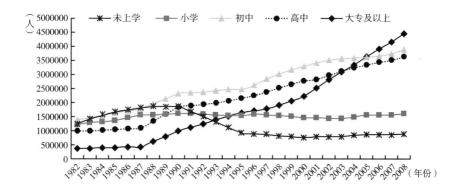

图9　北京城镇各教育程度的人口数（1982～2008年）

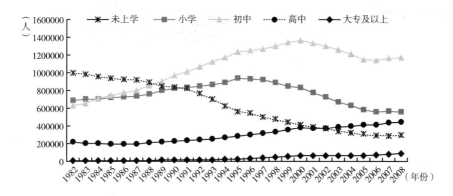

图10　北京农村各教育程度的人口数（1982～2008年）

（二）北京市人均人力资本分析

1. 北京市人均人力资本

总人力资本的增长可以由人口增加、人口结构变化（比如退休人群的规模）、城乡流动（比如从农村迁移到城镇地区）、受教育程度的提高、教育回报率的增加、在职培训及干中学的回报率提高等引起。为了更准确地获得北京市人力资本的动态变化信息，笔者计算了平均人力资本，即总的人力资本除以非退休人口的比率（见表1）。尽管平均人力资本也会受到人口年龄分布的影响，但受总人口数的影响相对较小，因而更能反映人力资本的平均状况。

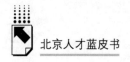

表1　北京市名义人均人力资本、实际人均人力资本与人均GDP

单位：万元

年份	名义人均人力资本	实际人均人力资本	人均名义GDP	名义人均人力资本与名义人均GDP的比率
1985	4.18	4.18	0.26	15.80
1986	4.71	4.41	0.28	16.60
1987	5.36	4.62	0.32	17.00
1988	6.18	4.43	0.39	15.88
1989	7.17	4.38	0.43	16.79
1990	8.36	4.85	0.46	18.05
1991	9.74	5.05	0.55	17.73
1992	11.55	5.45	0.65	17.89
1993	13.66	5.41	0.80	17.06
1994	16.17	5.13	1.02	15.79
1995	19.15	5.18	1.27	15.09
1996	23.56	5.71	1.43	16.53
1997	28.68	6.60	1.66	17.27
1998	36.29	8.15	1.91	18.98
1999	43.13	9.63	2.14	20.16
2000	53.53	11.55	2.41	22.19
2001	64.16	13.43	2.70	23.76
2002	78.08	16.64	3.08	25.32
2003	94.33	20.06	3.49	27.04
2004	113.23	23.85	4.11	27.55
2005	137.92	28.61	4.54	30.35
2006	168.00	34.55	5.05	33.29
2007	205.66	41.30	5.82	35.33
2008	251.86	48.12	6.30	39.96

　　1985年、1995年、2008年北京市的名义人均人力资本依次为41750.63元、191538.60元、2518646.005元（表1）。1985～2008年期间，北京市名义人均人力资本增长60.33倍，年均增长率19.56%，而同期实际人均GDP增长23倍，增长率为14.9%，远低于名义人均人力资本的增长。图11显示了北京市名义人均人力资本与名义人均GDP的比率，其趋势和水平都与北京市名义总人力资本对名义总GDP的比率十分相似。

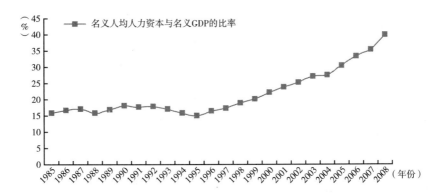

图 11　北京市名义人均人力资本与人均 GDP 的比率

剔除价格因素之后，北京市人均人力资本增长幅度有所减缓。表 1 显示，1985～2008 年间北京市实际人均人力资本增长 23.85 倍，年均增长率为 11.6%，低于名义人均人力资本增长比率 8 个百分点。人均人力资本快速增长可以归因于1978 年以来的快速经济增长、教育规模的迅速扩大、向市场经济体制的转变（以致人力资本能够实现更高的价值）以及大规模的城乡迁移。

2. 北京市分城乡、性别人均人力资本

以名义值结果为例，1985～2008 年期间，北京城镇名义人均人力资本由50075 元增加到 2878446 元，上升约 56.5 倍，年均增长率达到 19.3%。而同期，农村名义人均人力资本仅上升 19.7 倍，年均增长率为 14.1%。在此期间，城乡人均人力资本差距不断扩大。1985 年城镇名义人均人力资本超出农村 27895 元，截至 2008 年，城乡差距达到 2419305 元，扩大了约 86 倍。

与此同时，北京市男性人均人力资本高于女性，并且性别间差距呈扩大趋势。具体来讲，1985 年男性名义人均人力资本高出女性 9%，2008 年上升为44%，增加了 35 个百分点。1985～2008 年期间，男女名义人均人力资本分别以20.14% 和 18.79% 的年增长率增长。

图 12 和图 13 分别反映了北京市分城乡和分性别的实际人均人力资本变化趋势。从中可以看出，城镇人均人力资本显著高于农村，且 1997 年之后增长迅速；而农村人均人力资本长期处于不增长的状态，只有在 2002 年以后，增长速度才略有加快。1985 年，按 5 种受教育程度计算的城镇实际人均人力资本是 55075元，农村为 22180 元；到 2008 年二者分别达到 549990 元、87729 元，城镇与农村的比率由 2.26 增至 6.27，表明城乡间平均人力资本的绝对差距在拉大。与此

同时，北京市城镇人均人力资本的平均增长水平也远快于农村，1985～2008 年间，城镇的人均人力资本增长率为 10.42%，而农村的年平均增长率仅为 5.98%。

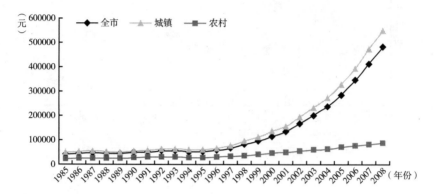

图 12　北京市分城乡的实际人均人力资本（1985～2008 年）

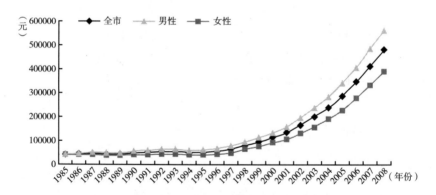

图 13　北京市分性别的实际人均人力资本（1985～2008 年）

男性与女性人均人力资本的增长趋势类似，男性高于女性，且二者间差距呈不断扩大的趋势。1985～2008 年，男性和女性人均人力资本的增长率分别为 11.14% 和 9.92%。

北京市各类实际人均人力资本指数计算结果显示，无论是全市，还是分城乡或性别的群体，北京市人均人力资本均保持上升势头。具体来看，1985～2008 年间，全市实际人均人力资本增长 10.53 倍。其中，男性上升 11.97 倍，女性增长 8.79 倍，城镇人均人力资本增长 9.98 倍，农村仅增长 2.96 倍。图 14 是北京全市总人力资本指数变动趋势图。由图 14 可见，北京市实际人均人力资本持续增长，尤其是在 1997 年之后，其增长速度明显加快。

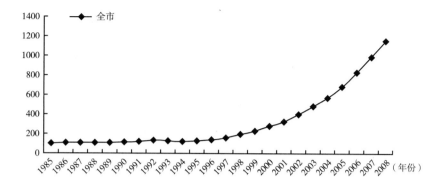

图14　北京市实际人均人力资本指数（1985～2008年）

（三）北京市劳动力人力资本（active human capital）分析

按照国际惯例，上述人力资本的计算涵盖了全体未退休人口（包括未成年人口）。然而，通常意义上，社会财富由劳动力人口（15周岁以上的非退休人口）创造，真正在生产中发挥作用的是劳动力人力资本。因此，在中国人口老龄化加速的背景下，研究劳动力人力资本的状况，了解劳动力人力资本的变化趋势有着尤其重要的意义。在估算方法上，劳动力人力资本的估算方法与前述人力资本的估算方法相同。

1. 北京市总劳动力人力资本

笔者结合北京市的数据情况，采用与前述人力资本计算相同的终生收入法估算了北京市的劳动力人力资本水平及动态趋势。计算结果表明，2008年，按当年价格水平计算的北京市劳动力人力资本已增长为25.34万亿元。其中，农村和城镇总人力资本分别为0.14万亿元和4.7万亿元。

使用北京市的收入参数和4.58%的折现率计算，可以发现，1985～2008年北京市劳动力人力资本水平不断上升，实际总劳动力人力资本由0.18万亿元增加到25.34万亿元（按1985年可比价格计算）。23年间，北京市劳动力人力资本的年均增长率达到了13.67%，尤其在1997年后增长更为强劲，年均增长率达21.51%。

根据分城乡的劳动力人力资本总量结果，2008年北京市农村总劳动力人力资本的名义值和实际值分别达到0.72万亿元和0.14万亿元，城镇为24.62万亿元和4.70万亿元，其名义值分别占劳动力人力资本总值的2.89%和97.11%。

而 1985 年，城镇实际总人力资本为 0.16 万亿元，农村只有 0.025 万亿元。总体来看，北京市城乡劳动力人力资本差距很大，农村总人力资本远远小于城镇总人力资本，且增速平缓甚至不增长，这一方面因为农村整体发展水平仍大大落后于城市，另一方面，在快速的城镇化过程中，北京市的农村人口具有总量较少且下降明显的特点，农村与城市的人口比率已由 1985 年的 42.72% 下降到了 2008 年的 17.78%。相应的，农村劳动力人口总量同样较少。

从分性别的总劳动力人力资本来看（见图 15），男性与女性的实际总劳动力人力资本的变动趋势类似，但男性大于女性，且 1997 年之后增速明显更快。男性总劳动力人力资本始终高于女性。2008 年，北京市男性和女性的总劳动力人力资本分别达到 3.06 万亿元和 1.78 万亿元。

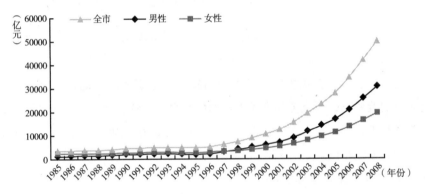

图 15　北京市分性别的实际劳动力总人力资本（1985～2008 年）

就劳动力人力资本与总人力资本比较而言，二者的比率呈上升态势（见图 16），由 1985 年的 0.56 增加到 2008 年的 0.72。这表明北京市人力资本中被使用的部分在不断增加，而人力资本的储备（还未达到劳动力年龄的人口）相对减少。这一趋势显然是与中国的一胎化政策及人口逐步趋向老龄化有关。在其他条件不变的前提下，随着中国老龄人口的进一步增加，未来北京市的人力资本的增长可能会放慢。

人力资本指数能够代表增长速度和增长趋势，北京市总人力资本指数与总劳动力人力资本指数二者之间的对比更加直观地显示了近二十几年来北京市人力资本的变化趋势：人力资本中被使用的部分在不断增加，而人力资本的储备（还未达到劳动力年龄的人口）相对减少（见图 17）。

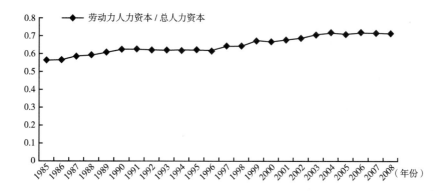

图16　北京市实际劳动力人力资本与总人力资本的比率（1985～2008年）

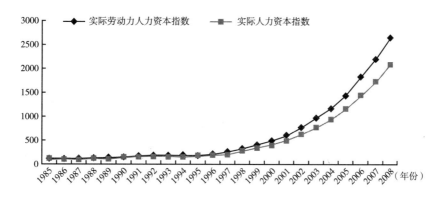

图17　北京市分性别的实际劳动力总人力资本指数（1985～2008年）

2. 北京市人均劳动力人力资本分析

北京市人均劳动力人力资本水平同样不断上升，实际人均劳动力人力资本从1985年的3.3万元增加到2008年的39.31万元。从分性别的人均劳动力人力资本水平来看，2008年，男性和女性的实际人均劳动力人力资本分别为47.01万元和37.69万元，二者的比率从1997年最高的1.69下降到2008年的1.25，表明北京市人均劳动力人力资本性别差异呈下降趋势，这可能与北京市女性受教育程度提高从而使不同性别人口的受教育程度差异减小有关。从1982～2008年北京市城镇男性与女性不同受教育程度人口数之比可以看出（见图18），北京市分性别的受教育程度差异逐年减小，并且大专及以上受教育程度的性别差异缩小趋势更为明显。

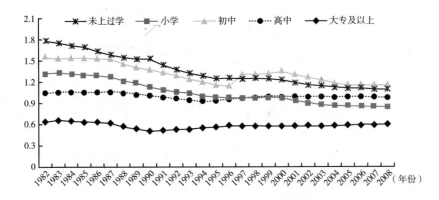

图18　北京市城镇男性与女性不同受教育程度人口比率

从分城乡的人均劳动力人力资本水平来看，北京市城乡差异明显：农村劳动力平均人力资本远远小于城镇，女性劳动力平均人力资本小于男性。2008 年，城镇实际人均人力资本是农村的 34.26 倍。

与北京市总劳动力人力资本与总人力资本的比较相似，人均劳动力人力资本同样小于人均人力资本，并且这一差距有拉大的趋势（见图 19），二者的比率由 1985 年的 0.79 上升到 2008 年的 0.82。

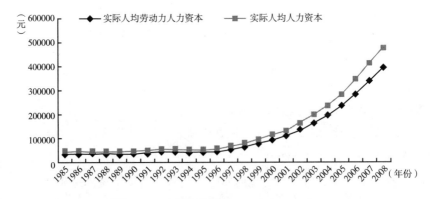

图19　北京市实际人均劳动力人力资本与实际人均人力资本

3. 北京市实际总劳动力人力资本与 GDP 及固定资产投资的比较

表 2 列出了北京市劳动力人力资本总量，其中，第一列和第二列是名义劳动力人力资本存量，第三列与第四列为实际劳动力人力资本存量（以 1985 年价格计算）。表 2 中的实际值是采用北京市的消费价格指数对名义值进行平减得到。

为了对北京市的总劳动力人力资本的大小有更直观的感受，笔者在表2中同时列出名义 GDP 及名义总劳动力人力资本存量与名义 GDP 的比率。

表2　北京市总劳动力人力资本与名义 GDP

单位：亿元

年份	名义总劳动力人力资本	实际总劳动力人力资本	名义 GDP	名义总劳动力人力资本与名义 GDP 的比率
1985	1819.88	1819.88	257.1	7.08
1986	2131.83	1996.64	284.9	7.48
1987	2574.42	2220.81	326.8	7.88
1988	3228.54	2312.98	410.2	7.87
1989	4067.41	2485.95	456.0	8.92
1990	5164.89	2994.65	500.8	10.31
1991	6039.14	3128.99	598.9	10.08
1992	7164.80	3377.59	709.1	10.10
1993	8486.73	3361.68	886.2	9.58
1994	10025.24	3179.31	1145.3	8.75
1995	12023.60	3250.80	1507.7	7.97
1996	15130.50	3665.35	1789.2	8.46
1997	19827.90	4561.57	2075.6	9.55
1998	25768.30	5789.47	2376.0	10.85
1999	32967.74	7362.69	2677.6	12.31
2000	41894.16	9039.29	3161.0	13.25
2001	52092.52	10901.95	3710.5	14.04
2002	65848.52	14034.32	4330.4	15.21
2003	83563.83	17773.35	5023.8	16.63
2004	103865.48	21873.27	6060.3	17.14
2005	127862.60	26527.84	6886.3	18.57
2006	161158.00	33138.98	7861.0	20.50
2007	200897.12	40341.51	9353.3	21.48
2008	253382.73	48414.33	10488.0	24.16

由表2可以看出，1985～2008年，北京市劳动力人力资本增长迅速，以1985年价格计算，1985～2008年，北京市 GDP 的年均增长率为15.45%，总体快于劳动力人力资本的增长；而1997年后，GDP 年均增速为14.74%，慢于劳动力人力资本的增长。造成这一结果的原因可能是劳动力人口整体素质的提高，尤其1998年开始的高校扩招使更多的人接受高等教育成为可能。

从北京市劳动力人力资本与 GDP 的比率来看，1985年以来这一比率总体呈上升趋势，尤其1997年之后上升趋势更为明显，劳动力人力资本增速明显快于GDP的增长（见图20）。

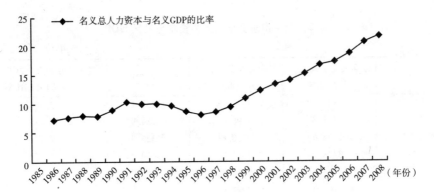

图20　北京市名义总劳动力人力资本与名义 GDP 的比率

我们同样对人均劳动力人力资本进行了分析，图21表明了人均劳动力人力资本与人均 GDP 的比率的变动趋势。人均人力资本与人均 GDP 的比率保持上升态势，这说明总体上人均人力资本的增长要快于人均 GDP 的增长。这种趋势与总体人力资本相应的比率变化一致。

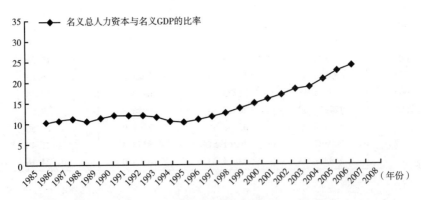

图21　北京市名义人均人力资本与名义人均 GDP 的比率

与总人力资本水平相似，北京市总劳动力人力资本水平同样高于固定资产投资额，1985～2008 年间，二者的平均比率在 3 以上。由图 22 可见，1985～1997 年间，北京市人力资本与固定资产比率持续下降，最低点为 1996 年的 1.57；从 1997 年以后二者比率不断上升，到 2008 年达到 6.11。对比图 21 和图 22，在人力资本上升较快的年份，物质资本同样有较快的增长，这进一步表明了人力资本投资的重要性。

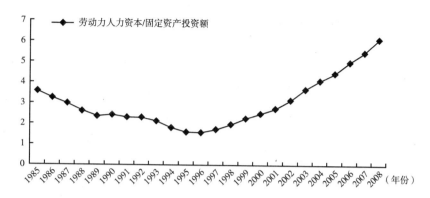

图 22　北京市劳动力人力资本与固定资产投资的比较

五　结论

总结以上，北京市人力资本变动表现为以下几点。

（1）1985～2008 年间，北京市总人力资本、人均人力资本均保持上升趋势，特别是 1997 年以来，人力资本的增长速度明显加快，远远超过同期 GDP 和固定资产投资增长率。

（2）北京市总人力资本和人均人力资本均存在城乡差异、性别差异，并且差异呈扩大趋势。北京市城镇人力资本水平远远超出农村，男性人力资本高于女性。究其原因，城乡人口流动以及各群体人口受教育程度构成的差距是主因。

（3）1985～2008 年间，北京市实际劳动力人力资本的年均增长速度（13.67%）远远超过了同时期劳动力人口的增长速度（2.90%）。劳动力人力资本与总人力资本的比率呈上升态势，由 1985 的 0.56 增加到 2008 年的 0.72，人均劳动力人力资本和人均人力资本的对比同样印证这一趋势。

（4）从总劳动力人力资本与人均劳动力人力资本来看，总劳动力人力资本增长快于人均劳动力人力资本的增长，我们认为，劳动力人口的老化可能是造成这一结果的原因之一。

（5）北京市的人力资本水平远远超过了物质资本水平，且在人力资本上升较快的年份，物质资本同样有较快的增长，这进一步表明了人力资本投资的重要性。

Research on Measurement of Human Capital in Beijing: Application of J − F Lifetime Income Based Apporach

Li Haizheng   Jia Na   Zhang Xiaopei

Abstract: Human capital is an important source of economic growth and innovation, an important factor for sustainable development. As the central of China's politics, economy, culture and education, Beijing can not ignore the important role of human capital on its economic growth. We attempt to construct a comprehensive measurement of human capital in Beijing by applying the Jorgensen − Fraumeni (J − F) lifetime income based approach. We estimate total human capital and the per capita human capital of Beijing between 1985 and 2008, and also the active human capital level. Our estimate shows that human capital increased very fast during that time, and the average annual growth of actual human capital was far more rapid than the rate of population growth, active total labor human capital was growing faster than per capita active human capital, and Beijing's human capital level was far beyond the physical capital.

Key Words: Beijing; Human Capital; Active Human Capital; Lifetime Income; J − F Approach

B.4
北京市紧缺人才指数模型研究[*]

王 璞^{**}

摘 要：根据北京市委、市政府提出的"人文北京、科技北京、绿色北京"的战略发展目标，北京对高层次、高素质人才的需求越来越迫切，人才需求与供给的结构性矛盾日益突出，这成为北京人才开发的重点和难点。本课题依据人才预测理论，在分析北京地区人才需求和供给实际状况及其影响因素的基础上，建立紧缺人才评价指标体系，构建北京市紧缺人才指数模型，并通过收集、分析金融行业的实际数据验证理论模型的信度和效度。旨在通过对区域、行业紧缺人才状况进行定量与定性分析，为科学地制定人才引进政策，合理地配置人才资源提供参考依据。

关键词：紧缺人才 紧缺人才指数 理论模型

一 研究背景、意义与内容

（一）研究背景

改革开放30年来，我们走过了从招商引资，到积极引进科学技术，再到大力开展引才引智的探索发展之路。进入21世纪以来，国家确立了"人才是经济社会发展的第一资源"的科学理念，奠定了人才工作在国家经济社会发展中的重要地位。北京作为国家首都，拥有丰富和优质的教育科研资源，一直是全国人

---

* 本课题是双高中心第一资源研究院承担的"北京市科委软课题研究经费资助课题"，课题编号Z090008003909181。

** 王璞，北京双高人才发展中心副主任，人力资源开发与管理专业硕士。曾承担市委组织部和市金融办《北京地区高层次金融人才发展研究》、市国资委《北京市国有企业中高级人才调研》、市科委《北京市文化创意产业人才调研》等市级课题。

才培养和人才聚集的"高地"。《首都中长期人才发展规划纲要（2010～2020年）》中提出"确立支撑世界城市建设的人才竞争优势，成为世界一流的'人才之都'，为落实人才强国战略发挥示范带动作用"。与此同时，应当清醒地看到，根据北京市委、市政府提出的"人文北京、科技北京、绿色北京"的战略发展目标，北京对高层次、高素质人才的需求越来越迫切。随着北京经济社会的快速发展，人才供需状况呈现出新的特点，结构性矛盾日益突出，紧缺人才开发成为北京人才工作面临的一个重点也是难点问题。（1）基础性人才相对饱和，创新型、复合型、国际化等高层次人才短缺，这与首都经济结构调整和重点产业发展需要不相适应；（2）是北京人口增长过快的现实对城市承载能力形成巨大压力，调控人口增长与经济社会发展与人才引进需求之间的矛盾日益突出；（3）人才需求与供给之间存在信息不对称，缺乏有效的预测和预警机制。因此，如何按照科学发展观的要求，遵循人才开发的客观规律，有效地进行人才预测研究，切实提高人才工作科学化水平，是当前北京人才开发工作中一项重要的课题。

（二）研究意义

本文针对当前北京地区人才资源的实际状况、特点和面临的重点和难点问题，依据人才预测的理论和方法，探索建立紧缺人才指数模型，从而对北京市重点产业领域、重点行业及重要专业岗位的人才紧缺状况、紧缺程度及其发展趋势进行定性和定量分析评估。这项研究将为政府有关部门科学规划人才发展、合理地制定人才引进政策，为企事业单位有效配置人力资源，为各类教育、培训机构及时调整培养方向和培养模式，为中介机构有效开展人才服务工作提供参考依据。

（三）研究内容

本文通过梳理国内外人才指数研究的相关文献资料，结合北京产业结构调整发展战略、人才发展战略、人才政策、人才开发机制以及北京人才资源状况、特点及存在的问题，研究分析影响北京人才需求与供给的关键因素，形成北京市紧缺人才评价指标体系，在此基础之上，构建紧缺人才指数模型，并通过对北京市金融行业紧缺人才状况的调查统计分析，进行理论模型的验证。

1. 影响人才紧缺状况的因素分析

紧缺人才是指一个国家和地区经济社会发展迫切需要而又严重短缺的人才。

构建紧缺人才指数模型，必须首先从研究造成人才紧缺状况的影响因素入手。本文结合北京地区的实际情况，通过统计年鉴、文献资料和相关政策文件的分析，对区域人力资源状况、特点、经济社会发展和人才发展环境状况等因素进行了全面研究。人才需求与供给关系的影响因素是一个复杂系统，该系统由区域人力资源的数量、质量、结构，以及经济、社会、人文、生活状况和相关政策等因素共同构成。本文将人才数量、质量、供给、产业发展和人才发展环境作为影响人才紧缺的关键因素进行研究。

2. 构建紧缺人才评价指标体系

本文在分析人才紧缺状况的影响因素基础上，按照有效性和可获取性原则，对影响人才紧缺状况和紧缺程度的五个方面进行了系统分析，这五个方面包括：人才数量供需紧缺程度、人才质量（素质）与岗位的匹配程度、人才供给获得性的难易程度，以及产业发展对人才需求拉动程度和人才发展环境对人才流动影响程度，确定以人才需求数量、质量和人才供给以及产业发展、人才发展环境五项指标作为关键因素，建立紧缺人才评价指标体系。

3. 构建紧缺人才指数模型

人才预测是在分析现有人才资源数量、质量、结构和分布状况及发展与变化趋势等的基础上，对未来一定时期内人力资源需求与供给状况作出评估与判断。本文采取专家评估法，借鉴"宁波模式"进行人才紧缺指数模型的构建：（1）采取专家咨询法（德尔菲法）和层次分析法建立紧缺人才指数的权数；（2）根据数理统计原理，确定人才紧缺指数统计分析的测算方法和数学公式；（3）研究设计相关数据的采集方式。

4. 理论模型的验证研究

本文选择北京市金融行业作为样本，在北京市金融工作局、行业协会、学会、商会和中央财经大学的帮助下，通过抽样调查的方式，发放、回收调研问卷、整理数据，测算分析北京金融行业紧缺人才指数，对理论模型进行验证研究。

5. 课题研究的技术路线

为保证课题研究的科学性和严谨性，在学习借鉴"宁波模式"的基础上，紧密结合北京经济社会发展和人才状况的实际，设计了本文的技术路线，如图1所示。

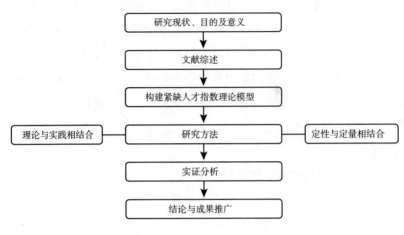

图1　本研究的技术路线

二　研究基础

人才指数属于区域人力资源规划中人才预测研究的范畴，即通过统计技术对人才信息数据测算、分析与评估，以反映未来人才市场供需变化的特点、趋势等状况，用以指导人才开发实践。

国外较早就开始了对人才指数的研究，目前在大多数欧美发达国家，政府、行业协会、人才开发专业机构等都会定期发布人才指数，一般包括人才规模指数、人才层次指数、人才结构指数、人才产业指数和人力资本指数等，使用人单位更清楚地了解人力资源市场现状和发展变化趋势，从而为用人单位合理配置人才资源，进行科学的人事决策提供参考依据。

中国宁波市政府经过多年的研究，建立了国内第一套区域紧缺人才指数体系，并已开始定期向社会公众发布紧缺人才指数信息。宁波市关于紧缺人才指数体系构建的成功实践已引起国内其他城市的关注，各主要城市及地区已开始研究建立本区域的紧缺人才指数体系。

2006年以来，北京市委紧密结合首都实际，研究制定首都人才发展战略，着力推进体制机制创新，优化人才发展环境，人才工作取得了整体进展。同时，北京市利用首都丰富的人力资源开发方面的教育、科研力量，进行了一系列调查研究工作，形成了一大批研究成果。其中《优化首都地区人才发展环境研究报告》、《首都地区人才流动问题研究报告》、《首都地区人才竞争力评价指标体系研究报告》等成果，为本文提供了丰富而宝贵的资源。

三 构建紧缺人才指数理论模型

（一）概念界定

（1）紧缺人才是指一个国家和地区经济社会发展迫切需要而又严重短缺的人才。紧缺人才通常具有以下三个基本特征。

①时间上的动态性：即某一时段某类人才的紧缺状况，将会随着时间推移及经济社会的发展而变化。一个时期内紧缺的人才，经过一段时间，可能就不再紧缺，反之亦然。

②空间上的非均衡性：即紧缺人才是一个时期内就具体的地域、行业、专业岗位而言的，从地域角度看，与区域经济社会发展相关联，人才资源的分布是不均衡的，某个城市或区域紧缺的人才，在其他城市或区域不一定紧缺；从行业、单位角度看，分布也是不均衡的，某一行业或部门紧缺的人才，在其他行业或部门不一定紧缺。

③结构上的高层次性：紧缺人才具有稀缺性，一般情况下其学历、职称较高，职业技能较强，职业工龄较长，具有一定工作经验，在专业岗位上大都具有中高层次素质。

（2）指数是用以测定一组变量在时间或空间上综合变动达到的相对数。指数最早起源于物价指数，1650 年英国人沃汉（Rice Voughan）首创物价指数概念，用来度量物价的上升或下降的变化状况。

从广义上讲，凡是说明社会经济现象动态变化的相对数都可以称为指数。例如，人们经常说的物价指数、消费指数等。

从狭义上讲，指数是指反映复杂社会经济现象总体综合变动程度的相对数，又称为总指数。

（3）人才指数隶属于区域人力资源规划预测范畴，是通过统计技术对人才信息数据测算，用以反映不同时期人才市场的变化趋势和变化程度的一系列指标体系，包括人才需求指数、人才流动指数、人才供给指数、人才价格指数、人才资本指数等。

（4）紧缺人才指数是反映一定时期内区域、行业中专业岗位人才短缺状况、紧缺程度及变化趋势的相对数。

（二）紧缺人才指数评价指标体系

建立紧缺人才评价指标体系是本课题研究的出发点和关键点。影响人才紧缺的因素十分复杂，建立评价指标体系是一个系统工程。从客观上看，数量、质量和供给是判断与描述人才紧缺状况的基本要素，同时，需要考虑影响一个时期人才紧缺状况最直接和最重要的因素，课题组经过综合研究和向专家咨询，将产业发展和人才政策环境纳入评价指标体系。最终确定紧缺人才评价指标为：人才数量、人才质量、人才供给、产业发展和人才发展环境五项指标，其基本内涵如下。

（1）人才数量紧缺是指一定时期，区域内人才数量供给与某行业、某专业岗位对人才在数量的需求不相适应的程度。

（2）人才质量紧缺是指一定时期，区域内人才质量与某行业、某专业岗位需要的素质和能力不相适应的程度。

（3）人才供给紧缺是指一个时期，区域内某行业、专业岗位获取人才的难易程度。

（4）产业发展是指一个时期，由于区域产业结构调整、优化升级以及新兴产业的出现等对人才需求的拉动程度。

（5）人才发展环境是指一个时期，区域人才发展环境造成的某行业、某专业岗位人才流动的影响程度。环境是一项综合指标，涵盖了经济发展、社会、文化、人才政策环境、人才市场化配置、宜居状况等诸多因素，其中区域人才政策环境是最具代表性的方面。

（6）紧缺人才综合指数是指一定时期，区域内人才在数量、质量、供给以及产业发展和人才发展环境等因素影响下，某行业、某专业岗位人才短缺程度的综合反映。

北京紧缺人才指数体系如图2所示。

（三）紧缺人才指数理论模型

1. 理论框架

根据人才紧缺评价指标体系，以紧缺人才综合指数为因变量，上述五项评价

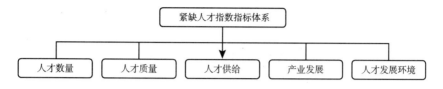

图2 紧缺人才指标体系的构建

指标为自变量，建立紧缺人才综合指数与上述五项指标的函数关系，从而构建紧缺人才指数的理论模型（见图3）。

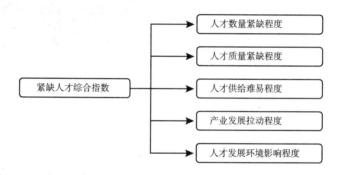

图3 本研究的理论模型

2. 确定紧缺人才综合指数权数

本课题采用德尔菲法和层次分析法进行紧缺人才综合指数的研究。用德尔菲法确定紧缺人才指标的权数，构建理论模型，然后用层次分析法进行定量分析，并进行有效性检验。

（1）德尔菲法

德尔菲法，又名专家意见法，是依据系统的程序，采用匿名发表意见的方式，即团队成员之间不得互相讨论，不发生横向联系，只能与调查人员联系，反复地填写问卷，以吸收问卷填写人的共识及搜集各方意见，应对复杂任务难题的管理技术。

本课题组邀请了17位相关领域专家，对北京市紧缺人才进行模糊性判断，确定紧缺人才指标的权数标准并建立紧缺人才的数学模型，然后采取问卷方式对紧缺岗位、紧缺程度进行调查，对收集到的统计数据进行量化分析，初步确立当前北京市紧缺人才紧缺指数指标体系，对专业岗位的紧缺人才进行预测，从而就北京市如何缓解人才紧缺状况、培养和开发紧缺人才（例如合理规划和配置人

才和资源）提出建议措施。

（2）层次分析法

层次分析法（Analytic Hierarchy Process，AHP）是美国著名的运筹学家T. L. Satty 等人在 20 世纪 70 年代提出的一种定性与定量分析相结合的多准则决策方法。它是将决策问题的有关元素分解成目标、准则、方案等层次，在此基础上进行定性分析和定量分析的一种决策方法。

层次分析法从系统论思想出发，将评价对象视为一个系统，并按系统的层次性把它划分为递阶层次结构，在同一层次中，对两两元素之间进行重要性比较，再由 1～9 标度法确定判断矩阵，计算出特征向量，进而进行排序，对不同评价对象进行综合评价。

层次分析法根据专家评估得来的分值，构造一个判断矩阵，对判断矩阵作一致性检验并进行层次排序，从而推算出构建指数指标体系数学模型所需的指标权数或权重。

3. 构建判断矩阵

建立层次分析模型之后，把各层元素进行两两比较，构造出比较判断矩阵。判断矩阵表示针对上一层次中的某元素而言，评定该层次中各有关元素相对重要性的状况，对于 n 个元素来说，得到两两比较判断矩阵 $C = (C_{ij})_{n \times n}$，其形式如表 1、表 2 所示。

表 1 判断矩阵

B_k	C_1	C_2	…	C_j	…	C_n
C_1	C_{11}	C_{12}	…	C_{1j}	…	C_{1n}
C_2	C_{21}	C_{22}	…	C_{2j}	…	C_{2n}
⋮	⋮	⋮	⋮	⋮	⋮	⋮
C_i	C_{i1}	C_{i2}	…	C_{ij}	…	C_{in}
⋮	⋮	⋮	⋮	⋮	⋮	⋮
C_n	C_{n1}	C_{n2}	…	C_{nj}	…	C_{nn}

C_{ij} 表示对于 B_k 而言，元素 C_i 对于 C_j 的相对重要性的判断值。其中，$C_{ij} = 1/C_{ji}$（当 $i \neq j$ 时，$i, j = 1, 2, \cdots, n$）；$C_{ij} = 1$（当 $i = j$ 时）。

表2 判断矩阵标度及其含义

序号	重要性等级	C_{ij}	序号	重要性等级	C_{ij}
1	i,j 两元素同等重要	1	6	j 元素比 i 元素稍重要	1/3
2	i 元素比 j 元素稍重要	3	7	j 元素比 i 元素明显重要	1/5
3	i 元素比 j 元素明显重要	5	8	j 元素比 i 元素强烈重要	1/7
4	i 元素比 j 元素强烈重要	7	9	j 元素比 i 元素极端重要	1/9
5	i 元素比 j 元素极端重要	9			

注：$C_{ij}=\{2,4,5,8,1/2,1/4,1/6,1/8\}$ 表示重要性等级介于 $C_{ij}=\{1,3,5,7,9,1/3,1/5,1/7,1/9\}$。这些数字是根据问卷填写者的经验确定。

对于 n 个因素来说，得到两两比较判断矩阵 $C=(C_{ij})_{n\times n}$，其形式如表3所示。

表3 互反判断矩阵

B_k	C_1	C_2	...	C_j	...	C_n
C_1	C_{11}	C_{12}	...	C_{1j}	...	C_{1n}
C_2	C_{21}	C_{22}	...	C_{2j}	...	C_{2n}
$\vdots$	$\vdots$	$\vdots$	$\vdots$	$\vdots$	$\vdots$	$\vdots$
C_i	C_{i1}	C_{i2}	...	C_{ij}	...	C_{in}
$\vdots$	$\vdots$	$\vdots$	$\vdots$	$\vdots$	$\vdots$	$\vdots$
C_n	C_{n1}	C_{n2}	...	C_{nj}	...	C_{nn}

C_{ij} 表示对于 B_k 而言，因素 C_i 对于 C_j 的相对重要性的判断值。其中，$C_{ij}=1/C_{ji}$（当 $i\neq j$ 时，$i,j=1,2,\cdots,n$）；$C_{ij}=1$（当 $i=j$ 时）。

所以，应用层次分析法的关键是构造一个互反判断矩阵。这个判断矩阵可针对在一个层次的某指标因素，评判出它与其他相关指标因素之间相对重要程度的状况。而这一互反判断矩阵是否有效就要看代入专家评分数值后该矩阵是否具有满意的一致性，因为这直接关系到从判断矩阵得到的排序向量是否真实地反映比较的指标因素之间的客观排序。

测试 AHP 互反判断矩阵一致性也就是针对每个配对比较矩阵，通过三个一致性的测试，来计算最大特征值及其对应的特征向量。这三个测试的一致性包括：一致性指标（Consistence Index，CI）、平均随机一致性指标（Random Index，RI）和一致性比例或相对一致性（Consistence Ratio，CR）。这里最关注的是一

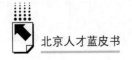
致性比例（CR）的判定及其改进。

4. 专家打分

构造判断矩阵求得指标权数或单排序权向量的关键数据是 C_{ij} 赋值（或所谓排序权值）；而这个 C_{ij} 赋值又是根据专家的模糊判断确定的。因此，为取得人才指标权数数据，笔者邀请了 17 位北京市人力资源研究专家，组织他们填写了人才紧缺指数指标因素配对比较评价分数表（见表 4，采用 1~9 标度法衡量），也就是对各层次两两指标之间进行重要性比较。这相当于表 3 根据 1~9 标度法对两两指标因素进行重要程度比较和排序。

表 4 人才紧缺指数指标因素的配对比较

指标因素		强烈程度	指标因素		强烈程度
人才质量□	人才数量□		产业发展□	人才质量□	
人才供给□	人才数量□		人才环境□	人才质量□	
产业发展□	人才数量□		产业发展□	人才供给□	
人才环境□	人才数量□		人才环境□	人才供给□	
人才供给□	人才质量□		人才环境□	产业发展□	

本课题按照独立性、匿名性、反馈性和保密性的原则遴选专家，同专家进行充分沟通，设计调查表。笔者邀请的专家根据自己的专业知识、经验，对上述五个方面的人才紧缺指数指标因素的配对比较进行评分。

例如，先确定"人才数量"与"人才质量"在影响人才紧缺中哪一个更为强烈（在方框中画"√"），然后，按照 1~9 尺度给出强烈程度数值；其中 9 分为最高值，1 分为最低。

5. 权重计算与层次排序

计算表 5 的判断矩阵在某一层次的指标因素与其他相比较的各指标因素之间重要程度的相对权重。判断矩阵一致性 C 值对于最大特征值 λmax 的特征向量，经归一化后为 ω，即为同一层次相应因素对于上一层次某因素相对重要性的排序权值，或相对权重值。

判断矩阵的层次排序包括层次单排序（或单层次排序）和层次总排序（或多层次排序）。如上所述，层次单排序是对上层次中的某因素而言，确定与本层次有联系的各因素重要性次序的权重值（或单排序向量）。而层次总排序则是同一层次因素利用所有层次单排序的结果，计算出针对最高层次的本层次所有因素的重要性的权重值（或多层次排序向量）。

根据专家填写的表 5，我们通过他们对指标因素两两比较的评分（1~9）得到评分数据的中位数，再对照表 3 和表 4，填制成表 5，作为构建紧缺人才指数体系的互反判断矩阵。把各层次两两指标之间重要性比较的结果构成判断矩阵后，用 Matlab 软件编程对判断矩阵进行一致性检验，并计算出两两判断矩阵的 C_{ij} 赋值（排序权值）。构造的判断矩阵如表 5 所示。

表 5 判断矩阵

	人才数量	人才质量	人才供给	产业发展	人才环境
人才数量	1	1/7	1/5	1/6	1/7
人才质量	7	1	5	1/3	1
人才供给	5	1/5	1	1/4	1/5
产业发展	6	3	4	1	1
人才环境	7	1	5	1	1

计算每一个判断矩阵各因素对其准则的相对权重。判断矩阵 C 对于最大特征值 λmax 的特征向量，经归一化后为 ω，即为同一层次相应因素对于上一层次某因素相对重要性的排序权值。

层次排序包括层次单排序和层次总排序。层次单排序的目的是对于上层次中的某元素而言，确定本层次与之有联系的各元素重要性次序的权重值。层次总排序是利用同一层次中所有层次单排序的结果，就可以计算针对最高层次而言的本层次所有元素的重要性权重值。

6. 判断矩阵的一致性检验

所谓判断思维的一致性是指专家在判断指标重要性时，各判断之间协调一致，不至于出现相互矛盾的结果。

判断矩阵的最大特征根为

$$\lambda_{\max} = \sum_{i=1}^{n} \frac{(C\omega)_i}{n\omega_i} \tag{1}$$

一致性检验为

$$CI = \frac{\lambda_{\max} - n}{n - 1} \tag{2}$$

$$CR = CI/RI \tag{3}$$

其中，CI 为一致性指标，CR 为相对一致性指标，RI 为平均随机一致性指标（根据 n 查找）。若 $CR < 0.1$，则认为判断矩阵满足一致性需求，则经步骤（3）归一化后的特征向量 ω 为各指标的权重；否则要对判断矩阵进行调整直到满足要求为止。

公式（3）中，若 $CR < 0.1$，则认为判断矩阵满足一致性需求，则经归一化后的特征向量 ω 作为各指标的权重；否则就要对判断矩阵进行调整，直到满足一致性要求为止。

平均随机一致性指标值（Random Index，RI）可确定为表 6 的中位数 n 的对应值（即 1.12）。用 Matlab 软件编程计算的两两比较判断矩阵的排序权值和一致性检验的结果如表 7 所示。表 7 将检验结果代入表 6 的两两比较判断矩阵中，其中 ω 为指标权重值。

表 6 平均随机一致性指标（RI）

1	2	3	4	5	6	7	8	9
0.00	0.00	0.58	0.90	1.12	1.24	1.32	1.41	1.45

表 7 两两比较判断矩阵

S	人才数量	人才质量	人才供给	产业发展	人才环境	ω
人才数量	1	1/7	1/5	1/6	1/7	0.0344
人才质量	7	1	5	1/3	1	0.2422
人才供给	5	1/5	1	1/4	1/5	0.0835
产业发展	6	3	4	1	1	0.354
人才环境	7	1	5	1	1	0.286
$\lambda_{max} = 5.3877$			$CI = 0.0969$		$CR = 0.0865$	

表 7 的一致性指标 $CR < 0.10$，说明专家判断指标重要性的意见一致。这也说明，可以选择人才数量、人才质量、人才供给、产业发展、人才环境 5 个指标对北京市紧缺人才紧缺程度展开研究。这就为构建紧缺人才指标指数体系的理论模型及验证奠定了基础。

7. 行业、岗位紧缺人才指数模型

（1）专业岗位紧缺人才指数模型 $G(z, a, b, c, d, e)$。

$$a = \frac{\sum_{i=1}^{n} N_i}{\sum_{i=1}^{n} F_i}$$

其中，N_i 代表问卷填答者选择某类人才数量紧缺值，F_i 代表选择某类人才紧缺值的频数。

$$b = \frac{\sum_{i=1}^{n} Q_i}{\sum_{i=1}^{n} F_i}$$

其中，Q_i 代表问卷填答者选择某类人才质量紧缺值，F_i 代表选择某类人才紧缺值的频数。

$$c = \frac{\sum_{i=1}^{n} S_i}{\sum_{i=1}^{n} F_i}$$

其中，S_i 代表问卷填答者选择某类人才供给紧缺值，F_i 代表选择某类人才紧缺值的频数。

$$d = \frac{\sum_{i=1}^{s} D_i}{\sum_{i=1}^{s} F_i}$$

其中，D_i 代表问卷填答者对产业环境选择的数值，F_i 代表选择某个产业环境数值的频数。

$$e = \frac{\sum_{i=1}^{s} E_i}{\sum_{i=1}^{s} F_i}$$

其中，E_i 代表问卷填答者选择人才政策的数值，F_i 代表选择某个岗位紧缺值的频率。

$$z = a \times \alpha + b \times \beta + c \times \gamma + d \times \delta + e \times \varepsilon$$

其中，$G(z, a, b, c, d, e)$ 为某行业中某个专业岗位的人才紧缺指数向量值，Z 为这一专业岗位的人才紧缺指数，a、b、c 分别为这一专业岗位的人才

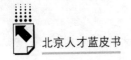

数量、质量、供给紧缺指数，d 和 e 代表产业发展和人才发展环境。α、β、γ、δ 和 ε 分别为人才数量、质量、供给、产业发展和人才发展环境因素权数。

G_i $(a_i, b_i, c_i, d_i, e_i)$ $(i = 1, 2, \cdots n)$ 表示金融业若干机构和若干中高级人员填报了 n 个相同的专业岗位的人才紧缺指数向量值，其中 a_i, b_i, c_i, d_i, e_i 分别表示第 i 个专业岗位填写的人才数量、质量、供给、产业环境和人才发展环境指数，f_i 表示回答者选择第 i 个专业岗位的频数。

（2）行业人才紧缺指数模型 H (z, a, b, c, d, e)。

$$a = \frac{\sum_{j=1}^{n} N_j}{\sum_{j=1}^{n} F_j}$$

其中，N_j 代表问卷填答者选择某类人才数量紧缺值，F_j 代表选择某类人才紧缺值的频数。

$$b = \frac{\sum_{j=1}^{n} Q_j}{\sum_{j=1}^{n} F_j}$$

其中，Q_j 代表问卷填答者选择某类人才质量紧缺值，F_j 代表选择某类人才紧缺值的频数。

$$c = \frac{\sum_{j=1}^{n} S_j}{\sum_{j=1}^{n} F_j}$$

其中，S_j 代表问卷填答者选择某类人才供给紧缺值，F_j 代表选择某类人才紧缺值的频数。

$$d = \frac{\sum_{j=1}^{s} D_j}{\sum_{j=1}^{s} F_j}$$

其中，D_j 代表问卷填答者对产业环境选择的数值，F_j 代表选择某个产业环境数值的频数。

$$e = \frac{\sum_{j=1}^{s} E_j}{\sum_{j=1}^{s} F_j}$$

其中，E_j 代表问卷填答者选择人才政策的数值，F_j 代表选择某个岗位紧缺值的频率。

$$z = a \times \alpha + b \times \beta + c \times \gamma + d \times \delta + e \times \varepsilon$$

其中，H（z, a, b, c, d, e）为某一行业的紧缺人才指数向量值，z 为这一行业的人才紧缺指数，a、b、c 分别为这一行业岗位的人才数量、质量、供给紧缺指数，d 和 e 代表产业环境和人才发展环境。α、β、γ、δ 和 ε 分别为人才数量、质量、供给、产业环境和人才发展环境因素权数。

H_j（a_j, b_j, c_j, d_j, e_j）（$j = 1$, 2, $\cdots m$）表示某行业若干机构和若干业内中高层人员填报了 m 个相同的专业岗位的人才紧缺指数向量值，其中 a_j, b_j, c_j, d_j, e_j 分别表示第 j 个专业岗位填写的人才数量、质量、供给、产业发展和人才发展环境指数，f_j 表示回答者选择第 j 个专业岗位的频数。

四　实证研究

在构建北京市紧缺人才指数理论模型的基础上，课题组选择北京市金融行业作为研究对象，通过抽样技术，向北京市的银行、保险、证券、基金、期货等机构的人力资源部门、10％ 的中高级管理人员和专业技术人员发放调查问卷，进行数据收集，测算北京金融业紧缺人才指数。

（一）研究对象的选择

课题组选择北京市金融业作为研究对象，主要原因在于北京把建设具有中国特色的世界城市作为未来长远发展的战略目标，而国际金融中心是世界城市的基本特征之一，金融业对于经济结构调整，促进产业转型、升级和经济社会发展具有重要作用。同时，按照北京市政府发布的《北京市产业结构调整指导意见》和《北京市产业结构调整指导目录（2007 年版）》，北京市产业结构调整的方向和重点是：加快发展现代服务业，巩固和加强服务业的优势地位，促进服务业优化升级，提升城市服务能力和综合辐射力。并提出"大力发展金融、文化创意、旅游会展等优势服务业。完善金融生态环境，吸引国内外各类金融机构落户北京，加快金融机构后台服务支持体系建设，推进金融产品和服务创新，推动产权交易和资本市场发展"。人才是金融行业发展的核心资源，对于促进金融中心城市建设具有关键作用。北京市把着重加大高层次紧缺金融人才力度作为当前和今后一个时期的重要任务。

（二）数据收集

课题组通过参阅国内外大量文献，征求国内相关领域专家的意见，在此基础上设计了问卷，并辅以实地调研和专家访谈。问卷发放对象主要是北京市的银行、证券、保险、基金、期货等金融机构。

鉴于北京市金融行业涉及机构覆盖面广，涉及机构、岗位多的特点，课题组采取抽样调查的方法，即建立一个紧缺人才指数基础数据采集机制，由北京市金融局会同北京市银行、保险、基金、证券、期货等机构，填写问卷调查表反映专业岗位的人才现有存量、需求量和紧缺程度评估值等。

为了保证问卷所收集到的信息能够比较准确地反映金融行业紧缺人才的实际状况，问卷的填写人确定为各金融机构人力资源部门和该机构10%中高层以上职务或中级以上职称的人员。

本次调查中，共发放企业问卷91份，回收71份；发放个人问卷716份，回收629份，回收率分别为78.02%和87.85%（见表8）。

表8 问卷回收情况统计

单位：份，%

行业	发放公司问卷	发放个人问卷	收回公司问卷	收回个人问卷	企业问卷回收率	个人问卷回收率
银行	10	192	10	187	100	97.40
保险	9	90	8	78	88.89	86.67
证券	7	160	7	156	100.00	97.50
期货	18	180	16	156	88.89	86.67
基金	2	40	2	40	100	100
总体	91	716	71	629	78.02	87.85

调查问卷回收后，经过数据录入、整理，代入专业岗位紧缺人才指数模型 G (z, a, b, c, d, e)，测算后得出结果如表9～表14所示。

（三）金融业紧缺人才指数分析

1. 银行业紧缺人才指数

从表9中可以看出，银行业紧缺人才指数最高的是综合管理人才，其次是营销及产品部门和风险管理人才。综合管理人才主要是指各支行的行长，这说明银行业需要引进和培养既熟悉银行业务、又通晓管理的复合型人才。

表9　银行业紧缺人才指数

部　　门	a	b	c	d	e	Z
营销及产品部门	0.693889	0.755556	0.581481	0.628369	0.783774	0.712588
综合管理	0.6787	0.764	0.634	0.628369	0.783774	0.718496
风险管理	0.649897	0.774227	0.596907	0.628369	0.783774	0.716885
支持与保障部门	0.665306	0.736735	0.589796	0.628369	0.783774	0.707741
各级分行负责人	0.806667	0.606667	0.793333	0.628369	0.783774	0.698097
董事会	0.8	0.6	0.6	0.628369	0.783774	0.680109
各专业委员会	0.7	0.5	0.7	0.628369	0.783774	0.660799

2. 证券业紧缺人才指数

从表10中可以看出，证券业紧缺人才指数最高的是资产管理人才，其次是投资管理部和信息技术中心人员。资产管理人才主要是指高级财务分析师，这类人才需要具备扎实的财务理论知识，深入了解行业的趋势，并能做出准确预测和判断。

表10　证券业紧缺人才指数

岗　　位	a	b	c	d	e	Z
经纪业务事业	0.776	0.772	0.7	0.603325	0.783908	0.722177
研究部	0.57907	0.737209	0.539535	0.603325	0.783908	0.693578
投资管理部	0.733333	0.841667	0.691667	0.603325	0.783908	0.736887
投资银行事业部	0.825	0.833333	0.675	0.603325	0.783908	0.73663
营业部	0.72	0.71	0.64	0.603325	0.783908	0.700224
董事会	0.647368	0.815789	0.7	0.603325	0.783908	0.728358
资产管理部	0.673333	0.846667	0.713333	0.603325	0.783908	0.737843
风险控制部	0.627273	0.663636	0.609091	0.603325	0.783908	0.683224
人力资源部	0.663636	0.754545	0.645455	0.603325	0.783908	0.70953
信息技术中心	0.736364	0.790909	0.718182	0.603325	0.783908	0.726912

3. 基金业紧缺人才指数

从表11中可以看出，基金业的紧缺人才首先是基金管理人才，其次是分公司负责人和研究策划部人员。基金管理人才主要是指基金经理，这类人才不仅需要具有较为专业的教育背景和深厚的研究功底，具有较高的道德素质，还必须在业界有3年以上的从业经历，他们对于自己管理的基金起着至关重要的作用。

表11　基金业紧缺人才指数

岗　位	a	b	c	d	e	Z
研究策划部	0.681818	0.718182	0.650909	0.529897	0.811111	0.690433
市场发展部	0.507547	0.711321	0.533962	0.529897	0.811111	0.673011
基金管理部	0.809677	0.777419	0.783871	0.529897	0.811111	0.720281
信息技术部	0.5	0.7	0.616667	0.529897	0.811111	0.676916
监督稽查部	0.46	0.58	0.5	0.529897	0.811111	0.636734
资产管理部	0.58	0.62	0.5	0.529897	0.811111	0.65055
分公司负责人	0.7	0.7	0.7	0.529897	0.811111	0.690754
高级管理层	0.633333	0.7	0.733333	0.529897	0.811111	0.691244
计划财务部	0.433333	0.5	0.5	0.529897	0.811111	0.616441
人力资源部	0.566667	0.566667	0.633333	0.529897	0.811111	0.496757

4. 保险业紧缺人才指数

从表12中可以看出，保险业紧缺人才指数最高的是产品销售人才，其次是行政人事和运营中心人员。产品销售人才主要指销售主管（经理），这类人才在保险业有着丰富的经验，并且能够了解、反馈客户的需求。

表12　保险业紧缺人才指数

岗　位	a	b	c	d	e	Z
运营中心	0.661111	0.8	0.622222	0.605352113	0.792237	0.722041
培训部	0.61	0.66	0.57	0.605352113	0.792237	0.682014
战略规划部	0.711765	0.747059	0.688235	0.605352113	0.792237	0.716473
精算部	0.726667	0.793333	0.566667	0.605352113	0.792237	0.718042
销售岗	0.7	0.86	0.726667	0.605352113	0.792237	0.746631
产品管理部	0.685714	0.742857	0.714286	0.605352113	0.792237	0.716734
品牌传播部	0.642857	0.7	0.6	0.605352113	0.792237	0.695337
行政人事	0.6	0.842857	0.585714	0.605352113	0.792237	0.72727
计划财务	0.653846	0.730769	0.607692	0.605352113	0.792237	0.70381
信息技术部	0.638462	0.715385	0.638462	0.605352113	0.792237	0.702124

5. 期货行业紧缺人才指数

从表13中看出，期货行业最缺乏的人才是研究发展分析人员，这类人才能独立分析、研究市场需求状况，进行企业生产成本分析，为市场开发人员提供中长期数据分析。

表 13　期货业紧缺人才指数

岗　　位	a	b	c	d	e	Z
研究发展分析所	0.692188	0.779688	0.564063	0.57259	0.769584	0.682549
市场发展部	0.714286	0.77381	0.559524	0.57259	0.769584	0.681506
稽核风控部	0.582759	0.762069	0.613793	0.57259	0.769584	0.67867
信息技术部	0.646429	0.703571	0.589286	0.57259	0.769584	0.664646
交易部	0.612	0.708	0.56	0.57259	0.769584	0.662088
金融理财部	0.713636	0.8	0.554545	0.57259	0.769584	0.687412
资金财务部	0.478947	0.615789	0.463158	0.57259	0.769584	0.627092
综合管理部	0.611111	0.666667	0.6	0.57259	0.769584	0.655387
营业部	0.7	0.7	0.646667	0.57259	0.769584	0.670415
结算部	0.5	0.54	0.46	0.57259	0.769584	0.609196

6. 金融业紧缺人才综合指数（Z 值）（见表 14）

表 14　金融业紧缺人才综合指数

行　　业	业　　务	岗　　位	紧缺人才综合指数
银行业	专业营销	资深客户经理	0.712588
	综合管理	支行行长	0.718496
	风险管理	风险管理师	0.716885
	合规审核	高级稽核经理	0.707741
	管理人员	资金运营经理	0.698097
	高级决策	董事会董事	0.680109
	专业委员会		0.660799
证券业	经纪业务	代客理财师	0.722177
	行业研究	资深行业分析师	0.693578
	投资管理	投资分析师	0.736887
	投资银行	投资经理人	0.73663
	营业部	大客户经理	0.700224
	高级决策	董事会董事	0.728358
	资产管理	高级财务分析师	0.737843
	风险控制	风险管理师	0.683224
	人力资源	人力资源总监	0.70953
	信息技术中心	信息技术主管	0.726912

续表

行　业	业　务	岗　位	紧缺人才综合指数
基金业	研究策划	资深行业分析师	0.690433
	市场发展	基金销售经理	0.673011
	基金管理	基金经理	0.720281
	信息技术	信息技术主管	0.676916
	监督稽查	监察稽核经理	0.636734
	资产管理	投资总监	0.65055
	分公司负责人	分公司经理	0.690754
	高级管理	投资总监	0.691244
	计划财务	高级财务会计	0.616441
	人力资源	人力资源总监	0.496757
保险业	运营中心	运营总监	0.722041
	培训	资深培训师	0.682014
	战略规划	战略规划师	0.716473
	精算部	精算师	0.718042
	产品销售	销售主管	0.746631
	产品开发	保险核保师	0.716734
	品牌传播	市场总监	0.695337
	行政人事	行政总监	0.72727
	财务分析	财务经理	0.70381
	信息技术	信息技术主管	0.702124
期货业	研究发展分析所	研发分析员	0.682549
	市场发展部	期货分析师	0.681506
	稽核风控部	首席风险官	0.67867
	信息技术部	技术总监	0.664646
	交易部	总经理助理	0.662088
	金融理财部	策略分析师	0.687412
	资金财务部	财务负责人	0.627092
	综合管理部	部门经理	0.655387
	营业部	营业部经理	0.670415
	结算部	部门经理	0.609196

总体评价:

（1）通过定量分析得出的结果与专家定性的判断基本一致，这说明本课题的紧缺人才指数模型可靠性比较高。

（2）本课题分析结果同上海金融业紧缺人才相比较，紧缺人才类别有高度一致性也说明本课题理论模型的可靠性。

五　结论

（一）研究结论

（1）紧缺人才指数既可从宏观上分析人才供求趋势，也可从微观上分析判断具体行业、专业岗位的人才紧缺程度，尤其适合长期跟踪观察。因此，需要进一步加强紧缺人才指数理论和方法研究，更好地为社会经济发展和人才开发服务。

（2）紧缺人才指数模型具有可靠性、有效性和可操作性，在数据的收集上，所有的数据均来自本单位人力资源部门和中高级人才对行业实际情况评估数据，保证了信息的可靠性和有效性。

（3）本课题深入研究分析了北京金融业人才数量、质量和供给特征，根据紧缺人才指数模型，有利于帮助人才合理流动和个人的职业规划，有利于金融机构合理配置人才资源，有利于政府相关部门全面地掌握行业紧缺人才的实际需求，对于制定相关人才政策和人才发展战略具有重要意义。

（4）从数据分析中发现，影响金融业人才紧缺性的关键要素大都集中体现在人才的质量方面，这就迫切要求提高人才素质、优化人才结构。

（二）研究局限

北京市紧缺人才指数研究刚刚起步，本课题研究中尚存在以下几个方面的局限性。

（1）样本方面。尽管本课题花费大量的时间、精力和资金进行问卷调查，获得的有效问卷数量满足了研究要求，但是由于问卷调查工作难度非常大，还存在信息缺失、不完整等问题。

（2）模型验证方面。本课题选取北京市金融行业作为样本，进行问卷调查，并没有涉及其他行业，因此，本研究收集的数据带有一定的行业特征，对紧缺人才指数模型的普及推广有一定影响，在未来需要进一步拓宽研究领域，提高指数模型适用性。

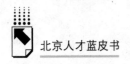

（3）变量测量方面。本课题的紧缺人才指数模型中变量测量主要是应答者根据自己的经验和阅历，以主观评价的方式进行，尽管在研究中采取了多种方式尽可能增加测量的信度和效度，但是主观评价方法可能存在一定偏差，可能会对研究结论产生影响。

总之，紧缺人才指数研究尚处于起步阶段，对其进行定量研究较为抽象且有一定难度。本课题希望能对中国紧缺人才指数研究起到一定推动作用，对于未来可能的研究方向，还有待于相关领域学者对此进行更深入研究。

（三）未来的研究

本课题在构建紧缺人才指数评价指标体系、紧缺人才指数数据采集系统、紧缺人才指数模型和紧缺人才指数分析评价体系以及金融行业紧缺人才指数数据采集、测算分析和评价方面进行了系统研究和实证性检验，为北京市开展紧缺人才的预测、分析和评估，提供了一个系统的方法。未来的研究工作主要有：

（1）根据北京市产业发展目标提出的重点发展产业，明确下一步紧缺人才指数研究的重点领域和行业。

（2）结合国家有关政策，研究编制重点行业人才专业岗位标准目录。岗位目录设置注重高端管理人才、创新型科技人才和应用型技能技术人才等，为数据采集和抽样调查提供参考依据。

（3）科学合理地设计调查研究工具，使抽样样本和数据采集更合理，确保调查具有广泛的代表性和针对性。

（4）进一步完善统计测算方法，注重科学性和可操作性。增强研究过程的规范化和研究手段的科学化。

（5）数据分析和对策建议更具有指导性，为政府、人才、市场、用人单位和专业机构提供具体清晰的数据分析、结果评估和对策建议。

六 建议措施

（1）进一步加强紧缺人才指数研究，不断完善、修正理论模型，鼓励北京市各行业、机构参与研究之中，验证理论模型，做到理论与实践相结合，同时，建立健全北京市紧缺人才科学预测机制和预警机制。

（2）建立健全紧缺人才研究的配套措施，北京市科委、相关政府部门重视加大对本研究的投入，以合作课题方式，同区县、重点行业领域、国资委建立合作项目组，继续推进紧缺人才研究工作。

（3）建立数据采集系统，分阶段、分步骤建立区域、行业领域数据采集系统，在政府统计部门支持下，分阶段、分步骤在全市范围内建立数据采集系统，包括以各个行业内的用人单位为样本，建立网上调查系统，利用网络程序检验数据并自动生成量表，同时，允许企业随机查询信息，以此鼓励企业参与数据采集工作，使紧缺人才研究工作不断深入。

Report on Index Model of Shortage Talent in Beijing

Wang Pu

Abstract：According to the development strategy of "People's Beijing, High-tech Beijing and Green Beijing", which was proposed by the Beijing municipal party committee and the city government, the scarcity of talent is becoming an important issue. The structural imbalance between the supply and demand of human resources is becoming increasingly outstanding, and the demand of talent is more and more pressing. The study analyses the real situation and the factors affecting the supply and demand of talent in Beijing based on the Talent Prediction Theory. And then it establishes an indicator system of talent evaluation and an index model of scarce talent in Beijing, which has passed the reliability and validity detection by collecting and analyzing the factual data came from financial field in Beijing. Based on regional and industrial quantitative and qualitative analysis of scarce talent, the study aims to provide some references for scientifically making policy of talent introduction and rationally distributing human resources.

Key Words：Scarce Talent; Index Model of Scarce Talent; Theoretical Model

B.5

北京地区人才资源经济效能研究

——基于区域面板数据的比较分析

王选华 曹立锋 王俊峰*

摘 要：本文在人才效能相关理论研究的基础上，通过设定人才效能三维模型来检验30个省份的人才经济效能，最终结论表明，北京市的人才效能较低，目前在全国排名靠后，笔者将其主要原因归结为两大类：一是从事公共事务的人才比重较大，这类人才对 GDP 的生产贡献目前没有得到合理的反映；二是北京市的产业间和产业内人才结构不尽合理。最后，结合北京市的实际状况，提出了对该地区人才效能进行改进的战略措施。

关键词：人才效能 产业结构 人才结构

随着中国社会主义市场经济体制的不断完善和发展，充分发挥市场在资源配置中的基础性作用是市场经济的基本规律。而人力资源属于社会主体性资源，属于经济活动的能动性要素，这种要素的配置状况直接反映了市场机制运行的效率高低。中国既是人力资源大国，同时也是人才资源大国。长期以来，党和政府一直注重人才资源的开发和使用，一直强调人才资源的配置和优化，十分关注人才资源效能的发挥。2003 年 12 月第一次全国人才专题会议在北京召开，并在正式文件中第一次提出"党管人才"和"人才是第一资源"的观点。2010 年 5 月，第二次全国人才专题会议召开，会议提出要将中国从人才资源大国向人才资源强

---

* 王选华，经济学博士，北京市人力资源研究中心科研主管，研究方向为人才经济；曹立锋，北京市人力资源研究中心科研主管，研究方向为公共部门人力资源管理，重点研究当代中国干部人事制度改革和人才资源开发；王俊峰，北京市人力资源研究中心科研主管，研究方向为公共部门人力资源开发、领导班子建设和干部队伍建设。

国转变。这两次全国人才工作专题会议为中国人才资源有效配置、人才效能充分发挥提供了可靠的制度保障。

根据新古典经济增长理论，经济增长的核心要素包括三个方面：物质资本、人力资本以及科学技术，人才资本在人力资本中处于核心地位。北京作为中国的政治、经济和文化中心，目前正处于世界城市建设的初期，要最终实现世界城市建设的宏伟目标，必然需要众多资源提供支持，其中人才资源是其核心资源，它为北京建设世界城市提供应有的智力支持。从当今国际公认的世界城市来看，经济实力是评判一个城市是否属于世界城市的首要标准，而人才资源是支撑经济可持续发展的首位资源。因此，人才效能的高低直接决定了北京建设世界城市的基础。北京的人才资源具体状况如何？在经济活动中人才发挥的效能有多大？本文试图通过对国内 30 个地区的相关数据作出比较分析，从中理清北京人才资源效能的现状，并针对具体情况分析人才效能的影响因素，最后提出相应的提高北京人才效能的战略措施，力争能为领导层提供有价值的决策参考。

本文共分六部分，具体分布如下：第一部分简介人才效能的内涵及其计量方法；第二部分设定人才效能计量模型；第三部分使用全国 30 个地区的有关数据对模型进行检验，从中找出北京人才效能的基本现状；第四部分分析北京人才效能的基本原因；第五部分提出改进北京人才效能的战略措施；最后提出未来的研究方向并得出相关启示。

一 人才效能的内涵及其计量方法

所谓效能，主要用于反映工作主体的效率高低，同时也反映其能力的大小。在实际工作中，效能主要使用工作成果的数量来衡量，并以此指标来反映人才能力的大小。衡量效能指标主要有三个方面：工作效率、工作效果和工作效益。最近几年，国内一部分学者对人才效能的有关问题进行了比较深入的探讨，主要涉及两个方面：一是人才效能内涵的理解与实现路径；二是人才效能的计量问题。从人才效能的内涵来看，一些学者认为，人才效能是反映人才发挥作用程度的重要指标，其显著度与人才的规模和地区的经济发展水平相关[1]；同时，中国人才效能的发挥具有显著的区域性：东部地区的人才效能要高于中西部地区，而中部

---

[1] 李群、陈鹏：《我国人才效能分析与对策研究》，《系统工程理论与实践》2006 年第 5 期。

地区与西部地区人才效能较为接近①。另一些学者认为，同一般的资金、技术以及生产设备相比，人才效能是决定企业绩效的主要因素②，而企业的竞争性特征主要来源于人的社会性，竞争性特征对激发企业员工的内在潜力具有重要作用；而企业的协调活动有利于企业实现其整体目标③。从人才效能的计量来看，国内专门讨论人才效能计量方法的文献较少，已有的研究主要是基于人才在经济活动中所进行的要素投入与最终产出规模作为计量标准，他们所使用的投入，主要是指人才数量的投入，将非人才要素进行相应的分离；他们使用的产出，主要是指人才劳动的产出，一般使用 GDP 来表示这种产出成果。于是，人才效能的计量方法就是：人才效能 = 人才投入量（人）/GDP（百万元）④。本文利用 E_i 来代表第 i 个区域人才的效能，使用 H_i 代表第 i 个区域人才资本所具有的规模，它的单位通常使用人来表示，GDP_i 表示第 i 个区域劳动产出的规模，使用百万元来表示。根据前面学者人才效能的计量方法，第 i 个区域的人才效能可以表示为

$$E_i = H_i / GDP_i \qquad (1)$$

在方程（1）中，E_i 使用人/百万元来表示其基本单位，这里人才效能的基本内涵是每产生 100 万元的价值所耗费的人才数量。

上面人才效能的计算指标主要适用于横向比较，而无法从时间和空间的角度来对人才效能的变化趋势作出判断。因此，我们通过对已有的人才效能指标进行修正，使用面板数据来计算人才效能指数。这样，就可以避免指标仅限于横向比较的局限性，从而拓展了指标的应用范围，可以全面地反映同一地区在不同时期人才效能的变化，同时反映不同地区人才效能的差距。

为了反映人才效能指标的时空变化，本文通过设计三维空间变量来对人才效能进行计量，以 E_{mn}^i、H_{mn}^i 和 X_{mn}^i 来分别表示 m 地区第 n 年第 i 类产出的人才效能、人才规模和人才产出量，这样，三者之间的关系仍然为

$$E_{mn}^i = H_{mn}^i \mid X_{mn}^i \qquad (2)$$

---

① 陈安明：《基于人才结构的区域人才效能综合评价》，《重庆大学学报（自然科学版）》2007 年第 8 期。

② 杨斌：《基于内部人力资源效能最大化的日本式经营》，《南开管理评论》2004 年第 3 期。

③ 王自强、王浣尘：《人力资源效能测评层次体》，《企业经济》2004 年第 12 期。

④ 潘晨光、王力：《中国人才发展报告》，社会科学文献出版社，2004。

二 人才效能模型检验

（一）数据来源及相应解析

本文通过选取全国 30 个地区 1998～2007 年间的两类指标作为计量标准，即地区生产总值（GDP）、人才资本存量（H）[①]。其中，GDP 全部来自于《中国统计年鉴（1996～2008 年)》的分地区数据，而关于人才资本的原始数据均来自于《中国劳动力统计年鉴（1996～2008 年)》。另外，由于本文三项指标均使用面板数据来分析，而地区生产总值属于价值型指标，它随时间的变化而变化，变化的时期越长，价值型指标的波动就越大。为了将不同时期的价值型指标进行比较，指标的可比性要求就逐渐增高。因此，为了增强价值型指标的可比性，本文通过各地区的 GDP 指数来进行缩减，其缩减基期定为 1995 年。这样，以 1995 年为基期的不变价 GDP 数据的年均值如表 1 所示[②]。

表 1　全国 30 个地区不变价 GDP 年均值（1998～2007 年）

单位：亿元

省份	北京	天津	河北	山西	内蒙古	辽宁	吉林	黑龙江	上海	江苏
年均 GDP	3117	2339	6579	2355	2143	5797	2460	4158	5861	12642
省份	浙江	安徽	福建	江西	山东	河南	湖北	湖南	广东	广西
年均 GDP	8590	4383	5246	2659	12168	6698	5340	4709	12675	3064
省份	海南	重庆	四川	贵州	云南	陕西	甘肃	青海	宁夏	新疆
年均 GDP	693	2167	7426	1272	2316	2128	1156	356	382	1596

对于人才规模的确定，在学术界存在不少争议。从持传统人才观的学者来看，他们将达到一定学历以上的人员以其人数为标准来确定人才的数量规模；而按照新经济增长理论主要代表 Lucas 的观点，人力资本不能简单地使用人数来计

[①] 由于西藏的数据不全，从已有年份的数据来看，其各项指标占全国的比重很小，不考虑西藏的人才效能指数对分析结果的影响很小，为了研究的需要，这里就只选用 30 个地区的相关指标。

[②] 本来应将 1998～2008 年间 30 个省市（不包括西藏）的不变价 GDP 数据全部列出，由于版面的限制，此处只将本文分析所需的省际不变价 GDP 年均值数据表示于表 1 中，下面表 2、表 3、表 4 和表 5 采用同样的表述方式。有兴趣的读者可以向作者索要相关数据。

量其规模，而需要考虑人力资本的质量因素，于是他使用有效劳动力作为人力资本的计量标准①。在 Lucas 的计量标准里，所谓有效劳动力，主要是指受过一定教育的人才能将其视为人力资本的规模范围。所以，他使用人力资本的受教育年限来反映其规模大小。本文在考虑人才的数量规模时，同样遵循 Lucas 的人力资本计量法则，同时结合传统的人才观点，通过使用有效劳动力的概念来解释并计量人力资本。在此，本文先通过学历标准来划分人才，然后再通过受教育年限的数量来确定人才规模。

当考虑使用受教育年限来计量人才时，首先将不同层次的人才进行分类，主要原因在于处于不同学历阶段的人才，他们接受知识的能力有所不同。本文的处理方法是：将处于不同学历阶段的人，在计量学习年限的基础上，再使用学习当量来表示学习能力的高低。划分的具体标准是，将那些接受过中专（或高中）教育及其以上的人列入人才的计量范畴②。人才资本的具体估算方法详见我们前期的研究成果③④。因此，中国 30 个地区人才受教育年限年均值如表 2 所示。

表 2　全国 30 个地区平均受教育年限年均值（1998～2007 年）

单位：万年

省份	北京	天津	河北	山西	内蒙古	辽宁	吉林	黑龙江	上海	江苏
平均教育年限	20383	6085	21161	10656	8215	16136	9272	12803	15497	26332
省份	浙江	安徽	福建	江西	山东	河南	湖北	湖南	广东	广西
平均教育年限	22217	13793	11638	12555	29508	29174	17073	21649	35447	12330
省份	海南	重庆	四川	贵州	云南	陕西	甘肃	青海	宁夏	新疆
平均教育年限	2664	7463	19704	8833	7305	13540	6711	1592	2111	7490

---

① R. E. Lucas. "On the Mechanics of Economic Development." *Journal of Monetary Economics*. 1988（22）.

② 单从每个地区来看，由于中国教育资源分布、人才数量和结构的区域性差异，发达地区与其他地区的人才标准不一样，比如，北京市在《首都人才发展中长期规划纲要（2010～2020年)》中将受过大专及其以上教育的人视为人才计量范围，而中组部的重点课题《国家中长期人才发展规划纲要（2010～2020年)》中从全国层面来考虑，将受过中专（高中）以上学历教育的人视为人才范围。本文的研究对象是全国各个地区，虽然承认人才资本的地域差别，但是为了比较需要，仍然按照中组部的人才标准来计算人才的规模。

③ 王美霞、王选华：《我国区域人才资源配置效能比较研究——基于省际面板数据的比较分析》，《新视野》2010 年第 6 期。

④ 马宁、王选华、饶小龙：《首都经济增长中人才贡献率研究——一项基于首都实证数据的考察》，《中国人力资源开发》2011 年第 3 期。

（二）模型检验结果

依据前面所设定的三维人才效能方程（3），这里使用表1、表2中的有关数据来分别计算全国30个地区1998～2007年间的人才效能平均指数，其结果如表3所示。

表3 全国30个地区1998～2007年人才效能平均指数

单位：万年/亿元

地 区	北京	天津	河北	山西	内蒙古	辽宁	吉林	黑龙江	上海	江苏
年均值	6.5099	2.8165	3.5055	4.8287	4.4765	2.9321	4.1575	3.3322	2.7159	2.2423
提高速度	0.6817	1.0295	2.8155	1.6525	5.1548	1.6019	5.5266	4.9616	3.0725	4.3056
地 区	浙江	安徽	福建	江西	山东	河南	湖北	湖南	广东	广西
年均值	2.6775	3.2855	2.3106	4.8569	2.5937	4.6797	3.3427	4.823	2.9595	4.0871
提高速度	1.7921	3.317	1.952	0.5588	0.4713	2.348	4.6263	1.6015	3.2575	-0.6955
地 区	海 南	重庆	四川	贵州	云南	陕西	甘肃	青海	宁夏	新疆
年均值	4.0344	3.5948	2.8588	7.3605	3.1845	6.6725	6.1378	4.6389	5.7305	5.0018
提高速度	1.4816	0.2854	4.0727	1.1493	1.0039	1.9565	1.789	1.8469	2.441	2.3741

从表3可以看出，1998～2007年间全国30个地区的人才经济效能的基本现状。在此，为了能在地区之间进行横向比较，以便找出人才效能的差异，在表3中，本文使用年均受教育年限（万年）/GDP（亿元）的指标来比较全国30个地区人才效能绝对量之间的差异（见图1）。同时，通过计算人才效能的年均提高速度，以该项指标来比较地区之间的人才效能的相对量差异（见表5）。

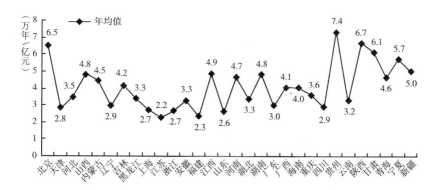

图1 全国30个地区1998～2007年间人才经济效能指数年均值

1. 人才效能指数绝对值比较

从图 1 可以看出，江苏省的人才经济效能指数在所有地区中最低，其指数值为 2.24。这充分说明江苏省的人才经济效能最高，人才在经济增长中的作用最大；贵州省的人才经济效能指数最高，其指数值为 7.36，这充分说明贵州省的人才效能最低，经济增长中人才发挥作用的程度较低。

除了最高和最低的人才效能指数以外，本文还将全国 30 个地区的效能指数划分成两个小组来比较其差异，即排在前 5 名和最后 5 名地区的效能指数，具体情况如表 4 所示。

表 4　全国前 5 名和最后 5 名地区人才效能指数排名

地　区	江苏	福建	山东	浙江	上海	宁夏	甘肃	北京	陕西	贵州
效能指数	2.24	2.31	2.59	2.68	2.72	5.73	6.14	6.51	6.67	7.36
排　名	1	2	3	4	5	26	27	28	29	30

从表 4 中的数据可以看出，人才效能指数排在前 5 名的主要是东部沿海经济发达的地区；而排在后 5 名的地区（除北京之外）主要是西部地区经济发展相对落后的地区。

2. 人才经济效能指数相对值比较

从全国 30 个地区人才效能指数的降低速度来看，在 1998～2007 年间，吉林省的人才效能指数降低速度最快，以年均 5.53% 的速度降低，这充分说明该地区在人才资源的配置方面取得了较好的成绩，其次是内蒙古、黑龙江、湖北省和江苏省；而广西的人才效能指数降低速度最慢，且年均降低速度为负值，这说明该地区在经济增长中人才资源的配置方面需要继续改进。在人才效能改进方面做得不够理想的地区还包括北京、江西、山东和重庆等。从全国30 个地区前 5 名和最后 5 名地区来看，人才效能指数降低速度排名如表 5 所示。

表 5　全国人才效能指数变化速度基本情况

地　区	吉林	内蒙古	黑龙江	湖北	江苏	北京	江西	山东	重庆	广西
提高速度（%）	5.53	5.15	4.96	4.63	4.31	0.68	0.56	0.47	0.29	-0.70
排　名	1	2	3	4	5	26	27	28	29	30

3. 人才经济效能指数比较结论

从前面比较的结果来看，中国东部和中西部之间的人才经济效能呈现明显的区域性差异，这种差异的具体表现是：经济发达的东部沿海地区人才经济效能远远高于中部和西部地区；中部和西部地区的人才效能较为接近，两个地区的省份之间的人才效能指数交叉排列，即中部和西部之间人才效能没有显著的差别。我们认为，中国人才效能呈现区域性差异的主要原因在于以下几个方面：第一，中国东部地区依靠其地理和经济发达的优势集聚了较多的人才，而该地区由于经济的发展水平较高，其人才事业平台相对较多，可以吸纳地区既有的人才充分发挥其内在效能，扩展事业发展空间，这样，在合理配置人才资源的条件下，该地区的人才往往会带来较多的经济产出；第二，东部地区的人才投入相对较多，这种措施不但可以吸纳人才群体流入，还可以激发人才个体工作的积极性，从而单位人才可以带来更多的产出，人才效能得到提高。

另外，从 30 个地区的实证结果来看，中部和西部的人才效能虽然总体偏低，但是近 10 年间人才效能的提高速度较快，这说明这些地区在改进人才效能方面采取了行之有效的措施。

三 北京地区人才效能基本状况

前面的实证数据表明，在参与人才效能比较的 30 个地区中，1998～2007 年间，北京地区的从业人员在高中以上、大专以上、本科以上和研究生以上四个层次的年均比重均排名第一①，从而可以看出，北京市高中以上从业人员的受教育年限会相对较高，该地区平均每年人才资本占 30 个地区的比重为 4.75%；从 GDP 来看，北京市平均每年的不变价 GDP 占 30 个地区的比重为 2.35%（见表 6）。因此，我们可以这样来理解，北京市平均每年使用占 30 个地区 4.75% 的人才资本生产出占 2.35% 的 GDP，从而可以看出北京市的人才效能较低。从人才效能的绝对数来看，北京地区的人才效能排名倒数第三，从近 10 年间人才效能的改进状况来看，年均人才效能指数降低速度也相对较慢。北京地区人才效能较低的主要原因到底是什么？又将如何来提高人才效能？我们在接下来作出具体分析。

---

① 用于比较的数据来源于《中国劳动统计年鉴（1999～2008 年)》。

表6 北京地区不变价 GDP 和人才资本分别占 30 个地区的比重

单位：%

年 份	1998	1999	2000	2001	2002	2003	2004	2005	2006	2007
GDP 比重	2.30	2.33	2.36	2.40	2.40	2.37	2.38	2.35	2.33	2.31
人才资本比重	3.70	4.23	3.80	3.50	4.05	4.34	4.57	5.31	6.36	6.54

四 北京地区人才经济效能较低的原因剖析

从前面的研究来看，北京市的人才经济效能偏低，在全国 30 个地区中，1998～2007 年间北京的人才经济效能指数为 6.51，排名第 28 位。人才经济效能年均增长速度为 0.68，排名第 26 位。出现这种状况的原因，本文认为可以从以下几个方面进行分析。

（一）人才资本的计量方法与 GDP 生产的匹配程度较低

从目前学术界的研究成果来看，有关人力资本的计量方法有多种类型，比如比较传统的方法有人数计算法，《中国统计年鉴》中使用的就是该类方法，人均GDP、人均可支配收入、全员劳动生产率等指标都是使用参与劳动的从业人员来计量，该方法只反映了人力资本的数量而不能反映其素质；另一类是使用受教育年限法，如西方学者使用该指标来计量人力资本存量的文献居多，《国家中长期人才发展规划（2010～2020 年）》和《首都中长期人才发展规划（2010～2020年）》均是使用该种方法计量人才资本贡献率，该指标在反映人才资本数量的同时还可以反映人才素质的提升；第三类就是使用 J－F 法，这种方法是使用终生预期收入方法来计算人才资本，主要用于计算人力资本指数的时候使用，其主要缺陷是不能计算人力资本的效率，也不能反映人力资本投资对经济产生的影响。因此，经过权衡各类方法的利弊之后，本文选用了受教育年限方法来计量人才资本，这种方法在使用时涉及 GDP 与人才资本的匹配问题。比如当使用受教育年限来衡量人才资本时，需要将人才所创造的 GDP 分离出来进行单独计量，而不是将 GDP 纳入人才所创造的范围。但是，目前没有一种计量方法能分离出人才GDP 与非人才 GDP，而所有研究地区都同样使用总量 GDP 与人才数量进行对比，这也能大致比较出地区之间人才效能的差别。但是，北京的人才受教育年限总量较高，从而容易导致人才 GDP 的比重偏高，人才效能计算结果相对较低，因为其他地区更多的非人才 GDP 计入了人才 GDP。因此，计算方法是导致北京市人才效能偏低的原因之一。

（二）从事公共管理和社会组织的人才比重较高

从全国来看，国家机关、政党机关和社会团体从业人员占全体从业人员的比重平均维持在 1.5% 左右，而北京地区的该比重在 3% 以上，2009 年甚至超过了 4% 的水平[①]。从受教育程度来计算这部分人才资本，该指标会远高于 4% 的水平，因为在北京市的党政人才中，接受过本科教育水平以上的比重在 90% 左右（全国为 84%），而这部分从业人员的 GDP 计量是按照国家定价来进行核算的。通过计算，北京市从事公共管理和社会团体的人才所生产的 GDP 占总量的 3% 左右。因此，这部分人才的 GDP 计量偏低，其主要原因可以归结为无法使用一个客观的标准来真实计量公共管理人才实际生产的 GDP 数量，因为该类人才向社会提供的服务成果属于非市场性服务产出，衡量其价值的方法通常是通过政府定价来实现。因此，同企业相比较而言，公共管理和社会团体人员创造的 GDP 无法得到市场的真实反映，从而会出现偏低的可能。

（三）北京三次产业宏观结构降低了 GDP 的生产能力

从计算结果来看，人才经济效能排名前 5 位的地区分别是江苏、福建、山东、浙江和上海。这些地区有一个共同特征：工业占 GDP 的比重较高，如上海在 2003 ~ 2007 年间，该比重均保持在 40% 以上，而北京平均比重只有 23.7%，近两年甚至低于 20%，上海工业增加值占 GDP 的比重年均值为 43.3%，具体数据如表 7 所示。从表 8 中可以看出，上海市在 2003 ~ 2007 年间，每年固定资本与人力资本投资同北京相应指标的倍数都要小于 GDP 的倍数，该数据充分表明上海的 GDP 生产效率要高于北京，本文认为导致这种现象发生的主要原因可能在于上海以工业为重点的第二产业所占比重较大，而该类产业在目前阶段生产 GDP 的能力高于第三产业，从而导致了产出倍数高于投入要素的倍数。

---

① 1.5% 是通过《中国劳动统计年鉴》（2009）公布的数据计算得出，3% 和 4% 是通过《北京市统计年鉴》（1999 ~ 2008）计算得到。

表 7　北京与上海相关指标比较

单位：亿元

年份	北　京					上　海				
	GDP	工业增加值	工业增加值占比	从业人员	固定资产投资	GDP	工业增加值	工业增加值占比	从业人员	固定资产投资
2003	5007.20	1224.50	24.50	703.30	2157.10	6694.23	2941.24	43.90	813.05	2452.11
2004	6033.20	1554.70	25.80	854.10	2528.30	8072.83	3593.25	44.50	836.87	3084.66
2005	6969.50	1707.00	24.50	878.00	2827.20	9247.66	4036.85	43.70	863.32	3542.55
2006	8117.80	1821.80	22.40	919.70	3371.50	10572.24	4575.30	43.30	885.51	3925.09
2007	9846.80	2082.80	21.20	942.70	3966.60	12494.01	5154.42	41.30	1024.33	4458.61

表 8　北京与上海经济指数比较

年份	GDP 指数	从业人员指数	固定资产投资指数	固定资产指数 × 从业人员指数 – GDP 指数
2003	1.34	1.16	1.14	– 0.02
2004	1.34	0.98	1.22	– 0.14
2005	1.33	0.98	1.25	– 0.11
2006	1.3	0.96	1.16	– 0.19
2007	1.27	1.09	1.12	– 0.05

　　因此，在目前阶段，中国第二产业对 GDP 的生产能力高于其他产业，这也是北京市从业人员和固定资产投资在接近上海的情况下而 GDP 总量却差距较大的原因之一。

（四）北京高端第三产业人才效能较低

　　从北京市的第三产业来看，虽然 2009 年其增加值占 GDP 的比重已经达到了75.54%。但是第三产业内部人才效能较低①，2009 年高端行业从业人员比重占第三产业的比重为70.27%，资产总额占第三产业的比重为94.14%，而增加值所占的比重为67.41%。这充分说明高端第三产业的人才经济效能不够理想，其

---

　　① 我们将北京市的第三产业分为两类：高端第三产业和低端第三产业。高端第三产业包括交通运输、仓储和邮政业，信息传输、计算机服务和软件业，金融业，租赁和商务服务业，科学研究、技术服务与地质勘察业，教育，卫生、社会保障和社会福利业，文化、体育与娱乐业，公共管理与社会组织；低端第三产业包括水利、环境和公共设施管理业，批发与零售业，住宿和餐饮业，居民服务和其他服务业，房地产业。

主要原因可能在于高端第三产业虽然集聚了大量人才，但是缺乏对人才的有效配置，缺乏有效的人才激励措施，对人才的经济激励并不充分。因为使用人才高投入、低产出在很大程度上是激励措施不到位导致的结果。由于北京市宏观产业结构中第三产业已经占据绝大部分，而高端产业人才又是决定第三产业人才效能高低的主要因素。因此，北京市高端第三产业人才效能的低下对整体人才效能产生了重要影响。

（五）北京第三产业投资结构降低了人才效能

2009 年，第三产业固定资产投资总额为 4389.5 亿元，投资的具体分布为：高端第三产业投资 1234.31 亿元，占比 28.12%，其中金融业投资 7.4 亿元，占比为 0.17%；低端第三产业投资额为 3155.33 亿元，占比 71.88%，其中房地产投资达到 2728.10 亿元，占比为 62.15%。因此，从第三产业的固定资产投资结构来看，低端第三产业占据固定资产投资的绝大部分，其中房地产投资占到第三产业投资比重的 60% 以上；高端第三产业投资比重较小，其中金融业的投资比重不到 1%。因此，北京市第三产业的投资主要是通过房地产投资来拉动，这种低端投资项目不但延缓了产业持续发展，而且也降低了整个产业的人才效能。因为产业人才效能的发挥需要以一定的资本投资为前提，而这种扭曲的投资结构无疑降低了高端产业人才的生产效率，最终降低了北京市的整体人才效能。

（六）北京第二产业低效的内部结构削弱了人才效能

目前，北京市第二产业还是以传统制造业为主，属于低效的内部产业结构。从 2009 年来看，以医药、交通、电子和机电类为主导的现代制造业从业人员为 43.88 万人，占工业从业人员的比重为 30.60%，占第二产业从业人员的比重为 22%；以建筑业为代表的传统第二产业从业人员为 155.72 万人，占第二产业从业人员的比重为 78%，其中，传统制造业从业人员为 99.52 万人，占工业从业人员的比重为 69.4%，占第二产业从业人员的比重为 49.86%，建筑业从业人员为 56.2 万人，占第二产业从业人员的比重为 28.1%，具体情况如表 9 所示。因此，这种以传统产业占主导地位的第二产业结构无疑会制约人才生产效率的提高。

影响北京人才效能高低的因素除了人才计量标准、公共管理人才比重、产业宏观结构和产业内部结构以外，还存在一些其他因素，如产业梯度转移过程中的人才摩擦、住房价格导致的人才心理成本等。

表9 北京市现代制造业相关指标（2009 年）

行业类别	从业人员（万人）	占全部从业人员比重(%)	占工业从业人员比重(%)	增加值（亿元）	占 GDP比重(%)	占工业增加值比重(%)
医药类	4.97	0.50	3.46	202.96	1.67	8.81
交通类	11.32	1.13	7.89	243.06	2.00	10.55
电子类	12.61	1.26	8.80	279.52	2.30	12.14
机电类	14.98	1.50	10.45	142.19	1.17	6.17
小　计	43.88	4.40	30.60	867.72	7.14	37.68

五　北京地区人才经济效能改进战略

基于以上影响北京人才效能的原因分析，结合北京的实际状况，本文主要以产业结构调整为主线，拟提出以下战略措施用于改善人才效能现状。

（一）适当控制公务人员规模，合理反映公务人员的经济贡献

要适度控制公务人员规模，重点优化公务人员的结构，提高公务人员的业务效率；改进计量公务人员 GDP 的计量方法，合理反映公务人员对 GDP 生产所作出的实际贡献。具体做法是：可以将北京市的不重要但必需的公共管理职能同中央进行合并，或者由中央统一管理，或者由北京市承担管理职能，减少部分职能重叠，从而将多余从事公共管理的人才转移到生产效率更高的部门；在公务人员的经济贡献计量方面，合理反映该类人员对 GDP 生产所作的贡献，通过制定正常的工资增长机制来增加公务人员的阳光收入，尽量减少隐性收入。

（二）正确认识产业结构转换与升级

在研究中发现，当一个地区处于不同发展阶段时，其行业的 GDP 生产能力也会出现差异。北京市在产业结构升级与转换过程中，以 1978 年为起点，1992年第三产业从业人员比重第一次超过第二产业，1994 年第三产业产值比重首次超过第二产业；到2009 年底，第二产业从业人员占比降到19.98%，其增加值占GDP 的比重为23.50%，第三产业的相应指标为75.53%和73.78%，这说明第三产业的人才经济效能比第二产业低，具体数据如图2所示。因此，在产业结构升级与转换的过程中，第二产业需要适当维持一定规模，既不能急于追求第三产业

的发展而减少第二产业，也不能为了 GDP 生产而停止产业结构升级，其重点是优化第二、三产业的内部结构。

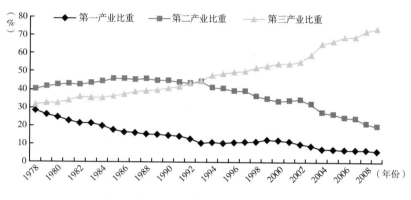

图2 北京市三次产业从业人员比重变化

（三）努力改善第二产业内部结构，重点培育和发展现代制造业

目前，从北京市新兴产业产值分布来看，现代制造业增加值所占 GDP 比重不高，近几年稳定在 8％左右（见表 10）。其中，2004～2009 年间，电子类制造业所占比重逐年下降，该类产业集聚科技人才较多，产品附加值较大，应当加快发展该类产业发展；机电类和交通类制造业增加值比重逐年上升，这类产业应当逐渐转型，加大其内部技术改造，从传统型技术产业向技术高级化方向发展；医药制造业增加值比重逐年上升，但是占 GDP 比重不高，近两年增加值比重保持在 1％左右，应当对这类产业给予优惠政策重点扶持，鼓励这类产业快速发展。

表10 北京市新兴制造产业增加值占 GDP 比重

单位：%

年份 新兴产业	2004	2005	2006	2007	2008	2009
文化创意产业比重	10. 17	9. 34	9. 66	9. 77	12. 11	12. 26
信息服务业	—	10. 35	10. 39	10. 63	10. 75	10. 43
物流业	—	—	4. 53	3. 89	3. 81	3. 52
生产性服务业	37. 48	40. 21	42. 00	44. 94	48. 18	46. 71
现代服务业比重	44. 25	46. 01	47. 67	50. 10	50. 92	51. 55

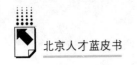

（四）稳定发展服务业，重点优化服务业内部结构

从第三次产业的宏观结构来看，北京市 2009 年第三次产业的增加值占 GDP 比重已经达到了 75.54%，从业人员比重达到 73.78%，远高于上海的 59.56% 和 55.70%，北京的三次产业宏观结构与日本东京比较接近；但是，北京第三产业的内部结构低端化迹象较为明显，需要及时优化内部结构，逐步向高级化方向过渡。其具体思路是：要确立发展新兴服务业的主导方向（北京地区新兴服务业的基本情况见表 11），从以一般性服务业为重点向以现代服务转变，尤其是注重发展生产性服务业；要逐渐确立支柱型服务业人才，优先培育和发展金融服务、文化创意服务、信息服务、科技服务和物流服务人才。

表 11　北京市新兴服务业基本状况

单位：%

新兴产业　年份	2004	2005	2006	2007	2008	2009
信息产业比重	14.38	16.54	16.56	16.94	15.83	14.51
高技术产业比重	6.14	7.24	7.47	7.41	7.67	6.41
现代制造业比重	—	8.65	8.37	7.91	7.52	7.37

（五）加大人才培训力度，消除人才产业结构摩擦

人才结构性摩擦主要表现为宏观产业之间相互转换的过程中人才流动产生的技术摩擦。比如在第二产业人才向第三产业转换的过程中，由于人才资本的专用性，第二产业人才需要一个新岗位、新技术的培训过渡时期。这就需要增加人才培训费用来增强流动性人才的服务技能，以便适应新的工作岗位。如果产业转移速度加快，人才结构性摩擦无法及时消除，最终无法实现人才资源的最优配置，就会降低人才效能。

六　研究展望与启示

本文使用受教育年限法来对人才资本进行计量，可以弥补传统方法无法反映人才质量的缺陷，更为真实地反映人才在经济增长中发挥作用的程度。而反映人才作用程度的指标应当成为一个体系，从不同方面来对人才作用予以反

映。本文主要使用单位 GDP 的人才耗费指标来反映了人才的效能，这与经济增长中的能耗指标相似。在未来的研究中，可以通过构建人才效能指标群，将人才耗费指标、人才贡献率、人均 GDP 等全部纳入一个统一的分析框架内，从不同角度对人才作用程度进行反映，这在《国家中长期人才发展规划纲要（2010～2020 年）》中已经提出了初步构想。在对指标群的构建过程中，需要注重同一经济变量的一致性，不同变量反映结果的可比性。因为只有这样，每项指标所反映的对象才会一致，指标的结果才会对同一对象从不同角度予以反映。

此外，从本文的研究结果来看，北京地区的人才效能较低。但是，北京地区人均 GDP 排名较高，2009 年仅次于上海，全国排名第二。不过，这也并不能说明北京地区的人才效能就高。因为按照受教育年限法来确定人才资本量，同样数量的从业人员所受教育年限北京地区会高于其他地区，这时以受教育年限为标准的单位人才资本所生产的 GDP 会相应降低，或者单位 GDP 所耗费的人才数量相应升高，从而人才效能偏低。因此，在实际研究中，使用多项指标从不同角度研究人才效能就显得重要。从原因分析来看，本文将其归结为产业间结构转换、产业内部结构升级以及非产业因素等，这些因素都属于外部因素，没有涉及对人才资源配置机制的讨论。我们认为，中国的人才具有特殊性，有体制内与体制外之分，两种不同体制类型的人才资源，其配置机制明显不同，对于人才资源配置机制的讨论，我们拟在以后进行专门研究。

Research on Human Resource Economic Effectiveness in Beijing

—A Comparison and Analysis Based on Inter-Regional Panel Data

Wang Xuanhua   Cao Lifeng   Wang Junfeng

Abstract：Based on the theory research of talent effectiveness, the paper tests human resource economic effectiveness in 30 provinces through setting up three-dimensional model. It concludes that talent effectiveness of Beijing is lower and ranks well back in the whole country currently. The author attributes it to mainly two

categories: firstly, a large proportion of talents are engaged in public affairs, whose contribution to GDP is not reflected reasonably at present; secondly, the talent structure within different industries and among them is not rational. Finally, combined with the actual situation of Beijing, the author suggests carrying out strategic measures to improve talent effectiveness in the district.

Key Words: Talent Effectiveness; Industrial Structure; Talent Structure

B.6

理论和实践发展融合中的党管人才原则

——关于党管人才的几个问题

于海蛟　张明睿　秦元元*

摘　要：党管人才是 21 世纪指导中国人才发展的根本原则。本文围绕党管人才"为什么管"、"管什么"以及"如何管"三个问题，对现有的主要研究和实践活动进行回顾和探讨，并对未来工作做出些许展望。

关键词：党管人才　工作格局　工作机制

2003 年，中共中央、国务院《关于进一步加强人才工作的决定》正式提出了党管人才原则。在贯彻落实党管人才原则的这七年里，理论界和实践工作者们对实施党管人才的必要性、主要内容以及实现方式等问题进行了大量的探索。这些研究和实践工作，使我们进一步加深了对党管人才原则的认识，积累了较为丰富的工作经验，同时也发现了一些问题和不足。本文试图围绕党管人才"为什么管"、"管什么"以及"如何管"三个问题，对现有的主要研究和实践活动进行回顾和探讨，并对未来工作做出些许展望，期望能为人才工作更好更快的发展提供一些参考和借鉴。

一　为什么管：提出党管人才原则的必要性

当前大部分理论工作者主要是从政治视角和管理视角两个方面来理解和认识党管人才原则提出的必要性。

---

* 于海蛟，中共北京市委组织部人才工作处工作人员，《首都中长期人才发展规划纲要（2010～2020 年）》执笔人之一；张明睿，博士，原北京市人力资源研究中心科研主管；秦元元，北京市人力资源研究中心科研主管，研究方向为人事制度、公共部门人力资源管理与开发。

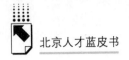

1. 党管人才是巩固党的执政地位、提高执政能力的必然要求

在政治视角下，学者们主要立足政党理论来分析党管人才原则提出的背景。其核心是：党管人才原则是党着眼于改革和完善党的领导方式和执政方式、提高党的执政能力所做出的重大决策。随着人才资源上升为经济社会发展的第一资源，党领导中国特色社会主义事业所依靠的基本力量发生了变化，原有作为执政基础的工农阶级发生了边缘化和空心化的倾向，人才成为执政党实现执政目标的最重要的政治资源，但是现有的执政方式难以适应新形势的要求。这集中体现在三个方面：（1）缺乏对体制外人才的有效领导。由于实行改革开放和发展社会主义市场经济，中国社会经济成分、组织形成、就业方式等日益多样化，体制外人才不断增加，而传统的党管干部原则并不涵盖这一部分人员。（2）缺乏对海外高层次人才聚集的有效统筹。中国特色社会主义建设事业需要更多海外高层次人才的参与，能否吸引和团结海外优秀人才投入到改革开放和全面建设小康社会的宏伟大业中来，决定着党的执政基础的巩固和执政水平的提高。（3）本土人才团结在党的周围建设社会主义事业的意愿受到一定的冲击。经济全球化、文化多元化和人才竞争国际化越来越激烈，各类人才，尤其是优秀青年人才的世界观、人生观、价值观"西化"、分化现象较严重，不可掉以轻心。

2. 党管人才是发挥党的优势，实施人才强国战略的根本保证

在管理视角下，学者们主要立足组织理论来分析党管人才原则提出的背景。其核心是：全面实施人才强国战略，就必须充分依靠和发挥党的政治思想优势、组织优势和密切联系群众的优势，发挥党组织动员全社会力量、整合组织社会资源的优势。中国正处在重要的战略机遇期，只有党管人才，才能以全局和战略性的高度，对人才资源做出总体部署，并实现人才强国战略。只有通过党管人才，才能使人才共享基本的文化价值观，更好地发挥人才发展对国家发展的推动作用。同时，人才强国战略所需的大量投资和战略规划，也只有作为领导核心的党才能予以保障。

二　管什么：党管人才的内容

党管人才是一个崭新的概念，其内容也是随着理论研究的深入和实践工作的推进，不断充实和完善。党管人才内容的演变和发展，大致上经历了三个阶段。

1. 党管人才内容在宏观层面的初步界定

2003 年，中央在提出党管人才原则的同时，明确了党管人才总体要求，即管宏观、管政策、管协调、管服务（简称四管），以及重点抓好统筹规划、分类指导、整合力量、提供服务、依法管理五个方面工作的要求。这些都在宏观层面界定了党在"管"人才方面的工作着眼点。但是没有明确界定党管人才在中观层面的具体工作对象和内容，这也为相关的理论探索和各地的实践创新提供了条件。

2. 党管人才内容在中观层面的不断探索

随着"四管"的提出，理论界和实践界的工作者们对党管人才的具体内容进行了探索和研究。虽然不同学者对党管人才内容的表现形式存在较大的差异，但是核心方面还是比较一致的，这主要可以概括为：（1）研究制定人才工作的重大方针政策和战略规划，把握人才工作发展的方向；（2）创新人才发展机制，着力破除人才流动机制、人才配置机制、人才选拔机制、人才激励机制障碍；（3）创新人才工作机制，强化人才工作的领导和运行；（4）改善人才发展环境，包括人文环境、法制环境、生活环境等；（5）通过政策支持、精神激励和环境保障，提供人才服务，不断改善各类人才的工作与生活条件；（6）创造人才发展载体，为人才提供发展事业的空间。此外，还有部分学者提出要推进人才项目建设，加快人才队伍发展以及管好思想政治建设等。以上虽然没有区分究竟是党委还是组织部门的党管人才内容，但是笔者认为这应该是党所管理的人才工作的主要内容。

实践工作者们也立足本地实际，探索、创新并丰富了党管人才的具体内容。北京市从加强人才制度创新、强化党管人才基础工作、完善人才工作方式等方面推动党管人才工作，建立了北京市人力资源研究中心，深化人才的理论对策研究；对部分专业职务试行聘任制，推进专业技术职称评审社会化，健全人才市场管理、人事争议仲裁等人才流动法规。依托"海外学人"中心，推动海外高层次人才集聚工程。建立"北京高级专家数据库"；开展"区域人才竞争力评价"试点，海淀区开展"政企复合型公共管理人才孵化"试点工作等。上海市也着重进行了人才发展的体制机制创新，探索了产学研联合培养机制，海外人才引进机制，人才成长需求的资助、激励机制，"三位一体"的人才评价机制，市场化的人才配置机制，多元化的服务投入和保障机制，等等。四川省探索建立社会化的人才评价机制，天津市制定人才市场与劳动力市场相互贯通的意见，江苏省开展"人才特区"试点工作等。这些工作和理论界研究较为一致，基本上也都在六个方面之中。

虽然理论界和实践界都对党管人才的内容进行了积极有益的探索，取得了很多成绩，但却未能完全区分人才工作内容，党管人才内容以及党委和组织部门在

其中的工作任务。这在一定程度上导致了人才工作部门，尤其是组织部门的人才工作无边无界。因此，进一步明确界定党委、组织部门人才工作的职责内容，是丰富完善党管人才内容的重点。

3. 党管人才内容的深化和细分

随着大家对党管人才内容理解的深入，对党委从事人才工作的职责以及组织部门从事人才工作的职责有了进一步细化。

在第二次全国人才会议上，党和国家领导人对党委承担的党管人才的内容进行了进一步总结，胡锦涛在肯定党委"四管"职责的同时，进一步指出，"党委要……谋划和推动人才工作，……结合实际制定和完善人才工作具体规划，深入研究人才工作面临的突出矛盾和问题，创新人才工作理论和实践……"，提出了党管人才工作还需要有"谋划战略、推动工作、制订规划、研究突出问题和创新理论实践"等职能。习近平提出党管人才要"谋划人才工作全局，把握好人才工作方向，制定好人才政策，处理好人才工作重大关系，总结运用好人才工作经验"。这些都从"宏观战略和方向、全局工作推动、突出重点问题研究、重大政策制定"四个方面（简称四个方面）再次明确了党管人才工作内容。

关于组织部门承担的党管人才工作的内容也受到了高度重视。中组部2006年在浙江杭州召开部分省市人才工作座谈会，并结合各地的实践和经验，对组织部门履行牵头抓总职责，总结、概括了四个方面的共识，即加强人才工作和人才队伍建设宏观指导；加强政策统筹和指导，牵头制定人才工作和人才队伍建设重大政策；加强对人才工作的统筹协调和力量整合；为各类人才健康成长、发挥作用提供服务。2007年，李源潮提出了组织部门承担党管人才的"六抓"职能，主要是"抓战略思想的研究、抓总体规划的制定、抓重要政策的统筹、抓创新工程的策划、抓重点人才的培养、抓典型案例的宣传"。这是对几年来各地各部门成功经验的科学总结，"六抓"为组织部门抓好人才工作指明了方向，明确了工作着力点，对于加强人才工作和人才队伍建设具有重要的指导作用。但是除了在"重要政策"问题上界定了组织部门承担"统筹"的角色外，其他几个方面并没有就"如何抓"或者"如何管"作具体的细化和界定，需要各地根据自己的情况进行积极探索和完善。因此，胡锦涛同志强调了组织部门还需要承担"落实人才工作牵头抓总"的职责。

综上，党管人才的内容在宏观层面、中观层面以及在党委、组织部门的职责分工上都作了比较明确的规定。"四管"和"四个方面"界定了党委"管"人才的主要着力点;"六抓"和"一落实"界定了组织部门工作职责。在中观层面,党和国家领导人、学者、实践工作者以及中组部 2006 年的会议都对党管人才工作内容形成了较一致的认识。在操作层面,关键需要结合各地实际,创新实现途径及抓手,即如何管?如何抓?例如如何实现管服务,是自己提供服务还是引导社会化的服务。此外,组织部门究竟如何建立相应的机制来落实保障这些职责,这些都是关键的问题。

三 如何管:党管人才的工作格局

现有的理论研究和实践探索都认为党管人才需要从构建总体工作格局和建立组织部门的牵头抓总机制两个层面进行落实。

1. 构建党管人才的多层次工作格局

要想实现党管人才目标,落实党管人才如何管,首先需要建立相应的工作格局。中央提出党管人才需要努力构建党委统一领导,组织部门牵头抓总,有关部门各司其职、密切配合,社会力量广泛参与的人才工作新格局。在各级党委的领导下,组织部门、政府部门、人民团体、企事业单位、中介组织等充分发挥各自作用,共同推进、全面做好人才工作。这一点得到了各界的广泛认同,全国各省市的党管人才总体格局也已经初步形成。在人才工作新格局中,组织部门牵头抓总作用十分关键。理论研究和实践探索形成了一些有益的结论。

2. 组织部门实现牵头抓总的运行机制

各地组织部门围绕履行牵头抓总职责进行了有益的探索,积累了不少好的经验和做法。关于形成何种"牵头抓总"工作运行机制,现有的研究和实践主要体现在以下几个方面。

(1)构建组织领导体制。各省、市相应成立了人才工作协调小组,由分管组织的副书记或组织部长担任协调小组组长,组织部一位副部长担任协调小组办公室主任。各省、市组织部内,以原知识分子工作处为基础,成立人才工作处,同时履行人才工作协调小组办公室职能。省市各相关部门,尤其是大口党委系统,如科教系统、宣传系统、建设系统等,成立人才工作办公室,与干部人事处(科)合署办公。各区县(县级市)组织部,设置人才工作科室,成为人才工作的基层推进机构。据上海、天津、安徽三地问卷调查显示,三个地区省市一级组织部门都成立了人才工作处,区县一级组织部门 80% 以上设立了专职科室,但

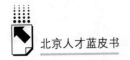
多数情况是与综合科或培训科合署。为了加强领导，上海兼任市人才工作协调小组办公室主任的副部长还同时兼任市人事局局长。在组织部主管干部工作（部分）、干部教育培训工作和人才工作；这样就把组织部门的人才工作、人事部门的人才工作结合起来；把人才教育培训、干部管理也结合起来，增强了对全市人才工作的领导。

（2）建立了权责分工机制。北京市人才工作领导小组制定了《北京市人才工作领导小组及办事机构工作职责》和《北京市人才工作领导小组办公室工作规则》，明确了小组成员单位责任分工，健全了工作部署、协调和检查机制。浙江省为加快构建人才工作新格局，几年来先后制定出台了《关于组织部门在人才工作中充分发挥牵头抓总作用的意见》、《省委人才工作领导小组各成员单位职责》，从而明确了组织部门牵头抓总的职责任务、工作要求和工作方法，规范了各有关部门的工作责任和要求。

（3）建立了督促落实机制。辽宁省把各级党政正职作为人才工作的第一责任人，人才工作纳入各级党政领导班子工作目标的考核中。重庆市明确各级党组织负责人作为人才工作第一责任人，亲自抓"第一资源"，实行人才工作"一把手"负责制。区委和区政府督查办把人才工作纳入督查的重要内容，进行定期和不定期督查。浙江的杭州、宁波、嘉兴等市则将人才工作列为市委、市政府的"一号工程"；金华、衢州等地实行"目标责任制"，把人才工作作为考核各级党政领导干部尤其是一把手的重要内容。成都市为强化"一把手"抓"第一资源"目标责任制，设立了公共目标、创新目标和日常考核目标。创新考核方式，采用材料考核、实地考核、交叉学习考核、有关人才和科技人员问卷评价、吸收被考核对象进入评委参与考核等多种方式进行考核。江西省制定出台了《关于实行市、县（市、区）人才工作目标责任制考核的意见》，把市、县党委、政府和人才工作领导小组列为考核对象，每两年对全省人才工作进行一次考核。考核内容分为加强领导、队伍建设、创新工作等五大指标和21项子项目。湖北建立人才工作目标责任与考核评价制度，对各市县党政领导班子和党政正职，由省委组织部、科技厅等部门组织考核，作为对干部任用、奖惩和人才与科技工作先进市县申报的重要依据。

（4）建立了人才信息支持体系。湖北建立人才工作重要信息及时发布制度，对人才工作的重要政策、重大活动，及时通过新闻媒体和会议进行宣传、对外发布。同时，还建立人才工作联络员制度，每个省委人才工作领导小组各成员单位确定一个业务处室及负责人作为联络处室和联络员，主要职责是定期向领导小组办公室汇报重点工作项目完成情况，提供各部门人才工作的重要活动，反映人才工作中出现的重要情况和问题。建立人才工作信息交流平台，通过创办《湖北人才工作》、《湖北日报》"人才"专刊及定期召开联络员会议等形式，及时交流各地各部门的工作动态和信息；建立高层次人才信息库，定期更新，动态管理，保证省委和领导小组及时掌握重要人才的基本信息。甘肃省建成了覆盖全省的省、地、县三级人才资源信息库。西安由市委人才办牵头，协调并指导人事局、市科技局、市劳动局、西安高新技术开发区等单位，筹建了专家与留学人员信息库、农业科技人才信息库、高技能人才信息库等，进一步提高了人才工作的信息化管理水平。

（5）建立或是寻求相应的工作载体抓手。北京为了实现人才战略规划和政策研究目标，成立了市委组织部直属的北京市人力资源研究中心，承担人才战略思想研究、总体规划制定和重要政策问题的研究工作；上海从 2005 年起每年设立 10 项左右的人才理论研究课题并通过公开招标形式组织高校、科研院所力量进行探索研究；深圳培育和联系社会组织，向它们购买服务，推行人才服务的社会化。此外，各地还相继建立了联席会议制度或工作协调机制等制度载体。

3. 当前党管人才存在的主要问题

虽然总体上党管人才的工作格局已经形成，组织部门牵头抓总的工作格局也已经初步实现，但是离"形成统分结合、上下联动、协调高效、整体推进的人才工作运行机制"的要求还有一些差距，存在许多问题。

（1）缺乏党委领导人才工作的规范化机制。目前党委领导人才工作的机制没有建立起来，很容易随着领导同志注意力的转移而转移。在工作抓手、载体上，人才工作未能像经济、社会事务一样丰富多样。例如按照战略性工作定位，每年的地方党委常委会的工作要点和重点工作项目中，都应该列入人才工作的内容。事实上却做不到。调查显示，只有少数地方党委组织部门的同志能够明确表示，每年重大的人才工作项目的安排，牵头抓总的主要任务的确定，一定要和地方党委特别是省市委书记所关注的重点工作统一起来。这些省市委书记在部署重大工作的时候，既见物，更见人；在任务安排的同时相应地安排了人才的配置。

（2）各人才工作部门对自身职责的认识有待进一步提高。有的地方认为党管人才没有实质内容，所以集中做一些宣传和下达工作，有的地方有畏难情绪，有的把人才工作与业务工作对立起来，认为行政工作在于抓好管理，经济工作在

于抓出效益，管理和效益看得见，而人才工作难出政绩。有的地方认为市场经济社会人才资源管理抓不抓都行。有的地方认为人才工作主要就是针对体制内人才，所以对体制外人才关心甚少，政策到不了位。有的认为人才工作就是组织部门和人事部门的事情，跟自己没有关系。

（3）各人才工作部门自身人才工作机构设置、力量配备薄弱。首先，各地人才工作机构设置不统一、不规范。地方重视的，编制多、力量强；不重视的，甚至没有独立的机构和人员。其次，组织部门人才配置相对也较为薄弱。人才工作作为组织部门三大职能之一，无论在处室数量还是人员编制上，与干部工作、基层组织建设工作相比，都存在明显差距，力量配置不足，与其所承担的牵头抓总、协调各方的职能不相匹配。

（4）组织部门在微观层面的牵头抓总职能边界不清。这主要表现在牵头抓的、推动抓的、协调抓的未界定清晰。出现上述情况，关键是对牵头抓各项职能，没有比较清晰具体的定位。哪些项目是组织部门应该牵头抓的，哪些是组织部门推动抓的，哪些是组织部门协调抓的，不够明确。还有牵头抓的、推动抓的和协调抓的，它们各自的方式、方法、途径、载体如何，也不明确。

（5）组织部门履行牵头抓总职责推动和执行乏力。据中组部问卷调查，当前主要难点问题是在推进政策落实方面，一些部门执行不力、制定具体政策协调各方难。从履行牵头抓总职责的部门环节看，最有效的环节是组织和人事部门系统，而政府的专业管理部门和教育管理部门效率不是很高，国有大型企业环节和大学环节效率很低。组织部门抓人才工作，除了原来联系服务知识分子的工作有延续性外，牵头抓总是新使命、新任务、新要求。而工作的资源和手段则需要自己创造。而现在人才协调解决具体问题的政策依据较单薄，人才工作的刚性手段缺乏，人才工作必需的工作资源不足。

四　未来发展的建议和对策

为了进一步贯彻党管人才原则，推动人才强国战略，进一步建立"科学的决策机制、协调机制、督促落实机制"，未来需要从以下几个方面着手改进党管人才工作。

1. 深化人才工作部门对党管人才内涵的认识

深化各级党委关于党委"管"人才的"四管"以及"四个方面"的正确认

识，组织部门对"六抓"和"一个落实"的认识，各相关单位、各部门关于人才工作职责的认识。需要进一步明确各级党委领导对人才工作领导职能的深刻理解，进一步确立组织部门牵头抓总的主体意识，进一步加深各部门对自身各司其职、广泛参与定位的认识，进一步强化各企事业单位作为人才发展主体的认识。

2. 深入完善党管人才工作组织权责体系

进一步健全全国各地的人才机构和职位设置，选好、配强工作力量，做到编制、职责、人员、工作四个到位。不断加强组织部门，尤其是基层组织部门人才工作的力量。进一步明确全国各级党委在领导全国人才工作中的层次和职能划分，界定各级组织部门牵头抓总的具体边界，明确不同工作内容在"牵头"、"抓总"和"协调"方面的区分。

3. 健全人才工作领导决策机制

进一步建立健全各级人才工作领导小组，使其充分发挥人才工作决策的主体作用。要建立"一把手"抓人才工作的机制体制。要推进人才工作领导小组工作制度的规范化建设，完善包括领导小组全会、例会、调度会、协调会和主任办公会等在内的会议体系，促进领导小组工作向制度化和常态化迈进。创新各级党委关于人才工作的决策机制，建立政策审议机制，并探索研究专家审议和决策机制。

4. 强化完善人才工作协调机制

提升组织部门协调宽度，探索建立分管人才工作的组织部门副部长兼任人事局长、同时分管部分干部工作的制度。提升组织部门协调广度，逐步探索人才工作与干部、党建工作在一定程度上的融合，探索建立组织部门人才和干部、党建工作联动推进人才工作的机制。赋予组织部门专门的组织协调权限，建立健全覆盖跨单位、跨部门的制度性议事协调机制。

5. 完善人才工作监督考评机制

组织部门在牵头抓总统筹协调的同时，要肩负起监督考核的责任。建立工作责任目标制定、沟通、考评和工作结果改进的综合绩效管理体系。根据上级和组织部门自身的工作要求，健全对组织部门内部、对同级党政机构人才工作部门和下级组织部人才工作部门的监督考评机制，形成横向和纵向的全方位互动。在考评指标上逐步量化，并强化考评结果的运用，完善绩效反馈和绩效改进及相应的奖惩制度。

6. 完善信息沟通机制

建立健全信息调研机制。支持各部门积极开展工作调研，及时发现新情况、

新问题，总结好模式、好经验。通过统计部门，在常规统计和抽样调查中增加人才统计项，更加全面地把握人才结构状况。建立定期的人才工作信息交流制度，形成党委政府人才工作部门与用人单位间的有效沟通和交流。建立信息汇编机制。可通过编辑工作动态、工作调研等内部刊物，及时集中并发布各类信息。

7. 探索创新党管人才的实现途径

加强关于组织部门发挥牵头抓总作用的制度建设，规范组织部门牵头抓总工作。进一步加强牵头抓总工作的载体建设，工作载体是开展工作的平台。作为牵头抓总的平台，一定要考虑它的高度和带动力。可以综合各方意见，集中组织专门的设计活动，组织专家，进行调研，创新人才工作实施的方式方法。

8. 继续加强人才工作者队伍建设

通过举办理论培训班，加强理论学习与研究，提高政策分析和现实把握能力；加强研讨交流，组织实地考察等方式，加强对人才工作队伍的政治理论和业务培训，推行人才工作干部跨部门轮岗，不断提高创新能力、协调能力、沟通能力和执行能力。各级组织部门领导要关心从事人才工作的同志，抓紧培养一支人才工作骨干队伍，保持队伍的相对稳定，以更好地适应新形势、新任务对人才工作的要求。

Principals of "Talents Management Under the CPC" in the Integration of Theory and Practice

—Some Issues on "Talents Management Under the CPC"

Yu Haijiao　Zhang Mingrui　Qin Yuanyuan

Abstract：The "Talents Management Under the CPC" is the fundamental principal of talent development in the new century. The paper focuses on three basic issues, including "why do that", "what to manage" and "how to manage", and reviews and discusses the main existing research and practices, then makes some prospects of the future work.

Key Words：Talents Management Under the CPC; Work Structure; Work Mechanism

调查研究

B.7

北京市党政领导机关干部基层和
生产一线工作经历状况调查和
培养选拔机制研究[*]

北京市委组织部课题组[**]

　　摘　要：基层和生产一线是培养锻炼干部的重要渠道，是党政领导机关干部的主要来源。本文依托基本数据和实践经验，分析了全市党政领导机关干部基层和生产一线工作基本情况，概括了其存在的"一少、两低、三相关、四不均衡"特点，探讨了存在的主要问题，综合考虑战略性和可行性，提出了四方面的意见建议。

　　关键词：党政领导　基层　生产一线

　*　本课题为北京市党的建设研究会资助项目，获全国党的建设研究会调研课题优秀成果一等奖。
**　课题组组长：史绍洁，中共北京市委组织部常务副部长；课题组成员：李良、王翠杰、张仪涛、王丹、程家林。

为深入贯彻党的十七大和十七届四中全会精神，认真落实中组部《关于注重从基层和生产一线选拔党政领导机关干部的意见》，打好干部成长基础，2009年，由北京市委组织部牵头，市委组织部、市人力资源和社会保障局、市党建研究所组成课题组，协调有关单位和18区县，采取问卷调查、调研座谈、查阅文献等方式，对当前全市党政领导机关干部基层和生产一线工作经历状况进行全面普查和系统归纳，对近年来从基层和生产一线选拔党政领导机关干部的做法、成效及有关问题进行认真总结，深入分析，积极探索，建立健全从基层和生产一线选拔党政领导机关干部的目标方向和机制，努力形成干部到基层锻炼、人才从一线选拔的良性循环，建立来自基层一线党政领导干部培养选拔链，为首都经济社会科学发展提供坚实的组织保障和人才支持。

一 党政领导机关干部基层和生产一线工作经历基本情况

为准确掌握全市党政领导机关干部基层和生产一线工作经历状况，本次调研范围确定为市级党政机关副处长以上领导干部、区县党政班子和党政机关副科长以上领导干部，基层和生产一线工作经历确定为乡镇（街道）、村（社区）、国有企业、事业单位、非公经济组织和新社会组织等工作经历。在此基础上，协调18区县，在区县范围内发放和回收问卷16000余份，对区县党政机关4878名处级、10669名科级领导干部基层和生产一线经历状况进行普查；协调市人力资源和社会保障局，通过公务员综合信息管理系统，对市级党政机关3500名左右处级领导干部基层和生产一线经历状况进行普查；通过市委组织部干部信息管理系统，对全市党政机关和区县党政班子共759名局级领导干部基层和生产一线经历状况进行普查。据统计，截至2009年11月底，市、区（县）两级党政机关现有局级领导干部759名、处级领导干部8329名、科级领导干部10669名，共19757名。笔者从领导干部基层和生产一线工作经历的年限、类别及其职级、年龄、学历等不同角度、不同层次进行多方位比较分析。具体情况如下。

（一）总体概况

市、区（县）两级党委、行政机关领导干部共19757人（含区县党政领导班子），无基层和生产一线工作经历的5397人，占27.32%。具有基层和生产一线工作经历的 14360 人，占 72.68%，其中一年以下的 652 人，占 3.30%；一至两年的 701 人，占 3.55%；两年以上的 13007 人，占 65.83%。

（1）从机关类别看，市、区（县）两级党委机关领导干部 2648 人，具有基层和生产一线工作经历的 1907 人，占 72.02%；两年以上的 1699 人，占 64.16%。市、区（县）两级行政机关领导干部共 17109 人，其中，具有基层和生产一线工作经历的 12453 人，占 72.79%；两年以上的 11308 人，占 66.09%。

（2）从基层和生产一线工作经历类别看，乡镇（街道）经历的占 37.77%，事业单位经历的占 25.24%，国有企业经历的占 14.13%，村（社区）经历的占 5.54%，非公经济组织、新社会组织经历的占 1.59%（有的领导干部具有多种基层和生产一线工作经历，故基层和生产一线各类别总和为 84.27%，大于基层和生产一线的总比例 72.68%）。

（3）从职级看，局级领导干部共 759 人，具有两年以上基层和生产一线工作经历的 578 人，占 76.15%；处级领导干部 8329 人，具有两年以上基层和生产一线工作经历的 5492 人，占 65.94%；科级领导干部 10669 人，具有两年以上基层和生产一线工作经历的 6917 人，占 64.83%。

（4）从年龄看，35 岁以下的共 2740 人，具有两年以上基层和生产一线工作经历的 1395 人，占 50.91%；35~40 岁的共 4161 人，具有两年以上基层和生产一线工作经历的 2624 人，占 63.06%；41~45 岁的共 4968 人，具有两年以上基层和生产一线工作经历的 3324 人，占 66.92%；46~50 岁的共 4530 人，具有两年以上基层和生产一线工作经历的 3142 人，占 69.36%；51~54 岁的共 2385 人，具有两年以上基层和生产一线工作经历的 1803 人，占 75.60%；55 岁以上的共 973 人，具有两年以上基层和生产一线工作经历的 720 人，占 74.00%。

（5）从学历看，博士 272 人，具有两年以上基层和生产一线工作经历的 174 人，占 63.97%；硕士（含研究生学历）2759 人，具有两年以上基层和生产一线工作经历的 1751 人，占 63.47%；本科（含大学学历）14498 人，具有两年以上基层和生产一线工作经历的 9487 人，占 65.44%；专科 2071 人，具有两年以上基层和生产一线工作经历的 1469 人，占 70.93%；中专及以下 157 人，具有两年以上基层和生产一线工作经历的 126 人，占 80.25%。

（6）从性别看，男领导干部共 14144 人，具有两年以上基层和生产一线工作经历的 9533 人，占 67.40%；女领导干部共 5613 人，具有两年以上基层和生产一线工作经历的 3478 人，占 61.96%。

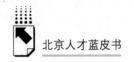

(7) 从政治面貌看，中共党员共 18860 人，具有两年以上基层和生产一线工作经历的 12414 人，占 65.82%；民主党派共 175 人，具有两年以上基层和生产一线工作经历的 125 人，占 71.43%；其他 722 人，具有两年以上基层和生产一线工作经历的 468 人，占 64.82%。

（二）市级党政机关情况

(1) 从总体看，共 3891 人，具有两年以上基层和生产一线工作经历的 2120 人，占 54.48%。其中，党委机关 451 人，具有两年以上基层和生产一线工作经历的 264 人，占 58.54%；行政机关 3440 人，具有两年以上基层和生产一线工作经历的 1856 人，占 53.95%。

(2) 从职级看，局级领导干部共 440 人，具有两年以上基层和生产一线工作经历的 331 人，占 75.23%，其中，党委机关比例为 78.31%，行政机关比例为 68.63%。处级领导干部共 3451 人，具有两年以上基层和生产一线工作经历的 1969 人，占 57.06%，其中，党委机关比例为 54.08%，行政机关比例为 52.25%。

(3) 从具体单位看，市级党政机关 64 家单位，有 23 家单位领导干部具有两年以上基层和生产一线工作经历，比例达 60% 以上，其中 90% 以上的有 2 家，80% ~90% 的有 2 家，70% ~80% 的有 4 家，60% ~70% 的有 15 家；另外 41 家中，60% ~50% 的有 14 家，50% ~40% 的有 11 家，40% ~30% 的有 9 家，30% ~20% 的有 6 家，20% 以下的有 1 家。

（三）区县情况

(1) 从总体看，区县领导干部共 15866 人，其中，具有两年以上基层和生产一线工作经历的 10890 人，占 68.64%。

(2) 从职级看，区县党政班子 319 人，具有两年以上基层和生产一线工作经历的 268 人，占 84.01%；处级领导干部 4878 人，具有两年以上基层和生产一线工作经历的 3682 人，占 75.48%；科级领导干部 10669 人，具有两年以上基层和生产一线工作经历的 6959 人，占 65.04%。

(3) 从具体区县看，具有两年以上基层和生产一线工作经历的占比 80% 以上的有 1 个（门头沟区，达 81.15%），占比 70% ~80% 的有 8 个，占比 60% ~70% 的 8 个，占比 60% 以下的有 1 个（石景山区，比例为 56.33%）。

（4）从城市功能区域①看，首都功能核心区的领导干部具有两年以上基层和生产一线工作经历的比例为67.77%，城市功能拓展区为60.80%，城市发展新区为68.67%，生态涵养发展区为76.43%。

（四）各职级领导干部情况

1. 局级领导干部情况

从正、副职看，局级正职94人，具有两年以上基层和生产一线工作经历的75人，占79.79%；副职665人，具有两年以上基层和生产一线工作经历的503人，占75.64%。市级机关局级正职58人，具有两年以上基层和生产一线工作经历的43人，占74.14%；副职382人，具有两年以上基层和生产一线工作经历的267人，占69.90%。区县班子正职36人，具有两年以上基层和生产一线工作经历的32人，占88.89%；副职283人，具有两年以上基层和生产一线工作经历的236人，占83.39%。

从年龄看，35岁及以下的领导干部1人，没有基层和生产一线工作经历；36～40岁的26人，具有两年以上基层和生产一线工作经历的14人，占53.85%；41～45岁的123人，具有两年以上基层和生产一线工作经历的93人，占75.61%；46～50岁的242人，具有两年以上基层和生产一线工作经历的177人占73.14%；51～54岁的210人，具有两年以上基层和生产一线工作经历的174人，占82.86%；55岁及以上的157人，具有两年以上基层和生产一线工作经历的120人，占76.43%。

从学历看，博士75人，具有两年以上基层和生产一线工作经历的54人，占72.00%；硕士（含研究生学历）342人，具有两年以上基层和生产一线工作经历的262人，占77.06%；本科为311人，具有两年以上基层和生产一线工作经历的236人，占75.88%；专科32人，具有两年以上基层和生产一线工作经历的25人，占78.13%；中专及以下1人，具有两年以上基层和生产一线工作经历，为100.00%。

2. 处级领导干部情况

从正、副职看，处级正职2744人，具有两年以上基层和生产一线工作经历

---

① 2005年5月，北京市委、市政府制定《关于区县功能定位及评价指标的指导意见》，把18个区县划分为：首都功能核心区，包括东城区、西城区、崇文区、宣武区；城市功能拓展区，包括朝阳区、海淀区、丰台区、石景山区；城市发展新区，包括通州区、顺义区、大兴区、昌平区、房山区；生态涵养发展区，包括门头沟区、平谷区、怀柔区、延庆县、密云县。

的 1844 人，占 67.20%；副职 5585 人，具有两年以上基层和生产一线工作经历的 3648 人，占 65.32%。市级机关处级正职 1411 人，具有两年以上基层和生产一线工作经历的 755 人，占 53.51%；副职 2040 人，具有两年以上基层和生产一线工作经历的 1055 人，占 51.72%。区县处级正职 1333 人，具有两年以上基层和生产一线工作经历的 1089 人，占 81.70%；副职 3545 人，具有两年以上基层和生产一线工作经历的 2583 人，占 73.15%。

从年龄看，35 岁及以下的领导干部 385 人，具有两年以上基层和生产一线工作经历的 163 人，占 42.34%；36～40 岁的 1367 人，具有两年以上基层和生产一线工作经历的 790 人，占 57.79%；41～45 岁的 2216 人，具有两年以上基层和生产一线工作经历的 1474 人，占 66.52%；46～50 岁的 2364 人，具有两年以上基层和生产一线工作经历的 1623 人，占 68.65%；51～54 岁的 1405 人，具有两年以上基层和生产一线工作经历的 1020 人，占 72.60%；55 岁及以上的 592 人，具有两年以上基层和生产一线工作经历的 421 人，占 71.11%。

从学历看，博士 168 人，具有两年以上基层和生产一线工作经历的 104 人，占 61.90%；硕士（含研究生学历）1691 人，具有两年以上基层和生产一线工作经历的 1107 人，占 65.46%；本科 5712 人，具有两年以上基层和生产一线工作经历的 3748 人，占 65.51%；专科 722 人，具有两年以上基层和生产一线工作经历的 512 人，占 70.91%，中专及以下 36 人，具有两年以上基层和生产一线工作经历的 27 人，占 75.00%。

3. 科级领导干部情况

从正、副职看，科级正职 6569 人，具有两年以上基层和生产一线工作经历的 4432 人，占 67.73%；副职 4100 人，具有两年以上基层和生产一线工作经历的 2502 人，占 61.03%。

从年龄看，35 岁及以下的领导干部 2344 人，具有两年以上基层和生产一线工作经历的 1228 人，占 52.39%；36～40 岁的 2769 人，具有两年以上基层和生产一线工作经历的 1821 人，占 65.76%；41～45 岁的 2643 人，具有两年以上基层和生产一线工作经历的 1769 人，占 66.92%；46～50 岁的 1926 人，具有两年以上基层和生产一线工作经历的 1344 人，占 69.78%；51～54 岁的 763 人，具有两年以上基层和生产一线工作经历的 602 人，占 78.90%；55 岁及以上的 224 人，具有两年以上基层和生产一线工作经历的 179 人，占 79.91%。

从学历看，博士 29 人，具有两年以上基层和生产一线工作经历的 16 人，占

55.17%；硕士（含研究生学历）727 人，具有两年以上基层和生产一线工作经历的 382 人，占 52.54%；本科 8450 人，具有两年以上基层和生产一线工作经历的 5496 人，占 65.04%；专科 1310 人，具有两年以上基层和生产一线工作经历的 927 人，占 70.76%；中专及以下 119 人，具有两年以上基层和生产一线工作经历的 97 人，占 81.51%。

二 党政领导机关干部基层和生产一线工作经历的主要特点

总体上，市、区（县）两级党政领导机关干部具有基层和生产一线工作经历的占领导干部总数的 72.68%，其中两年以上的占 65.83%，这说明北京市领导班子和干部队伍具有基层和生产一线工作经历状况较好。通过对市和区（县）党政机关之间、市级党政机关之间、区县之间以及职级、年龄、学历之间的对照分析和归纳，发现市、区（县）两级党政领导机关干部基层和生产一线工作经历状况呈现"一少、两低、三相关、四不均衡"的特点。

（一）领导干部具有两类及以上基层和生产一线工作经历的人数少

从调查结果看出，全市领导干部具有两类及以上基层和生产一线工作经历的 1943 人，占领导干部总人数的 9.83%，其中具有两类的 1616 人，占领导干部总人数的 8.18%；具有三类的 264 人，占领导干部总人数的 1.34%。从职级来看，局级领导干部具有两类及以上基层和生产一线工作经历的 216 人，占局级领导干部总人数的 28.46%；处级领导干部具有两类及以上基层和生产一线工作经历的 899 人，占处级领导干部总人数的 10.79%；科级领导干部具有两类及以上基层和生产一线工作经历的 828 人，占科级领导干部总人数的 7.76%。

（二）领导干部具有基层和生产一线类别中乡镇（街道）、村（社区）和非公经济组织、新社会组织比例较低

1. 具有乡镇（街道）、村（社区）基层工作经历比例总体相对较低

从调查结果看出，具有乡镇（街道）工作经历的领导干部只占领导干部总数的 37.77%，具有村（社区）工作经历的领导干部比例更低，仅占 5.54%，其中还包括两年以下乡镇（街道）和村（社区）工作经历的 877 人，占领导干部总数的 4.44%。调查发现，50 岁以上的领导干部因为"知识分子下乡"等历史

因素所具有的"公社"、"大队"经历占相当比例，而年轻领导干部具有乡镇（街道）等基层工作经历的比例较低。

2. 具有非公经济组织和新社会组织经历的比例较低

从调查结果看出，全市领导干部具有非公经济组织和新社会组织经历的有314人，仅占领导干部总人数的1.59%，其中区县308人，占领导干部总人数的1.55%；市级机关6人，占领导干部总人数的0.04%。

（三）领导干部基层和生产一线工作经历与"三个因素"呈明显相关性

1. 职级与基层和生产一线工作经历比例总体呈正相关，领导干部级别越高，具有两年以上基层和生产一线工作经历的比例越高

从全市来看，具有两年以上基层和生产一线工作经历领导干部占本职级干部总数的比例，局级比例最高，为76.15%；处级比例次之，为65.94%；科级比例最低，为64.83%。从市级机关来看，局级比例为75.23%，处级比例为57.06%。从区县来看，区县党政班子的比例为84.01%，处级为75.43%，科级为64.83%。

2. 年龄与基层和生产一线工作经历比例总体呈正相关，领导干部年龄越大，具有两年以上基层和生产一线工作经历的比例越高

从全市来看，具有两年以上基层和生产一线工作经历的人数占本年龄段总数比例中，35岁以下的最低，为50.91%，其他依次为：36～40岁的为63.06%，41～45岁的为66.92%，46～50岁的为69.36%，51～54岁的为75.6%，55岁以上的为74.00%。从处级领导干部来看，具有两年以上基层工作经历的比例中，35岁及以下的也最低，为42.34%，其他依次为：36～40岁的为57.79%，41～45岁的为66.52%，46～50岁的为68.65%，51～54岁的为72.60%，55岁及以上的为71.11%。从科级领导干部来看，具有两年以上基层工作经历的比例中，35岁及以下的为52.39%，36～40岁的为65.76%，41～45岁的为66.92%，46～50岁的为69.78%，51～54岁的为78.90%，55岁及以上的为79.91%。

3. 学历层次与基层和生产一线工作经历比例总体呈负相关，领导干部学历越高，具有两年以上基层和生产一线工作经历的比例越低

从全市来看，具有两年以上基层和生产一线工作经历占本学历的比例中，博士和硕士（含研究生学历）比例最低，分别为 63.97%、63.47%，本科为 65.44%，专科为 70.93%，中专及以下最高，为 80.25%。从不同职级领导干部的学历上看，基本符合上述趋势。具体来说，局级领导干部中，博士为 72.00%，硕士（含研究生学历）为 77.06%，本科为 75.88%，专科为 78.13%，中专及以下最高，为 100.00%。处级领导干部中，博士为 61.90%，硕士（含研究生学历）为 65.46%，本科为 65.51%，专科为 70.91%，中专及以下也最高，为 75.00%。不同学历科级领导干部也基本符合这一状况。

（四）领导干部基层和生产一线工作经历呈现四个"不均衡"

1. 市级党政机关与区县领导干部之间具有两年以上基层和生产一线工作经历不均衡

从总体情况看，市级机关领导干部具有两年以上基层和生产一线工作经历的人数占市级机关领导干部总人数比例为 54.48%，区县比例为 68.64%，区县比市级机关高 14 个百分点。从局级领导干部情况看，市级党政机关局级领导干部具有两年以上基层和生产一线工作经历比例为 75.23%，区县党政班子为 84.01%，区县党政班子比市级机关略高 9 个百分点。从处级领导干部情况看，市级党政机关处级领导干部具有两年以上基层和生产一线工作经历比例为 57.06%，区县党政机关处级领导干部比例为 75.48%，区县党政机关处级领导干部比市级党政机关处级领导干部高 18 个百分点。

2. 市级单位之间领导干部具有两年以上基层和生产一线工作经历不均衡

从总体情况看，64 家市级单位中，领导干部具有两年以上基层和生产一线工作经历比例不均衡，既有 90% 以上的，也有 20% 以下的，50% 以下的 27 家，占总数的 42%。同时，从单位类别来看，市级党委机关领导干部具有两年以上基层和生产一线工作经历的为 58.54%，比市级行政机关的 53.95% 约高 5 个百分点。

3. 区县之间具有两年以上基层和生产一线工作经历不均衡

从 18 区县具体情况看，领导干部具有两年以上基层和生产一线工作经历占本区县领导干部总数比例，最高的达 81.46%，为门头沟区，最低的仅有 56.33%，为石景山区，二者之间相差 25 个百分点。从功能定位区域来看，生态涵养发展区最高，为 76.43%，城市功能拓展区最低，为 60.80%，二者之间相差近 16 个百分点。

4. 不同职级之间正副职领导干部具有两年以上基层和生产一线工作经历不均衡

从总体情况看，与同职级具有两年以上基层和生产一线工作经历的领导干部总数相比，正职为 67.51%，副职为 64.12%，二者之间相差 3.39 个百分点。具体看，局级正职为 79.79%，局级副职为 75.64%，二者之间相差 4.15 个百分点；处级正职为 67.20%，处级副职为 65.32%，二者之间相差 1.88 个百分点；科级正职为 67.73%，科级副职为 61.03%，二者之间相差 6.6 个百分点。由此可见，局级、处级、科级领导干部之间正副职领导干部具有两年以上基层和生产一线工作经历的差异不均衡。

三 从基层和生产一线选拔党政领导机关干部的主要做法、工作成效和存在的问题

在全面调研的同时，笔者对近年来全市从基层和生产一线选拔党政领导机关干部的整体情况进行认真总结，对存在的问题进行了深入分析，为深入开展好这项工作奠定坚实基础。

（一）从基层和生产一线选拔党政领导机关干部的主要做法

近年来，北京市按照干部队伍"四化"方针和德才兼备、以德为先原则，坚持重视基层的用人导向，着眼于建设高素质干部队伍，积极推进干部人事制度改革，开阔选人视野，拓宽选人渠道，通过多种途径从基层和生产一线选拔党政领导机关干部。

1. 开展选调生和高校毕业生到村（社区）工作，注重基础建设和源头培养

按照中央要求，北京市自 1982 年以来开展选调生工作，选调优秀高校毕业生到基层和生产一线锻炼后到党政机关工作，优化和改善干部队伍结构。1982年以来，北京市共选调 1787 人，目前部分已经走上各级领导岗位，其中局级领导干部 30 多人，副部级领导干部 1 人。2006 年以来，北京市开展了选聘高校应届毕业生到村和社区任职工作，目前共选聘高校应届毕业生 9900 余人到村任职，2500 人到社区工作，通过在基层锻炼成才，进一步坚实了从基层和生产一线选拔党政领导机关干部的基础。

2. 树立基层一线导向，注重面向基层和生产一线招录公务员

为改善党政领导机关干部队伍结构，2003 年以来，北京市在从应届高校毕

业生招录公务员的基础上，同时开始面向具有基层和生产一线工作经历的社会人员招录公务员，每年均招录 1000 人左右。根据《关于引导和鼓励高校毕业生面向基层就业的意见》（中办发〔2005〕18 号）精神，明确市级机关用于招录具有两年以上工作经历的公务员计划数不低于计划总数的 50%，以后逐年提高。2008 年，北京市研究制定了有关面向到村任职高校毕业生和优秀村干部考试录用乡镇级机关公务员的实施意见，明确要面向到村任职三年以上的高校毕业生和优秀村党组织书记、村委会主任招考一定数量的乡镇级机关公务员，同时明确乡镇级机关补充公务员要逐步提高从到村任职高校毕业生和优秀村干部中考录的比例。2009 年，共有 385 名三年合同期满大学生"村官"通过招录进入国家机关和全市各级机关公务员队伍。

3. 拓宽选人视野，通过多种方式选拔基层和生产一线优秀人才到党政领导机关任职

在干部工作中，北京市始终关注基层和生产一线优秀人才，以领导班子换届和干部日常调整为契机选拔具有较高政治素质、业绩突出、群众公认的优秀基层干部和国有企事业单位经营管理人才。严格按照公务员调任条件和程序，在规定编制限额和职数内，积极将国有企事业单位优秀人才调入党政领导机关担任领导职务或副调研员以上及其他相当职务层次的非领导职务，2004 年以来，全市共调任 968 人。从 1995 年开始，北京市先后开展了 9 次公开选拔工作，共面向社会选拔局级领导干部和市属企业高级管理人员 164 名；同时，全市党政机关开展竞争上岗，基本实现缺岗必竞，有的单位根据干部管理权限，竞争范围扩大到系统内的基层一线单位，截至 2008 年底，共有 20265 名干部通过竞争上岗走上了领导岗位，其中处级 2549 人、科级 17716 人。

4. 广辟培养途径，大力选派年轻干部到基层和生产一线挂职锻炼

近十年来，北京市有计划地选派市级党政机关优秀处、科级干部到乡镇、街道挂职，其中有的已经成长为局级领导干部。安排一定数量的年轻干部参与奥运筹办、60 周年国庆筹备等各类专项任务、重大突发事件的处置，让干部在情况复杂、条件艰苦的环境下和急难险重的任务中经受考验，增长才干。汶川特大地震后，选派了两批共 54 名干部到什邡市挂职。2008 年，结合"平安奥运"和"平安北京"建设，北京市从市直机关抽调 68 名局、处级优秀年轻干部，组成18 个信访督导组，深入信访工作一线开展工作，取得了非常好的效果。2009 年分两批选派 63 名局级后备干部到浙江、内蒙古进行为期半年的挂职锻炼，同时

分两批选派 40 名局级后备干部到信访部门挂职锻炼，使优秀年轻干部真正深入基层、深入群众，努力提高正确处理人民内部矛盾、维护社会和谐稳定的能力。

5. 积极稳妥探索，试行国家行政机关专业技术职务聘任制度

2003 年，北京市制定下发了《关于国家行政机关部分专业职务试行聘任制度的暂行办法》，试行专业技术职务聘任制。2004 年，北京市发改委面向国内外招聘 5 名奥运经济顾问，全球有 70 人报名参加，其中具有博士学位的占 37.1%，有海外学习及工作经历的占 50%，外籍人士占 17.1%。市信息办面向全国招聘 3 名专门从事信息化工作的高级职员，全国有 150 多人报名。海淀区在选配北部地区开发建设委员会办公室工作人员过程中，面向社会公开招聘了 7 名 45 岁以下工程建设、开发管理、发展规划、就业保险、金融审计、政策研究等方面的中、高级专业人才。

（二）从基层和生产一线选拔党政领导机关干部工作取得的成效

通过开展从基层和生产一线选拔党政领导机关干部工作，对北京市干部队伍健康成长和干部工作创新发展都起到了积极的促进作用。

1. 奠定坚实基础，为领导干部健康成长提供动力源泉

从全市看，在局级、处级、科级领导干部中，局级领导干部具有两类以上基层和生产一线工作经历的比例最多。实践表明，经过基层和生产一线锻炼的干部，具有丰富的实践经验、较强的群众工作能力和处理复杂问题的能力，思想上尊重群众，感情上贴近群众，有利于弥补从家门到校门、从校门到机关门的"三门干部"的不足，更好地将党和国家的方针政策与本地区、本行业、本单位的实际情况结合起来，更好地推动本职工作，有利于干部健康成长。

2. 实现干部人才资源优化配置，提升干部队伍整体水平

北京作为全国首都，人才资源丰富。注重从基层和生产一线选拔党政领导机关干部，可以面向科研院所、国有大型企业选拔高、精、尖人才，也可从非公经济组织和新社会组织中选拔一些善经营、懂管理、能协调的人才，为党政机关制定政策、宏观管理等提供支持。问卷调查中，73.09% 的调查对象认为从基层和生产一线选拔党政领导机关干部，有利于拓宽选人视野，实现干部人才资源优化配置。实际工作中，近年来通过调任、公开选拔、专业技术职务聘任等方式，选拔了一大批具有基层和生产一线工作经历的人才，打破了人才地区所有、部门所有、单位所有的束缚，为优秀人才脱颖而出、发挥才干和健康成长创造条件，促进了人才资源合理配置，提升了党政机关的整体工作水平。

3. 改善干部队伍结构，激发领导机关干部队伍整体活力

从基层和生产一线选拔党政领导机关干部，把基层和生产一线特别优秀的人才选拔到党政机关，有利于改善和优化党政机关干部队伍的年龄、知识和专业结构；从基层和生产一线选拔的干部，具有务实、创新等优秀品质和较强的分析问题、解决问题的能力，有利于和机关干部大局强、政策清等特点结合起来，形成优势互补，激发和调动干部队伍的整体活力。问卷调查中，有71.88%的调查对象认为从基层和生产一线选拔领导干部，有利于改善干部队伍结构，激发领导机关干部队伍整体活力；有基层和生产一线工作经历的干部中，72.51%认同这一观点。

4. 树立正确导向，提高选人用人公信度

问卷调查中，有66.26%的调查对象认为从基层和生产一线选拔干部有利于树立正确导向，提高选人用人公信度。近两年来，北京市党政领导机关新进干部11924人，其中从下级机关遴选到上级机关的500人，占4.2%，通过其他方式从基层和生产一线选拔到上级机关的5682人，占47.7%。通过从基层和生产一线选拔干部，树立重视能力、重视实绩的导向，既能鼓舞被选任干部，激励长期在基层和生产一线工作的同志，安下心、沉下气，把心思和精力更好地用在为长远发展打基础，为人民群众办实事上；也能通过从基层和生产一线选拔干部，把干部工作根植基层，在更大范围内选拔人才，得到方方面面的认可，提高选人用人公信度。

（三）存在问题和原因分析

从总体看，全市从基层和生产一线选拔党政领导机关干部工作取得一定成效，党政干部具有基层和生产一线的经历总体较好，但还存在一些问题。

1. 对基层和生产一线经历在干部健康成长中的重要促进作用认识不深不透，导致优秀人才流通不畅

基层和生产一线是干部健康成长的重要舞台。多年来，市委高度重视从基层和生产一线选拔党政领导机关干部工作，大量优秀人才充实到全市各级党政机关，有的已经走上了领导干部岗位。但是，还有一些领导干部，对基层和生产一线经历在干部健康成长中的重要促进作用认识不到位。调研中，有的基层单位领导认为，本单位精心培养起来的干部熟悉本职工作，能力较强，是单位的工作骨干，交流出去，对本单位是损失；有的领导干部认为，在基层和生产一线的干部有较强的实际工作能力，但是从更高层面进行理论思考的能力较弱，对领导机关工作

程序、工作内容不熟悉，适应起来需要花费较长的时间；有些缺乏基层和生产一线工作经历的年轻干部认为，基层和生产一线工作条件艰苦，直接接触群众，直面矛盾，问题复杂，处理起来比较棘手，对到基层和生产一线工作锻炼有畏难情绪，等等。这些片面认识，既阻碍了基层和生产一线的优秀干部向上的通道，也在一定程度上自我封闭了深入基层和生产一线的渠道，不利于干部健康成长。

2. 对从基层和生产一线选拔党政领导机关干部进行了有益探索，但长效机制还没有完全形成

近年来，北京市积极探索从基层和生产一线选拔党政领导机关干部，如开展选调生、选聘高校毕业生到村（社区）任职、公开选拔、从国有企业和事业单位调任优秀人才等，取得了较好的效果，积累了一些好的经验和做法。但是，一些工作还缺少长效机制，未能做到制度化和规范化。如选调生工作近几年没有开展；公开选拔自1995年开展以来，选拔人数占提拔任职干部总数比例较低，还未实现常态化。《公务员法》实施以来，有的实际工作能力较强的人员未能通过公务员资格考试，无法进入党政机关工作；在优秀人才调任中，总量也不够大，国有企事业单位优秀人才向党政机关流动的趋势有减弱现象，等等。从基层和生产一线选拔党政领导机关干部是一项基础性的长期任务和事关长远的战略工程，需要建立和完善长效机制，从制度上加以保障。

3. 对领导干部提拔任职应当具有的基层工作经历要求比较明确，但执行还不到位

《党政领导干部选拔任用工作条例》明确规定，提任县处级领导职务的，应当具有两年以上基层工作经历。1989年以来，全市各级机关面向应届高校毕业生招录公务员，每年都保持在2000名左右。随着时间推移，这些干部已经逐渐成为机关年轻干部的主体，其中有的没有机会到基层和生产一线工作，有的到基层和生产一线挂职锻炼过但时间较短，使得具有两年以上基层工作经历的干部总量不高，客观上导致对提拔任职干部的基层经历"降格以求"。按照目前调研情况推测，随着50岁以上领导干部逐步退出现职，全市党政领导机关干部具有基层和生产一线工作经历的比例将下降。这样，将对下一步选拔任用有基层一线工作经历的干部提出新的挑战。

4. 对提高党政领导机关干部两年以上基层和生产一线工作经历的措施较少，统筹规划不够

从调研情况看，党政领导机关年纪轻、职级低、学历高的干部基层和生产一线工作经历相对缺乏。目前，北京市通过选派干部到外省市、重点工程、信访部门、乡镇（街道）挂职等方式，时间上基本为半年，长的为一年，基层和生产一线工作经历较短；挂职人数总体较少，占全市领导干部总人数比例较低，覆盖面有限，提高年轻干部整体基层和生产一线经历比例途径还不够多，步伐还不够快。在对干部关于"选择哪种锻炼方式"的调查中，选择乡镇（街道）的占一半以上，为54.25%，其他的较少，如选择村（社区）的为8.24%，选择国有企业的为17.08%，选择事业单位的为11.08%，选择非公经济组织和新社会组织的为9.35%。需要采取措施，拓宽渠道，加以引导，统筹考虑干部挂职需求和培养方向相结合，使干部到各类基层和生产一线锻炼成长。

四 注重从基层和生产一线选拔党政领导机关干部的对策建议

根据目前北京市党政领导机关干部基层和生产一线工作经历状况及从基层和生产一线选拔党政领导机关干部工作的整体情况，按照中央精神和中组部有关要求，着眼于首都经济社会科学发展，现就加强从基层和生产一线选拔党政领导机关干部工作提出对策建议。

（一）充分认识从基层和生产一线选拔党政领导机关干部面临的形势任务，明确职责定位

成功举办奥运会和服务保障国庆60周年庆典之后，首都北京站在建设世界城市，深化京津冀、环渤海区域合作，实施自主创新战略，率先形成城乡经济社会发展一体化新格局的新起点上，从基层和生产一线选拔党政领导机关干部面临新的形势和任务，担负着重要职责。

1. 注重从基层和生产一线选拔党政领导机关干部，有利于夯实干部成长基础

基层和生产一线作为培养干部的重要渠道，有利于促进干部深刻了解党情、国情、市情、民情，树立正确的世界观、人生观、价值观；有利于进一步了解百姓心声，增进与人民群众的感情，增强群众观念和服务群众、服务基层的意识，提高与群众的沟通能力和解决复杂问题的能力；有利于在艰苦条件下历练品质、艰苦奋斗，拓展视野，开阔思路，加强党性修养，磨炼意志品质，夯实成长基础，尽快成长起来。

2. 注重从基层和生产一线选拔党政领导机关干部，有利于推进新时期首都组织工作科学化

十七届四中全会作出的《关于加强和改进新形势下党的建设若干重大问题的决定》提出"提高党的建设科学化"这一命题和任务。经过 60 年的探索和实践，党的理论、政策、制度日益成熟，各项工作都在向科学化发展，迫切要求加快推进组织工作科学化步伐。特别是深入贯彻落实科学发展观，对组织工作服务科学发展和自身科学发展提出了新的更高要求。注重从基层和生产一线选拔党政领导机关干部，有利于树立人才在基层培养、干部从基层选拔的正确用人导向，有利于丰富和完善干部培养链，有利于构建科学的干部、人才工作体系，推动组织工作科学化。

3. 注重从基层和生产一线选拔党政领导机关干部，有利于推进首都城乡一体化

农业、农村、农民问题关系全市改革发展稳定大局。没有农村的现代化就没有首都的现代化。长期以来，政府管理部门从职能上实行的是城乡分割的管理体制，规划、基础设施建设、经济发展以及教育、卫生等许多管理部门，管城市多，管农村少，导致城乡人才二元结构，城乡差距进一步扩大。北京市委十届五次全会做出决定：到 2020 年在全国率先形成城乡经济社会发展一体化的新格局。要达到这一目标，需要选拔一大批思想政治素质好、科学文化水平高、处理实际问题能力强、真正与群众一起摸爬滚打过、熟悉基层和生产一线情况、来自基层和生产一线的党政领导机关干部，更好地推动城乡一体化建设。

4. 注重从基层和生产一线选拔党政领导机关干部，有利于实现干部队伍来源多样化

党政领导机关承担着社会管理、经济建设、公共服务、民计民生等重要职能，出台政策、制订规划，涵盖社会方方面面，因此需要熟悉不同领域、不同行业、不同门类情况，且掌握相应知识的优秀人才。这既要把党政领导机关干部选派到相应的基层和生产一线经受磨炼，增长才干，也需要从基层和生产一线选拔党政领导机关干部，优化干部队伍结构，实现干部队伍来源多样化，增强综合素质能力，达到优势互补，提高党政领导机关整体效能。

（二）科学规划从基层和生产一线选拔党政领导机关干部的目标任务，完善制度保障

2010 年 2 月，中组部下发了《关于注重从基层和生产一线选拔党政领导机

关干部的意见》，提出了从基层和生产一线选拔党政领导机关干部的目标和要求。从基层和生产一线选拔党政领导机关干部是一项系统工程，需从领导班子和干部队伍建设的全局出发，通盘考虑，统筹规划。

1. 制定《关于注重从基层和生产一线选拔党政领导机关干部的实施意见》

结合北京市干部队伍建设实际状况，提出今后市级党政领导机关要注重从区县级以下党政机关选拔优秀干部，区县级党政领导机关要注重从乡镇（街道）党政机关选拔优秀干部；市和区县党政领导机关还要注重从国有企业、学校、科研院所等事业单位及其他经济组织、社会组织等生产一线选拔优秀人才，切实把政治素质好、实绩突出、群众公认的优秀基层干部和人才选拔到各级党政领导机关。经过 5 年左右的时间，达到以下目标：（1）区县党政主要领导干部，要注重从担任过乡镇、街道党政主要领导职务的干部和在国有企业、学校、科研院所等事业单位担任过主要领导职务的优秀人才中选拔。（2）区县和乡镇、街道党政领导班子成员出现空缺时，要优先从具有基层或生产一线工作经历的优秀干部和人才中选拔。（3）区县和乡镇、街道党政后备干部，一般要具有基层或生产一线工作经历。（4）市级机关工作部门领导班子成员中，要有一半以上具有基层或生产一线领导工作经历。区县级机关工作部门领导班子成员中，要有 2/3 以上具有基层或生产一线领导工作经历，具有乡镇（街道）和村（社区）的工作经历应占相当比例。（5）市级机关处级领导干部中，具有两年以上基层或生产一线工作经历的比例一般要达到 2/3 以上。区（县）级机关科级干部中，一般应具有两年以上基层或生产一线工作经历，具有乡镇（街道）和村（社区）的工作经历应占相当比例。（6）市级、区县级党政机关录用公务员，除部分特殊职位外，要逐步做到录用具有两年以上基层工作经历的人员。

2. 纳入后备干部队伍建设中长期规划

制定《2009～2020 年北京市党政领导班子后备干部队伍建设规划》，明确基层导向，完善公务员考录制度，建立来自基层和生产一线的后备干部选拔培养机制，形成后备干部培养链。在后备干部的任职条件上，要使任职经历更加合理，一般应具有基层和生产一线经历，特别是基层领导工作经历，到 2015 年，实现一半以上区县局级后备干部、2/3 以上处级后备干部具有基层和生产一线工作经历。区县党政正职后备干部一般应具有下一级党政正职领导工作经历。

3. 纳入领导班子建设规划

制定《2009～2013 年北京市党政领导班子建设规划纲要》，明确注重从基层

一线选拔党政领导干部，结合换届、届中调整，有计划地从农村、国有企业、高等院校、科研院所及其他经济组织和社会组织中选拔优秀人才进入党政领导班子；建立来自基层一线党政领导干部培养选拔链，营造有利于干部在基层锻炼成长的政策环境，鼓励干部特别是年轻干部到基层工作，建立完善激励大学生到基层干事创业的长效机制。

4. 纳入培养选拔年轻干部工作规划

研究制定《北京市加强培养选拔年轻干部工作实施意见》，切实解决年轻干部虽然综合素质较好，但能力水平还有待提高，特别是有的任职经历单一，基层历练不够等问题。

5. 统筹兼顾，不搞一刀切

统筹考虑检察、审判、公安、安全等政策性强的政法部门和规划、金融等专业部门的职责要求，合理确定干部队伍具有基层和生产一线经历的比例。

（三）建立健全从基层和生产一线选拔党政领导机关干部的方式方法，保持源头活水

紧紧围绕首都经济社会发展需要，根据党政领导机关干部结构和职位需求，综合运用多种方法，通过多种途径选拔基层和生产一线的优秀干部和人才。

1. 逐步加大从基层和生产一线录用公务员的力度

市级和区县党政领导机关录用公务员，要坚持凡进必考。市级机关用于招录具有两年以上基层工作经历的计划数不低于公务员招录计划总数的50%，并自2010年起逐年提高。区县机关用于招录具有两年以上基层工作经历的计划数不低于公务员招录计划总数的70%，并自2010年起逐年提高。全市乡镇机关可面向到村（社区）任职三年以上的高校毕业生和优秀村党组织书记、村委会主任招录公务员，其中到村（社区）任职高校毕业生录用率不低于70%。

2. 从基层和生产一线公开选拔优秀干部和人才

全市每个乡镇增加两个专项事业编，用于选拔政治表现好、工作突出、群众认可、具备担任村级党组织书记或副书记条件、有培养前途的优秀到村（社区）任职高校毕业生，经法定程序任命为村党组织书记或副书记，并进行跟踪考察，对符合条件的，通过招录、调任等形式进入各级党政机关。全市各级党政机关在公开选拔领导干部时，要有一定比例职位用于选拔基层和生产一线的优秀干部和人才。各级党政机关出现公务员岗位空缺时，应有一定比例面向下级机关公务员

进行公开遴选。加大从乡镇和街道选拔干部到上级党政机关任职。今后 5 年，统筹考虑选派区县乡镇街道优秀局级后备干部和优秀处级干部到市直机关交流任职，改善干部队伍结构。

3. 实现优秀人才从企事业单位向党政机关有序流动

要根据工作需要，在规定的编制限额和职数内，严格按照公务员调任规定的条件和程序，有计划地将国有企业、事业等单位的优秀人才调入市级党政领导机关担任领导职务或者副调研员以上及其他相当职务层次的非领导职务，调入区县、乡镇机关任处级非领导职务和科级领导。机关专业性较强的职位，可通过公开招聘或直接选聘的方式，选拔国有企业、事业单位或其他经济组织、社会组织的优秀人才任职。

（四）积极探索从基层和生产一线选拔党政领导机关干部的培养途径，加大使用力度

从基层和生产一线选拔党政领导机关干部，选拔是源头，培养是手段，使用是目的。需认真抓好培养和使用环节，充分发挥从基层和生产一线选拔的党政领导机关干部的作用，努力实现从基层和生产一线选拔党政领导机关干部这一制度的核心价值。

1. 深入推进高校毕业生到村、社区、国有企事业等基层和生产一线工作

健全和完善到村（社区）任职高校毕业生选拔、培养、使用、管理"四位一体"的工作机制，选派高校毕业生进村、社区工作；对到国有企事业单位工作的高校毕业生加强跟踪；对在非公经济组织和新社会组织工作的高校毕业生予以关注，通过培训、调训等方式，加强培养，奠定基层和生产一线的坚实根基，为从基层和生产一线选拔党政领导机关干部提供人才支持。

2. 补充基层和生产一线工作经历

从基础抓起，对缺乏基层工作经历的新录用公务员，及早安排到基层或生产一线工作一至两年，了解基层情况，增进与人民群众的感情。通过实践锻炼，提高应对各种复杂局面、妥善处理突发事件和重大自然灾害的能力，提高新形势下化解社会矛盾、协调各种利益关系、做好群众工作的能力。

3. 组织党政领导机关干部到基层和生产一线挂职锻炼

对缺乏基层领导工作经历的后备干部和优秀机关干部，有计划地选派到经济发达地区和艰苦地区挂职锻炼，到基层或生产一线任职、承担急难险重任务，如

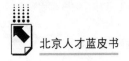
信访岗位、重点建设工程、协助处理重大突发事件等进行锻炼，丰富阅历，增长才干。对年轻干部、高学历干部，要加大到基层和生产一线的锻炼力度。

4. 加大党政机关、国有事业单位之间的跨系统、跨行业、跨领域交流

采取多种方式，进一步疏通国有企业、事业单位与党政机关之间干部正常流动的渠道，加大干部跨地区、跨部门、跨行业交流力度，推进上下级机关之间的干部交流。注重选派基层年轻干部到上级机关挂职锻炼和任职，表现优秀的可提拔使用。

5. 跟踪分析、适时调整

定期对全市从基层和生产一线选拔党政领导机关干部工作进行总结，对各项制度落实情况进行总结，发现不足，及时采取措施予以改进。

"桐花万里丹山路，雏凤清于老凤声"。注重从基层和生产一线选拔党政领导机关干部，必将进一步改善领导班子和干部队伍结构，不断提高干部队伍能力素质，为党的事业薪火传承，为建设"国家首都、国际城市、文化名城、宜居城市"提供坚强的组织保障。

Investigation on the Senior Public Servants in Party and Govenment in Beijing about Their Work Experiences in Grass-roots Unit and the Front of Production

Research Group of CPC Beijing Committee Organization Department

Abstract：The grass roots and the front of production is a improtant chanel to train public servant. Based on the basic data and experience, this paper analysied the situation of the party and governmant senior public servant, summarized their four existences, discussed the main problems. Considerated the strategic and feasibility comprehensively, put forward four sorts of suggestions.

Key Words：Senior Public Servant；Grass Roots；The Front of Production

B.8
围绕世界城市建设 打造国际一流的
创新型专业技术人才队伍[*]

宋丰景[**]

摘 要：北京市提出了到 2050 年进入世界城市行列的发展目标，打造国际一流的创新型专业技术人才队伍，是北京建设世界城市的必然要求。本文通过对纽约、伦敦、东京等世界城市专业技术人才队伍比较，指出了北京专业技术人才存在总量不足、层次不高、高端创新型人才匮乏、人才构成国际化程度低等问题。笔者在详尽研究纽约、伦敦、东京等世界城市培养创新型人才制度的基础上，提出了北京围绕世界城市建设，打造国际一流的创新型专业技术人才队伍，要采取改革人才培养机制、实施人才投入优先保证政策、实施开放的人才引进战略、创新人才评价制度、优化人才激励保障政策、推动人才国际化开发六大对策。

关键词：世界城市 创新型 专业技术 人才

世界级城市（Global city），又称全球城市，指在社会、经济、文化或政治层面直接影响全球事务的城市。世界级城市一词由沙森（Saskia Sassen）于 1991 年的作品中首创，与巨型城市（megacity，又称超级城市）相对。世界城市是国际城市的高端形态，是城市国际化水平的高端标志，是具有世界影响力、聚集世界高端企业总部和人才的城市。根据国内外专家的研究，目前国际上公认的世界城市有三个，即纽约、伦敦、东京。高端人才聚集是世界城市的重要标志之一，

《北京城市总体规划（2004～2020 年）》提出了北京城市发展目标的定位，第一步是构建现代国际城市的基本构架，第二步是到 2020 年全面建成现代化国

---

* 本文获 2010 年"中国人才发展论坛"优秀论文二等奖。
** 宋丰景，经济学博士，北京市人力资源和社会保障局副局长，主管人才、事业单位管理工作。

际城市，第三步是到 2050 年成为世界城市。世界城市作为北京的远景目标定位，得到了国务院的肯定。

高端人才聚集是世界城市的重要标志之一，是世界城市建设的直接推动力，是促进城市科技创新、推动城市产业升级优化、实现城市价值增长的催化剂。专业技术人才掌握着某一领域的专业知识和技术，在各种经济领域中从事专业性工作和科学技术工作，是建设世界城市的生力军，打造国际一流的创新型专业技术人才队伍，是北京建设世界城市的必然要求。

一 北京市专业技术人才队伍与世界城市的比较

从目前情况来看，北京市专业技术人才队伍与当今世界城市相比还有很大差距。

（一）专业技术人才总量偏低

北京地区专业技术人才达到 153.6 万人，据 2005 年 11 月 1% 人口抽样调查，北京常住人口中，大专以上文化人数占常住人口的比例为 23.57%，高于上海 18.09%、深圳 12.70%。北京地区两院院士数量占全国总量的 43.6%；每万名从业人员中的科学家和工程师数量北京为 349 人，上海为 80 人；每万人口在校大学生人数北京为 332 人，上海为 207 人，深圳为 201 人。北京市虽然与国内发达城市相比专业技术人才队伍保持领先地位，但与世界城市相比专业技术人才数量差距较大，每 10 万常住人口中大学生数量北京为 3545 人，纽约为 5166 人，东京为 5827 人；北京每万人拥有科技活动人员 290 人，而早在 2002 年纽约就达到了 617 人、东京就达到了 702 人（见图 1）。

（二）高层次专业技术人才匮乏

北京地区拥有中国科学院院士 315 人、中国工程院院士 373 人，共 688 名两院院士。北京市属单位享受国务院政府特殊津贴专家 3500 余人，国家有突出贡献专家 98 人，"百千万人才工程"国家级人选 27 人，市级人选 256 人，高层次专业技术人员数量偏少。在北京市重点发展的电子信息、生物医药、新能源、金融、文化创意、节能环保等领域领军型人才极度匮乏。创新型专业技术人才，尤其是领军型人才，与纽约、伦敦、东京三个世界城市相比仍有很大的差距。2007

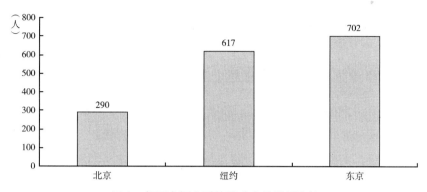

图1　每万人拥有科技活动人员数量比较

年，北京每万人拥有科学家和工程师人数仅为194人，远低于纽约、东京、伦敦等世界城市。

（三）专业技术人才分布不均衡

首都北京虽然具有得天独厚的人才资源优势，但专业技术人才队伍分布不均衡。企业专业技术人才队伍总量15.3万人，占全部专业技术人才的14.6%；在企业专业技术人才中，具有高级职称人员1.15万人，占北京市高级职称人员总量的7.6%，占事业单位高级职称人员总量的27.7%；北京市工程技术和农业技术等领域专业技术人员约2.5万人（见图2），相当于科研、教育和卫生领域专业技术人

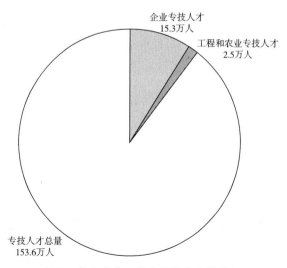

图2　北京生产一线专业技术人员情况

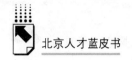
员总量的 10.6%；科教文卫专业技术人员的比例较大，企业生产第一线的专业技术人员比例偏低，与纽约、东京、伦敦企业生产一线占 70% 的结构相比，差距较大。

（四）专业技术人才国际化程度不高

北京的"国家首都、世界城市、文化名城和宜居城市"城市功能定位，决定了北京必须把推进人才国际化作为一项基础性、战略性任务。从国际看，人才国际化的城市，非本国出生的人口比重较大，比如纽约为 36%，伦敦为 28%，东京为 18.9%。虽然近年来北京各行业、各领域国际上的交流与合作日益频繁，但北京外国人常住人口比例仅为 0.7%（见图 3），远低于世界城市的纽约、伦敦、东京。与世界城市相比，北京存在专业技术人才储备不足、层次不高、高端创新型人才匮乏、人才构成国际化程度低等问题。

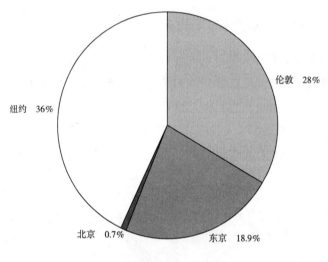

图 3　常住外籍人口比例

二　世界城市在培养创新人才方面的制度

知识经济时代的来临，意味着掌握知识就掌握现代社会发展的命脉，高端人才正成为引领发展的重要力量，世界上很多国家和地区展开了高端人才的争夺大战。纽约、伦敦、东京等世界城市纷纷出台政策，不仅吸纳国外高端人才，更注重培养国内创新型人才，建立了完善的鼓励人才创新制度。

（一）不拘一格的人才培养制度

纵观纽约、伦敦、东京等公认的世界城市，创新型人才培养坚持学历教育和职业教育并重，同时建立非常健全的专业培训体系，不偏废任何一种人才培养方式。纽约的人才主要立足于国内培养，大学是输送人才的主要基地。纽约有 25 所研究型大学，占美国研究型大学总数的 1/4，如纽约大学、纽约州立大学等著名大学为纽约输送了大批的创新型人才。纽约追求创新、冒险、竞争，追求不屈不挠的竞争精神，追求技术第一精神，提供各种机会让人才从事创新和冒险活动。

东京的人才培养有两条主要途径，即学校教育和职业教育。东京在高科技的应用与鼓励创造发明方面采取了许多措施，其中最重要的是成立财团法人发明协会。正是由于东京注重创新能力的培养、教育和鼓励，使得东京的创新型人才如泉涌般层出不穷，东京的专利申请案，每年约占全世界的 40%，这为东京的经济腾飞奠定了基础。

（二）资金雄厚的人才投入制度

纽约对教育的投入十分巨大，纽约州政府税收有 40% 左右用在教育，是世界上教育经费支出最多的城市。企业花费大量金钱在企业内部对人才进行培养，该部分占到全部工资总额的 5% 左右。公务员每年工资总额的 4%～5% 都用于在岗人员的培训。美国法律要求所有雇主每年必须至少以其全员工资总额的 1% 用于雇员的教育与培训，并逐年递增。

东京的教育经费占东京国民生产总值的比重在 1980 年为 5.8%，1997 年为 3.6%，尽管呈现了下降趋势，但人均教育经费为 1203 美元，仍是世界上最高的。科研经费对国民生产总值的比重在 20 世纪 70～80 年代为 2.5%，90 年代达到 3.0% 左右，显示了世界的最高水平。

（三）海纳百川的人才引进制度

纽约为了吸引全球的高端人才，建立了引进外国人才的机制，主要包括技术移民、临时工作签证、留学绿卡、聘请外国专家、国际合作与跨国投资等。引进人才不受地域、户籍等限制，可以从全球进行招聘，招聘的主要依据是人才的能力、工作经历和受教育程度等。在人才引进过程中纽约一般不考虑种族、肤色、

性别和年龄，纽约有严格的法律规定不允许在招聘中存在种族、性别和年龄歧视。

为了吸引全世界优秀学生来留学，纽约利用移民为基础科学、计算机、生物等方面都引进了大量的高端人才。国际人才交流制度、短期的人才聘任制度、市场化的中介机构、为跨国公司服务的人才中介机构等，在引进国际人才中起到非常重要的作用。

（四） 以用为本的人才评价制度

伦敦实施高级岗位工作评估（Job Evaluation for Senior Position，JESP）和高级人才工资评估体系（Senior Salaries Review Body，SSRB），这两种制度能够吸引与激励高端人才发挥他们在城市发展中的中流砥柱作用，用人单位可以根据个人表现、留任情况及市场行情选择性地采用年度晋升评议。

东京公司不重视短期内评估人才的工作表现。东京人认为企业经营的核心是长期地、稳定地发展壮大企业的规模和效益。而短期评估人才成绩只能影响到人才在公司长久工作的积极性，不利于人才个人潜力的发挥。在东京的企业中，除了评估人才的工作表现、业务水平和知识外，更重要的是评估其对企业的忠诚感、责任感、工作热情及合作精神。

（五） 应保尽保的人才激励保障制度

纽约之所以对各国高端人才有巨大的吸引力，和其优厚的待遇不无关系。纽约一流大学教授的平均年薪大约在 15 万美元左右。纽约政府掌握信息技术人才的工资比其他部门员工的工资高，高端人才工资的增幅度可达到 33%。为保住自己的高端人才不被竞争对手挖走，纽约很多公司采用高薪留人的做法，给予高端人才的报酬可比普通员工高几十倍。纽约公司除薪资外，纷纷采用股票期权及配股等方式，留住人才，激励人才。

纽约通过提供良好的科研条件、福利待遇和社会保障等来吸引和留住优秀人才。高技术公司为科研人员配备先进的实验设备，提供充足的科研经费及后勤保障，使科研人员无后顾之忧；纽约大型公司为正式员工提供良好的福利待遇，对高端人才的待遇则覆盖了医疗、保险、住房等方面，有些公司的医疗保险甚至覆盖了高端人才的家属；政府对不同行业制定了详细的社会保障法律、法规，企业触犯了这些法律、法规，会被罚款甚至会被追究刑事责任。

（六）公平公正的人才国际化制度

纽约是个移民城市，在人才管理上充分照顾移民本民族的文化和其他需要。政府制定相应的放假制度，适应不同民族的需要，开设学习不同文化的培训班，以帮助人才相互了解，以便于更好合作。强调人权，尊重人才的择业自由，并且人才的流动不受地域、户籍、社会保障方面的限制。人才择业以个人的能力和兴趣为主要出发点。招募人才也主要从能力、经验、受教育程度出发，不允许在招聘中有种族、性别和年龄歧视，保障了就业的平等性。文化上提倡公平，通过复杂合理的考察方式来考察人才的工作表现，并据此奖励，体现公平原则。

伦敦主张构建一支具有多样性及有价值的队伍，力求招聘、选择、培养在各个方面具有潜力的高端人才，在招聘过程中，都严格申明平等原则。每个人才都具有的独特的技能、资格、能力及才智是成功应聘的基础，认为这些差异对城市的发展才是重要的。而种族、性别、肤色、宗教、个人关系、国别、年龄、是否残疾、政治信仰、是否艾滋病病毒携带者、婚姻状况、怀孕状况、家庭责任等都不能作为判断的标准。在某些大学数据统计中，在非教授学术岗位竞争中，进入候选人名单的女性比男性更容易在最后竞争中胜出。另外，还鼓励少数民族人群到公共部门工作。

纵观三个世界城市的人才战略，北京专业技术人才队伍建设要走高端发展战略，以专业技术队伍人才需求升级带动北京市产业升级，以高层次人才队伍建设为龙头引领专业技术人才队伍整体发展，以培养创新能力为核心带动专业技术人才队伍整体实力提升，进一步创新专业技术人才培养、使用、评价、流动和激励机制，为育才、引才、聚才、用才提供制度保障。

三　北京市建设一流创新型专业技术人才队伍对策

借鉴三个世界城市的人才发展方式，北京市专业技术人才队伍建设要抓住"一个中心"，实施"六大对策"。一个中心，就是要抓住建设国际一流创新型专业技术人才队伍这个中心。实施六大对策，即改革人才培养机制，实施人才投入优先保证政策，实施开放的人才引进战略，创新人才评价制度，优化人才激励保障政策，推动人才国际化开发。

（一） 改革人才培养机制

鼓励创新、爱护创新，使一切创新想法得到尊重、一切创新举措得到支持、一切创新才能得到发挥、一切创新成果得到肯定；发展创新文化，倡导追求真理、勇攀高峰、宽容失败、团结协作的创新精神，营造科学民主、学术自由、严谨求实、开放包容的创新氛围；改革高等教育教学内容，实现由培养知识型人才向培养创新型人才转变。在中关村国家自主创新示范区建立人才发展特区。建立以政府为指导，以企业为主体，以市场为导向、多种形式的产学研战略联盟。实施符合首都特点、具有品牌效应的高层次创新型专业技术后备人才培养工程。建立在京高等院校、科研院所、企业高层次人才双向交流制度，试行产学研联合培养研究生的"双导师制"。实行"人才＋项目"的培养模式，依托国家重大人才计划及重大科研、工程、产业攻关、国际科技合作等项目，促进科研成果转化，推动产学研结合培养高层次创新型专业技术人才。

（二） 实施人才投入优先保证政策

建立完善人才发展投入稳步增长机制，建立健全政府、社会、用人单位和个人共同投资、合理分担、利益共享的多元化人才投入机制。政府要在整合财政性资金的基础上，优先保证高层次人才培养、紧缺人才引进、杰出人才奖励以及重大人才开发项目等的经费支出，并在财政拨款项目经费中，为项目科研骨干设立一定比例的自主支配额度。加大对人才公共服务机构的财政投入，将工作经费、项目经费和建设经费纳入同级财政预算。完善人才培训经费相关政策，确保人才培训经费渠道畅通、来源稳定。将公务员培训经费列入各级政府年度财政预算，每名公务员年均培训经费不得低于上年度全市公务员人均工资总额的2%，并随着财政收入增长逐步提高，确保继续教育经费不低于单位职工平均工资的2%；在重大建设和科研项目经费中，安排部分经费用于人才培训。设立首都人才发展基金，制定税收、贴息等优惠政策，鼓励和引导社会、用人单位、个人投资人才资源开发，鼓励企业成为人才开发投入主体，激发用人单位人才投入主动性、自觉性。

（三） 实施开放的人才引进战略

根据世界城市对高层次专业技术人才的需要，制定《急需专业技术人才需求目录》和《紧缺专业技术人才需求目录》，实施面向全国、全世界公开引进计划。在国家法律法规的框架体系之下，对建设世界城市紧缺或急需人才，采取灵活的薪金制度，实施聘任制，薪金待遇不纳入职级工资制，专才专用。开发国内、国际两个人才市场，完善人才引进的"绿色通道"，取消人才引进的各种不合理限制。政府和企业设立人才引进专项资金，加大对引进一流人才的投入，不惜重金，形成引进人才的资金优势。对高端创新型专业技术人才，在薪酬福利、生活条件、选拔奖励、使用模式等方面加大政策支持力度。实施税收优惠政策，对有贡献的高层次人才实行退税政策，保证首都在全球人才竞争中的优势地位。

（四）创新人才评价制度

实行重在社会和业内认可的专业技术人员评价制度，建立以市场为导向、以能力为重点、社会化的专业技术人才评价体系，推进专业技术人才执业资格国际互认。坚持"不唯学历，不唯职称，不唯资历，不唯身份，不唯年龄"的原则，专业技术人才评价中体现重业绩、重贡献、重潜力、重技能，建立以品德、能力和业绩为导向，科学化、社会化的专业技术人才考核评价制度。依据不同的行业特点、不同的职位和职业要求、制定出分层次、分类别的专业技术人才评价序列，建立社会承认、业内认可的多元化专业技术人才考评制度。

（五）优化人才激励保障政策

根据劳动、资本、技术和管理等生产要素按贡献参与分配的原则，重点制定按要素参与分配的激励制度；对作出重大贡献的企业专业技术人才实行股权、期权激励；建立包括科研成果、专有技术、知识产权，以及经营者持股、年薪制、特殊劳动贡献分红制等多元化的收入分配方式。扩大事业单位内部分配自主权，实行一流人才、一流业绩，一流报酬。根据各类人才特点，逐步建立人才补充保险制度，进一步完善包括补充养老、补充医疗、补充住房公积金、医疗休养和健身锻炼等在内的福利制度，稳步提高专业技术人才整体的福利待遇水平。

（六）推动国际化人才开发

制定有效利用国际高层次专业技术人才参与北京世界城市建设的政策措施，

吸引全球专业技术人才为北京提供智力支持，促进国际专业技术人才融合发展。完善专业技术人才服务平台，为国际人才在京投资建设重大项目、组织科技攻关和技术创新提供支撑。制定优惠政策，鼓励和支持市属高校、科研院所、公共管理部门通过挂靠、共建等方式与国际对口单位或机构进行合作。按照"不求所有，但求所用"的原则，支持市属单位采取兼职、挂职等柔性流动形式利用国际专业技术人才资源，带动北京高层次专业技术人才创新能力的提高；建立互惠共赢、资源共享的合作平台；在制度、政策、机制和环境等方面，为国际高层次专业技术人才在京发挥作用提供保障，进一步形成国际专业技术人才一体化的长效机制。

Building a World-class and Innovative Professional and Technical Talent Team Around the World City Construction

Song Fengjing

Abstract：Joining the world cities in 2050 is the development goal of Beijing. Consequently, to build a world-class innovative team of professional and technical talents is the necessary requisition for the goal. The paper compares several professional and technical personnel in other world cities (New York, London and Tokyo), and points out four problems existed in that of Beijing, such as insufficient total, low level, lack of high-end creative talents and low degree of internationalization in talent structure. After detailed research on the innovative talents cultivating systems of other world cities mentioned above, the author proposes six suggestions to achieve the goal, including reform in cultivating systems, giving priority to ensuring input for talents, implementing open recruit strategy, innovating in talent evaluation system, optimizing the incentive and safeguard mechanism and promoting international talents exploitation.

Key Words：World Cities；Innovative；Professional and Technical；Talents

B.9
中关村创新创业人才队伍建设研究报告

吴德贵 刘艳良 李志更 陈建辉*

摘 要：创新创业人才是中关村国家自主创新示范区发展的关键力量。"国家自主创新示范区"的高定位，大大提升了中关村创新创业人才开发的紧迫程度。本文提出了创新创业人才的基本内涵，并从中关村创新创业人才队伍建设研究的基本问题、人才开发现状、人才开发存在的问题等方面进行分析，最后就加强创新创业人才队伍建设提出了若干对策建议。

关键词：中关村 国家自主创新示范区 创新创业人才 人才开发

中关村科技园区自创建以来，一直坚持走具有中国特色的、以自主创新为核心的高科技产业发展道路，吸引和培养了大批优秀研究开发人才、科技领军人才和专业管理人才，成为中国创业最活跃、高素质人才最集中的区域。创新创业人才资源是中关村科技园区持续发展的核心竞争力和重要战略性资源，是中关村从电子一条街发展成全国最具活力的创新中心的核心力量，也是中关村建设全国自主创新示范区的第一资源。

一 中关村创新创业人才队伍建设的研究背景

第一，国际形势变化为中国创新创业人才发展带来重要机遇。中国改革开放

---

* 吴德贵，中国人事科学研究院原副院长（正司级），研究员，长期从事人事管理和人力资源开发研究与实务；刘艳良，中国人事科学研究院科研管理处处长，副研究员，学术委员会委员，学术委员会办公室主任，长期从事人力资源管理与开发研究工作，重点研究方向为薪酬制度改革、政府绩效管理、人力资源开发与管理；李志更，中国人事科学研究院电子政务与绩效管理研究室主任，研究员，学术委员会委员；陈建辉，中国人事科学研究院人力资源市场研究室副主任，助理研究员，中国人才研究会办公室副主任、国际交流合作部副主任。

30 年以来，国际地位显著上升，中国人才的地位也显著上升。特别是在国际金融危机形势下，快速发展中的中国成为海外渴望创业就业人才施展才能、发展潜力的舞台。世界人才转移为中国引进国外优秀人才、建设创新型国家和全面实现小康社会提供了机遇。伴随国际形势变化以及中国人才发展战略的调整，中国正在从重点吸引海外投资向吸引海外人才转变。中国出国留学与回国创业就业的人数都在增加，到 2009 年底，各类出国留学人员总数达 162.07 万人，留学回国人员总数达 49.74 万人[1]。

经济全球化带来的人才国际化趋势明显，国际人才竞争愈演愈烈。在世界各国，争夺人才的竞争已经成为国际竞争的制高点。未来，国际人才流向的变化将使中国直接跻身于人才国际化的激烈竞争之中。但是由于中国创新创业人才发展的综合环境还不完善，因此在这场国际人才争夺战中，面临的挑战十分严峻。

第二，创新创业人才是建设创新型国家的关键。党的十七大提出"提高自主创新能力，建设创新型国家"的战略目标，到 2020 年要使中国的自主创新能力显著增强，科技促进经济社会发展和保障国家安全的能力显著增强，进入创新型国家行列。人才促进创新，创新引领发展，创新是一个民族进步的灵魂，是一个国家兴旺发达的不竭动力。建设创新型国家，关键是人才，尤其是创新型人才。未来中国创新型人才队伍建设的任务十分艰巨。

党的十七大提出"实施扩大就业的发展战略，促进以创业带动就业"的总体部署。创业是人才通过自主创办生产服务项目、企业或从事个体经营实现市场就业的重要形式。人才通过创业，在实现自身就业的同时，吸纳带动更多人才和劳动力就业，促进了社会就业的增加。创业有利于创新，在创业中，人才的创新潜能更容易激发。中关村要成为创业型科技园区，需要培养、引进、激励和留住一大批创业型人才。中关村作为国家自主创新示范区，创业型人才不仅能够以创业带动就业、发挥创业的就业倍增效应，而且能够充分发挥以高新技术创业、在高新技术领域创业、为创业型企业加强服务和管理的重要作用，成为带动就业、促进创新的重要力量，从而进一步促进创新型人才队伍的建设和发展。

第三，建设国家自主创新示范区为中关村发展提供了新起点。中关村科技园区是中国科教智力资源最密集、最具创新特色和活力的区域，是中国第一个国家级高新技术产业开发区，也是经济、科技、教育体制改革的试验区。经过 20 多

---

[1] 《教育部公布 2009 年度各类留学人员情况统计结果》。

年的发展，中关村科技园区成为"一区多园"跨行政区的高端产业功能区，包括海淀园、丰台园、昌平园、电子城、亦庄园、德胜园、石景山园、雍和园、通州园和大兴生物医药产业基地。2009 年，区内高新技术企业达 17940 家，总收入超过 12995.1 亿元人民币①。中关村科技园区已成为高新技术企业和创新创业型人才集聚地。

2009 年，为进一步发挥中关村引领中国高新技术产业发展的作用，国务院作出支持中关村科技园区建设国家自主创新示范区的决策，提出要"着力研发和转化国际领先的科技成果，做强做大一批具有全球影响力的创新型企业，培育一批国际知名品牌，全面提高中关村科技园区自主创新和辐射带动能力，推动中关村科技园区的科技发展和创新，在 21 世纪前 20 年再上一个新台阶，使中关村科技园区成为具有全球影响力的科技创新中心"。

建设中关村国家自主创新示范区，并编制《2010～2020 年的中关村国家自主创新示范区发展规划纲要》，使中关村今后的发展具有了新起点、新高度、新视野。中关村在引领中国高新技术产业开发方面地位更高，使命更重。

第四，创新创业人才队伍是中关村建设国家自主创新示范区的主力军。为实现国家自主创新示范区规划纲要提出的战略目标，建设一支创新创业人才队伍是中关村科技园区建设成国家自主创新示范区、健康持续快速发展的重要支撑和保障。

中关村科技园区作为实施国家自主创新战略的先行示范区，是高技术产业化发展的技术源头聚集区，是融入国际创新体系、参与全球创新的前沿阵地。作为中国第一个国家自主创新示范区，中关村不仅具有聚集高新技术产业、引领中国高新技术产业发展的使命，而且也应具备创建一流创新创业人才队伍的魄力，使中关村科技园区成为创新创业人才成长的摇篮，成为创新创业人才发展的基地，成为国际化高端人才流动的平台。

为便于研究，本文将研究对象分为两类，即创新型人才和创业型人才。其中，创新人才是指具有创新意识、创新思维、创新能力并进行创新性活动、取得创新性成果的人才，主要包括技术和产品研发人员、专利申请人、技术革新者、管理创新者等。创业人才指创办生产服务项目、企业或从事个体经营的人才。中关村的创业人才主要来自于科技人才、海外留学人员和高校毕业生。研究对象不涵盖中关村其他类人才队伍。

---

① 《中关村科技园区年鉴 2010》。

本文首先在相关人员访谈、实地调研和文献研究的基础上，力求对中关村创新创业人才开发现状进行比较全面、客观的评价。本文重点分析创新创业人才队伍构成、人才工作情况以及人才环境情况，归纳总结中关村创新创业人才开发的基本特点。然后，梳理中关村创新创业人才队伍建设存在的问题。根据国家自主创新示范区建设和中关村功能定位，分析当前中关村创新创业人才队伍的规模和结构是否合理、相关体制机制是否完善等。最后，就加强中关村创新创业人才队伍建设提出思路对策。根据中关村科技园区长期发展的需要，本文从明确创新创业人才开发的总体思路、完善创新创业人才开发的政策体系与体制机制、加强创新创业人才措施安排三个方面进行了系统论述。

二 中关村创新创业人才开发现状

20 年来，中关村科技园区在充分整合现有人才资源的基础上，积极引进和培养各类创新创业人才，努力建设一支符合目标需要、结构合理并具有持续创新能力的科技、研发、经营、管理与服务人才队伍，培养出一大批奋斗在高科技产业第一线的优秀企业家和创业者，成为全国高学历、高层次、高技术、高素质人才的聚集地。

(一) 创新创业人才队伍现状

1. 科技型企业人员总量增长迅速

1992 年园区创建之初，园区企业的从业人员总数仅为 6.9 万人。2006 年，园区企业从业人员总数达到 79.2 万人，是 1992 年的 10.5 倍[①]。到 2009 年底，园区企业从业人员总数达到 106.2 万人，是 1992 年的 15.4 倍[②]。

源于园区发展的定位，园区内高新技术企业发展速度较快，其从业人员数量增长也十分迅速。1988 年在中关村科技型企业中的从业人员为 3800 人。到 2007 年底，中关村高新技术企业达 21025 家，拥有从业人员总量达到 89.9 万（见图 1）[③]。

---

① 《中关村科技园区 1988~2007 年主要统计数据》，http://www.zgc.gov.cn/tjxx/nbsj/2007nyqsj/59902.htm。

② 《2009 年中关村一区十园主要统计数据》，http://www.zgc.gov.cn/tjxx/nbsj/59830.htm。

③ 《2007 年中关村科技园区高新技术产业经济发展综述》，http://www.zgc.gov.cn/document/20100608161201078550.pdf。

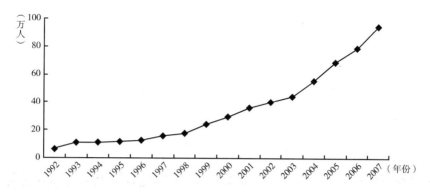

图1　园区企业从业人员总量增长趋势

2. 科技人才年轻化，整体素质较高

据统计，2009年，园区企业从业人员中，29岁及以下的从业者占人员总量的49.6%；30～39岁的人员占30.6%，；40～49岁的人员占13.3%；50岁及以上的人员仅占6.5%（见图2）①。年轻人是园区企业的主力军。

园区人才队伍另一个显著特征是整体学历层次较高，大学本科学历的人才为人才主体，本科、硕士和博士学历的人才队伍梯队已经形成，硕士以上高学历人才所占比例十分可观，海外留学人才、两院院士、享受政府特殊津贴人才占有相当比重。根据2009年的统计数据，中关村平均每2人中就有1人拥有本科学历，每10人中有1个人拥有硕士以上学历，每170人中就有一个留学归国人员②。

3. 中小企业人才密度较高，研发人员比例较大

2006年，在园区22.9万中小企业从业人员中，博士以上学历、硕士、大学本科人员分别为3734人、21802人和97110人，占其总数比重分别为1.6%、9.5%和42.3%，分别比园区平均水平高0.4个、2.4个和9.7个百分点③。另外，园区中小企业中研发人员数量比例较大。2009年，园区企业研究开发人员总数达到13.6万人，占园区全部从业人员总数的12.4%，其中总收入500万元以下的小企业研发人员的比例较高，占其从业人员总量的比重达到11.9%④（见图3）。

---

① 《2009年中关村一区十园主要统计数据》，http：//www.zgc.gov.cn/tjxx/nbsj/59830.htm。

② 《2009年中关村一区十园主要统计数据》，http：//www.zgc.gov.cn/tjxx/nbsj/59830.htm。

③ 《2006年中关村科技园区高新技术产业发展综述》，http：//www.zgc.gov.cn/document/20100608161139375488.pdf。

④ 《2009年中关村高新技术企业按收入规模主要数据》，http：//www.zgc.gov.cn/tjxx/nbsj/59893.htm。

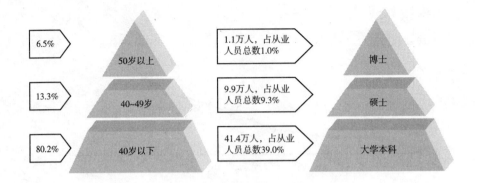

图2　2009年园区从业人员年龄结构与学历结构

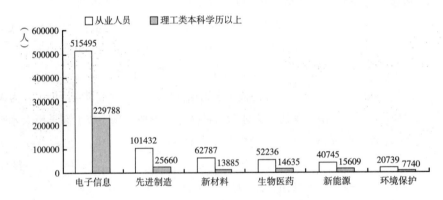

图3　2008年中关村园区各主要产业从业人员数量

4. 新兴技术领域人才增长较快

中关村科技园区是全国54个高新技术产业园区中最大的一个，高新技术产业总收入年均增长速度达到40%。2009年，园区企业实现总收入12995亿元，占全国54个国家级高新区总收入的16.49%[①]。近年来，中关村每年新创办高新技术企业超过3000家，与此相应，新兴技术领域科技人员增长速度较快，如现代农业领域科技活动人员2007年达到2970人，比2006年同期增长28.6%；新能源与新效节能技术领域增长25.5%；生物工程和新医药技术领域增长15.8%。另外，环境保护领域也是发展较快的技术领域，其人力资本指数优势也十分明显（见图3）。

<hr />

① 《中关村科技园区年鉴2010》。

5. 海归人才数量较大，比例较高

随着中关村经济规模的不断扩大，人力资源总量也迅速扩大，人力资源整体素质不断提升，吸引了一大批国际化留学人才和优秀创业团队，培育了一批高端科技项目和成果。2008年园区留学生服务总部接待咨询来访5500多人次，吸引海外留学人员1100多人，创办海归企业510多家，注册资本达4.8亿元。目前园区累计吸引海外留学人员12000多人，其中包括以邓中翰、严望佳、李彦宏、周云帆为代表的9800多位海归博士、硕士，他们在园区创办了中星微、启明星辰、百度、空中网等5000多家高科技企业。截至2010年4月底，在美国纳斯达克上市的中关村企业共有24家，其中11家是海归人才创办的企业。目前，中关村海归人才创办企业的注册资本累计超过50亿元，吸引了数百亿元的境内外投资[①]。

（二）创新创业人才工作现状

长期以来，中关村科技园区高度重视整体性人才资源开发工作，突出内挖外引，坚持刚性流动与柔性流动并举，目前已经初步建立了适应市场经济发展的人才工作体系。

1. 积极创新人才培育机制，重视开发和提升各类人才的创新创业能力

（1）积极探索创新创业人才培训新模式。比如，2008年3月，由中关村管委会牵头，联合市委组织部、统战部、市人事局，以中共北京市委和中共中央党校名义举办了首期"中关村企业家中央党校培训班"。该举措是贯彻党的十七大关于"提高自主创新能力"和"加强新经济组织、新社会组织建设"重要精神的有力举措，是对企业家培养方式和成长模式的有益探索，是加强中关村人才工作的重大创新。

（2）积极开展全方位的创新创业人才培训。园区积极整合优化各种教育培训资源，加强培训体系建设，鼓励和支持园区培训机构采取灵活多样的方式，大力开展新理论、新知识、新技术、新方法的培训，积极开发和提升各类人才的创新创业能力。例如，园区依托中关村人力资源经理协会实施了"2007年中关村科技园区企业管理培训行动"，举办人才资源建设方面的实务培训和科技、教育、经营管理公益性系列讲座。通过系列培训，提升了园区企业管理者的综合素质，促进了园区职业经理人才队伍建设。

---

① 《聚集中国机遇——中关村建设海归人才特区纪实》，2010年6月30日《光明日报》。

（3）积极探索产、学、研相结合的人才培养新机制和新模式。园区积极倡导企业、高校和科研院所培育产学研相结合的人才理念，拓宽有利于产学研相结合的人才成长政策空间，制订了产学研相结合的人才培养计划，加强园区各大学产学研互动联合，积极通过大学科技园、创业园等孵化机构促进园区内大学与企业合作建立人才培养基地、大学生实训基地。例如，2007年，园区联合市教工委、市教委支持中关村人力资源经理协会、北京高校毕业生就业指导中心启动了"首都高校大学生中关村就业实践示范基地"项目，在建设高水平的产学研人才培养基地方面作出了有益的尝试。

2. 不断完善人才流动机制，大力引进和集聚高层次创新创业人才

（1）着力加强创新创业的载体建设。园区不断加强高新技术企业研发中心、科技企业孵化器、博士后科技创新基地、留学人员创业园区等创新创业载体建设，引进和集聚了大量创新创业人才。近年来，园区相继与中国政法大学、中国矿业大学、北京交通大学和首都师范大学等高校共建了留学人员创业园，使中关村科技园区留学人员创业孵化基地扩展为26家，有力地促进了中关村科技园区产学研一体化进程，为整合中关村优势资源，大力吸引海外留学人员回国创业搭建了平台。

（2）不断完善人才工作机制，抓好人才政策落实。园区一方面充分发挥用人单位的引才主体作用，通过载体引进、团队集体引进、核心人才带动引进、高新技术项目开发引进等多种方式引进创新型人才。另一方面，园区设立了诸如一站式办公的"中关村科技园区服务中心"、"留学人员创业服务总部"等专门的服务机构，切实抓好人才政策的落实，健全完善高效便捷的绿色通道，切实加强创业服务平台建设，加强对引进人才的跟踪服务，吸引更多的高层次创新创业人才来中关村创业。

（3）大力推进人才资源的市场化配置。中关村科技园区建立了市场化的人才运作机制，共建立了130多家人才中介机构和30多家人才网站，形成了功能齐全、措施配套、服务规范的人才中介服务体系。这些人才中介机构可以及时将有关的人才需求信息向社会公布。据统计，有大量的人员通过人才网站和中介机构提供的信息进入园区企业工作。

（4）积极实施人才国际化战略。一直以来，中关村科技园区构筑国际化人才培养平台，拓宽引智渠道，大力引进海外高层次留学人才，积极引进国外优秀人才。中关村科技园区建立了中关村海外留学人员职业发展服务中心，搭建了留学人员就业平台，开通了海内外互动的留学人员职业发展服务网站，并举办了中关村留学人员网上招聘活动。另外，中关村管委会还在海外留学人员比较集中的国家和地区陆续建立了5个海外联络处。海外联络处成立以来，紧紧围绕"宣传、联络、服务"的职能开展工作，在宣传中关村品牌、中关村发展建设形势和中关村投资价值、留学人员归国创业发展的政策等方面做了大量的工作，通过广泛联络和服务，吸引了大量海外留学人员来园区创业和发展。

3. 加强激励保障机制建设，激发各类人才的创新创业能力

（1）着力关注支柱产业的人才吸引，出台各项保障制度促进园区企业加大人才吸引力度，例如长期居留和永久居留制度、工作居住证制度、外籍员工的优惠政策等，企业吸引人才的范围也从北京市辐射到全国，并已走向国际人才市场。

（2）积极开展各类表彰和奖励活动。中关村科技园区定期组织优秀创业留学人员及企业评选活动，极大促进了各类人才创新创业的积极性。2008年，在中关村科技园区成立20周年之际，中关村管委会还组织开展了突出贡献企业和个人评选表彰活动，对175家企业（单位）和135名个人进行表彰。园区还积极承接了第三届"北京市留学人员创业奖"、第二届"首都杰出人才奖"和北京侨商会换届会员人选的评优推荐工作等。通过这些奖励和表彰活动，中关村科技园区加强了对创新和创业的引导，激发了各类人才的创新勇气和创业激情。

（3）积极利用国家各项扶持政策、基金和项目，为留学归国创业人才成长提供有力的帮助。园区管委会专门设立留学人员创业发展专项资金，以无偿资助、小额担保贷款的"绿色通道"、对重点留学人员企业成长提供创业园房租补贴、资助创业园孵化软环境建设等多种方式来支持留学人员归国创业。除此之外，园区还积极组织政策性融资申报，积极扶助留学人员企业申请科技部中小企业创新基金，并给予匹配资金；积极推荐留学人员企业申请市政府其他委办局的扶持项目，如市科委、人事局等单位的留学人员扶持资金。2009年，有16家留学归国人员企业共获得北京市留学人员科技活动择优资助100万元[①]，在资金扶持、融资渠道方面获得了最大便利，极大地推动了留学人员企业的发展。

（三）创新创业人才环境现状

中关村被美国著名的《时代周刊》评价为21世纪八个文化圣地之一，是中

---

① 数据来自中关村管委会，http：//www.zgc.gov.cn/overseas/tzgg_gjgc/49220.htm。

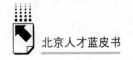

国高科技企业的摇篮，致力于培养中国的比尔·盖茨，将带领中国进入信息时代。中关村作为中国科教资源最密集、最具创新特色和活力的区域，有着吸引和鼓励各类创新创业人才集聚和发展的良好环境。

1. 自然与社会环境

作为中国第一个国家级高新技术产业开发区，中关村科技园区覆盖了北京市科技、智力、人才和信息资源最密集的区域。中关村区域周边汇聚各大院校，如北京大学、清华大学、中国人民大学等多所著名大学，并有以中国科学院各个研究所为代表的多个国家科研部门设立于此。整个区域智力资源高度密集，数量庞大的高新技术企业、大学、科研机构，雄厚的科技基础设施和专业服务资源，使中关村形成了中国规模最大、实力最强、结构完善的区域创新系统，对各类创新创业人才有着较好的集聚能力。

2. 工作与生活环境

中关村园区十分重视创新创业环境建设。2006 年，园区在软环境建设方面的投入为 5375 万元，占支出总额的 9%；用于硬环境建设的资金为 5161 万元，占支出总额的 9.4%。而到 2008 年，用于软环境建设和硬环境建设的投入分别达到 0.6 亿元和 2.6 亿元，占支出总额的比例分别为 8% 和 35%[①]。另外，在扩大留学人员创业园数量的基础上，根据各创业园的条件和特点，园区与各创业园签署《软环境建设资金使用协议书》，专门拨出 1500 万元资金用于各创业园中介服务体系和技术支撑平台的建设。引导各创业园完善内部管理体系，提升专业孵化能力，营造更适宜留学人员的创业环境。

园区还十分重视人才生活和工作环境的投入和建设。例如，为解决企业园区吃饭难问题，2007 年中关村环保园区投资近 400 万元建设占地 2000 平方米的"企业员工餐厅"。为保证菜品质量并适应企业外籍员工饮食习惯，园区每月拿出一部分资金补助，让企业员工不仅吃得好，同时也保证营养。园区还累计投资 1000 余万元，新建功能性湿地 5000 平方米，新增绿化面积 5 万平方米，完成了园区二期湖区改造、三期集中绿化带和景观工程。

3. 创新创业政策环境

中关村园区积极发挥财政资金的引导和扶持作用，加大对创新创业的投入和扶持。2006 年中关村园区发展专项资金市级部分中，用于自主创新和产业发展

---

① http：//house. focus. cn/news/2008 – 01 – 21/423953. html.

的资金达到 22506 万元，占总额支出的 40.9%。园区还积极实施企业担保贷款促进措施，2007 年，通过"瞪羚计划"等 4 条担保贷款绿色通道为 250 家企业提供贷款担保 26 亿元；并与中国人民银行营业管理部、北京银监局等单位启动了以信用为基础、无抵押无担保的信用贷款试点，首批就有 17 家中小科技企业获得了 9350 万元的信用贷款。中关村还设有中小企业创新基金，2005～2009 年初，累计有 2050 家企业申请园区创新资金，园区共计立项 720 个项目，支持资金总额 2.6 亿元①。

另一方面，中关村园区十分重视支柱产业的人才吸引，通过采取一系列政策措施，如在落户及居住证方面采取政策倾斜、提高物质生活待遇（如工资津贴水平、住房、保险）、改善学术及工作环境（如科研经费资助、奖励）、提升政治地位、关注家属及子女问题（如家属就业、子女入学），吸引了一大批年轻、优秀的高素质人才来中关村科技园区工作，为园区的高新技术企业发展提供了巨大的新生力量。

4. 创新创业文化氛围

园区积极组织各类宣传和交流活动，弘扬创新创业精神，宣传创新创业典型，营造有利于创新创业的氛围。园区认真总结园区各类人才创新创业经验，通过组织召开留学人员精品项目推介会、"中关村青年企业家创新创业报告会"等活动，积极宣传中关村的发展建设和创新创业环境以及各类人才的创新创业事迹，激发了各类人才到中关村创新创业的热情，营造了良好的创新创业氛围。

园区行业组织的快速发展，在培育人才和代表人才共同利益方面也发挥了重要作用。以北京中关村人才资源经理协会为代表的 21 家协会商会组织和各类培训、咨询机构利用自身优势，在园区企业中开展各类人才培训、经验交流和专题讲座活动，形式多样，气氛活跃。园区内形成了持续学习、更新知识、接受继续教育的良好风气，不断提高自身素质已成为中关村人追赶时代步伐的鲜明特征。

（四）创新创业人才开发基本特点

20 年来，中关村形成了对国内外科技领军人才、技术创新人才以及创业人才的有效吸引机制、培养机制和流动机制，成为中国创新创业活动最活跃、高素质人才最集中的区域。创新创业人才发展十分迅速，呈现出以下几个特点。

---

① http://finance.sina.com.cn/leadership/mroll/20100306/17487513996.shtml.

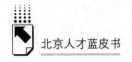
1. 主导产业人才集聚力显著

中关村坚持走以自主创新为核心的高科技产业发展道路，目前已经形成以电子信息、生物医药、航空航天、新材料、新能源与节能、资源与环境等为主的庞大产业群，创新创业人才集聚速度较快。从园区人才分布的情况看，电子信息、先进制造、新能源、新材料、生命科学及新医药五大支柱高科技产业人才密度较大。电子信息作为园区最重要的主导产业，集聚人才的优势最为明显，拥有最多的从业人员，其中理工科类本科学历以上人员近 23 万人，占园区企业从业人员总数的 24%。

2. 中小企业是大批创新创业人才成长的摇篮

中小企业是园区创新创业活动非常活跃的企业群体，2007 年，园区内总收入在亿元以下的众多中小企业总收入只占园区整体的 13.0%，但其科技活动经费支出和研究与发展经费支出占园区整体的比重却分别达到了 37.4% 和 32.2%①。中小企业集聚了大量研发人员和高素质人才，较高的人才密度与比例证明了这些企业正是大批创新创业人才成长的摇篮；而这些人才的自主创新实践及其创新精神、创造能力则是推动这些企业持续发展的强大智力支撑和源泉。

3. 国际化人才是创新创业活动的重要力量

海外留学人员是中关村科技园区创新创业活动最为重要的力量之一，也是园区发展的重要人才资源。一大批曾经就读哈佛大学、斯坦福大学、剑桥大学、牛津大学、早稻田大学等著名学府，就职于微软、IBM、贝尔试验室等著名企业、科研机构的国际化人才和优秀创业团队来到中关村，为园区带来了先进理念，开辟了国际市场，注入了创新活力，为推动产业转型升级和新兴技术领域的发展提供了重要的智力支撑。据统计，在中关村园区创业的留学人员中，拥有个人科技成果的占 57%，科技成果获过专利的占 44%。由此可见，中关村的海外留学人员群体是园区最具自主创新能力和创业精神的重要力量。

4. 领军人物脱颖而出，成为创新创业的杰出代表

20 年来，一批具有高度创新创业热情和较强创新创业能力、积极投身于创新实践并取得卓越成果的领军人物在中关村园区脱颖而出。他们为企业及中关村产业创造了显著的经济效益，产生了重大的社会影响。他们中间既有以柳传志为代表的 20 世纪 80 年代初科研人员"下海"创业先行者，也有以王文京、冯军为

---

① 《2007 年中关村科技园区高新技术产业经济发展综述》。

代表的20世纪90年代以后第二代创业企业家，还有以邓中翰为代表的21世纪成长起来的第三代"海归"创业者，这些创业者是中关村园区创新创业的杰出代表。中关村这片土壤孕育出的这些领军人物，对中关村的发展起着重要的推动作用。

三 中关村创新创业人才开发存在的主要问题

创新创业人才开发是个复杂的系统工程。中关村科技园区建园20年来，创新创业人才开发取得了长足进步。但根据其发展的功能定位，即根据"成为全球高端人才创新创业的聚集区、世界前沿技术研发和先进标准创制的引领区、国际性领军企业的发展区、具有全球影响力的高技术产业的辐射区、体制改革与机制创新的试验区"的发展目标，中关村科技园区创新创业人才开发还存在一些亟待解决的问题，创新创业人才队伍建设仍任重道远。

（一）高素质创新创业人才的数量不足

1. 高素质创新人才规模较小

截止到2009年，科技园区企业中共有从业者1062345人；其中拥有本科以上学历者413825人，占从业人员总量的39.0%；拥有硕士以上学历者98786人，占从业人员总量的9.3%；拥有博士以上学历者11068人，占从业人员总量的1.0%[①]。而据统计，硅谷于2006年时拥有人口近250万，其中25岁以上的成年人中43%拥有学士学位。目前，中关村园区拥有200多位两院院士；而硅谷目前有40多位诺贝尔奖获得者，有上千名科学院和工程院院士。

2. 研发人员自主创业的意愿较低

在高新技术企业，研发人才自主创业的意愿不高。据中关村IT行业专业人士协会发布的《2008年度中关村IT业人力资源状况调查报告》的相关数据显示：在各类人才中，研发人员的创业意愿相对较低，特别是2008年，研发人员的创业意愿为54.3%，明显低于营销人员（77%）、售后服务人员（75.6%）、项目实施人员（63.4%）、战略策划人员（63.3%），略高于行政管理人员（47.3%）和人力资源管理人员（45.3%）。

---

① 《2009年中关村一区十园主要统计数据》，http://www.zgc.gov.cn/tjxx/nbsj/59830.htm。

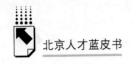

（二）创新创业人才的结构不尽合理

1. 创新人才的结构与园区发展战略的适应程度不高

（1）高层次创新人才的行业分布与园区主导产业的匹配程度不高。目前，电子信息、生物工程和新医药、光机电一体化、新材料、环保与资源利用等为园区主导产业。但目前在基因工程、生物芯片、超大规模集成电路、纳米技术等高新技术领域不仅极为缺乏具有国际水平的高端人才，掌握共性技术和核心技术的研发人才也严重不足。

（2）创新人才的素质构成与园区行业发展的匹配程度不高。高新技术产业尤其现代服务业领域的高新技术行业具有明显的学科交叉融合的特征，而园区的创新人才一般都具有明显的专业单向性，跨领域、跨行业、跨学科的高层次复合型创新人才严重不足。一方面，具有多学科背景和交叉学科背景的创新人才数量有限，另一方面，具有经营管理能力的创新人才数量不足。

（3）企业创新人才规模与企业创新主体地位的匹配程度不高。目前，园区内高校、研究院所、研究中心和国家级实验室密集，人才众多，但迄今为止这些机构的研发人才向企业转移的数量有限。此外，根据《2007 年度中关村 IT 业人力资源状况调查报告》和《2008 年度中关村 IT 业人力资源状况调查报告》，2008 年 IT 行业从业人员如果要在 IT 行业创业，选择软件开发领域的人才占18.3%，这一数字比 2007 年的 35.2% 下降了近 16 个百分点；而选择软件与 IT 服务、互联网服务、网络通信技术的比例则比 2007 年有明显提高。

（4）创新团队的建设能力与园区高效发展的需求匹配程度不高。到目前为止，园区内以核心人才为中心或以专业领域为纽带的具有一定规模效应的创新团队数量仍然有限。

（5）人才国际化程度与园区国际化发展战略的匹配程度不高。其一，国际化人才数量有限，且主要集中在技术领域。而熟悉国际组织规则、适应国际竞争需要并能够解决国际争端的专门人才严重不足。截至 2009 年底，园区企业中归国留学人才 8478 人，占从业人员的 0.80%；拥有硕士以上学历者 4880 人，占从业人员的 0.46%；博士 1313 人，占从业人员的 0.12%①。其中，归国人才总量和归国硕士总量与 2008 年相比有所上涨，但是归国博士总量有所下降；同时，

---

① 《2009 年中关村一区十园主要统计数据》，http：//www. zgc. gov. cn/tjxx/nbsj/59830. htm。

2008 年这三项数据指标比 2007 年均有所下降，归国博士的数量从 2006 年开始，就呈现递减趋势。园区企业共有港澳台和外籍技术人员 7608 多人，仅占从业人员总量的 0.71%。与此形成鲜明对比的是：2000 年，华裔和印度裔工程师共掌管了硅谷约 2800 家公司；在所有公司中，平均每 4 家公司就有一家由他们掌管。美国从 1990 年开始实施专门为吸纳国外人才的 H－IB 签证（用于招聘科技人员的签证）计划，每年签发 6.5 万个，其中约有 43% 发给了来硅谷创业的外国人才。其二，园区企业的海外派出机构数量不断增加，但仍以销售为主要业务，研发中心依然在国内，因此，海外派出机构创新创业人才的能力相对较弱。

2. 创业人才的结构与园区发展战略的适应程度不高

（1）具有经营管理能力的高素质技术型创业者严重不足。国内外高科技园区发展的实践证明，具有经营管理能力的技术人才创业成功的几率明显高于其他类型的人才，对中小企业的创业者来说更是如此。在硅谷，高科技企业的管理人才都是既懂得技术又擅长管理的全才；许多人既是相关领域的技术权威或创新者，同时又具有非凡的领导才能和个性魅力。近五年来中关村园区年均消亡企业 2000 余家，消亡的一个重要原因是创业人才明显缺乏管理能力。目前，园区内电子信息、生物工程和新医药、光机电一体化、新材料、环保与资源利用五大行业中，既熟悉行业地位、了解行业国际前沿，又有能力制定行业发展战略、进而推动行业迅速发展的帅才即战略科学家极为缺乏。

（2）创业人才的产业分布不尽合理。目前，园区高新技术产业的创业人才队伍建设得到了长足发展，而为高新技术产业发展提供支持和服务的创业者则明显不足。例如，园区内知识产权保护与技术转让服务、融资服务、法律服务、财务服务和人力资源服务等方面的创业人才极为缺乏。有调查显示，80% 的企业在技术转移活动中没有利用过中介服务。但与此相比，在硅谷，为高新技术产业服务的创业人才则具有相当规模。例如，硅谷有许多为高科技公司寻找技术和投资人员的猎头公司，70% 的高级人才通过"猎头公司"调整工作，90% 以上的知名大公司利用"猎头公司"择取人才；硅谷大约每 10 个工程师就有一个律师；大约每 5 个工程师就有一个会计师。

（三）创新创业人才开发的体制机制障碍依然明显

创新创业人才队伍存在问题的根源在于体制和机制。根据国内外科技园区建设的一般规律，在园区建立与发展时期，以充分的政策支持和服务支持为基础形成的鼓励创新创业的制度环境尤为重要。目前，中关村园区创新创业人才开发政策已初成体系，基本覆盖了各类人才群体和人才开发的各个环节。但相对而言，要全面落实国家和北京市对中关村高新技术示范区的建设发展方针，支持园区创新创业人才开发的政策还需要进一步健全和完善。（1）在中国创新创业人才开发政策体系有待完善的大背景下，针对中关村园区创新创业人才开发的政策供应不足；（2）现行的创新创业人才政策缺乏不断调整的机制，发展适应性不高。其具体表现如下。

1. 创新创业人才管理体制和公共服务体系不够完善

（1）缺乏创新创业人才开发的全面系统设计。目前，以园区创新创业人才开发为对象的宏观调控、行为规范与公共服务职能（责）体系尚未形成。一方面，导致创新创业人才开发的公共政策合力不足，如户籍国籍、财税金融、社会保障、科研项目管理、事业单位用人、知识产权保护等方面的政策得不到有效整合；另一方面，导致公共服务保障能力有限，如公共服务标准体系、能力与信用评价体系、开发引导体系等尚未建立。（2）园区在创新创业人才队伍建设领域的功能定位与职责体系不够明晰，缺乏一定的制度支持。

2. 以用为本的创新创业人才培养机制尚未形成

首先，从大环境上看，高等教育体制改革有待深化。一方面，高校的专业与学科设置与园区及其他社会主体需求脱节现象还比较明显；另一方面，高校高层次人才培养的书斋化情况依然存在。其次，园区产学研一体化的创新创业人才培养层次不高。目前，园区的产学研一体化合作还基本停留在技术转让、一般技术合作开发和委托开发、互聘人才培养师资等层次上，缺乏共建研发机构、核心技术与共性技术研究的战略合作、人才定制培养和联合培养等深度合作。再次，人才继续教育缺乏有针对性和强制性的制度支持和约束。一方面，针对园区不同领域创新创业人才开发的继续教育公共平台不足，培训内容体系缺乏科学设计；另一方面，相当一部分企业在员工培训方面支出有限，一般员工接受培训的机会不多。

3. 创新创业人才吸纳和保留能力较弱

第一，中关村创新创业人才的落户政策有待调整。目前，园区内很多创新企业对引进和保留优秀业务人才需求强烈。同时，随着本科教育的快速发展和大学生就业理念的变化，应届大学毕业生落户政策对吸纳优秀创新创业人才的功能逐渐弱化。现行人才吸纳政策对应届大学生落户的保证力度较大，而对已经作出很大贡献并仍将继续发挥重要作用的优秀创新创业人才的保留和引进限制则非常严格。第二，外籍人才引进和留居限制较多。在国家层面缺乏国际通行的技术移民和投资移民政策；外籍人才就业限制较多，尤其是对内资企业使用外籍员工有很严格的限制；外籍人才在华工作的国民待遇体系和公共服务体系缺失，在园区乃至中国境内的工作、生活成本相对较高。在全球化背景下，人才、技术配置的国际化趋势日益明显。目前中关村园区以高新技术产业为主体，且有大量留学归国人员创办的企业，相当一部分企业对使用外籍员工有比较强烈的需求。因此，对外籍人才就业的政策规制需要进行必要的评估与调整。

4. 创新创业人才评价机制不健全

（1）缺乏对创新创业人才进行科学有效评价的标准体系，创新创业人才评价与其他人才评价存在一定的同质化现象。同时，缺乏对中关村园区创新创业人才评价的具体评价标准体系。创新创业人才评价标准的缺失导致人才培养、引进和激励缺乏科学依据。（2）评价的主体体系不健全，缺乏具有独立性和权威性的评价机构。

5. 创新创业人才的激励力度不足

首先，缺乏对科研院所科技人才到企业兼职兼薪的相关政策，缺乏对国有单位人员进行要素激励即知识、技术、管理参与分配的具体实施政策。其次，对要素激励，如期权所得的个税起征点、纳税额度及抵扣规定等，缺乏有国际竞争力的制度设计，实际激励作用存在衰减效应。再次，包括创新创业人才在内的科技人才待遇水平相对不高，潜心创新的驱动力不足。最后，针对高层次科技人才的补充保障和专业研修制度亟待建立。

6. 创新创业人才的市场配置能力不高

（1）人才供应主体、人才需求主体、人才流动平台机构和政府调控部门之间，还没有建立起协调合理的运行机制。针对园区创新创业人才流动与配置的专项服务和专业服务不足，致使创新创业人才供应主体和需求主体之间缺乏有效对接，市场资源配置效率不高。（2）人才单位所有现象依然存在，人才主体地位有待进一步确立，人才自由流动的障碍依然存在。（3）对人才流动导致的知识产权保护政策应用不足，致使知识产权保护乏力。

四　进一步促进中关村创新创业人才开发的对策思路

创新创业人才队伍建设是中关村园区发展的重要支撑。根据园区的发展定位

和战略目标，从当前实际出发，针对创新创业人才队伍建设存在的主要问题，借鉴国际高新技术园区创新创业人才队伍建设的经验，本着更好地为中关村园区健康发展提供有力的创新创业人才支持的宗旨，现就加强中关村创新创业人才队伍建设的总体思路、政策构建和重要举措提出如下建议。

（一）加强创新创业人才队伍建设的总体思路

1. 创新创业人才队伍建设的指导思想

当前和今后一个时期，中关村创新创业人才队伍建设要高举中国特色社会主义伟大旗帜，坚持以邓小平理论和"三个代表"重要思想为指导，深入落实科学发展观。坚持"尊重劳动、尊重知识、尊重人才、尊重创造"，着眼于建设国家自主创新示范区的目标要求和国家发挥科技对经济支撑作用的相关要求，遵循高科技园区发展规律和创新创业人才开发规律，将创新创业人才开发放在优先发展的战略位置。解放思想，放开眼界，积极吸纳国内外的相关成果，在不断完善人才开发政策和体制机制的基础上，进一步加大中关村创新创业人才队伍建设力度。以创新创业人才充分发挥作用为中心，完善、优化相关政策和制度体系，创新体制机制，实施创新创业人才集聚强化工程和定制化、应需化培养工作，大力培养、引进和用好创新创业人才。为将中关村建成以全球高端人才创新创业的集聚区、世界前沿技术研发和先进标准创制的引领辐射区、国际性领军企业和高技术产业的发展区、国家体制改革与机制创新的试验区为核心目标的国家自主创新示范区，实现中关村的科学发展提供坚强有力的人才保障。

2. 创新创业人才开发的指导方针

服务发展，优先开发。要把中关村建设国家自主创新示范区作为创新创业人才开发的总目标和出发点，突出创新创业人才在中关村园区建设中的战略性、决定性和引领性作用。确立创新创业人才在中关村园区发展和中关村人才队伍建设布局中优先发展的定位，围绕中关村园区发展战略，努力做到创新创业人才优先开发、创新创业人才结构优先调整、创新创业人才资本优先积累、创新创业人才投入优先保证。最大限度地激发人才的创业热情、创新活力，以创新创业人才优先开发来支持、引领和带动国家自主创新示范区的建设与发展。

以用为本，创新机制。遵循人才资源在使用中实现价值提升增值的规律，把用好创新创业人才作为园区创新创业人才工作的中心环节和重中之重。并以此为支点，撬动创新创业人才的培养、引进、评价、流动、激励等机制的创新，形成多点聚焦的创新创业人才开发态势。

分类实施，协调推进。充分尊重创新创业两类人才成长与开发的自身特点和规律，采取不同的开发对策和措施。与此同时，由于创新创业人才成长与开发具有相互推动和促进的作用，创新带动创业、创业促进创新，应采取联动开发的对策与措施，提高开发效率与效能。

3. 创新创业人才开发的总体目标任务

根据国家自主创新示范区建设的目标要求，在队伍建设方面，要使创新创业人才规模稳步扩大，素质不断提升，逐步建设一支符合园区发展需要、在主导产业领域具有较强国际竞争力的高素质创新创业人才队伍。具体目标包括以下几个方面：（1）要使参与国家重大专项技术攻关和在国外著名高等院校和科研院所从事前沿科学研究的专家学者，在国际知名企业和金融机构担任高级职务的专业技术人才和经营管理人才，以及拥有自主知识产权或掌握核心技术、具有海外自主创业经验、熟悉相关产业和国际规则的创业人才总量明显增加。（2）要聚集一批由战略科学家和高端领军科技创新创业人才领衔的研发团队，聚集一批由高端领军科技创新创业人才领衔的高科技创业团队，聚集一批由高端领军创业投资家领衔的创业服务团队。（3）要增强人才自主创新能力，增加自主创新成果，使拥有自主创新成果的创新创业人才的比例能够大幅度提升。（4）在体制机制建设方面，要基本建成符合发展需要的创新创业人才公共服务体系，基本形成人才培养机制、吸引与配置机制、评价机制和激励机制，逐步建成符合创新创业人才成长与开发规律的政策体系。

（二）积极构建创新创业人才队伍建设的政策体系

政策是体制机制的依托和载体，政策执行与落实的结果能够促进机制的形成和制度的完善。

1. 完善公共服务体系，优化创新创业人才管理体制

第一，加强政府公共服务职能，为创新创业人才提供无缝隙的优质服务。推进全程办事代理，实施"专项一门式"全程办事代理制；全面落实首问责任制、限时办结制、服务承诺制和责任追究制，推行"阳光政务"，加强行政效能监察。

第二，健全人力资源公共服务体系。加强对人才公共服务的整体规划和统一协调，合理分配公共资源。建立需求导向、灵活多样的人力资源公共服务供给模

式，通过民众投票、公众满意度调查等方式广泛了解企业需求。根据企业需求变化，建立公共服务的应变机制，适时调整服务供给的种类和结构。鼓励非公组织以多种方式参与公共服务。

第三，完善人才公共服务运行机制。加强与教育、公安等部门的联系与合作，共同促进公共就业服务，为创新创业人才提供全面、方便、快捷、有效的服务。

第四，营造依法、守法的法治环境。健全法规体系，加快人力资源管理法制化进程。加强人事执法监督，维护人力资源管理秩序，提高人才工作的公信力和执行力。加强人力资源法制宣传教育，普及人才法规知识，增强人才法制观念，提高人力资源管理法制化水平。建立中关村劳动人事争议调解仲裁机构，完善劳动人事争议调解仲裁工作，使权利义务、奖励惩戒、教育培训、收入分配、社会保障和工作条件等各方面的人才工作都能依法进行。

2. 改革人才培养模式，完善创新创业人才培养机制

充分发挥中关村地区得天独厚的教育和科技资源优势，促进产学研有机结合，为科技研发人员搭建创业创新平台和产学研相结合的研发孵化平台。促进园区内高校在专业设置和课程设置上与园区人才需求有效对接。以重大项目、骨干企业为依托，通过多种产学研合作模式，如企业委托高校科研机构研发，校企组建联合实验室、成立合资公司、建立技术研究开发中心，或技术许可、技术转让、技术入股等，继续推广并完善中关村开放实验室工程，使产学研合作从单一的技术合作向全方位合作转变。加快建设留学人员创业园和博士后创新实践基地，依托重点企业，增设博士后工作站。

3. 改革人才落户制度和海外留学人才引进制度，完善人才引进机制

建立适应国家自主创新示范区发展需要的户籍政策及相关配套措施。调整创新创业人才引进的政策标准，统筹毕业生落户和人才引进的户口指标配置，逐步加大人才引进的户口指标数量。放宽外籍人才在园区就业与创业的限制。扩大企业在人才引进中的自主权。简化创新创业人才引进的程序，开通绿色通道，加快相关审批速度，完善引进人才的子女就学、家属工作、社会保障等制度。对归国创业的留学人员给予特定的税收优惠。对于有突出成果的海外人才和留学人才给予与国内人才同样的物质奖励和适当的精神奖励。坚持从简单运用经济利益导向机制引智，转变到创造完善的服务环境机制引智，建立开放式社会化的人才柔性流动和远程使用机制，鼓励采取多种多样的人才引进和智力引进方法，拓宽人才和智力引进的渠道。

4. 完善使用政策，充分发挥创新创业人才的作用

（1）以能力和业绩为导向，建立科学化、社会化的创新创业人才评价机制。坚持"不唯学历、不唯职称、不唯资历、不唯身份"，制定创新创业人才评价标准体系，将工作经验、素质能力、专业水平、知识水平等作为重要评估要素。创新人才评价方式，建立健全评价委员会，推行评价社会化，引进和应用现代人才测评技术。引导用人单位，特别是非公经济组织单位重视和参加职称评定，努力提升企业人员资质，提高企业的国际竞争力。

（2）以业绩和贡献为导向，建立灵活有效的创新创业人才激励机制。建立形式多样、自主灵活、激励有效的分配制度。鼓励园区企业对创新创业人才实行智力要素和技术要素以股权、期权等方式参与收益分配的激励措施。在园区科研院所、高等院校、院所转制企业以及国有高新技术企业中，开展股权和分红权激励的试点；对承担中关村开发重点任务、重大建设项目和重要研究课题的国内外专门人才，由园区实行特殊岗位津贴制度；对中关村发展有重大创新或突出贡献的人才，实行重奖；对在技术进步、工艺革新、设备改造、传授技艺等工作中，业绩显著的高技能人才，按其创造效益的一定比例给予奖励；对有突出贡献的科技人员和经营管理人员，实施期权股权奖励、技术入股、年薪制、企业年金和人才忠诚险等多种形式的激励。

（3）建立人才资源市场化配置和政府行政调控相结合的人才流动机制。以实现园区创新创业人才价值最大化为目的，立足于中关村作为国家自主创新示范区的优势，建立国家级创新创业人才市场，为经济社会的发展提供人才交流合作的平台。打造中关村人才市场权威信息系统平台，实现人才信息资源共享。以项目合作为切入点，采取兼职方式实行科技人才流动试点，促进人才在自由流动中实现专业再集成、价值最大化，加速形成通过人才流动实现技术转移的模式。简化园区内人才流动的手续，创造人才在园区内无障碍自由流动的氛围，促进园区内外人才柔性流动。

（4）放开人才兼职和创业活动，实现人才资源社会共享。建立高校和科研院所的专业技术人才到企业兼职兼薪的管理政策，发展各种灵活用人方式。鼓励专业技术人才以各种形式进行创业。

（5）深化教学制度改革，促进创新创业人才在高校与企业之间灵活流动。改革教学制度，贴近现实的需要，培养学生创新、创造和实践动手能力；研究实

行更加灵活的学籍和学位管理制度，在校生可以申请暂停学业进行创业、工作和到其他单位学习，学校保留原学籍和学分。

（6）努力营造鼓励创新、诚实守信的创新创业人才发展环境。鼓励支持人才开展基于兴趣和探寻的自主研究活动。建立和推行创新创业人才信用制度，推行和完善相关信用产品的实施，完善竞业禁止、竞业限制的企业人才管理制度，建立企业和人才双向的诚信体系。建立讲求诚信的职业行为规范和人才信用档案。

5. 优化多元投入机制，加大创新创业人才开发力度

完善政府、社会、用人单位和个人四位一体的投入机制，加大园区对创新创业人才的投入力度。设立创新创业人才开发专项资金，列入财政预算，并随经济增长适当增加。探索创新创业人才培训投资经费抵扣制度，鼓励用人单位、社会组织对专业技术人才开发的投入，鼓励个人增加用于能力提升的投入。改变重物轻人的投入模式，保证人力资源开发优先投入。加强对创新创业人才投入资金使用情况的跟踪评估，建立投入效益评估制度和问责机制，提高投资效益。

加大规划实施过程中资源的投入。明确各部门、各单位的职责，对专门人选加强相关业务培训。加大规划实施过程中资金的投入，设立规划实施专门资金账户，根据规划的年度实施计划制定年度资金预算，保证各项规划工作所需资金事前有预算、项项有落实、额度有保障。

（三）加强创新创业人才队伍建设的若干重要举措

1. 实施创新创业人才集聚强化工程

加快引进各类紧缺人才。在信息技术、生命科学、环境科学、材料科学等领域吸引战略科学家及其团队；在核心电子器件、下一代互联网、高性能计算机、新能源和新材料等领域聚集和培育一批高科技创新创业团队；在创业投资、金融、法律、财务、知识产权、管理咨询、专业培训、猎头等领域聚集和培育一批创业投资家和科技中介人才领衔的创业服务团队。

2. 实施多样化的引智计划

鼓励以短期服务、承担委托项目、合作研究、技术入股、承包经营、人才租赁等方式灵活引进国内外智力。

开展决策咨询引智。通过官产学研四结合，融智借脑，开展重点、热点、难点决策咨询活动，解决经济社会发展、产业发展和城市建设管理等方面遇到的难题。

通过项目协作引智。与国内外著名高校、科研院所和跨国公司建立长期共建协作关系，建立多形式、多层次的科研、生产、经营和服务联合体，采取合作研究、联合攻关等多种形式共同研发高新技术项目，解决在重大科研、支柱产业以及成果转化等方面的难题。

通过成果转化引智。吸引有开发价值的高科技成果落户中关村，通过智力成果的转化与应用，优化产业结构，提高企业科技含量，培育新的经济增长点。

3. 实施"定制化"创新人才培养计划

实施短缺专业人才"预定"。根据产业特点和发展需求，向高等院校预定所需专业人才，重点扶持一批与中关村产业特点相适应的优势发展专业，大力培养应用型专门人才。同时，实施紧缺人才"预购"。根据需要有选择地资助一批高校在读大学生和研究生，签署"预购订单"，使他们毕业后服务于中关村建设。与各高等院校学生就业指导中心合作建立引进人才联络处，通过讲、教和重点资助的方式来拓展人才获取渠道，使园区范围内甚至整个京津地区的高等院校成为中关村长期稳定的人才供应基地。

4. 实施"应需化"创新人才培训计划

根据经济发展对技能型人才的要求，重点发展与支柱产业相适应的职业教育和职业技能培训。

加强中关村职业技能培训机构建设。针对目前企业高技能人才短缺问题，建立以政府为主导、以其他培训机构为补充、以职业资格培训为特色的就业培训体系，大力发展职业技术培训。加强中关村职业技能培训，对园区在职人才和进入开发区的新生人才进行技术培训。

加强公共实习实训基地建设。充分发挥园区内高校集中的优势，建立"大学生实习创业基地"，通过校企合作的方式进行人才培养。鼓励大学生利用假期在园区内实习，加快大学生从成绩优秀学生向工作优秀员工的转变，使其迅速适应实际工作需要。

5. 实施创新能力提升计划

着力提升企业经营管理人才的市场竞争能力。加快培养一批具有战略思维、全局意识和创新精神，在资本运作、科技管理、项目管理、经济管理方面有杰出才能的复合型企业经营管理人才。每年有重点地选送高级企业经营管理人才到国内外著名高校、科研机构和相关行业的大企业学习培训。特别是学习国外企业的运作模式和管理方式，以增强自身的国际化意识和市场竞争能力。

着力提升专业技术人才的自主创新能力。以培养青年学术技术带头人和创业创新型人才为重点，开展多元化的专业技术人才培训，及时优化其知识结构，着力提升其专业水平和创新能力，鼓励他们开展科技创新和技术攻关。每年选派学术技术实绩突出、有发展前途的中青年专业技术骨干到国内外高等院校进修或到优秀企业培训学习。针对重点产业发展需要，邀请国内、省内优秀技术专家和学者讲学，开展有针对性的技术培训。积极开展与其他国家基于相关产业合作的互派人才服务，在人力资源合作中提升人才的国际化水平和自主创新能力。

着力提升技能人才掌握新技术和实用技术的能力。采用校企合作、定向培养等灵活多样的现代培训方式，培养发展急需的技能型人才。突出企业作为高技能人才的培训主体作用，强化岗位技能培训，发挥高级经营管理者、高级工程师和高级技师的传帮带作用。实施"岗位成才示范工程"、"名师带徒样板工程"和"技术岗位对接工程"等，重点培养造就一支既掌握高超技能，又掌握现代科学知识和前沿技术，能够对企业经营管理体制、工艺设备进行革新改造的高素质、高技能人才队伍。

着力提升党政人才的管理创新能力。坚持以能力建设为导向，加强政治理论和专业管理理论培训，特别是对科学发展观和高科技企业经济管理知识的学习。进一步提高管委会的行政效能和专业管理水平，培养一批熟悉国际规则，具备跨文化沟通能力、国际交流与合作能力以及创新创业管理能力的高素质党政人才。

6. 建立人才信息资源网络和基于中关村重点产业发展的专业性人才数据库

建立人才预警预报机制，促进人才信息共享，积极应对人才竞争。设置以支柱产业、优势企业、科技发展主攻方向为重点，以学科带头人、技术研发人才为对象的人才动态信息系统。对急需并易流失的创新创业人才，运用现代信息技术，定期加以分析，及时发出分级信号警报。

7. 研究适合中关村特点的创新创业人才发展指数

研究并定期公布人才队伍指数和人才工作与环境指数，评估创新创业人才资源整体发展情况。创新创业人才队伍指数应包括年龄指数、学历指数、职称指数、人才综合指数（健康、心理、满意度等指标）等，主要体现创新创业人才自身的特点和一定时期内的状况。创新创业人才工作与环境指数应包括人才流动指数和人才紧缺指数等，反映人才分布、流动的特征和趋势。建立中关村创新创业人才发展指数，可以帮助企业和个人及时了解园区内人才状况，引导人才合理流动，实现人才资源效用最大化；也可以作为管委会制定相关人才政策措施的依据，使决策更加贴近园区发展的需要，能够随经济发展及时更新调整。

8. 培育中关村文化

在完善优化体制机制的同时，强化政府及相关组织的服务意识，规范其管理与服务行为，努力为创新创业人才提供良好的政策环境与服务环境。加大对优秀创新创业人才的宣传力度，使园区乃至全社会充分认识创新创业人才开发对园区、北京市和国家发展的战略作用，逐步形成尊重创新创业人才、崇尚创新创业行为的社会氛围，努力营造"以人为本、宽容失败、志在领先、良性竞争"的文化氛围。

Report on Construction of Creative and Pioneer Talents in Zhongguancun

Wu Degui   Liu Yanliang   Li Zhigeng   Chen Jianhui

Abstract：Creative and pioneer talents are the key force of the development of Zhongguancun National Innovation Demonstration Zone. The high positioning of "National Innovation Demonstration Zone" greatly enhances the urgency to develop creative and pioneer talents in Zhongguancun. In this paper, the author firstly elaborates the connotation of creative and pioneer talents, then, analyzes research aspects about creative and pioneer talents team building, current situation and main problems of talents development. Finally, the author proposes several suggestions to strengthen the construction of creative and pioneer talents team.

Key Words：Zhongguancun；National Innovation Demonstration Zone；Creative and Pioneer Talents；Talent Development

B.10

"绿色北京" 人才支撑工程建设问题研究

邵志清　徐学才　曾金蒂*

摘　要： 绿色北京建设对首都人才发展工作提出了更高的要求。本文系统阐释了绿色北京的内涵和演变趋势，并定性分析了绿色北京建设对人才的需求，最后提出"绿色北京"人才支撑体系建设总体思路、战略原则、战略目标以及加快"绿色北京"人才建设和发展的重大任务和政策措施。

关键词： 绿色北京　绿色人才　人才支撑工程

绿色北京建设是对绿色奥运理念的巩固、丰富和发展，是贯彻落实十七大关于"生态文明建设"的要求，积极应对全球气候变化与资源环境约束新挑战，示范履行国家节能减排的国际承诺，加快转变发展方式，推动首都经济社会又好又快发展，实现首都人口、资源、环境协调发展的重要手段，是推进首都生态文明建设的重要载体，也是建设世界城市的重要前提和基础。

2010 年 3 月，北京市正式颁布实施《"绿色北京"行动计划（2010～2012年)》。和其他领域一样，绿色北京建设需要与之相适应的人才队伍保障。绿色奥运理念的实践，培养和引进了一大批高水平和高素质的专业人才，为推进"绿色北京"建设打下了坚实的人才基础。然而，随着首都瞄准世界城市的建设和发展，特别是面临国内外环境压力和首都自身人口资源环境与发展的挑战，绿

---

* 邵志清，高级工程师，原北京市经济与社会发展研究所副所长，现任北京世界银行、亚洲发展银行贷款项目领导小组综合办公室主任，北京二十一世纪议程工作办公室主任，北京市宏观经济学会副秘书长。长期从事领导和组织宏观战略、区域发展、可持续发展、体制改革、社会问题与政策等领域研究工作。徐学才，北京师范大学资源学院博士研究生，北京市经济与社会发展研究所助理研究员，主要研究方向为资源经济与管理、经济社会可持续发展研究。曾金蒂，经济学硕士，北京市经济与社会发展研究所投资与消费部助理研究员，主要研究方向为综合规划、政府投资及房地产市场研究。

色北京建设必将是一个长期的、循序渐进的过程，其内涵和建设的重点必将也是一个丰富和发展的过程，对人才的需求也必然呈现出高端化、国际化、复合化的、动态的需求特征，同时对首都人才发展工作也必然提出了更高的要求。

因此，本文将依据《国家中长期人才发展规划纲要（2010～2020年）》，按照《首都中长期人才发展规划纲要（2010～2020年）》中关于"绿色北京人才支撑工程建设"的有关要求，结合《"绿色北京"行动计划（2010～2012年）》的重点任务、重大工程以及到2020年绿色北京建设的远景目标对人才建设和发展的需求分析，立足近期，着眼长远，提出"绿色北京"人才支撑体系建设总体思路、战略原则、战略目标以及加快"绿色北京"人才建设和发展的重大任务和政策措施。

一 "绿色北京"建设内涵及其演变趋势

（一）"绿色北京"建设是对"绿色奥运"理念和成果的传承与发展

奥运成功申办以来，北京市认真贯彻"绿色奥运"理念，以加快产业结构调整为主线，以重大生态环境工程建设、重点污染源综合治理为重点，以创新体制和机制为动力，以动员居民广泛参与为基础，同时综合运用法规约束、机制引导、监督监察、重点示范等多种措施，努力推动企业的生产模式和居民的消费模式向更加节能环保的方向转变，这主要体现在以下几个方面。

（1）产业结构调整取得重要成效，在全国率先进入服务经济时代，并呈现高端化、知识化、服务化和集群化发展态势。"三、二、一"的产业格局和服务主导型经济特征不断巩固，2009年第三产业增加值占GDP比重达到75.5%，比2001年提高了8.5个百分点，对经济增长的贡献率达到73.1%。现代服务业、高技术产业、现代制造业成为支撑经济增长的主导力量。2008年，以金融产业、信息服务、文化创意、科技研发等为代表的现代服务业占地区生产总值的比重接近50%。中关村科技园区等六大高端产业功能区以占全市7%的平原面积支撑了32%的从业人员、44%的资产总量，创造了44%的工业增加值、68%的信息服务业增加值、66%的金融业增加值、41%的科技服务业增加值、40%的GDP贡献率、48%的利润和42%的税金，形成了各具核心产业优势和特色的高端产业集群，成为引领北京市产业发展的核心集聚区和重要增长极。

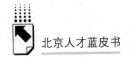
（2）经济对资源环境的依赖程度明显减弱，低消耗、低排放的增长模式基本建立，经济增长质量和效益显著提高。2001～2009年万元GDP的能耗和水耗变化呈现双双快速下降的趋势。万元GDP能耗从1.14吨标准煤下降到0.54吨标准煤，下降53%；万元GDP水耗从104.9立方米下降到29.92立方米，下降71.5%，能源和水资源利用效率迅速提高。

（3）生态环境质量显著提升。2009年，二级和好于二级以上的天数由2001年的185天提高到285天，其占全年的比例增加了24.2个百分点；污水处理率由42%提高到80.3%，再生水利用率达到50%以上，形成了"三环碧水绕京城"的良好水环境；城镇绿化覆盖率达到44.4%，全市林木绿化率达到52.6%，城镇人均公园绿地面积14.5平方米，分别比2001年提高5.6个、8.6个百分点和3.8平方米。

（4）居民绿色消费和保护环境意识明显提高并转化为广泛的自觉行动。居民绿色消费模式和低碳生活方式正在逐渐培养和形成。调查显示，近50%市民在日常消费活动中会有意识地选择未被污染或有助于公众健康的绿色产品；近40%居民自觉对日常生活垃圾进行分类投放；自愿低碳出行方式日渐流行，公共交通出行率达40%①。全社会的绿色消费与环境保护意识显著提升。据中国环境文化促进会对全国31个省会城市的居民环保意识、环保行为排名结果显示，2007年北京的居民的环保意识和环保行为分别排在全国省会城市的第三和第一。调查显示，2009年有23.3%的市民参加了自发组织的环保活动，比2005年的16.8%明显提高；80%多的市民表示愿意成为环保志愿者。

总之，绿色理念在首都经济社会各个领域和居民的生活中逐步体现；进入后奥运时代，不期而遇的国际金融危机及其随后的演变给首都经济社会发展带来很大不确定性的外部环境影响；与此同时，转变发展方式既面临发展和保护的两难选择，也需要率先履行来自国家节能减排承诺背景下的首都责任和义务，因此，能否继承和发展好绿色奥运的成果、为建设和谐宜居城市打好基础，仍然面临巨大的挑战。

一方面，首都发展面临的资源环境约束问题依然严峻。首先，尽管目前人均

① 资料来源于北京市统计局和国家统计局北京调查总队。《"绿色北京"行动计划（2010～2012年）》正式对外发布后，北京市统计局和国家统计局北京调查总队开展了一次主题为"市民对'绿色北京'的参与行动和评价"的调查，从绿色消费、生态环境质量、资源能源利用效率等方面，了解市民的环保参与行动、对现状的评价及未来预期。

GDP 已超过 1 万美元，在全国 31 个省、市、自治区（不含港、澳、台地区）中仅次于上海，率先进入了从中等发达城市向发达城市迈进的新阶段。但是，与东京、纽约、伦敦等世界大城市相比还存在着明显差距。"十二五"乃至未来相当长的一段时期，发展仍然是第一要务。然而，作为一个资源极度紧缺的特大型首都城市，长期形成的发展与人口、资源、环境之间的矛盾始终没有得到有效缓解。2008 年，北京经济超载 1912 亿元，人口超载了 334 万人，超载率分别达到 22.3% 和 24.6%①。不仅如此，从 2001~2008 年人口增长情况来看，流动人口对北京市人口规模增长的贡献率超过 60%，占绝对主导地位。而从全国城市化率和人口迁移规律看，未来北京仍然是吸引人口的高地，有关预测显示②，到 2015 年、2020 年，常住人口将分别达到 2100 万人和 2250 万人。由此可见，随着未来城市人口和经济规模的持续扩张，这一矛盾将更加突出。

另一方面，尽管对概念、体系还存在诸多争议，但生态环境安全作为一种思想、意识、新的价值观和非传统的安全观，已经开始在世界范围内得到许多国家的认同与采纳。为积极防范全球气候变化可能带来的冲击，2009 年 11 月，中国正式提出了"到 2020 年单位国内生产总值二氧化碳排放比 2005 年下降 40%~45%"的目标，并将其作为约束性指标纳入国民经济和社会发展中长期规划。北京作为全国第二大能源消费城市，尽管近年来节能减排工作走在全国前列，但考虑到北京市已经形成服务经济主导的产业结构特征，未来一段时期通过产业结构调整及关、停、并、转等途径进行减排的潜力、空间都十分有限，进一步大幅控制和削减污染物排放总量的难度将明显加大。

正基于此，北京市委、市政府顺应新阶段新形势发展新任务，提出要尽快把奥运三大理念转化为首都发展的新理念，落实建设"人文北京、科技北京、绿色北京"的战略构想。从"绿色奥运"到"绿色北京"绝不是简单的套用和照搬，而是着眼于新时期、新要求对"绿色奥运"理念的科学的丰富、升华和发展，凝聚了七年"绿色奥运"实践的经验和智慧，蕴含着对科学发展观的新认识、新理解、新体会，体现着首都发展的新理念、新思路、新战略。这既是对"绿色奥运、科技奥运、人文奥运"三大理念的无缝传承，更是一种丰富和发展。

---

① 杨开忠、邵志清、于萌、徐学才等：《首都人口、资源、环境、发展和谐问题与战略研究》，《决策要参》2007 年第 13 期。

② 资料来源于《首都经济社会发展人才需求和发展目标研究报告》，北京市经济与社会发展研究所，2008。

（二）"绿色北京"建设是一项系统的战略工程

1. "绿色北京"与"人文北京"、"科技北京"一起共同构成了未来一段时期引领首都经济社会发展的重大创新战略集成

从三大战略的具体内涵看，侧重点各不相同，"人文北京"建设偏重于发展社会事业、改善民生和建设文化中心；"科技北京"建设偏重于科技进步、创新支撑和建设国家创新中心；"绿色北京"则偏重于生态文明、环境友好和建设绿色现代化城市。但从三大战略的内在联系看，它们又互有交叉、相互支撑、相互作用，共同构成科学发展的有机整体。"人文北京"是"科技北京"和"绿色北京"建设的最终目标，体现首都实现可持续发展归根到底是为了提高人们的生活质量，促进人的全面发展。"科技北京"是推动"人文北京"和"绿色北京"建设的重要手段，只有切实把经济发展转变到依靠科技进步、劳动力素质提高、管理创新的轨道上来，才能实现首都的可持续发展。而"绿色北京"则是实现"人文北京"和"科技北京"的重要基础和保障，是建设繁荣、文明、和谐、宜居的首善之区的题中应有之义，只有把首都城市发展放在生态文明、绿色发展的基础上，才能实现以人为本的科学发展。因此，"绿色北京"建设既是一项相对独立的工程，又是一项需要站在经济社会发展的高度上去看待的，涵盖人文、科技和生态的系统工程，其所需人才也应是涵盖各个领域的全面、系统的人才。

2. "绿色北京"建设既是目标也是过程，其战略内涵是通过绿色生产、绿色消费和绿色环境三大体系建设，逐步缓解首都发展与人口资源环境的矛盾，不断增强首都可持续发展的能力

（1）绿色生产是"绿色北京"建设的前提和基础。虽然北京市能源和水资源利用效率在国内已经处于领先地位，但与几个主要发达国家（地区）相比仍然存在较大的差距（2008年北京市万美元GDP能耗相当于2005年美国、英国、法国、德国、日本和香港地区的2～4倍，万元GDP水耗相当于香港地区和新加坡2005年的5～6倍，相当于法国、英国、日本和以色列20世纪90年代初或中期的1.1～3.4倍）[①]。作为一个能源对外依存度高达90%以上和水资源严重短缺、环境保护压力日益加大的特大型首都城市，实施绿色生产已势在必行。因此，加快调整产业结构和转变经济发展方式，建立绿色产业体系；构建与城市功

---

① 邵志清、徐学才、杨小兵等：《北京市产业战略问题研究》，2009。

能有效耦合的绿色产业空间布局，缓解中心城区人口产业过度超载压力，提高产业效率；以资源节约和提高利用效率为核心，改造升级绿色产业等也成为绿色生产的应有之义。

（2）绿色消费是"绿色北京"建设的重要环节。从经济增长的驱动力角度看，20世纪末期的最后几年，北京市经济增长已经实现了由投资和消费双轮驱动的转变（1998年，投资率：消费率＝50.5%：49.5%），到2008年，消费比投资对经济增长的贡献率高出15个百分点（投资率：消费率＝42.4%：57.6%）[1]，按照罗斯托的"六阶段划分"[2]，北京市正处于由成熟阶段向消费阶段过渡时期[3]。可以预期的是，进入"十二五"以后，绿色消费模式的选择不仅对保持首都经济持续稳定的增长而且对经济增长的质量都有着极其重要的影响。这不仅要着力打造绿色政务、倡导绿色商务，还要从"衣、食、住、行"各个方面改善公众消费观念，倡导绿色生活方式，引导绿色消费行为，营造绿色生活氛围。

（3）绿色环境既是绿色生产和绿色消费的成果体现，也是"绿色北京"建设的重要环节。北京市生态环境已基本形成"山区绿屏、平原绿网、城市绿景"三道绿色生态屏障，垃圾、污水处理能力显著增强，农村五项基础设施和"三起来"工程全部完成，城乡面貌有了翻天覆地的改变。但与打造宜居的世界城市目标相比，差距仍十分明显。三大生态屏障需要进一步优化，水生态系统仍需要加快建设，城市水资源水质需要改善，垃圾问题解决难度日益增大，绿色环境建设任务仍十分繁重。

（三）"绿色北京"建设是一个动态的发展过程

随着发展阶段和发展环境的变化，"绿色北京"建设阶段性目标和任务呈现动态变化、不断丰富和发展的特征。依据《"绿色北京"行动计划（2010～2012年）》中关于"绿色北京"建设进度的安排，未来"绿色北京"建设可以划分为两个阶段。

---

① 邵志清、徐学才等：《首都经济建设与可持续发展有关问题探讨》。
② 罗斯托根据对已经完成了工业化的一些国家的经济增长过程所做的研究结果。他归纳出一个国家或地区的经济成长有六个阶段，即传统社会阶段、为起飞创造前提条件阶段、起飞阶段、成熟阶段、消费阶段和追求生活质量阶段。
③ 邵志清、徐学才、杨小兵等：《北京市产业战略问题研究》，2009。

（1）从现在到 2012 年，是为"绿色北京"建设打基础的阶段。这一阶段的主要任务与目标是通过实施"清洁能源利用工程"、"绿色建筑推广工程"、"绿色交通出行工程"等九大工程，初步构建起绿色生产、消费与环境体系，达到"绿色生产特征进一步凸显、绿色消费体系进一步完善、生态环境质量进一步改善、资源能源利用效率进一步提高"的目标，为北京建设绿色现代化世界城市奠定坚实基础。

（2）从 2013 年到 2020 年，是实现"绿色北京"建设蓝图的关键阶段。这一阶段的重点任务与目标是：进一步完善绿色生产、绿色消费与绿色环境体系，促进经济发展方式转型升级，全面弘扬绿色消费模式和生活方式，基本实现生态环境的宜居，将北京初步建设成为生产清洁化、消费友好化、环境优美化、资源高效化的绿色现代化世界城市。

二 "绿色北京"建设人才需求问题研究

（一）人才是"绿色北京"建设的核心驱动要素和关键主导力量

"绿色北京"建设人才是指具有一定的专业知识和专门技能，进行创造性劳动并对绿色北京建设作出贡献的个人或群体。与其他领域的人才一样，绿色北京人才是推动绿色北京建设的第一要素资源，二者之间表现为适应和引领的双重关系。一方面，在不同的发展阶段和建设目标条件下对人才资源的需求总量和结构有所不同；另一方面，人才养成有利于引领绿色北京的建设，并促进其向更高的目标演进。由于绿色北京建设不仅是一个复杂的系统，更是一个动态发展的过程，因此，对相应人才的需求也表现出多元化、多层次、多维度且动态变化的明显特征。尽管如此，从更加全面和更长时间尺度的视角考察，"绿色北京"建设根本途径在于加快转变发展方式，全面增强发展质量、发展要素、发展动力和发展格局的协调性[①]，而转变发展方式的关键和核心在于提高自主创新能力、提高劳动生产率，促进经济增长由主要依靠增加物质资源消耗向主要依靠科技进步、

---

① 发展质量的协调性是指速度、结构、效益之间的协调性，发展要素的协调性是指人口、资源、环境之间协调性，发展动力的协调性是指投资、消费、出口之间的协调性，发展格局的协调性是指城市、农村、区域之间的协调性，其中发展要素的协调性，就是要努力实现人口、资源、环境相协调。

劳动者素质提高和管理创新转变，而拥有与之相适应的高素质人才队伍是实现发展方式转变的核心驱动要素和关键主导力量。

1. 提高人口人才化水平是提高劳动生产率的先决条件

人口系数[1]是反映一个国家（地区）经济发展对人口依赖程度的重要指标，其数值越高表示经济发展对人口依赖程度越高，反之则越低。从国内外对比来看，尽管北京的人口系数近年来呈现下降趋势，但是总体依然偏高。2008 年，北京的人口系数为 0.161，是 2003 年法、德、英、美、日等发达国家的 3～5 倍，相当于 2003 年高收入国家平均水平的 3 倍左右；即便与香港地区相比，仅相当于其 20 世纪 90 年代初期水平。可见，与国内外先进水平相比，北京市经济发展仍然是人口依赖型的，亦即对于某一等量的发展，北京市相对需要更大的人口投入。

从人口系数的各项决定参数来看，人口系数由人口负担系数、劳动人口就业参与率以及社会劳动生产率三个参数决定。其中，与人口负担系数成正比，与劳动人口就业参与率和社会劳动生产率成反比。从国际对比来看，北京的劳动人口就业参与率是较高的，仅略低于日本；人口负担系数也处于较低水平。然而，社会劳动生产率却只有英、德、日、法、美等发达国家的 1/7～1/8（韩国的 1/3 左右）。这表明，社会劳动生产率低是北京市经济发展人口依赖程度高的关键决定因素。加快降低北京市发展对人口增加的依赖程度关键在于提高劳动生产率。

劳动生产率是指人们在生产中的劳动效率，反映劳动者在一定时间内创造使用价值的能力。劳动生产率的状况是由一个国家（地区）的社会生产力发展水平决定的。具体说，决定劳动生产率高低的因素主要是"劳动者的平均熟练程度"[2]、"科学的水平在工作中应用的程度"以及"自然条件"，而这三个因素中，除了"自然条件"外，其他两个因素都与"人"有关，尤其是与"人才"有直接的关系。这是因为，相较于普通劳动力而言，人才可以在生产过程中通过

---

[1] 人口系数是指一个国家（地区）每万元 GDP 所承载的常住人口数。计算公式：人口系数 = 人口/GDP =（人口/适龄劳动人口）×（适龄劳动人口/从业人口）×（从业人口/GDP）=（人口负担系数 +1）×（1/劳动人口就业参与率）×（1/社会劳动生产率）。从上述计算公式中可以看出：人口系数与（人口负担系数 +1）成正比，与劳动人口就业参与率、社会劳动生产率成反比。见《决策要参》2006 年第 13 期，北京市经济与社会发展研究所、北京大学首都发展研究院联合主办。

[2] 不仅指劳动实际操作技术，而且也包括劳动者接受新的生产技术手段、适应新的工艺流程的能力。

更有效地掌握科学技术、熟练地运用各种复杂的机器设备，提高物质资源的使用效率，节省和替代投入到生产过程中的人才资源和物质资源的数量，并使两者更有效地进行结合，最终实现劳动生产率的提高。正如诺贝尔经济学奖得主、美国经济学家贝克尔（Gary S. Becker）所言，"现代世界的进步依赖于技术进步和知识的力量，但不是依赖人的数量，而是依赖人的知识水平，依赖高度专业化的人才"。根据中国 1978～2003 年的数据统计显示，人才数量每增长 1 个百分点可以拉动劳动生产率提高 0.9 个百分点。所以，提升首都的劳动生产率，大力培养和凝聚一批人才无疑是一条重要的途径。

对北京而言，过度依靠外部引进的方式来增加首都人才总量，将使北京面临更加严峻的资源环境压力。作为全国的科技、教育和文化中心，北京拥有丰富的教育培训资源，具有自主培养人才的实力。因此，妥善处理好增加人才数量与控制人口规模过快增长的矛盾，必须加大本地人口的培养、培训力度，提升户籍人口素质，同时优化外来人口结构，提高迁入人口中的人才比重等，着力提升首都的人口人才化水平，不断增加首都人才数量，为劳动生产率的提升奠定基础。

2. 人才是进一步提升城市自主创新能力的重要支撑

增强自主创新能力，是首都在新的发展阶段面临的重要战略任务。从北京的发展现状来看，未来的北京不可能主要通过低成本战略建立自己的竞争优势。一方面，虽然与纽约、东京、伦敦等全球主要国际城市相比，北京可利用的劳动力、土地、环境服务等生产要素价格相对低廉，但在国内，北京则已经是要素价格最高位地区，处于劣势地位；另一方面，尽管重工业化仍然是全国经济发展的重要方向，但北京已进入后工业化时期，服务业已占全部经济活动的 70% 以上，在利用大工业生产的内部规模经济获取低成本方面处于比较劣势。与未来建设世界城市的目标相比，北京的发展任务依然任重道远。在这种情况下，北京只有通过差别化战略即产品和服务的差别化来继续保持自己的竞争优势，而差别化的来源则在于创新。这就是说，为了在市场全球化条件下获取竞争优势，北京经济内在地要求进一步转向创新驱动。

事实上，为了提升自主创新能力，北京市委、市政府已分别于 2006 年、2007 年、2008 年公布了《关于增强自主创新能力建设创新型城市的意见》、《关于大力推进首都学习型城市建设的决定》、《北京市中长期科学和技术发展规划纲要（2008～2020 年）》，明确了到 2020 年把北京建设成为"以创新驱动发展的国际先进的创新型城市"的目标。

国内外发展实践证明，作为知识载体的人才是提升自主创新的前提和保证，是推动创新型国家/城市建设的第一驱动力。因此，要让北京成为引领中国自主创新发展的先锋和连接全球创新网络的重要节点，必须培养和凝聚一批高层次、具有创新创业精神的人才。

3. 人才是推动产业结构优化升级的重要驱动力

现代经济理论与区域发展实践表明，人才资源要素在产业发展中日益趋于核心地位。以人才结构优化支撑和引领产业结构升级，已成为推动经济转型升级的最佳路径。世界闻名的硅谷高科技园成功的主要原因之一就是硅谷拥有丰富的人才资源。世界上诺贝尔奖的获得者有近1/4在硅谷工作，该地区有6000多名博士，占加利福尼亚州博士总数的1/6。印度软件业能够迅猛发展，一跃成为世界第一大软件出口国，最主要的也是得益于其人才战略的成功实施。而北京的中关村电子信息产业的崛起，也是一个产业因人才而兴的成功例子。

目前，北京市已经进入服务经济主导的后工业化时代。未来一段时期，按照走高端产业之路的要求，以文化创意、金融、信息技术等高端产业为代表的服务型经济将成为未来北京市经济社会发展的主要驱动力。适应产业结构调整需要，人才结构的战略性调整势在必行，而且比以往任何时候更重要、更紧迫。

（二）"绿色北京"建设人才需求预测

1. 分析思路

关于绿色北京人才界定范围，依据《国家中长期人才发展规划纲要（2010～2020年）》对人才的定义和《首都中长期人才发展规划纲要（2010～2020年）》中"绿色北京人才支撑工程"任务要求，结合《"绿色北京"行动计划（2010～2012年）》总体目标和近期重点任务安排，笔者倾向于从狭义的视角来界定绿色北京建设人才，即指具有一定的专业知识、技术和专门技能，并在绿色生产体系、绿色消费体系和绿色环境体系建设中作出直接贡献的个人或群体。

就本文而言，由于绿色北京建设人才本身仅是一个政策概念而不是一个统计概念，其定义范围没有一个约定俗成和大家公认的范围，而且没有现成的有关现状与历史的调查或统计数据可供引用。因此，基础数据的建立就存在一定程度的不确定性，对绿色北京人才建设需求进行定量预测存在着很大的难度。

从实际调研情况来看，由于绿色生产、消费和环境这三大体系建设涉及国有、股份和民营生产部门、不同层级和类型的政府管理部门及社会团体、不同性质的事业科研单位、不同层级和类型的环境建设部门等，除环境管理和建设部门、专门从事环境及资源领域工作的社会团体和组织、专门从事资源及环境领域研究的专业性科研机构以外，在其他部门、行业和领域，对为绿色北京建设直接作贡献的人才无法进行独立的统计，即要进行相关定量预测，无法保证准确的基础数据作为支撑。由于绿色北京建设是一个动态的发展过程，随国内外环境影响以及首都经济社会发展的变化，对绿色北京建设人才的需求在范围上、层次上都存在相当程度的需求量和需求变数。因此，尽管笔者无法准确预测未来绿色北京建设人才需求总量，但是仍然可以得出一个基本判断：绿色北京建设人才需求总量必将随着首都经济社会的发展而不断扩大，而且人才需求结构总体表现为随着绿色北京建设的任务和目标的升级而呈现出高端化、集群化、国际化和复合化的发展趋势。

基于上述原因，本文将主要采取定性预测的方法，立足于城市功能定位与发展目标、经济社会发展趋势和人才自身发展规律，同时充分结合绿色北京建设的内涵及演变趋势，重点围绕三大体系建设的目标和任务，提出人才需求类型结构。

2. 类型需求分析

人才是推动绿色北京建设的核心驱动要素和关键主导力量，这突出体现在绿色北京建设进程中，一方面需要合适的人才来支撑，另一方面，需要引领性人才推动绿色北京建设向更高目标演进。从绿色北京建设过程来看，尽管在不同发展阶段重点任务有所不同，但绿色生产、绿色消费和绿色环境三大体系建设应该会贯穿绿色北京建设的全过程。因此，"绿色北京"建设对人才的需求也大体分为三类。

（1）服务绿色生产体系建设的人才队伍。绿色生产体系建设主要包括发展高端产业、促进生产过程清洁化与产品输出绿色化、培育绿色产业三个重点环节①。其本质要求就是实现这一目标的根本途径在于发挥人才及其所掌握的技术在生产全过程中的"去物化"作用，以降低生产过程中的物质资源（包括土地、水、能源）和政策依赖成本，提高劳动生产率和市场竞争力。从今后几年重点任务来看，绿色生产体系建设人才需求主要集中在发展高端产业的产业人才队

---

① 《"绿色北京"行动计划（2010～2012年）》。

伍、促进生产过程清洁化与产品输出绿色化的专业及管理人才队伍、培育绿色产业专业人才队伍三方面（见表1）。

（2）服务绿色消费体系建设的人才队伍。根据绿色消费体系建设的目标任务与重点，对人才的需求主要集中于打造绿色政务、倡导绿色商务、营造绿色生活三方面（见表1）。

表1　绿色北京建设人才需求类型

领　　域		人才需求类型
绿色生产体系建设	发展高端产业	1. 金融、信息、科技、商务、流通等生产性服务业人才
		2. 文化艺术、新闻出版、影视动漫、广告会展等文化创意产业骨干人才
		3. 医疗保健、体育健身、社区服务、教育培训等生活服务业人才
		4. 节能环保技术服务、生态工程咨询、碳交易等低碳服务产业人才以及总部经济经营与管理人才
		5. 电子信息、汽车、装备制造、生物医药等现代制造业专门人才
		6. 现代都市工业人才
		7. 移动通信、数字电视、液晶显示、集成电路、新能源汽车、成套装备、轨道交通、新型疫苗、医疗器械等产业专门人才
		8. 新技术、新产品研发设计、品牌营销人才
	生产过程清洁化与产品输出绿色化	1. 生产全过程绿色管理人才、绿色产品开发人才、绿色采购人才、绿色包装研发人才以及绿色标志认证人才
		2. 清洁生产审核、审计人才
	培育绿色产业	1. 电动汽车、新型电池等新能源技术开发、研制人才
		2. 污水及固体废物处理等环境技术与装备制造人才
		3. 以生物质能利用技术、核电高端技术为代表的关键技术研发及工程服务人才
		4. 籽种农业专业人才、休闲及科技农业管理人才
		5. 花卉产业、特色果品、有机蔬菜和农产品加工、销售人才
		6. 生态有机农业及循环农业人才
绿色消费体系建设	打造绿色政务	1. 绿色标准研究、制定，政府绿色采购政策研究及绿色办公标准、指南、管理政策的研究专业人才
		2. 利用网络和现代化通信技术建设政务信息资源共享交换平台的研发、应用、培训和服务人才
	倡导绿色商务	1. 产品宣传推广、营销模式、售后服务以及商品附属资源的回收循环利用等绿色营销人才
		2. 现代物流技术与节能设备发展应用人才
	营造绿色生活	1. 绿色市场服务人才
		2. 进行绿色理念、生活方式及消费宣传、引导的教育培训人才

续表

领　　域		人才需求类型
绿色环境体系建设	完善绿色空间	1. 城乡园林绿化、农村村落环境综合整治人才
		2. 荒山绿化、废弃矿山生态修复、风沙治理等领域工程技术人才
		3. 生态修复的环境科技研究人才、工程管理人才
	改善水域环境	1. 水源地保护区内垃圾集中处理和农户厕所改造、生态清洁小流域综合治理等水源地保护领域;2. 雨洪利用与防洪减灾体系建设、发展水岸经济、道水环境综合整治以及湿地资源保护等涉及水系服务功能领域;3. 水污染治理、水岸整治以及水岸景观建设等美化城市水体景观相关领域
	加强污染防治	1. 汽车尾气、施工扬尘、裸露农田风沙源治理等大气污染治理专业人才
		2. 声环境功能区划调整政策制定及餐饮业、娱乐业、商业、交通等噪声污染源控制专门人才
		3. 建筑结构和室内供热、制冷等系统的合理适用设计及活性炭吸附等室内空气改进净化技术研究人才

（3）服务绿色环境体系建设的专业技术人才队伍。绿色环境体系建设的目标是要打造"山更青、水更绿、天更蓝"的宜居环境。服务绿色环境体系建设的人才需求主要集中在绿色空间建设、水域环境治理以及污染防治三大领域（见表1）。

三　"绿色北京"人才支撑工程建设思路、目标与战略转型

（一）总体思路

以邓小平理论和"三个代表"重要思想为指导，深入贯彻落实科学发展观，按照《首都中长期人才发展规划纲要（2010～2020年）》的总体战略部署，切实贯彻人才发展的指导思想和方针，确立人才在落实"绿色北京"战略中基础性、全局性和关键地位，确立人才在推动发展方式转变中的核心作用，科学把握绿色北京建设的内涵变化规律与趋势，紧紧围绕绿色生产体系、绿色消费体系和绿色环境体系建设对人才的需求，创新有利于推动绿色发展的人才培养、发现、使用、激励体制机制，优化三大绿色建设体系的人才结构，改善绿色领域引才聚才环境，培育和集聚一批适应并引领绿色北京建设需要的绿色产业、绿色管理、绿色营销和绿色环境工程的复合化、国际化的高端人才队伍。

（二）发展目标

到 2020 年，"绿色北京"人才支撑工程建设的战略目标是：按照《"绿色北京"行动计划》远景目标①要求，培养和造就一批数量充足、结构优化、布局合理、素质高端、富于创新、能够持续提供绿色创新、创意和创业的高层次人才队伍，基本形成吸引、留住国内外支撑绿色生产、消费和环境工程建设高端人才的制度环境和集聚平台，确立能够全面满足绿色北京建设需要和支撑世界城市建设的人才国际竞争优势，成为世界一流的"绿色人才之都"。

到 2012 年，"绿色北京"人才支撑工程建设的近期目标是：按照《"绿色北京"行动计划（2010~2012 年）》近三年重大任务和重点工程建设要求，形成一批能够满足首都产业发展高端化、生产过程清洁化、产品输出绿色化的各类专门人才队伍；形成一批在节能环保、新能源、都市绿色农业等产业中能够持续提供绿色创新技术和创新产品的专业技术人才队伍；形成一批引领绿色政务、绿色商务和绿色生活的专门技术、管理和宣传人才队伍；形成一批在能源、建筑、交通、大气、固体废物、水、生态等领域，能够支撑首都生态环境建设的绿色的高层次专业人才队伍。

（三）战略转型

绿色北京人才支撑工程建设是一项极其复杂的、长期的系统工程，需要按照科学发展观的要求，落实国家及首都人才发展中长期发展规划总体部署，立足现在、着眼长远，加快转变绿色北京人才建设和发展方式，促进以下几大战略转型。

1. 促进人才需求导向由注重适应性向注重适应与引领并重转变

国内外理论和实践证明，经济社会发展对人才的需求体现为适应和引领双重特征。一方面，经济社会发展状况和水平决定其相应的人才总量和结构特征；另一方面，基于经济社会发展趋势的预期，超前培养、引进创新型人才，可以成为推动经济发展和社会进步的巨大潜在驱动力量，体现人才的引领作用。

如前所述，绿色北京建设既是一项系统战略工程，同时，随着国际国内形势

---

① 《"绿色北京"行动计划（2010~2012 年）》明确了到 2020 年绿色北京建设远景目标是："到 2020 年本市经济发展方式转型升级，绿色消费模式和生活方式全面弘扬，宜居的生态环境基本形成，将北京初步建设成为生产清洁化、消费友好化、环境优美化、资源高效化的绿色现代化世界城市"。

要求、首都发展阶段的变迁以及居民日益趋高的环境诉求，也呈现持续动态变化发展的特征。这就要求克服以往"被动满足"的人才需求导向，更加注重符合绿色北京建设预期需要的创新、创意和创业型人才的培养和集聚。

2. 促进人才养成方式由过度强调引进向引进与自主培养并重转变

一般来讲，一个国家（地区）的人才养成方式有两种：一种是根据本国（地区）经济社会发展的需要，有计划、有针对性地进行自主培养；另一种是通过有效政策引进国内外合适的人才。客观上讲，这两种人才养成方式各有利弊。通过自主培养形式的人才由于熟悉本国（地区）情况，相较于引进的人才，更容易进入角色，适用性更强。但是，这个培养过程往往需要很长的时间，而且受国家（地区）教育培训资源等因素的影响，在人才培养的类型、层次上存在一定的局限。而通过外部引进的方式，则可以省去人才培养的时间过程，可以在较短的时间内解决国家（地区）经济社会发展中遇到的人才资源瓶颈问题。但是，引进人才要真正发挥作用需要一个适应的过程；更为重要的是，受国家安全等诸多因素影响，对于一些关键岗位或领域的核心人才引进很难实现。因此，纵观世界各国，都将自主培养人才与积极引进人才并重作为本国人才养成的普遍原则和基本做法。

绿色北京建设必须重视人才的引进工作。《"绿色北京"行动计划（2010～2012年）》明确提出了用三年时间初步"构建生产、消费与环境三大体系，实施九大绿色工程，……为建设绿色现代化世界城市奠定坚实基础"的近期目标。然而，由于长期以来在绿色发展相关人才培养方面的滞后甚至"缺失"，导致现有人才很难满足绿色北京建设的需求，尤其是掌握关键绿色技术的领军型人才更加匮乏。即便是现在进行培养，也需要相当长的一个时期。在这种情况下，通过引进的方式，填补绿色北京建设一些关键领域的亟须人才缺口，对于绿色北京建设三年目标的实现具有重要的现实意义。

从长期来看，要实现到2020年"将北京逐步建设成为生产清洁化、消费友好化、环境优美化、资源高效化"的绿色现代化世界城市的远景目标，需要一支庞大的人才队伍作为支撑。受首都资源环境承载力等因素限制，对这些人才进行全盘引进显然是不现实的。同时，作为全国科教文化中心，北京教育培训资源十分丰富，具有全国其他地区无可比拟的优势，为首都进行自主培养人才奠定了坚实的基础。因此，为了在满足绿色北京建设人才需求的同时防止人口规模过快增长带来的承载力不足问题，在对绿色北京建设的一些领域的亟须人才进行引进的同时，要坚持以我为主，加大政府投入力度，积极引导社会力量参与，逐步建立完善具有首都特色的多层次、多形式、社会化、终身化的绿色教育培训体系，围绕满足绿色生产、消费与环境建设的需要，有重点地加大人才培养力度，就地育才，着力提升本地人口的人才化水平。

3. 促进人才引进方式由注重引人向引人与引智并重转变

近年来，北京市在不断加大资助人才培养力度的同时，还以高层次人才为重点，不断加大人才引进力度[①]，以弥补一些关键领域的亟须人才空缺，为首都经济社会发展提供了强有力的人才和智力支撑。

正如前述，绿色北京建设必须重视人才引进工作，必须加大人才的引进力度。但是，由于北京市只是刚刚进入从中等发达城市向发达城市迈进的阶段，各方面条件诸如实验条件、政策环境、薪资待遇等都与发达国家（地区）存在着一定的差距，在人才引进尤其是一些高层次人才引进方面还存在着一定的客观制约。在这种情况下，即便我们通过特殊政策优惠方式不惜代价地把人才引进来，那么要长期留住人才的持有成本也必将是十分高昂的。

在解决这个问题方面，日本等发达国家（地区）的"引智"做法值得我们借鉴。20 世纪 90 年代，在国际人才争夺战日益激烈、大规模引进人才面临困难的情况下，日本通过到其他国家举办科学研究、设立技术开发中心和实验室，或向对方国家的研究机构、大学和企业投资等方式，在当地直接利用国外智力，学习先进技术。据 1992 年美国《交流》杂志第一期公布的数字，到 1990 年，美国加利福尼亚州有 500 名美国科学家和工程师、俄亥俄州有 200 名工程师为日本本田公司工作。

因此，在国际人才竞争日益激烈、人才引进成本不断高企的背景下，在为绿色北京建设引进人才时，必须树立"大人才观"，坚持"以用为本"的方针，坚持所有权与使用权并重，从注重"引人"向"引人"与"引智"并重转变。在条件许可的情况下，积极引进一批服务于绿色北京建设的人才。而对于绿色北京建设亟须而又难以实现"所有权"引进的人才，要按照"不求所有，但求所用"的方针，建立完善柔性引进机制，遵循"多种形式、多方协作、互惠互利、共同受益"原则，在国家法律法规允许的范围内，以智力服务为目的，打破国籍、

---

① 据不完全统计，截至 2007 年底，仅北京市 23 家留学人员创业园就吸引了近 7 万多名海外留学人员在京工作。

户籍、地域、身份、档案、人事关系等人才流动中的刚性制约，在不改变和影响人才与所属单位人事关系的前提下，适应市场经济和人才社会化发展要求，建立政府引导、市场调节、契约管理的柔性人才引进方式，采取智力引进、智力借入、业余兼职、人才创业、人才派遣等多种途径，引进事业发展急需的高层次人才。

4. 促进人才培养方式由注重专业化向更加注重专业化和复合型并重转变

当今世界，随着科学技术尤其是信息化技术的不断发展，不同产业/行业在技术融合的基础上相互交叉、相互渗透、融合发展，已经成为全球产业经济发展的主流和趋势。从绿色北京建设对人才的需求来看，正如前述，绿色北京建设涉及经济社会各个领域，对人才的需求也表现为多层次、多元化的特征。具体而言，绿色北京建设不仅仅需要一批传统意义上的生态修复、环境建设、新能源开发等相关专业人才，更需要在高端制造业、高端服务业等产业领域凝聚一批具备环境意识、精通清洁生产管理的复合型人才。

然而长期以来，受学科专业设置及培养目标等因素影响，人才培养目标设计过于专业化，忽视了受教育者整体性的培养，往往导致人才出现专业面窄的弊端。因此，要以贯彻落实《国家中长期教育改革与发展规划纲要》为契机，以市属高校为试点，在继续注重传统专业化人才培养的同时，积极更新教育观念，更新教学内容，优化课程体系，打破学科间的壁垒，实现多学科知识交叉与渗透，开设跨学科的综合性课程，探索新的人才培养模式，努力培养一批适应绿色北京建设需要的绿色化产业人才、管理人才和产业化、懂管理的绿色人才等宽口径的富有创造、创新和创业精神的复合型人才。

5. 促进人才评价方式由注重对经济的贡献向注重对经济和环境贡献并重转变

人才的贡献一般可分为经济效益、社会效益及环境效益三类。国内外实践证明，人才评价制度对于激发人才的潜能和活力具有重要的导向和示范作用，人才能否发挥其应有作用的一个关键，就是社会是否对其作出了科学合理的评价。

然而，一直以来，北京乃至全国在人才评价方面都是更加注重人才的经济效益与社会效益，即用经济和社会发展效益作为测评人才的主要依据，而相对忽视了对环境效益的考核。如同地方政绩考核中过于重视GDP带来的弊端一样，这种考核评价导向下的人才，在尽可能创造更多经济效益与社会效益的同时，往往不会考虑资源环境成本问题。而绿色北京建设的关键和核心在于实现发展方式的绿色化，最大限度地减少环境成本与损失。适应这种形势需要，必须要着力转变当前过于重视经济社会效益贡献的人才考核评价制度，更加注重环境效益考评，强化人才绿色环境意识。

四 "绿色北京"人才支撑工程建设重大任务

（一）充分发挥教育在绿色北京建设人才培养中的基础性作用

坚持学校教育与社会教育两手抓，着力构建从学校到社会的终身绿色教育体系，在全社会普及绿色教育，提升环境意识。

（1）强化学校环境教育。以贯彻落实国家和即将出台的北京市《中长期教育改革和发展规划纲要（2010～2020年)》为契机，结合课程设置改革，将环境教育课程纳入各级各类学校教育课程体系，使环境教育成为素质教育的一部分。根据大、中、小学的不同特点加强环境、人口与可持续发展教育，形成具有首都特点的学校环境教育体系。采用多渠道、多形式加强环境教育师资培训工作，提高教师的环境教育业务水平；深入开展"绿色学校"的创建和评选活动，并有计划地引导学生开展形式多样的环境保护社会实践；加强与环境部门、企业的协作，建立环境教育实践基地。

（2）整合利用社会教育资源，完善社会绿色教育培训体系。积极与干部教育培训部门协调沟通，做好党政院校干部培训环保内容的审定并组织实施，加强可持续发展战略与环境保护在干部培训教育中的比重，不断增强各级领导干部的环境与发展的综合决策能力。实施企业职工"绿化"工程。设立绿色培训基金，通过政府补贴等方式，鼓励企业自主或委托有关高校、社会培训机构开展环保意识教育、环保知识教育及岗位专业技术培训。充分发挥公共财政的导向作用，积极开展"绿色企业"创建与评选活动，引导企业将环境利益和对环境的管理纳入企业经营管理全过程。以绿色社区创建、绿色环境主题日活动等多种方式，通过电视、网络、报刊等多种手段，在全社会开展绿色教育，提升全社会的环境保护意识。

（二）充分发挥高层次人才在绿色北京建设中的引领作用

坚持自主培养和外部引进相结合，在绿色生产、绿色消费与绿色环境建设领

域，凝聚一批具有较强创新能力和引领作用的高层次人才队伍，以高层次人才带动整个人才队伍建设，服务"绿色北京"建设。

（1）加强绿色产业高层次人才队伍建设。瞄准建设以"服务化、知识化、集群化、集约化"为特征的"高端、高质、高效、高辐射"的首都现代化产业发展方向，培养和集聚一批满足高品质现代服务业发展需要、推动现代制造业和都市型工业结构升级和提升高技术产业核心竞争力的高层次人才；培养和集聚一批在新能源、节能环保、都市绿色农业等行业能够持续提供绿色创新技术和创新产品的高层次人才；培养和集聚一批具有先进的生产、管理、营销经验，推动企业全过程绿色化运行的高层次人才；培养和集聚一批掌握国际先进技术和管理经验，推动重点技术和产品研发设计、品牌营销等产业高端环节的高端专门技术人才。

（2）加强服务绿色消费体系建设的高层次人才队伍建设。培养和凝聚一批谙熟绿色标准研究制定的高层次研究、认证人才，培养和凝聚一批满足推广电子政务的高层次技术研发和应用人才。以发展绿色商务为目标，在营销、物流和市场服务等领域培养和凝聚一批高层次绿色营销人才、绿色物流人才和绿色市场服务人才。以提升全民环境保护意识，倡导绿色生活方式为目标，培养和凝聚一批高层次的宣传、营销人才。

（3）加强生态环境保护领域高层次人才队伍建设。在生态修复治理、水域环境保护、园林绿化美化、污染防治等领域培养和凝聚一批高层次的专业技术研发人才和应用人才，以高层次人才带动整个生态环境保护领域人才队伍建设，为打造"山更青、水更绿、天更蓝"的绿色环境体系奠定人才基础。

（三）加快绿色北京建设人才队伍一体化进程

推动央地绿色人才一体化建设。选择若干所著名高校和国家级科研院所，合作共建资源与环境工程技术研究院（所）、资源与环境管理研究院（所），依托国家人才和技术资源，在重大共性技术、新产品开发与应用、重大环境工程技术等方面，探索多形式、多渠道的央地合作和人才交流。

推动城乡绿色人才一体化建设。探索建立统一管理、高度开放的城乡绿色人才资源市场，推动城乡绿色人才的无障碍流动；通过环保志愿活动、项目共建、技术咨询、挂职等多种形式，促进城区绿色人才支持郊区，特别是边远地区的绿色建设；通过集中培训、城区挂职、脱产学习等形式，为郊区培养一批绿色建设专门技术和管理人才，促进城乡绿色人才的大融合、大发展。

推动体制内外绿色人才一体化建设。消除非公经济组织和社会组织绿色人才成长、引进和发挥作用的体制和政策障碍，将政府用于扶持、培养绿色人才发展的资金、项目和政策等向非公经济组织和社会组织的绿色人才平等开放，实现不同所有制经济和社会组织人才平等对待、共同发展。

推动产学研绿色人才一体化建设。大力支持和鼓励企业与科研院所以产学研合作的方式开展绿色科技研究、技术开发，推进绿色技术产业化，缩短知识成果转化为生产力的传递链条。建立以企业为主体的绿色技术产学研战略联盟，支持企业、科研院所与高等院校联合建立绿色技术研发应用实验室或研发中心，畅通绿色技术的产、学、研合作沟通渠道。引导掌握关键绿色技术的高层次人才到企业创新创业，对到企业工作的博士研究生由财政给予一定的经费支持。对产学研结合的绿色科技成果转化运用、接纳各类院校生态环境专业学生实习锻炼的企业给予财税优惠。鼓励和支持企业在高校、科研院所设立绿色发展基金，建立绿色研发机构。建立高等院校、科研院所、企业高层次人才相互流动制度，实现绿色技术与绿色生产的互通互动。

（四）着力提高人口"人才化"与人才"绿色化"水平

通过就地育才、人才绿化等措施，确保在满足绿色北京建设过程中不断增长的人才需求的同时，有效防范人口规模的过快增长。

（1）就地育才，着力提升户籍劳动力素质，提高其在就业市场上的竞争力[①]。要立足于绿色北京建设的需要，以提高劳动者技能素质和环境保护意识为核心，加大政府投入力度，积极引导社会力量参与，逐步建立完善具有首都特色的多层次、多形式、社会化、终身化的绿色教育培训体系，不断提高企业在职职工、本市农村劳动力、新生劳动力和失业人员的工作能力、职业转换能力、创业能力和环境保护意识。

（2）积极开展人才绿化教育。通过内部培训、交流培训、工作培训、专业培训等方式，加大对现有各类人才的有针对性的绿色教育培训活动，提高现有人

---

① 调查显示，目前北京市高新技术产业中非北京户籍的从业人员比例达到63.8%，现代制造业中45.1%的从业人员为非北京户籍人口。资料来源：《首都专业技术人才队伍建设研究报告》，北京市人事局，2008。

才掌握绿色技术的能力和环境保护的意识。

（3）以智力引进的方式来最大限度地满足绿色北京建设人才需求。对于绿色北京建设过程中一些非必需而又可以通过柔性"引智"解决的人才需求，尽可能采取柔性引进方式，实现服务绿色北京建设需要的同时不增加城市承载力负担。

（五）加快调整绿色北京建设人才在空间和重点领域战略布局

充分利用"十二五"时期北京市继续进行空间战略大调整的重要契机，结合城南行动计划实施、新城及重点新镇建设，尽快建立符合绿色北京建设需要的与不同区域功能定位和调整产业布局要求一致的差异化人才支撑政策体系，积极探索引导绿色人才向重点区域有序流动的渠道和路径。

紧抓后危机时代全球面临新信息技术和新能源革命的重要契机，适应建设绿色现代化世界城市的需要，引进和培养并举，创新政策和手段，加大重点领域紧缺专门人才开发力度。在节能环保技术服务、生态工程咨询、碳交易等碳服务业领域；新能源汽车、太阳能研发和高端制造领域；生物质能利用技术、核电高端技术、地热能、风能等关键技术研发及工程服务领域；都市循环农业等领域培育扶持一批能够持续提供关键产品和技术综合解决方案的人才队伍，抢占绿色经济发展制高点。

（六）探索创新绿色北京建设人才投入体制机制

落实《首都中长期人才发展规划纲要（2010～2020年）》关于"完善人才投入体制机制"的要求，在整合财政性人才投入资金的同时，每年拿出一定比例的专项资金专门用于绿色北京建设关键领域重大项目急需专门人才的培养、引进、奖励，并保证每年一定的增长。

建立多元化的绿色人才投入体系。设立首都绿色人才发展基金，支持研究国际绿色趋势、新技术开发、紧缺人才引进、绿色人才论坛等。

完善绿色人才奖励激励办法。对在新产品新技术研发及应用、关键技术发明、国际商务谈判、重大环境工程有杰出贡献的创新创意创业绿色人才，可以适当提高用于个人奖励的额度，鼓励继续创新。

（七）探索创新绿色北京建设人才工作机制

着眼于更好地服务绿色北京建设需要，走综合配套推进之路，在人才培养开发、评价发现、选拔任用、流动配置、激励保障机制等方面不断进行探索创新，着力营造一个更加有利于发挥人才在绿色北京建设中的支撑和引领作用的充满活力、富有效率、更加开放的人才工作机制环境，形成统一有效的绿色人才发展研究、决策、执行、监督长效机制，提高首都绿色人才工作统筹兼顾、协同推进的能力和水平。

五 "绿色北京"人才支撑工程建设政策措施

（一）建立绿色人才认证和评价体系

制定并逐步完善符合首都市情的绿色人才评价指标体系和评估管理办法。建立专业技术职务聘任制和执业资格认证制度相结合的绿色人才认证和评价体系，为加快绿色人才培养与发现提供优质高效的认证服务。启动"绿色人才"认证与培训工程。研究制订人才绿色教育培训计划，除了对于直接在生态、环保等绿色经济领域从事技术研发、应用人才进行认定外，对于制造业、服务业等传统经济领域的人才开展绿色教育培训，经考核合格后颁发"绿色人才"证书。制定完善配套政策，对于获得"绿色人才"认证证书的人才在落户、社保等方面给予政策优惠，引导各类人才积极主动接受培训。

（二）建立绿色人才市场配置体系

（1）建立绿色人才专门中介服务机构。整合资源，成立绿色人才服务中心，打造专业化、信息化、国际化的绿色人才开发、服务平台。中心的主要职责是：负责研究提出北京市绿色人才工作中长期规划和政策措施建议；收集、发布绿色人才和政策信息；负责北京市绿色人才的认定评估工作。

（2）建立绿色人才公共信息平台。建立全市统一的绿色人才信息平台，加强绿色人才信息的管理与服务。建立分专业、分层次、分区域的绿色人才数据库，及时掌握绿色人才分布和流动情况，为引导绿色人才流动提供依据。实现全市绿色人才信息数据的统一存储、管理和共享；建立绿色人才信息数据深度开发运行机制，不断丰富绿色人才信息平台服务功能，提高绿色人才信息管理水平，确保绿色人才信息平台运行的实用性、稳定性和安全性，向社会提供准确、全面、及时的绿色人才基础信息。

（3）建立人才需求预测预报制度。进一步完善绿色北京建设涉及重点产业和重点领域人才开发目录发布制度，进一步突出高端导向，聚焦高新技术产业、生产性服务业、文化创意产业、现代制造业等重点领域，使之成为北京吸引、培育专项人才的"风向标"。同时，进一步加强预测预报机构和网络体系建设，不仅要及时提供近期预报服务，更重要的是要搞好中长期预测预报。

（三）拓展绿色人才就业创业空间

（1）建立企业绿色工程师制度。对要求年能耗在 2000 吨标准煤以上，或物质消耗大、排放有害废弃物的企业设立专门的"绿色工程师"岗位，负责企业内部节能减排和降耗等工作。对于出于节能减排需要而引进专门人才的企业，适当放宽人才指标的限制，并在同等条件下优先办理。

（2）设立绿色科技创业园。出台《关于促进北京绿色科技创业园发展办法》，通过财税政策优惠、资金扶持等措施，重点扶持新能源、新材料、信息、生物与节能环保、航空航天、先进制作、高技巧服务等领域的人才进行创业活动。为入园企业提供项目、信息、市场等资源，帮助企业发展，为绿色人才实现创业梦想创建良好发展环境。

（3）设立绿色发展基金。绿色发展基金的用途主要是：为发展绿色技术和进行绿色设备投资的企业、单位提供信贷担保、贴息贷款等；对新能源、环保、节能、智能电网、储能等行业具有自主创新能力、具有自主知识产权和具有高成长性的企业进行扶持；对在节能、环保、新材料等绿色经济领域创业活动的人才进行资助。

（四）加强组织领导

考虑到绿色北京建设人才涉及领域的广泛性和内涵上的不确定性，建议在市人才领导小组之下组建市绿色北京建设人才工作办公室。办公室的具体职能是：承担绿色北京人才建设专项规划，跟踪研究绿色北京建设人才需求及有关专题研究，承担绿色人才信息汇集、发布、评价工作，组织绿色人才培养及引进工作。

（五）强化法规保障

结合落实国家及北京市中长期人才发展规划纲要，尽快研究制定《关于实施绿色北京建设人才支撑工程的指导意见》、《绿色北京建设人才发展十二五专项规划》等地方性法规、条例，将促进绿色人才发展纳入规范化、法制化轨道。各区县、各部门、各单位要依据绿色北京人才支撑工程指导意见和专项规划制定各自的绿色人才工作方案，明确工作职责、工作步骤、工作措施和配套政策，认真组织实施，加强协调配合，确保绿色北京人才支撑工程的整体目标顺利实现。

（六）营造全社会绿色氛围

各级宣传部门和新闻媒体，要多方位、多层面地大力宣传人才在绿色北京建设中的重要作用，宣传推介北京的促进绿色人才发展的政策、绿色北京建设情况，宣传为绿色北京建设作出贡献的杰出绿色人才典型事迹和贡献。为吸引各类人才投身绿色北京建设、更好地发挥人才在绿色北京建设中的重要作用，营造全社会关心、支持绿色人才发展的良好社会氛围。

Research on Major Issues of Talents Support for "Green Beijing"

Shao Zhiqing   Xu Xuecai   Zeng Jindi

Abstract：Construction of the "Green Beijing" programme sets an even higher demand on the development of capital human resources. Firstly, the paper systematicly explains the meaning and evolution trend of the "Green Beijing" programme；then, makes a qualitative analysis on the demand for taletens. Finally, the author proposes the general idears, strategic principals, strategic goals, major tasks and policy measures to carry out the "Green Beijing" talents support programme.

Key Words：Green Beijing；Green Talents；Talents Support Programme

B.11

首都宣传文化人才队伍建设研究报告

北京市委宣传部课题组 *

摘　要：宣传文化工作是党的意识形态领域工作的重要组成部分，而宣传文化人才是确保宣传文化事业健康发展的重要资源。本文首先探讨了宣传文化人才的群体性特征、特殊成长规律和人才队伍现状；然后，对宣传文化人才队伍建设中存在的主要问题和原因进行了分析；最后，针对未来10年首都宣传文化工作面临的新形势和新任务，提出了加强首都宣传文化人才队伍建设的基本思路和对策建议。

关键词：宣传文化工作　人才

宣传文化工作是党的意识形态领域工作的重要组成部分，在中国特色社会主义建设事业中处于提供思想保证、精神动力、舆论支持和文化条件的重要地位。相对于其他工作领域，宣传文化工作是更具复杂性和创造性的劳动，整体而言，投入的是智力资源，产出的是思想理论、艺术成果等精神产品和社会核心价值观念等精神文明建设成果。宣传文化领域各类人才是宣传思想工作和文化生产的骨干力量，是保障党的宣传文化事业健康发展的第一资源，在首都文化建设中具有不可替代的作用。未来10年，首都宣传文化工作所面临的严峻形势和艰巨任务，对首都宣传文化人才队伍建设工作提出了更高要求。为了深入研究宣传文化人才具有的群体性特征和特殊成长规律，准确把握他们的培养需求，探索提高首都宣传文化人才队伍整体素质和工作水平的有效对策，推动营造适宜人才成长的生态环境，由北京市委宣传部常务副部长陈启刚同志牵头，组成了理论、新闻出版、文艺（含文博）和文化经营管理人才四个子课题组进行深入研究，累计发放调

* 课题组成员：陈启刚，中共北京市委宣传部常务副部长；课题组成员：吕钦、张爱军、张传武、张正江。本课题是北京市哲学社会科学基金资助重点课题。

查问卷 1.8 万份，召开座谈会、访谈会近 50 场次，访问各类人才和人才工作者近 200 人次，查阅有关参考材料近万份，调查范围覆盖了宣传系统和首都宣传文化领域的各类人才与单位。经过深入研究和专家论证，形成了本文。需要说明的是，鉴于宣传文化领域从业人员的高活跃性、高流动性，本课题研究主要选取岗位比较恒定、职业生涯相对稳定、工作场所相对固定的从业集群。

一　宣传文化人才的群体性特征和特殊的成长规律

（一）宣传文化人才独有的群体性特征

宣传文化人才是指具有较高的知识和技能，在宣传文化工作领域从事创造性劳动，作出一定贡献，被社会认可的骨干力量。这个群体具有区别于其他领域人才的群体性特征。

1. 意识形态属性强

按照马克思主义基本原理，无论是作为精神产品的生产者，还是艺术形象的塑造者，宣传文化人才的工作过程都是在一定的意识形态指导下进行的，其工作成果也体现着一定的政治立场和价值取向。总体上看，与其他领域的人才队伍相比，宣传文化人才队伍与意识形态工作具有更紧密的联系，是党在意识形态领域工作的重要力量。因此，宣传文化人才队伍建设工作，必须高度重视思想政治建设，引导他们树立和坚持正确的世界观与方法论，始终在政治上与党中央保持一致。

2. 人格魅力突出

"人格魅力"是指一个人的所作所为作用于他人内心的一种吸引力和感召力，具有强烈的人格化特征，是感召效应的社会心理基础。由于宣传文化工作更直接面向社会公众并深刻影响受众感情世界，更容易使公众产生情感共鸣而对明星偶像产生崇拜心理。因此，宣传文化人才更需要培育个人优秀品质，树立和维护在社会公众中的良好形象，必须坚持德艺双馨的方向，在加强业务技能培养的同时，不断加强文德、艺德等职业道德修养。

3. 独立工作能力较强

宣传文化工作是创新性、知识性和智力性统一的工作，许多项目需要独立思考、独立完成，往往对工作的物质条件和团队协作要求并不严格，这就培育了宣

传文化人才善于独立工作的能力，也导致部分宣传文化人才更青睐自由职业和灵活的工作方式，对推进传统人事管理体制改革要求更为迫切。因此，宣传文化人才队伍建设，必须更加强调"以人为本"、尊重人才的主体地位，不断推进宣传文化领域人事管理体制改革，围绕更有利于发挥人才作用构建新的人事管理体制。

4. 社会影响深远

一些高层次宣传文化人才或借助独特的"人格魅力"培养一批忠实的崇拜者和追随者，或因直接面向公众的机会多而对社会公众具有较强的感染力和号召力，甚至可以引领一时的潮流和风尚，积累了较强的社会知名度和影响力。社会影响力既是一项文化资源，又是一项政治资源。因此，宣传文化人才队伍建设，应该重视宣传文化人才社会影响力的发挥渠道建设，使他们的社会影响力发挥渠道不断通畅规范，并纳入制度化轨道，保证这种影响力能够成为社会主义和谐社会建设的推动力量。

（二）宣传文化人才群体的特殊成长规律

深入研究宣传文化人才的成长过程，可以发现，除具有与其他领域人才成长过程共同的规律外，宣传文化人才的成长过程还存在明显的路径差异和特殊的成长规律。

1. 先天潜质和兴趣爱好往往成为成才的基础性因素

从事宣传文化工作需要较强的文化创新力、社会感知力和艺术表现力。这些能力的形成，需要宣传文化人才具有思想敏感、艺术灵感和强烈的表现欲等个人潜质，同时具备浓厚的兴趣爱好，再加上科学的训练与培养。因此，宣传文化人才培养工作，必须立足于早发现、早培养，坚持从小抓起，与学校教育结合，扩大基础技能培养的覆盖面，收到"广种薄收"、"百里挑一"的效果。

2. 原创能力和创新精神在成才中起决定性作用

有没有原创能力和创新精神，直接影响着宣传文化人才取得成就的大小。只有不断地推陈出新，才能生产出更多与时俱进、社会认可的优秀作品。因此，宣传文化人才培养工作，要营造鼓励创新、包容失败的社会氛围，激发宣传文化人才的原创能力和创新精神。

3. 长期的创作实践是保障成才的重要途径

艺术教育一直强调"弦不离手、曲不离口"，这反映了长期创作实践对宣传文化人才成才的重要作用。"吹尽黄沙始到金"，宣传文化人才必须要有持续不断的、长期的创作体验和创新实践，才能取得巨大的成就。因此，宣传文化人才培养工作，必须重视实践锻炼渠道建设，为宣传文化人才参与科研和实际工作创造良好条件，鼓励他们通过反复实践探索，取得重大科研成果或生产出优秀作品。

4. 高成本投入是成才的必要条件

"十年树木、百年树人"，在宣传文化人才培养方面更是如此。研究表明，多数宣传文化人才，尤其是理论研究人员，在中年之后才有较大社会影响，这和他们较长的积累期有直接关系；即使是少年成名现象较多的文艺人才队伍，大多数人才也是从小培养，经历过"冬练三九、夏练三伏"的艰苦磨砺。较长的积累期意味着较高的培养成本。优秀宣传文化人才是党和国家的宝贵财富，其对社会的贡献一般要远远大于自身获得的经济利益，具有明显的效益外溢特征。因此，宣传文化人才培养工作，必须探索建立政府、社会和个人合理负担的资金筹集机制，加强人才培养的资金保障。

二 首都宣传文化人才队伍建设的基本情况

改革开放以来，特别是第一次全国人才工作会议以来，首都宣传文化人才队伍发展取得了很大的成绩，人才队伍结构不断优化，人才对宣传文化工作的支撑和保障作用不断加强，但也存在一些不足和问题，必须引起高度重视。

（一）人才队伍现状

根据北京市统计局《北京统计年鉴2008》的数据，北京市宣传文化领域在岗职工规模为149102人，约占北京市城镇单位在岗职工总人数的3.1%。从工作布局看，全市各级党委宣传部门以及宣传文化领域的理论、新闻、出版、文艺单位的党政领导人才、专业技术人才和经营管理人才是文化人才的主体。

1. 结构分析

宣传文化系统人才队伍目前仍是首都宣传文化人才队伍的骨干力量，共有在职人员20310人，约占北京市城镇单位在岗职工总人数的4.2‰，约占北京市国有单位在岗职工人数的11.8%（见表1）①。

---

① 据北京市统计局公布的《北京统计年鉴2008》数据显示，北京市城镇单位在岗职工人数为4788860人，其中国有单位职工在岗人数为1727169人。

表1　北京市宣传系统人才队伍总体情况

单位：人

	单位	全部人员（20310人）					
		女性	少数民族	中共党员	高级职称	中级职称	离退休人员
行政单位	7	152	36	406	57	73	286
事业单位	109	4859	581	3823	1425	2707	3558
企业单位	61	4149	575	1843	158	515	2860
合　　计	177	9160	1192	6072	1640	3295	6704

（1）专业及部门分布。首都宣传文化系统目前正在形成一个事业优先、事业与产业统筹兼顾，新闻出版、广播影视、文博、文化艺术协调驱动的良性格局。人才资源分布高度集中于实务部门，新闻出版、广播影视、文化艺术和文博单位集中了97.4%的在职人员，另有1.8%集中在社科单位。广播影视单位和新闻出版单位存在超编现象，其中新闻出版单位超编率达到324%，广播影视单位超编率为168%。

（2）人口学结构。从性别结构看，宣传文化系统在职人员中共有女性9160人，占总人数的45%，在全市各行业中女性所占比例属于中上水平。

从民族结构看，少数民族1192人，约占总人数的6%。但在全市各行业中，少数民族比例属于中上水平。

从年龄结构看，总体呈稳健的橄榄形态势，中青年人员所占比例达到85%，梯度匀称，整体态势稳健。但年龄在专业间分布不平衡，文化经营管理人才队伍45岁以下人员占70%以上；文艺人才和文博人才队伍年龄梯度态势不稳定，中青年档位告急。

（3）素质结构。在学历结构方面，高学历文化人才总量匮乏，且分布不平衡。从整体队伍学历结构来说，拥有硕士学位人员仅占5%，拥有博士学位人员不足5‰。文艺人才队伍中大专以下学历的人员超过60%，接受过比较系统文艺专业教育的不足50%，但经营管理人才队伍大学本科以上学历的超过70%，且受过比较正规的经济、管理、法律类专业训练的人员所占比例也较高。新闻人才普遍学历较高，但非传媒类专业背景占了很大比例，影视传播类专业背景所占比例相对偏低。动漫、互联网、新媒体等复合型、新型专业背景人才严重缺乏。出现这一现象，一方面说明现有的国民教育专业系列不符合宣传思想文化工作的实际需求；另一方面也说明目前宣传文化人才队伍建设新陈代谢机制仍未全面建立，存在人才代谢的功能障碍。

在职称结构方面，拥有中高级职称的文化人才总量约占总人数的24%，其中高级职称1640人，中级职称3295人。从专业类别看，社科理论人才队伍中，有92%拥有中高级专业职称，高级职称超过一半，博士和硕士比重接近70%。文艺人才队伍中级人员比例较大，经营管理人才队伍多为初级职称，中高级职称仅占有职称人员的8%。

（4）收入水平和收入来源结构。在收入水平方面，宣传文化人才队伍的收入水平主体与社会平均工资水平大体相当，文艺、文博、社科人才工资水平低于新闻出版人才。文艺人才队伍薪酬水平呈枣核型分布，主体部分年收入集中在2万~3万元和4万~5万元两大区间，年平均收入5万元以下成主流，另有11%的受访者年收入在2万元以下。在不同收入水平中，5万元成为年收入分水岭，超出这一数字，则收入水平越高，人数越少。同时，演艺明星和名作家等较高收入阶层与整体文艺人才队伍的收入水平，差距在进一步增大。

在收入来源结构方面，工资、奖金、福利三部分成为主要的收入来源。这说明在工资规范逐步加强的情况下，宣传文化人才收入水平总体在逐步回归单位分配的主渠道，收入的透明度逐步增大。

（5）职业认知结构。无记名问卷调查数据显示，新闻出版从业人员中有93%对工作感到满意，91%以上对工作前景比较乐观。文艺人才的工作岗位满意度超过90%，对工作环境的满意度为82%，97%的受访者对职业前景预期乐观。社科理论人才中对工作表示基本满意的超过95%，对学术氛围和工作环境感到满意的接近85%，90%对工作前景表示乐观。但有47%的新闻出版人才和75.4%的社科理论人才对目前收入表示不满意。这说明首都宣传文化人才在责任感、事业心增强的同时，对收入水平的提高越来越关注，期望改变收入总体偏低的现状。

以上主要是选取北京市宣传文化系统各类人才作为分析标本。相对而言，全市基层宣传文化人才队伍建设整体比市属宣传文化系统更为薄弱。从空间分布上看，在职人员最多的区县是昌平区（482人），其次为房山区、朝阳区。在职人员数量少的区县是宣武区、门头沟区和延庆县。各区县委宣传部人员中，在职人员数量最多的是朝阳区（36人），数量最少的是顺义区（8人）。各区县文化委员会中，崇文区、房山区、通州区、怀柔区、延庆县存在超编现象；在职人员数量最多的是房山区（61人），数量最少的是石景山区（23人）。在年龄方面，各

区县宣传文化单位在职人员年龄结构均衡，石景山区平均年龄最低（31岁），门头沟区和密云县平均年龄最高（43岁）。东城区委宣传部平均年龄最低（34岁），崇文区委宣传部平均年龄最高（43岁）。各区县文化委员会平均年龄最高的是密云县（45岁），平均年龄最低的是大兴区（36岁）。

2. 首都宣传文化人才队伍的优势

从多年的实际情况看，首都宣传文化人才队伍是一支忠诚于党的宣传文化事业，与党中央在政治上、思想上和行动上保持一致，经得起考验、能打硬仗的队伍。绝大多数宣传文化人才素质较高，能力较强，在宣传文化工作中取得了显著的成绩，这也是首都宣传文化人才队伍建设不可比拟的优势。

（1）思想政治素质较高，政治鉴别力和政治敏锐性较强。绝大多数人才能坚持把提高政治理论修养放在首位，能够坚定不移地宣传、贯彻、执行党的路线方针政策和市委的指示，在大是大非面前头脑清醒，立场坚定。

（2）业务内行，成绩显著，为首都经济社会发展提供了重要的思想舆论和文化支撑。长期以来，坚持以科学的理论武装人，以正确的舆论引导人，以高尚的精神塑造人，以优秀的作品鼓舞人，坚持唱响主旋律、打好主动仗，为促进首都文化大发展大繁荣，推动经济建设、政治建设、文化建设和社会建设做了大量工作，创作了大量思想深刻、群众喜爱的作品，取得了突出业绩。

（3）思想开放，创新意识强，能够准确把握时代脉搏。绝大多数宣传文化人才能够保持良好的精神状态，勇于改革、敢于创新，推动北京社会科学研究、新闻出版、广播影视、文化艺术事业取得长足的发展，引领时代发展潮流。

（4）工作作风优良，能够深入基层、深入群众、深入实际。绝大多数宣传文化人才能够积极主动参加"三项学习教育"，不断改进工作作风，在能力素养和职业道德建设方面不断取得实效，并按照"三深入"的要求，密切联系基层和群众，不浮躁、耐得住寂寞、坐得住冷板凳。

（5）人才资源丰富性、多样性和广泛性等优势明显。队伍结构得到改善，总体基数较大，人才总量和万人宣传文化人才拥有量均位于全国前列；综合素质较高，特别是高层次、领军型人才数量与国内其他城市相比具有明显优势；单位分布较为广泛，宣传文化人才在央属、市属、区属、基层所属和无主管单位等均有广泛分布；身份属性多样化，宣传文化人才涵盖了公务员、事业单位和国有企业干部职工、民营和股份制单位雇员以及自由职业者等多个群体；流动性较强，一些文艺人才不仅在体制内、外流动，还在地区间和国家间流动。

3. 首都宣传文化人才队伍的不足

首都宣传文化人才队伍建设工作取得了一定的成绩，但仍然存在着一些不足之处。

（1）某些宣传文化人才思想观念存在偏差。少数人才不同程度地存在重业务能力、轻思想修养，重经济效益、轻社会效益，重个人业绩、轻集体荣誉，以及重创作自由、轻政治原则等不良倾向。

（2）某些宣传文化人才知识结构亟待更新。少数人才知识老化，业务水平逐渐不适应时代发展需要，亟须加强知识更新和能力提升。

（3）某些宣传文化人才缺乏创新意识。有一部分人才存在安于现状、墨守成规的现象，思想上比较保守，在工作中缺乏勇于创新和锐意进取的意识。

（4）极个别宣传文化人才工作作风不严谨，工作造假时有发生。有个别人才沾染了热衷名利、作风浮躁等不良习气，甚至出现了一些剽窃他人学术成果、炮制假消息假新闻等违背职业道德和宣传文化工作纪律要求的事例。

（5）人才队伍结构有待进一步调整和优化。目前存在的主要缺陷表现在：一是人才队伍国际化程度较低。国际化人才数量较少，有留学经历的宣传文化人才比重相对较小，理论研究等基础领域人才参加国际培训和国际交流的机会有限，拥有跨文化交流能力的人才严重不足。二是多数单位骨干人才总体年龄偏大，一些专业领域面临骨干人才断档的局面。三是个别领域人才整体素质不高，与首都地位不完全适应。比如，北京作为历史文化名城，但文博专业技术人才在学术研究水平和知名度上在全国并不突出；作为国家文化和教育中心，中青年理论学科带头人并不具有突出的学术成就，知名度和社会影响力整体不高。四是复合型人才普遍短缺，突出表现在明政策、懂业务、善管理的管理人才缺乏，成为制约宣传文化单位提高管理水平的重要瓶颈；具有文化原创能力、具备现代科技知识、了解市场运作规律的研发人才稀缺，日益成为阻碍文化创意企业做大做强的主要瓶颈。五是基层宣传文化人才队伍数量不足、配置不合理，现有人才年龄老化、知识陈旧现象较为普遍，部分地区基层宣传文化人才流失严重。

（二）首都宣传文化人才管理工作的主要做法与基本经验

改革开放以来，特别是第一次全国人才工作会议以来，首都宣传文化人才队伍建设坚持以邓小平理论和"三个代表"重要思想为指导，贯彻落实科学发展观，着力健全领导体制和工作机制，大力推进人才观念更新和工作视野拓展，加

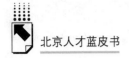

大政策措施体系建设，积极实施重点人才培养工程，推动了科学人才观的不断落实，人才总量大幅增长，微观结构不断优化，人才资源开发管理水平持续提高，为顺利完成首都宣传文化工作一系列重点任务打下了坚实的人才基础、提供了强大的智力支持。

1. 建立联席会工作制度和各部门协调机制，发挥人才工作规划体系的指导作用

建立了北京市宣传文化系统"四个一批"人才工作联席会工作制度，加强了信息沟通和政策衔接。积极推进宣传系统重点人才培养项目备案和协调会制度，充分发挥和调动宣传系统各职能部门和人才所在单位的积极性，落实他们在人才培养工作中责任主体的基础性作用。对重点人才培养项目和重点人才工作，通过及时召开座谈会、经验交流会、培养成果展示会等形式，加以促进和推动。先后制定《宣传系统干部境外培训五年规划》、《宣传系统奥运外语人才培养工程实施意见》、《"十一五"时期北京市宣传系统人才规划》等指导性文件，基本形成了以《"十一五"时期北京市宣传系统人才规划》为龙头、以各部门和单位"十一五"人才规划为基础、以重点人才培养专项规划为支撑的全市宣传文化人才工作规划（方案）体系。

2. 拓展更新人才选拔理念、培养理念和管理理念

努力树立和落实科学人才观，力争按照"不求所有、但求所用"的要求，在人才工作视野上逐步做到了由宣传系统向市属、再向市域的转变。在理论和文艺人才21世纪"百人工程"的培养人选中，来自中央驻京高校和央属人才资源占了很大比例。在文化经营管理人才培养中，各区县按属地原则积极推荐中央驻京单位和民营、股份制单位的文化经营管理人才，实现人才培养视野由体制内向体制外的突破。宣传系统各职能局的人才工作也主动适应职能转变的要求，强化对全市相关行业人才工作的指导，实现了由管系统人才向管行业人才的转变。

3. 深化人事制度改革，完善人才选拔机制和激励机制，大力引进优秀人才

认真贯彻《深化干部人事制度改革纲要》和《党政领导干部选拔任用工作条例》等文件精神，制定了《关于深化文化事业单位人事制度改革的实施意见》，坚持用事业造就人才、用机制激励人才、用环境凝聚人才，推行公开选拔、竞争上岗、聘任制和岗位管理制等有利于人才成长的新机制。大力开展典型宣传，进一步规范表彰奖励制度，注意营造"四个尊重"的良好氛围。出台了《北京市鼓励和吸引优秀文化体育人才来京创业工作的若干暂行规定》，进一步加大了优秀人才的引进力度。

4. 丰富人才培养形式，设立专项培养基金

积极组织境内外培训，举办学者论坛，推荐选拔优秀人才参政议政，不断丰富培养形式。加强资金保障，建立了每年总额不低于 500 万元的全市"四个一批"人才培养专项资金，对作家、艺术家、中青年学者等承担重大课题、出版著作等给予资助和支持，促进了培养工作持续开展。

5. 充分发挥重点人才工程的示范和带动作用

坚持围绕首都宣传思想工作重点任务，先后启动实施社科理论、文艺和新闻出版人才培养"百人工程"、宣传系统奥运外语人才培养工程、宣传系统党政领导人才素质提升（境外培训）工程、宣传文化系统"411"高层次人才培养工程、宣传文化系统专业技术人员"知识更新"工程等重点人才培养项目，形成重点突出、整体推进的雁阵型人才培养局面，提高了人才工作整体水平。

（三）存在的问题

近年来，尽管北京市宣传文化人才队伍建设取得了一些成绩，但面对新形势、新任务、新要求，无论是人才队伍本身还是人才工作，都存在不适应的方面和问题。

1. 传统体制机制的制约仍较为明显

在宣传文化领域仍普遍采用事业单位人事管理体制，收入分配大锅饭弊端仍未根除。许多单位人事编制数额十几年甚至几十年一贯制，严重脱离单位业务发展现实，不得不超编运行，或者被迫采取"劳务派遣"等"同工不同酬"的管理形式，优秀宣传文化人才的引进工作也受到制约。

2. 人才管理仍过度依靠行政化手段

一些单位领导和人才工作部门负责人观念陈旧，不能深入研究宣传文化人才的群体性特征和特殊成长规律，偏好以行政手段管理人才，对宣传文化人才管理多、服务少，影响了人才工作效果。

3. 缺乏凝聚央属及体制外人才的有效载体和手段

对央属和体制外宣传文化人才资源缺乏有效联系手段，工作合力仍未全面形成。一些区县党委宣传部门由于编制压缩或缺编严重，没有人才工作职能，不能有效落实"属地管理"的原则，未能更好履行对辖区内体制外宣传文化人才的管理和服务职责。

4. 重使用、轻培养现象在许多单位仍不同程度存在

由于宣传文化人才一般培养周期较长、培养成本较高，又没有成熟的经济补偿机制，致使一些单位不愿花力气培养人才。特别是一些文化院团改制转企以后，由于市场竞争加剧，在人才工作上的短期行为越来越严重，倾向到其他单位或院团高薪挖人才，对宣传文化人才整体培养工作较为不利。

（四）原因分析

宣传文化人才队伍和宣传文化人才工作存在不足的原因，可能是多方面的，有些甚至是多种历史原因形成的，但以下几点是非常重要的影响因素。

1. 科学人才观没有全面牢固树立

科学人才观强调，人才资源是保障事业发展第一资源，要按照人才队伍固有的成长规律开展培养工作，树立"不求所有、但求所用"的人才管理理念。从总体看，人才部门所有、以体制画线等落后观念仍有较大影响力，对体制外宣传文化人才特别是"北漂"文艺人才，许多部门借口没有行政隶属关系而不愿对其履行管理职责，更不愿提供高质量的公共服务。

2. 事业单位管理体制改革整体进展缓慢

宣传文化领域人事管理体制改革滞后，主要原因在于事业单位管理体制改革整体进展缓慢。特别是期望今后能够顺利推进事业单位管理体制整体改革，有关部门对现有事业单位的人事制度、编制等事项更多地采取冻结等管理手段，几乎一刀切地对仍属事业性质的单位在人事管理体制等方面的改革进行限制。由于意识形态工作的特殊性，宣传文化系统绝大多数单位仍为事业单位性质，在人才工作中受到的体制性制约更为明显。

3. 吸引和培养高层次人才政策措施未形成有效合力

尽管北京市在吸引高层次宣传文化人才方面制订或采取了一些政策与措施，但在执行力度特别是政策的系统整合方面，离吸引和留住国内外一流人才的要求还有一定的差距，需要进一步加大整合力度，尽快形成政策合力。

4. 人才工作基础理论研究薄弱

目前，首都宣传文化系统没有专业的人才研究机构，人才培养主要依靠经验和先例，较少科学论证。人才工作者队伍总体专业性不强，这也使人才工作的科学性受到一定影响。

5. 特殊领域职业资格准入制度落实力度有待加强

宣传文化工作关系意识形态安全以及党和政府的形象，一些领域对从业人员政治素质和专业能力有着非常严格的要求。实践证明，建立严格的职业资格准入制度，对违规人员实施限制或终身禁止进入，是保证从业人员队伍基本素质的有效措施。目前，在新闻、出版等领域，已经建立了职业资格准入制度，并在加强相关领域人才队伍建设方面起到了积极作用。但总体分析，还存在准入门槛要求较低、不良行为记录体系不完整、对违规人员处罚力度太轻等问题，弱化了资格准入管理制度的刚性，让一些基本素质不高的人员进入从业人员队伍，也让一些违规人员心存侥幸，敢于"以身试法"。

三 未来 10 年首都宣传思想文化工作面临的新形势

未来 10 年，是首都现代化建设的关键时期，首都宣传思想文化工作既面临难得的历史机遇，又面临严峻挑战，对宣传文化人才队伍建设也提出了新的要求，必须围绕首都现代化建设大局，着力增强服务人民、服务基层的能力和水平，不断推进体制和机制创新，为首都社会经济发展战略目标的实现提供思想保证和舆论支持。

（一）首都宣传思想文化工作面临的新形势

1. 维护意识形态和国家文化安全，需要提升文化软实力、增强思想理论话语权

当今综合国力竞争的一个显著特点，就是文化的地位和作用更加凸显，越来越多的国家把提高文化软实力作为重要发展战略。改革开放以来特别是党的十六大以来，中国综合国力大幅提升，国际地位和影响显著提高，文化软实力进一步增强。但是，在世界范围内各种思想文化交流、交融、交锋更加频繁和西方敌对势力对中国进行意识形态渗透战略图谋没有改变的形势下，中国文化在国际上的影响力和竞争力与中国国际地位不相适应，也与中国 5000 年文明积淀的丰厚文化资源不相适应。首都宣传思想战线处于国际文化交流和维护文化安全的前沿阵地，肩负的责任更加重大。新的形势和挑战，迫切要求首都宣传文化工作以科学发展观为统领，尽快将思想理论和文化资源优势转化为意识形态工作优势，不断强化对重大理论和现实问题的研究诠释力度，进一步增强首都理论话语权，形成

具有广泛影响力的"首都声音"品牌和强大声势，实施北京文化"走出去"战略，积极构建全方位、多层次、宽领域的对外文化交流格局，大力提升区域文化软实力和国际影响力。

2. 建设社会主义和谐社会首善之区，需要大力弘扬社会主义核心价值观

未来 10 年，北京正处于一个必须紧紧抓住并且可以大有作为的重要战略机遇期，但面临的社会发展系统性风险和挑战也不容忽视。由于思想文化领域多元多变多样的特征日益明显，各种思想文化交流和碰撞的趋势更为凸显，用社会主义核心价值体系引领整合多样化思想文化的需要日益迫切。首都宣传思想工作必须落实"三贴近"的原则，不断提高针对性、实效性，坚持不懈推动中国特色社会主义理论体系宣传普及工作，深入开展爱国主义、集体主义和社会主义的宣传教育，大力实施公民道德建设工程，坚持团结稳定鼓劲、正面宣传为主的方针，唱响主旋律、打好主动仗，不断提高舆论引导能力，以社会主义核心价值观统一和统领各种社会思潮。

3. 人民群众的精神文化需求日益增长，需要不断推进首都文化大发展大繁荣

随着首都社会发展进入新的历史阶段，人民群众对精神文化产品的需求将越来越强烈。党的十七大将文化建设提高到中国特色社会主义建设基本战略支撑的地位，发出了兴起社会主义文化建设新高潮的号召，赋予了宣传文化工作崇高的职责和使命。北京市委、市政府也及时提出了促进首都文化大发展大繁荣的具体措施。全市宣传文化工作应该更加自觉坚持"双百"方针和"二为"方向，大力实施精品战略，不断解放和发展文化生产力，狠抓艺术生产和艺术创新，力争涌现一大批展示首都特色、反映时代风貌、思想性艺术性观赏性俱佳的精品力作，使首都文化大发展大繁荣的目标尽快实现。

4. 落实"人文北京"发展理念，需要不断增强经济社会发展的人文内涵

"人文北京"建设理念，赋予保障首都人民基本文化权益、提高文化资源共享性战略意义，成为首都发展的重要战略目标。加快发展首都公益性文化事业，贯彻"以人为本"的发展理念，提高基层群众文化享受指数，是首都宣传文化工作重要使命。要不断加快文化基础设施投资建设力度，完善覆盖全市的文化基础设施网络，推进文化基础设施配置的均衡化，大力发展和扶持基层文化与群众文化，加大文化进社区、下乡镇工作力度，提高全市的文化享受比例。加强企业和单位文化建设，在增强企业和单位凝聚力的同时，提高首都社会细胞的文化内涵。

5. 实现首都产业结构优化和经济社会可持续发展，需要进一步大力发展首都文化创意产业

经营性文化产业作为文化与经济相互交融的集中体现，科技含量高，资源消耗低，环境污染少，发展潜力大，是新的经济增长点，也是调整首都经济结构和繁荣文化市场的着力点，将在经济社会发展中发挥日益重要的作用。按照中央和北京市委的部署，未来一个时期内，北京市将进一步深化文化体制改革，深入调整文化产业企事业单位运营方式和收入分配机制，激发市场在资源配置方面的基础性作用，做大做强一批跨行业经营、有竞争力的大型文化骨干企业和企业集团，不断解放和发展首都文化生产力。

（二）首都宣传思想文化工作对人才队伍建设的总体要求

1. 人才队伍总量需求大幅增长

未来 10 年，首都宣传思想文化工作视野扩大、范围拓展、层次深化，原来一些传统经济和社会发展领域开始纳入文化建设的整体布局。比如随着传统工艺美术、民间手工艺的文化传承功能受到认可和重视，开始作为非物质文化遗产保护项目被纳入思想文化工作范围，使宣传思想文化工作深入到社会生活的各个层次与角落，对宣传文化人才会有更大规模的需求。必须有一支纪律严明、素质过硬、作风优良的宣传文化人才队伍，既包括在思想文化工作各个领域都具有一定诠释能力和话语权的几十名理论权威，在国际国内都具有广泛影响力的几百名文化大师、艺术巨匠，在营销策划、产业发展等方面能够高屋建瓴、把握发展方向的几千名高层次复合型管理人才，更包括几万名、十几万名专业能力强、服务意识好、密切联系群众的宣传思想文化工作专业技术人才和高技能人才。

2. 人才队伍结构需要不断优化

未来 10 年，首都宣传思想文化工作受到国际国内各种因素的制约和影响，许多工作面临形势复杂、挑战严峻、任务艰巨的现状，因此要求宣传文化人才队伍在知识结构、年龄结构等方面适应新的要求。比如，对队伍的国际化、专业化等方面，都要不断优化。

3. 人才工作体制机制需要不断理顺

未来首都宣传思想文化工作，将更深入地融入首都经济社会发展全局之中，围绕首都现代化建设大局发挥职能。宣传文化单位再也不是经济体制改革的避风港，转换体制机制的要求迫切。作为依附并反作用于事业发展的人才工作，

也必须不断地在机制体制方面创新发展，不断提高对文化体制改革的适应性和服务性。

四　加强首都宣传文化人才工作建设的对策建议

未来 10 年，首都宣传文化人才队伍建设面临着全新环境，任务十分艰巨。必须坚持以科学人才观为指导，贯彻落实"人才优先"的战略要求，重视发挥人才资源的支撑和支持作用，在着力解决当前首都宣传文化人才队伍结构和建设工作中存在的不足与问题的基础上，进一步加大体制机制创新力度，统筹协调好人才资源开发、资格准入、重点和紧缺人才引进的相互关系，保持合理人才资源存量，不断改善人才队伍结构和布局，抓住宣传文化人才工作面临的良好机遇，以科学策略应对面临的巨大挑战。

（一）　不断健全领导体制，完善面向首都的人才工作格局

1. 充分发挥宣传文化人才队伍建设协调机构的作用

制定完善人才培养工作联席会议制度，逐步实现联席会工作职能由主要是咨询和通报信息，向研究和制定重大政策措施、协调落实重点工作任务方向转变，进一步发挥北京市委组织部和市委宣传部的牵头抓总作用，发挥各成员单位的协调落实作用。

2. 加快建立宣传文化系统人才工作一体化制度

宣传文化系统人才工作一体化，是指全系统人才工作实现统一规划、统一部署、统一考核、统一协调和信息共享。要进一步强化宣传文化系统人才工作统一规划的职能，在人才和事业发展中长期规划、五年规划、专项规划和年度计划制订过程中，强化北京市委宣传部的统筹指导作用，密切相互衔接。坚持在重大人才培养项目和任务上，由市委宣传部统一部署，统一考核，对目标、进度和政策措施提出统一要求，分解细化任务责任，保证进度和标准一致。

3. 完善三定方案，强化各级党委宣传部门和文化主管单位的人才工作职能

针对区县、乡镇党委宣传部门对辖区范围内体制外宣传文化人才管理和服务工作比较薄弱的实际，积极协调、统一明确区县委宣传部门的宣传文化人才工作职能，并在编制、经费等方面加以保障。强化编制管理，明确各级宣传文化主管部门对行业人才队伍的培养职能。

4. 完善创新以协会为依托的宣传文化人才联系机制

充分发挥文联、社科联等群众团体在联系、团结和凝聚各类人才方面的独特优势。各级文联、社科联所属协会（学会）要根据章程规定，积极吸收体制外和"北漂"宣传文化人才作为会员。按照有关政策规定，在市区两级探索成立面向"北漂"文艺人才和"两新"组织宣传文化人才的中介组织及服务机构，不断创新宣传文化人才管理和联系的体制机制。

（二）加强理论研究和规划体系建设，不断提高人才工作的科学性与系统性

1. 加强人才工作基础理论研究

形成完善的人才工作调研机制和信息收集机制，加强对宣传文化人才队伍建设规律的研究和认识，及时掌握人才队伍建设面临的新形势、新任务、新要求，了解各类各层次人才关心和关注的热点、重点和焦点问题，探索加强人才队伍建设的新重点、新手段、新方法。

2. 健全人才工作规划体系

坚持以规划为先导，加强规划体系建设，形成由全市宣传文化人才队伍、宣传系统人才队伍和各单位人才队伍，中长期规划、五年规划和年度计划，宣传文化人才队伍建设整体规划、专项规划和特殊规划等有机组成的规划体系，形成引导人才队伍建设可持续开展的格局。

3. 建立人才评价指标体系和人才工作评价机制

不断形成适应首都宣传思想文化工作实际和宣传文化人才特殊成长规律的人才评价指标体系，建立科学的人才工作评价机制，提高对人才工作的科学管理水平。

（三）积极推进干部人事制度改革，创造有利于优秀人才脱颖而出的机制环境

1. 建立健全适应文化体制改革要求的干部人事制度

按照社会主义市场经济体制要求，在继续推进首都文化体制改革、不断增强文化事业运转活力的同时，探索和完善适应文化体制改革要求的干部人事制度，增强宣传文化人才队伍建设的活力。

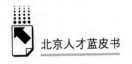

2. 建立健全科学的培养选拔管理机制

扩大识人选人渠道，实现选拔和培养范围由市属向市域转变。根据工作需要和人才实际表现，将优秀人才作为中高层次业务领导人才的培养对象，为其担当重任创造条件。对专业成就突出的，作为学科带头人重点培养；对确有管理能力的复合型人才，及时选拔，大胆使用；对社会影响大、参政议政能力强的人才，作为人大代表、政协委员人选重点推荐。

3. 积极探索适合宣传文化单位工作特点的分配激励机制

积极推进事业单位分配制度改革，按照效率优先、兼顾公平的原则，鼓励技术、管理等生产要素参与分配，鼓励用人单位对作出贡献的专业技术人才、经营管理人才和高技能人才予以奖励，逐步建立重实绩、重贡献，向优秀人才和关键岗位倾斜的分配机制。

（四） 创新人才培养手段，提高人才培养的实效性

1. 坚持品牌带动

实践证明，人才队伍建设项目制，能够较好地明确责任和工作目标，有利于提高人才培养的科学性和针对性。特定的人才培养项目经过一段时期的完善，就会形成一个有影响的品牌，整合相关人才培养资源，扩大人才培养工作的影响与认同。未来 10 年，要坚持和完善宣传文化系统"411"高层次人才培养体系，带动宣传系统高层次人才的培养。

2. 加强教育培训

充分利用首都教育、文化和科研优势，加强与有关高等院校合作，举办培训班、进修班和专题讲座，加强三项教育，积极探索在符合条件的宣传文化单位设立相关博士后工作站，选派优秀宣传文化人才参加博士后科研和学习。科学借助国际培训资源，有计划地组织境外培训。

3. 注重实践锻炼

根据实际需要，分期分批安排中青年作家、艺术家下基层，积极为他们开展调研、蹲点、体验生活创造条件。完善人才挂职锻炼制度，适当安排各层次培养人选到基层挂职。积极开展宣传文化人才服务社会、服务群众活动，组织老中青专家开展学术交流活动，支持重点人才举办专题讲座、学术报告会，组织开展咨询服务，更好地发挥人才的自身优势和作用。按照统一规划、分级实施的要求，加快首都文化重点工程建设，建立分布均衡的文化基础设施体系，落实院场合一

（剧院和剧场）的建设要求，保证重点院团的固定演出场所，并实现适当集聚与总体区域分布均衡的目标，改善宣传文化人才工作条件。坚持在岗位上压任务、压担子，努力为各类人才施展才华提供广阔舞台。

4. 完善沟通机制

通过建设"宣传文化人才数据库"，及时收集和掌握各类人才的有关情况。建立定期座谈制度，传达中央、北京市委的重大方针政策和重要会议精神，通报全国和全市宣传思想工作、文化体制改革、文化创意产业发展的形势与任务。建立宣传文化高层次人才联络员制度，经常了解人才的思想动态和培养需求，对所反映的问题，积极协调有关方面妥善解决。

5. 夯实基层基础工作

加强基层包括乡镇、街村和学校企业等基层宣传文化人才队伍建设。以服务社区和乡村为重点，探索建立以宣传文化领域专业人才、大学生和社会各界有宣传文化工作特长的人才为主体的首都宣传文化人才志愿者队伍，一方面，强化基层宣传文化工作，帮助基层宣传文化工作队伍提高能力水平；另一方面，增强宣传文化工作的影响力，调动优秀人才加入宣传文化工作队伍的积极性，拓宽宣传文化人才选拔渠道。

（五）加强对宣传文化人才队伍建设的组织领导，创造良好的人才工作环境氛围

1. 加强领导、明确责任

明确各单位一把手是人才工作第一责任人，形成完善的内部管理机制。加强中长期规划的落实力度，细化年度计划，实行折子工程和台账管理，严格考核和责任追究，将人才工作成绩纳入领导班子和干部科学发展观考核的内容体系，保障各项人才工作顺利进行。

2. 强化管理、加大投入

市宣传文化系统"四个一批"人才培养专项资金，充分发挥其带动和导向作用。完善综合协调部门、行业主管部门、人才所在单位等多层次资金配套措施，多渠道筹集和投入培养资金。充分利用社会资源，鼓励社会主体加大对培养工作的投入力度。

3. 加强宣传，营造氛围

统筹做好对中央和北京市委、市政府关于人才工作重要政策措施的宣传工

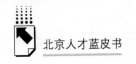

作，加大对优秀宣传文化人才先进事迹的宣传力度，推出一批德才兼备、群众认可的宣传文化人才典型，发挥好示范带动作用，营造尊重人才的良好社会氛围。

Report on the Development of Propaganda and Cultural talent team in Beijing

Research Group of CPC Beijing Committee Propaganda Department

Abstract: Propaganda and cultural work is an important part of the ideological work of the Communist Party of China. Meanwhile, propaganda and cultural talents are important resources to ensure the healthy development of the work. Firstly, the paper explores the team characteristics, special growing patterns and current status of propaganda and cultural workers. Then, the author analyzes the main problems and causes in the process of team development. Finally, according to the new situation and tasks that the propaganda and cultural work faced with in the next decade years in Beijing, the author puts forward some basic ideas and suggestions to strengthen the construction of the team.

Key Words: Propaganda and Cultural Work; Talent

B.12

北京市社会组织人才队伍状况分析*

赵卫华　黄梅**

摘　要： 改革开放以来，北京市的社会组织得到了快速发展，也逐步形成了一支初具规模的社会组织人才队伍。本文首先梳理了北京市社会组织形成和发展的历程；其次，对社会组织人才的基本情况进行了具体分析；再次，阐述了社会组织人才在社会经济建设中的地位和作用；最后，在分析了社会组织人才队伍发展的趋势和面临的问题的基础上，提出了加强社会组织人才队伍建设的政策建议。

关键词： 社会组织　人才

改革开放以来，北京的社会组织得到了快速、健康的发展，逐步形成了一支初具规模的社会组织人才队伍，并在推动首都经济增长和科技创新、促进社会主义市场经济体制的进一步完善、提供社会就业和构建和谐社会等方面发挥了重要作用。

一　北京市社会组织的形成和发展

社会组织是指除政府和企业外的开展各种社会服务的组织，主要包括社会团体、基金会、民办非企业单位、社会中介组织等。改革开放后，北京的社会组织得以恢复与快速发展，各类社会组织大量涌现，基金会等公益性组织迅速崛起，学术性团体进入成立的高潮期，文学艺术团体等其他社会组织相继建立。近几年，社会组织作为社会建设的一支重要力量，进入一个新的快速发展期。2005～

* 北京市委统战部、北京市社会科学院社会学所、北京市委组织部人力资源研究中心在本文资料收集上给予了大力帮助。

** 赵卫华，北京工业大学人文学院副教授；黄梅，中国人事科学研究院博士后。

2008 年，北京社会组织以平均每年 8% 左右的速度增长，发展很快。2008 年，北京的社会组织达到了 6500 多个，就业职工约 95000 人。这些组织与政府机构、市场部门实现了优势互补和良性互动，在各个不同的领域参与社会管理、提供社会服务，在首都社会建设中正发挥着越来越大的作用。

（一）社会团体发展迅速

社会团体是指中国公民自愿组成，为实现会员共同意愿，按照其章程开展活动的非营利性社会组织。随着社会主义市场经济体制的进一步完善，中国国民经济和社会发展取得了重大成就，民主和法制建设进一步加强，营造了相对宽松的政治环境。政府按照"小政府、大社会"的改革思路，下放了部分社会管理职能。这反映到社会层面，科技、教育、文化等社会事业进一步繁荣，公民的自我发展意识逐步增强，社会团体成立的热潮进一步高涨。据统计，1992 年，成立的全国性社团组织有 98 家，是中华人民共和国成立以来成立社团最多的年份。1999～2007 年，北京的社会组织有了更为快速的发展（见表1）。

表1　北京市社会团体（不含基金会）统计（1999～2007 年）

单位：家

年份	社团总数	国内社团按性质分				涉外社团
		专业性社团	行业性社团	学术性社团	联合性社团	
1999	1861	777	347	485	214	38
2000	1973	780	417	500	242	34
2001	2094	835	465	510	250	34
2002	2208	888	500	540	280	
2003	2403	979	631	472	321	
2004	2491	1106	549	502	334	
2005	2589	1139	635	495	313	
2006	2846	1234	710	533	332	
2007	2992					

资料来源：《中国民间组织年志》，中国民间组织网，http://www.chinanpo.gov.cn。

（二）民办非企业单位蓬勃发展

民办非企业单位是指企业事业单位、社会团体和其他社会力量以及公民个人利用非国有资产举办的，从事非营利性社会服务活动的社会组织。1996 年以前中国民办非企业单位称民办事业单位，一直没有建立统一的登记管理制度。1998年10月25日颁布的《民办非企业单位登记管理暂行条例》在法律上规定了民办非企业单位的非营利社会组织地位。北京的民办非企业单位从1999年开始在北京市社会团体管理办公室有登记记录，但在1999~2002年间没有进行分类统计，从2003年起按照隶属行业进行分类统计（见表2）。

表2　北京市民办非企业单位统计（1999~2007年）

单位：家

年份	总数	按隶属行业分									
		教育	卫生	文化	科技	体育	劳动	民政 （社会服务）	中介 服务	法律 服务	其他
1999	2										
2000	34										
2001	887										
2002	1306										
2003	1682	1300	20	21	89	55	121	38	2	3	33
2004	2078	1551	56	29	103	83	155	57	0	3	41
2005	2541	1844	79	37	110	108	217	72	2	20	52
2006	2898	2049	93	50	128	126	260	101	2	24	65
2007	3080	2107	148	82	127	140	—	386	2	27	61

资料来源：《中国民间组织年志》，中国民间组织网，http://www.chinanpo.gov.cn。

从以上数据看，民办非企业组织中，主要是教育类的组织。2003~2007年的统计数据中，教育类占绝对多数，2003年为1300家，占当年登记总数的77.3%；2006年为2049家，占当年登记总数的70.7%；2007年教育类占当年登记的68.4%。教育类的民办非企业单位主要是各类民办性质的学校。

另据北京市教育委员会《2007~2008学年度北京市教育事业统计资料》，北京市各级民办教育学校数为537家，另有1796家民办职业技术培训机构（见表3）。

表3　2007~2008学年度北京市各级民办教育机构统计

单位：家

民办教育 机构总数	各级民办教育学校数				民办职业技术 培训机构数
	高等教育	中等教育	民办小学	民办幼儿园	
2333	60	115	19	343	1796

资料来源：北京市教育委员会，《2007~2008学年度北京市教育事业统计资料》（内部资料）。

（三） 基金会得以迅速发展

基金会是利用自然人、法人或者其他组织捐赠的财产，以从事公益事业为目的，按照《基金会管理条例》的规定成立的非营利性法人。北京市的基金会发展也非常快（见表4），在教育、慈善（扶困、救灾）、文化、科技等方面发挥了很大的作用。

表4　北京市基金会统计（1999～2007年）

单位：家

年份	1999	2000	2001	2002	2003	2004	2005	2006	2007
总数	33	44	48	48	45	88	61	76	82

资料来源：《中国民间组织年志》，中国民间组织网，http：//www.chinanpo.gov.cn。

近几年，北京市基金会增长很多，其中主要是非公募基金会的增长（见表5），2005年以来，公募基金会的数量在减少，而非公募基金会数量则在快速增长，2007年比2005年增长了80%。

表5　不同类型基金会的发展情况

单位：家

年份	基金会数	增加值合计	年末职工人数	按性质分类		
				公募基金会	非公募基金会	境外基金代表机构
2005	61	—	—	26	35	0
2006	76	10125.0	366	25	51	0
2007	82	16775.0	615	19	63	0

资料来源：http：//www.chinanpo.gov.cn。

（四） 社会中介组织应运而生①

社会中介组织是指在建设社会主义市场经济中发挥了政府与社会、与市场的联系作用的社会组织，是介于政府、企业、社会团体及其个人相互之间的从事协

---

① 对于社会中介组织是否属于社会组织，学界有一定分歧。而在党和政府的文件中，中介组织也被划入了社会组织之列。

调、评价、联系等专业性服务活动的社会组织，是沟通政府、社会、企业、个人之间的桥梁和纽带。社会中介组织可以依照中介作用发生的场所划分市场中介与非市场中介两类，其中市场中介组织是中国市场经济发展体系的重要组成部分，它在维护市场秩序方面起着重要的作用。非市场中介组织包括公益性服务机构、社区管理机构等。市场中介组织可以分为四大类如经纪机构、经济鉴证机构、信息技术服务机构、专业代理机构。在北京，信息技术服务机构所占的比重较大（56%）；其次是经济鉴证类机构，占20%（见图1）。

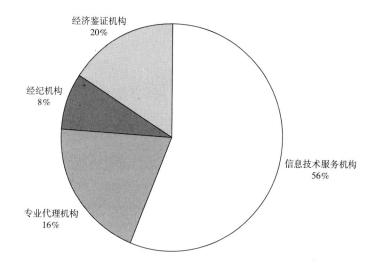

图1　北京中介机构的分布状况

在各类经济鉴证机构中，比例最大的是律师事务所，占40.21%；其次是注册会计师事务所，占17.2%；还有就是各类质量检验认证机构也比较多，占14.33%；其他组织的比重相对就比较小了（见图2）。

1. 律师事务所

根据北京市律师协会提供的数据，截至2008年底，北京市共有律师事务所1211家，占全国执业机构总数的10.4%，其中，合伙制律师事务所1067家，合作所4家，个人开业所79家，其他所1家。全市律师事务所中，律师人数在100人以上的占1%，50～99人的占3%，10人以下的占58%。同时，外国（港澳）律师所代表处97家，2008年新增律师事务所120家，比2007年增加11%（见图3）。

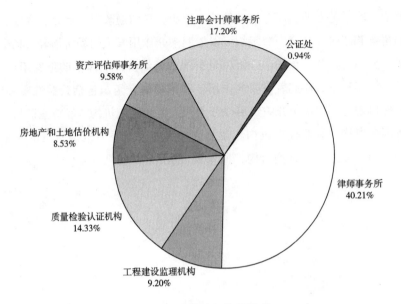

图2 经济鉴证机构的构成

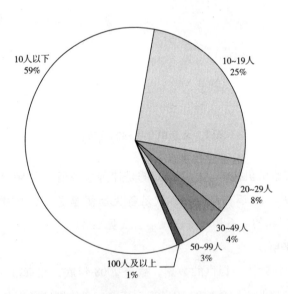

图3 北京律师事务所的规模分布

2. 会计师事务所

据北京市注册会计师协会相关统计资料，截至2008年3月，北京市共有会计师事务所452家。其中，有限责任会计师事务所372家，占82.3%；合伙制

会计师事务所 80 家，占 17.7%。全市会计师事务所中，执业注册会计师人数
在 20 人以下的有 301 家，20～39 人的有 73 家，40～59 人的有 37 家，60～79
人的有 14 家，80 人以上的有 27 家（见图 4）。全市会计师事务所区域分布很
不均衡，海淀、西城和朝阳三个城区共有会计师事务所 326 家，占全市会计师
事务所总数的 72%，而门头沟、延庆、密云、平谷等各有会计师事务所 1 家。
此外，截至 2008 年 3 月，北京市会计师事务所在全国 31 个地区开设 200 余家
分所。

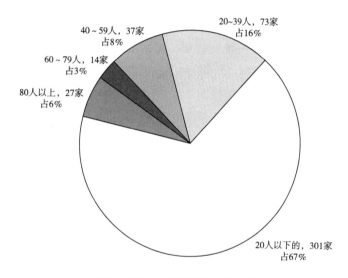

图 4　北京市会计师事务所规模

二　北京市社会组织人才的基本情况

北京市社会组织中汇集着越来越多的人才，他们是首都人才队伍的重要组
成部分。全国人才工作会议精神和《中共中央、国务院关于进一步加强人才工
作的决定》都强调要重视社会组织人才工作。但是由于社会组织人才涉及面
广，难以取得全面的统计信息，要对其人才状况做一个全面的分析存在很大困
难，本文能够做到的是：（1）对人才数量相对较少、统计信息较全的社会团
体、基金会这两类社会组织人才数进行整体分析；（2）对涵盖范围比较广泛的
民办非企业单位，抓住重点，对其中的教育类民办非企业单位人才进行重点分

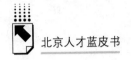

析；（3）对种类繁多的社会中介组织人才，重点分析律师事务所和会计师事务所的人才状况。

（一）北京市社会组织人才的总体状况

据有关资料统计，北京"十五"期间非公经济和其他社会组织人才队伍已经超过 74 万人，占北京市人才总量的 1/3 以上，成为首都经济建设的重要力量。北京市社会组织人才队伍建设也取得了很大的成就。根据 2005 年北京经济普查数据，社会管理和社会组织人员中非公部分人员约占 1/4，可见新社会组织在北京市经济社会中已经起到了不可替代的重大作用。

据中国民间组织网的相关统计数据，北京市民政部门管理的民间组织单位 2007 年末职工人数总计 83558 人，其中：社会团体为 23844 人，民办非企业单位为 59099 人，基金会为 615 人（见图 5）。其中，民办非企业单位聚集了民间组织大部分人才。在全市民办非企业单位中，又以教育类民办非企业单位的从业人数最多。2007 年，北京民办非企业组织 3080 家，职工人数 59099 人，接近 6 万人，形成增加值 66577.4 万元。

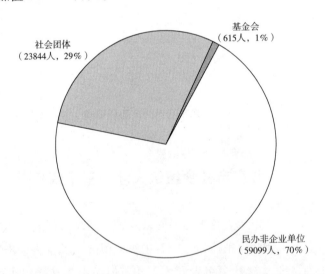

图 5 2007 年末北京市各类民间组织单位职工人数及所占百分比

数据来源：中国民间组织网，http：//www.chinanpo.gov.cn。

北京市中介组织的人才队伍庞大，但是由于数据分散，全面的统计数据很难取得。本文只能就律师事务所、会计师事务所这两类组织的人才统计数据来

分析。根据北京律师协会的相关统计数据，截至 2008 年底，北京律师行业共
有执业律师 18635 人，其中专职律师 17254 人，居全国之首，约占全国执业律
师总数的 10.4%。根据北京注册会计师协会的相关统计数据，截至 2007 年
底，北京市会计师事务所执业人数为 11310 人，约占全国执业注册会计师总数
的 1/7。

（二）北京市民办教育机构的人才状况

北京市民办教育发展迅速，在人才队伍建设方面也取得了很大的成绩①。

1. 民办教育机构人才数量及组成

据北京市教育委员会的北京市教育事业发展统计概况提供的数据，2010 年
北京市各级民办教育的教职工 37656 人，其中专任教师 19969 人，占教职员工总
数的 53%。另外，民办职业技术培训机构拥有教职工 24291 人，其中专职教师
9725 人。因此，2010 年北京市民办教育机构共有教职员工 61947 人，占北京市
各级各类学校教职员工数的 18.68%；专任教师数为 29694 人，占北京市各级各
类学校专任教师数的 12.63%（见图 6）。

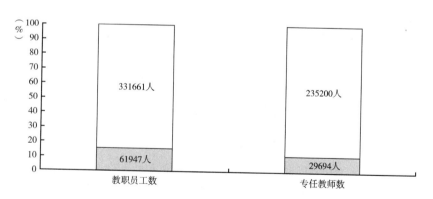

图 6　北京市民办教育机构与其他教育机构教职员工和专任教师数比较

2. 民办教育机构人才分布

北京市各级各类民办教育机构中，民办职业技术培训机构和幼儿园的教职员
工最多（见图 7），二者教职员工的比例分别达到了 39% 和 22%。

---

①　有关民办教育的数据资料皆来自北京市教委《2007～2008 学年度北京市教育事业统计资料》
和北京市教委 2010 年《北京教育事业发展统计概况》。

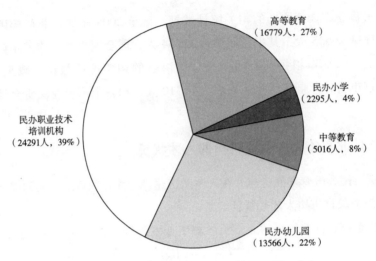

图7 北京市各级各类民办教育机构教职员工分布

各级各类民办教育机构中，专任教师的数目与员工数有一定差别。民办职业技术培训机构的专任教师比例为33%，民办幼儿园专业教师的比例达到了27%，（见图8）。但无论教职员工数还是专任教师数，民办职业技术培训机构、高等教育机构和幼儿园都是北京市民办教育人才的主要载体。

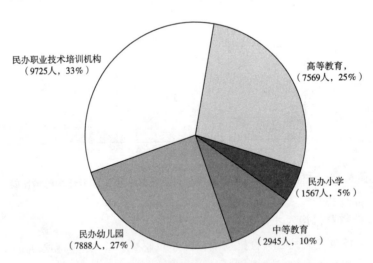

图8 北京市各级各类民办教育机构专任教师分布

3. 民办高等教育人才的职称状况

限于资料，无法分析各类民办教育的人才结构，图9是民办高等教育（普通高等教育和其他高等教育机构）中专任教师的职称结构。从图 9 中可以看出，在民办高等教育界机构中，正高的比例是比较低的，只有 9%；无职称的比例高达 21%；而在所有高等教育中，正高的比例高达 19.2%，无职称的比例只有 4.5%。

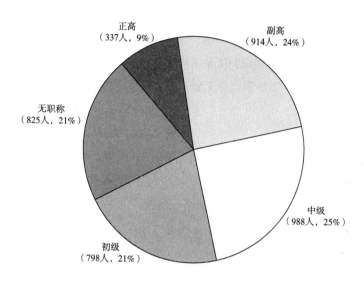

图 9　北京民办高等教育机构专任教师的职称分布

（三）北京市律师行业的人才状况

北京律师行业发展迅猛，其所拥有的执业律师数居全国之首，并且近几年律师数量继续以较快速度增长。从 2003 年到 2008 年，北京市律师人数年增长率在 15% 以上，2008 年新增执业律师 2843 人，比上年增加 18%。

1. 北京市律师行业人才数量及组成

根据北京市律师协会提供的数据，截至 2008 年底，北京律师行业共有执业律师 18635 人，律师人数居全国之首，其中专职律师 17254 人，兼职律师 944 人，公司律师 339 人，公职律师 36 人，法律援助律师 62 人。外国（港澳）律师所代表处代表 259 人，外国（港澳）律师所代表处雇员 1140 人。

2007 年，有 713 名外省（自治区、直辖市）律师转入北京，外省（自治区、直辖市）进京执业律师总数达到 7964 人，占全市律师总数的 50.44%。外地律师大量涌入，对于充实北京律师队伍，促进市场建设有着积极作用。但是由于一

些人在进京执业前缺乏明确的市场定位，业务开展遇到许多困难，并产生了一些影响市场发展和队伍建设的问题，据统计，外省市进京执业的律师违法违纪的比例较高，应加强引导和规范。

2. 北京市律师行业人才学历结构

近两年，北京律师的学历有很大提高，根据北京市律师协会《2007 年北京律师行业发展报告》，截至 2007 年底，北京市律师中，具有本科以上学历的律师 14514 人，约占全市律师总数的 92%，其中博士 469 人，硕士、双学士 3847 人，由此可见，北京市执业律师素质处于较高的水平（见图 10）。

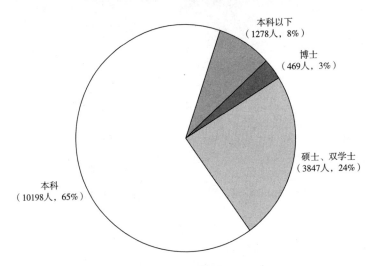

图 10　2007 年底北京市律师执业人员学历结构

数据来源：北京市律师协会，《2007 年北京律师行业发展报告》。

3. 北京市律师行业人才年龄结构

据北京市律师协会《2007 年北京律师行业发展报告》，截至 2007 年底，北京市律师平均年龄为 38 岁，比 2006 年降低 1 岁，逐渐呈现年轻化趋势（见图 11）。

4. 北京市律师行业人才性别比例

据北京市律师协会《2007 年北京律师行业发展报告》，截至 2007 年底，北京市律师按性别划分，男律师 10771 人，女律师 5021 人，性别比例为 2.15∶1。

5. 北京市律师行业人才党派分布

据北京市律师协会《2007 年北京律师行业发展报告》，截至 2007 年底，北

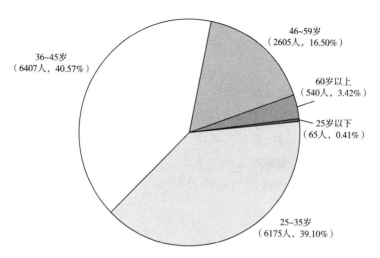

图 11　2007 年底北京市律师执业人员年龄结构

数据来源：北京市律师协会，《2007 年北京律师行业发展报告》。

京市律师从党派分布上看，党员律师有 4400 多人，民主党派律师 400 人，具体党派分布结构如图 12 所示。

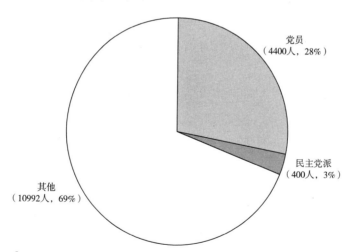

图 12　2007 年底北京市律师执业人员党派分布

数据来源：北京市律师协会，《2007 年北京律师行业发展报告》。

（四）北京市注册会计师行业的人才状况

北京市注册会计师行业集聚了大量的会计人才，人才队伍的情况如下。

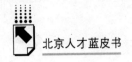

1. 北京市注册会计师行业人才数量及组成

据北京市注册会计师协会相关统计资料，截至 2008 年 3 月，北京市执业注册会计师 10956 人，约占全国的 1/7。非执业人数 8000 多人。由此可见，具有执业资格的注册会计师是北京市注册会计师行业从业人员的主体。

2. 北京市注册会计师行业人才学历结构

据北京市注册会计师协会相关统计资料，截至 2008 年 3 月，北京市执业注册会计师具有大学以上学历的有 6803 人，占全市执业注册会计师总数的 62.1%。其中，博士 22 人，硕士 742 人（见图 13）。由此可见，北京市执业注册会计师素质处于较高的水平。

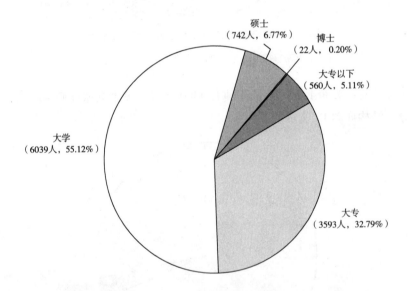

图 13　截至 2008 年 3 月北京市执业注册会计师学历结构

数据来源：北京市注册会计师协会相关统计资料。

3. 北京市注册会计师行业人才年龄结构

截至 2008 年 3 月，北京市执业注册会计师 40 岁以下的占 60% 以上，执业年龄呈现年轻化趋势。具体年龄结构如图 14 所示。

4. 北京市注册会计师行业人才性别比例

截至 2008 年 3 月，北京市执业注册会计师按性别划分，男 54111 人，女 5545 人，性别比例接近 1∶1。

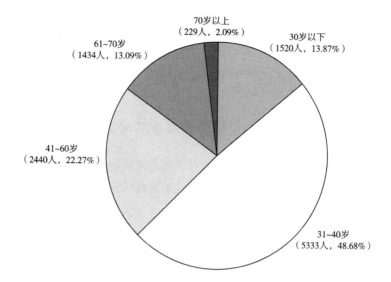

图 14　截至 2008 年 3 月北京市执业注册会计师年龄结构

数据来源：北京市注册会计师协会相关统计资料。

三　北京市社会组织人才的地位和作用

非公组织人才已经占了北京人才队伍的 1/4，社会组织人才是这一人才队伍的重要组成部分。社会组织人才不仅已经具备一定的规模，而且其分布广泛，他们活跃在北京各个行业、各个领域，特别是在社会建设领域，社会组织人才发挥着非常重要的作用。社会组织人才是北京人才队伍的一个重要组成部分，是首都人才队伍建设不可或缺的部分。目前，这支队伍在经济、政治、文化、社会和国际交往等方面发挥着越来越广泛的积极作用。

（一）社会组织人才为行业发展作出了巨大贡献

各类社会组织人才依托于社会组织，为各行业的发展服务，组织中的领导者一般都是行业的佼佼者，他们通过组织发挥了行业整合的作用，为行业发展作出了重要贡献。这在社会团体方面体现的最为充分，如在北京市社会团体组织中，管理者大多是行业界、学术界的顶尖人物，他们通过社团开展活动，促进了行业发展和学界繁荣，对维护社会主义市场经济秩序，进一步完善社会主义市场经济体制，促进行业和学术发展，促进社会公平和全面协调发展，建设和谐社会等方面发挥了重要作用。如大量行业协会和专业协会服务于行业发展，对行业发展进行引导和规范，在行业自律、行业监管和行业发展方面发挥着很大作用。学术团体在引领相应领域的学术繁荣和学术发展方面也起着非常重要的作用。

（二）社会组织人才是社会建设和服务不可缺少的力量

目前，社会组织人才已经形成了一支庞大的人才队伍，这支队伍在社会服务方面发挥着越来越重要的作用。在北京市，依托于各类社会组织的专业社会服务人才和志愿服务人才在北京社会服务领域发挥着非常重要的作用。这一人才队伍活跃在教育、慈善（扶贫、救灾等）、文化、科技等各个领域，做了很多有益的事情，这在一定程度上弥补了政府服务和财政资金的不足。社会组织依靠其灵活的服务方式，在最需要的地方开展社会服务，及时发挥它们的作用，弥补政府服务的不足。

在教育领域，大量的民间教育机构不用政府的一分钱，为社会培养了大量人才。如北京的民办高等学校中，2007 年教职工总数只有 15919 人，专任教师6952 人，在校生人数却高达 250593 人（见表6）。民办教育以其高效和灵活的办学方式，弥补了公立高校办学的不足，培养了大量实用技能型人才，在北京市教育市场上占据了一席之地。民办教育机构的人才为社会发展作出了重要的贡献。在表6 的下列各项指标上，民办高校人才作用效能都发挥得更为充分，这也从另一个方面反映了民办教育中教师工作的压力更大。

表6　2007～2008 学年北京市民办高等教育机构与所有学历
教育机构人才作用比较

单位：人

学校类型	专任教师数	在校学生情况		招生情况		毕业学生情况	
		人数	生师比	人数	生师比	人数	生师比
民办高等教育机构	6952	250593	36.0：1	61594	8.9：1	55036	7.9：1
所有学历教育机构	186236	3195763	17.2：1	927144	5.0：1	851126	4.6：1

注：生师比的计算公式为：生师比 = 学生数/专任教师数。
资料来源：北京市教育委员会，《2007～2008 学年度北京市教育事业统计资料》。

在自然灾害救助（如汶川地震）、弱势群体救助、大型社会活动中，民间组织能够非常迅速地捕捉到居民的需要，提供灵活多样的服务。如 1993 年 12 月 5

日成立的北京志愿者协会，其宗旨是负责规划、指导、组织、协调北京志愿服务工作。在北京筹办奥运会期间，该协会围绕"志愿北京、迎接奥运"主题，广泛开展北京迎奥运志愿服务活动，推出了"到公益机构去"、"首都大学毕业生基层志愿服务团"、北京奥组委前期志愿者工作、"青春微笑行动"、"迎奥运北京市民讲外语"、"2008 奥运志愿服务宣讲团"、阳光心语行动、"青春红丝带"预防艾滋病宣传、"文明交通伴我行"、中国青年志愿者赴埃塞俄比亚服务以及服务大型赛会等品牌项目，取得了良好的社会成效。

（三）社会组织人才是经济和社会秩序的维护者

社会组织活跃在经济社会发展的各个领域，它们是社会主义市场经济秩序的维护者，是和谐社会的建设者。在经济领域，大量的协会、商会和中介组织为建立良好的市场秩序发挥着重要的作用，如北京市注册会计师是首都市场经济运行中的一个重要中介组织，在为首都经济实体提供中介性媒介服务的同时，也为维护首都市场经济秩序作出了很大贡献。据调查，2007 年北京市注册会计师通过审计、查账，查出造假账数起，挽回税款接近百亿。此外，北京市社会保障局聘请注册会计师清查工资总额，为缴纳社会保障金提供依据。最近三年来，北京市执业注册会计师秉公执法，有效治理商业贿赂、竞相压价、招标不规范和暗箱操作案件多起，发挥了重要的市场监督职能。

北京市律师行业执业律师数居全国之首，这支律师队伍对于推进北京的司法建设、维护司法秩序和社会秩序方面发挥了非常重要的作用。北京市广大律师积极介入首都经济社会发展和人民生活各个领域，不断加强刑事辩护和民事代理工作，积极开展经济和民商事法律服务，2007 年办理诉讼案件 77508 件，办理非诉讼法律事务 58477 件，办理仲裁案件 3121 件，担任企事业单位法律顾问 16365 家。

他们通过各种法律援助和法律顾问工作，服务社会、化解社会矛盾，推进法制化建设。2007 年，北京市广大律师通过开展律师进社区、参与政府信访、担任政府法律顾问、参与调解、参与法律援助等有效形式，排查化解大量社会矛盾纠纷。2007 年北京市共有 225 家律师事务所的律师担任政府法律顾问，400 名律师参与各级政府信访接待工作，2000 多名律师参与人民调解工作，120 余家律师事务所的 1300 多名律师参与为农村提供法律服务，320 余家律师事务所的 1300 多名律师直接参与法律服务进社区工作。律师参与社会矛盾纠纷化解工作已基本覆盖市、区（县）、乡镇三级。2007 年，北京律师积极从事市、区（县）、乡镇

三级政府及其职能部门法律顾问工作。

2007 年，越来越多的律师事务所和律师投身到和谐社区建设中，一大批律师走进了社区，开拓了为百姓服务的新领域。目前，北京市的律师事务所直接参与进社区工作的达 320 家，参与的律师达 1380 余人，已经与 1154 个社区、街道建立了长期合作关系，辐射面已达到 18 个区（县）。此外，北京市还成立了农民工法律援助工作站，积极为农民工提供法律服务。北京律师还响应新农村建设的号召，组织了大量送法到农村活动，通过举办法律讲堂、义务法律咨询、开展普法宣传等形式，把法律送到了农民身边。

（四）社会组织人才也具有很强的经济效益

在北京，各类社会组织及其人员也都是纳税者。根据中国税收征管的相关法律，社会组织作为独立的法人单位，目前涉及缴纳地方税收的税种有：营业税、城市维护建设税、教育费附加、土地增值税、城镇土地使用税、房产税、印花税、企业所得税、个人所得税、车船使用税。据了解，目前社会组织除了社团组织会员缴纳的会费、社会组织接受的捐赠按照规定免费以外，社会组织与企业一样缴税，在税收方面没有其他优惠。很多社会组织在取得了良好的社会效益的同时，也带来了大量的税收，如一些民办非企业组织，像各类民办高校和职业培训结构，不但不要国家的钱，还在纳税。另外，据北京市注册会计师协会相关统计资料，2007 年北京市注册会计师事务所营业收入 64.5 亿元，据此初步测算，北京市执业会计师人均营业收入高达 57.03 万元；共缴纳税款 16 亿元左右，据此初步测算，北京市执业会计师人均纳税高达 14.6 万元。据北京市律师协会《2007 年北京律师行业发展报告》，2007 年北京市律师行业总收入达 90.8 亿元，据此初步测算，北京市执业律师人均收入高达 57.50 万元。各种律师执业机构（包括国内律师执业机构、外国和香港事务所北京代表处）共缴纳税款 12 亿元，据此初步测算，北京市执业律师人均纳税高达 7.6 万元。

四 社会组织人才发展：趋势、问题及政策建议

（一）社会组织人才发展的趋势

从国际比较来看，中国的社会组织拥有均量还是非常低的。王名等对 15 个

国家和地区的非营利组织拥有均量进行了测算。测算结果，发达的民主国家中每万人拥有的非营利组织数量明显高于其他国家和地区，如法国（110.5个）、日本（97.17个）、比利时（80.39个）、美国（51.79个）、印度（10.21个）、巴西（12.66个）、埃及（2.44个）。中国内地目前每万人拥有的社团数量为2.1个，这个比例比较接近埃及，不仅远远低于发达国家，也低于发展中国家（见表7）[1]。

表7　一些国家和地区每万人非营利组织数

单位：个

国家和地区	非营利组织数	国家和地区	非营利组织数
法　国	110.5	新加坡	14.5
日　本	97.17	巴　西	12.66
比 利 时	80.39	印　度	10.21
美　国	51.79	中国台湾	9.34
阿 根 廷	25	埃　及	2.44
中国内地	2.1		

作为首都，北京每万人社会组织拥有量还是比较低的。笔者采用2006年的数据对北京每万人拥有的社会组织进行测算。2006年北京社会团体的登记数为2770个，民办非企业单位的登记数为2898个，基金会76个，社会组织合计为5744个。北京的人口数据采用2006年北京统计局公布的1581万人。这样，计算得出的北京每万人拥有的社会组织数量为3.63个。这个数量稍高于全国（大陆地区）数，但是远低于其他发达甚至发展中国家和地区（仅高于埃及）。这与北京的首都地位是不相称的。

因此，从国际社会组织发展的状况看，社会组织的发育与经济发展水平有一定的相关性，但是也与社会管理方式有很大关系。从上面一些国家的情况看，在经济发达国家，如法国、日本、比利时、美国等，每万人拥有社会组织的数量远远高于发展中国家如印度、巴西等，但是从经济发展水平看，中国台湾地区每万人社会组织的拥有量低于印度和巴西，而其经济发展水平却高于这两个国家。目前北京每万人社会组织拥有量远远低于其他经济水平相当甚至经济发展水平较低的国家和地区，这主要是因为中国经济快速发展的时间还比较短，社会发展相对

---

① 王名、刘国翰、何建宇：《中国社团改革——从政府选择到社会选择》，社会科学文献出版社，2001，第105页。

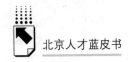

滞后，也与中国社会治理的方式有很大关系。这一点与中国台湾的情况有一定相似之处。从国际比较看，北京民间组织的发展水平与经济发展水平是非常不相称的，因此，今后一个时期，随着社会建设的推进，北京社会组织还将有一个大发展。特别是近两年，北京市认定了一批枢纽型社会组织，试图以此推动社会组织的发展，这为社会组织发展提供了一个很好的服务平台。以此为契机，社会组织发展将进入一个快速增长期，社会组织人才队伍也会不断增长，其素质也会进一步提高。

（二）社会组织人才队伍发展面临的问题

1. 社会组织人才队伍发展存在一些体制性障碍

从社会组织及其人才本身的发展看，它们是在市场机制下产生和发展起来的。在中国渐进式改革模式下，社会体制改革明显滞后于经济体制的改革。一些计划经济条件下实行的社会政策和体制，在市场转型中并没有根本改变，一些旧体制对于社会组织人才的成长来说是不利的。目前，社会组织人才发展虽然已经被纳入了北京人才建设的战略规划，但是这一人才队伍的发展还面临一些体制性的障碍。

首先，户籍制度对社会组织人才队伍发展有一定限制。在调查中，不少人谈及户籍制度造成的不公平影响。很多外地户籍的社会组织人才进入北京以后，在住房、子女就学等方面面临一系列户籍歧视，这对于这些组织吸纳高素质人才是不利的。

其次，计划体制和市场体制的分割。从社会组织人才从事的工作性质来看，他们也是在发挥社会服务的作用，与事业单位人才在工作性质上基本是一样的，但是，由于中国非公组织和公有性质的组织还是两套管理体制，所以一些在社会组织工作的人，不能获得与公有组织同样的发展机会。这对社会组织人才的职业发展来说是不利的。这也是很多社会组织不能吸引高素质人才的主要原因之一。在教育、医疗及其他社会服务领域，人才发展的平台不够，如在教育领域，很多民办学校的教师不能评职称，所以一些毕业就进入民办学校的大学生，不能评职称，没有稳定提高的机会，对他们的发展很不利。

2. 社会组织人才发展的组织环境有待改善

社会组织人才是依附于社会组织而存在的一支人才队伍，社会组织发展状况对其影响非常大。社会组织是社会管理和社会服务的必要组成部分，改革开放以后，中国一直致力于社会治理方式的改革，从"大政府，小社会"向"小政府大社会"转型,这些年来,虽然政府越来越重视社会组织的发展和社会组织在社会治理中的作用发挥,但是,与一些现代化国家相比,中国社会组织发挥的作用还远远不够。在社会管理和社会服务中,社会组织的作用还没有很好地发挥出来。

在国外,社会组织的很大一部分运作资金来自政府,在中国,政府向社会组织购买服务的机制还很不成熟,各地还处于探索阶段。北京这两年在向社会组织购买服务方面有一定推进,但是数量还比较小,相对于北京经济社会发展的需要来说还很不够。北京作为一个现代化的国际大城市,社会组织在社会治理中发挥的作用还远远不够,政府管的事情还是太多太细,在未来的社会治理中,应该更好地引导和支持社会组织服务功能的发挥。

社会组织发展的社会环境制约了社会组织的发展,也制约着社会组织人才队伍的数量和质量。因此,为社会组织创造更加宽松的发展环境,特别是促进北京社会建设需要的各类社会组织的发展,对于社会组织人才队伍建设是至关重要的。

3. 社会组织人才队伍的结构不平衡

社会组织内部异质性强,社会组织人才队伍的异质性更强。社会组织人才中,有国际化的高端人才,也有素质相对较低的人才。对于北京来说,对高端人才的需要更多,据调查,在律师行业,80%的业务被20%的事务所拥有,80%的事务所争夺20%的业务,中小事务所生存并不容易,低端服务严重饱和,高端服务明显不足,高层次的律师比较紧俏。在教育领域,一些民办高校专任教师也存在师资不高的问题。表8是北京民办普通高校与所有普通高校师资情况的比较,从中可以看出,民办高等教育人才结构还不太合理。

表8 北京民办普通高等学校与所有高等学校的师资状况比较

单位:人,%

	合计	正高	副高	中级	初级	无职称
所有普通高等教育	53743	10332	17549	18727	4720	2415
	—	19.22	32.65	34.85	8.78	4.49
民办普通高等教育	3853	337	914	988	798	825
	—	8.75	23.72	25.64	20.71	21.41

资料来源:北京市教育委员会,《2007~2008学年度北京市教育事业统计资料》。

其他如养老领域,北京已经进入老龄社会,但是养老服务人才严重不足,特别是专业服务人才严重不足。诸如此类的结构性不平衡问题,虽然是市场机制优

胜劣汰的结果，也与政府的差别性人才培养政策有关。鉴于社会组织发展的必要性和迫切性，对于社会组织人才，政府也应该从宏观上进行调控，在需要服务的领域给予更加宽松的政策，对社会组织的发育进行结构性调控，注重社会组织人才的引进和培养，由此达到社会组织人才队伍的合理配置。

（三）社会组织人才队伍建设的政策建议

1. 优化社会组织发展的社会环境，大力促进社会组织发展

社会组织的大发展是社会组织人才队伍建设的基础和前提，目前社会组织的数量与社会发展的需要还相差甚远，应该大量发展社会组织，为其发展创造宽松的环境，破除一些体制性障碍，完善有关社会组织发展的法律规范，为社会组织人才成长打造良好的社会环境。

2. 建立社会组织人才成长的良好平台，消除体制性歧视

目前，社会组织领域的人才与公有制单位的人才在发展平台上还有很多差距，体制性差别体现在人才的认定、成长、待遇等方面。今后，随着社会组织人才队伍的越来越壮大，这支人才队伍的成长对社会发展的作用也越来越大，所以要加快建立相关人才发展的统一平台，为体制内外人才成长创造一个公平竞争的环境。

3. 更加重视和引导社会组织人才功能的发挥

要把社会组织人才和公有制单位的人才一样对待，将其看作这个社会的财富，在给他们相应地位的同时，更好地组织和引导他们为北京的和谐社会建设作出贡献。

4. 注重调控社会组织人才队伍的结构，为吸引社会急需人才创造条件

目前社会组织人才在一些领域存在结构性不平衡，对于这种不平衡，要通过社会组织发展的相关政策调整，大力促进社会急需的社会组织及其人才的成长。

Analysis on the Status of Beijing
Social Organizations Talents

ZhaoWeihua   Huang Mei

Abstract：Since reforming and opening up to the world, social organizations in

Beijing has been developed rapidly, and a talent team has been gradually formed. Firstly, the paper reviews the history of social organizations' formation and development. Secondly, the basic situation of social organization talents is analyzed specifically. Then, the author expounds the status and role of social organization talents in the economic construction process. Finally, based on the analysis of the trend and problems in the development of social organization talents team, the author proposes several policy recommendations to strenghen the team building.

Key Words: Social Organization; Talent

B.13
北京郊区农村人力资源开发对策研究*

季 虹**

摘 要: 首都实现城乡经济社会发展一体化新格局的关键是提升郊区的现代化水平,而郊区实现现代化的基础性关键因素是人才,要靠农村人力资源的开发。因此,加快农村人力资源开发,提高劳动者的素质和区域创新能力是郊区加快转变发展方式的有效途径。当前,北京市农村人力资源存在着文化素质和技能水平偏低等问题;在其开发的过程中存在着资源分散、统筹协调能力较弱、针对性不强、转移培训效果欠佳、支持保障措施不到位等问题。本文按照发现问题、分析问题和解决问题的一般思路,以现状分析、挖掘和剖析问题、提出相应对策建议的技术路线展开研究。

关键词: 首都 农村 人力资源开发

人力资源是人类赖以发展的最重要、最宝贵的资源,对这一资源的开发程度,从根本上决定着社会的发展程度。开发人力资源、对人的潜能的充分挖掘和利用,已成为现代经济高速成长和社会加快进步的有力杠杆。改革开放以来,随着农村体制改革、教育发展和科技兴农政策的逐步推广和实行,北京市农村人力资源的开发工作取得了令人瞩目的成绩,在农村人力资源数量的控制、质量的改善、结构的优化和有效合理的配置利用等方面取得了重大的进展。但大量情况表明,目前北京市农村人力资源的总体状况依然没有得到根本的改善,农村人力资源总量过于"富足"而人力资本严重"贫困",仍旧是当前首都郊区经济社会发展中的一个不可回避的现实问题。因此,提高劳动者素质、大力开发农村人力资

---

* 本研究为北京市哲学社会科学资助项目。

** 季虹,经济学学士,北京市农村经济研究中心副研究员,长期从事郊区经济社会发展、城镇化、农村人力资源开发等方面的调研工作。

源，既是首都郊区实现现代化的难点和突破口，也是建设世界城市、实现城乡一体化目标的基础性条件。

一 北京郊区农村人力资源的现状分析

（一）农村人口和劳动力资源

1. 农村人口和劳动力数量较大

北京是一个人口超大型都市，农业人口也相对较大。据统计，2009年全市常住人口数1245.8万人，农业户籍人口273.9万人，其中农村人力资源为170.0万人，在一、二、三产业中的从业结构为32.1∶19.4∶48.5。农业人口占全市总人口（指常住人口）的22.0%，农村人力资源占农业总人口的62.1%，占全市人口总数的13.6%。农村人力资源数量相对较多，而且随着人口的增长，农村每年将有近20万人新增劳动力补充到劳动力队伍中，使农村劳动力总数不断上升。如此庞大的农村劳动力人口使得北京市农业、农村、农民发展的任务更加艰巨，但同时也是北京市郊区进行现代化建设的宝贵财富，蕴含着巨大的潜在生产力，有着极大的开发潜力（见表1）。

表1 北京农村人力资源情况

单位：万人，%

年份	全市常住人口	农业户籍人口	占全市比重	农村人力资源	占农村比重	占全市比重
2009	1245.8	273.9	22.0	170.0	62.1	13.6

资料来源：《北京市统计年鉴2010》。

如图1所示，北京郊区农村劳动力在各区县的分布差异较为明显。其中房山区、通州区、大兴区和顺义区劳动力数量均在20万以上；丰台区、海淀区和门头沟区劳动力数量均在10万以内。延庆、怀柔和朝阳的农业户籍劳动力接近10万。需要强调的是，在城市化、城镇化不断加快的进程中，农村劳动力往往在完成职业的非农转移后，并未进行户籍的变更。因而，上面的统计数据和实际从事农业的劳动力数据会有一定的出入，但基本的劳动力分布格局不会发生大的变化。

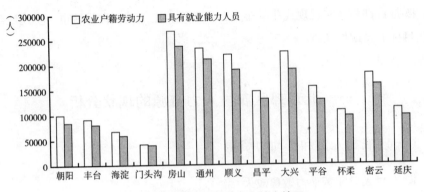

图1 北京郊区农村劳动力基本情况

2. 农村劳动力的老龄化现象严重

如表2和图2所示，目前北京郊区已经就业的农村劳动力中，40岁以下劳动力仅占42%，30岁以下劳动力仅占15%。而与此相对应的是50岁以上的劳动

表2 郊区农民的年龄结构

单位：万人，%

年龄	16~20岁	20~30岁	30~40岁	40~50岁	50~60岁
数量	1.6	24.5	45.8	60.9	37.2
比重	0.94	14.41	26.95	35.82	21.88

资料来源：北京市农委专题调查（2009年）。

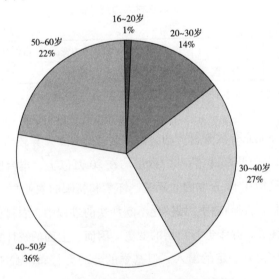

图2 郊区农村劳动力的年龄结构

力已经占到了1/5强。出现这种劳动力年龄结构，一方面和农村人口结构长期自然演变有直接关系，即由"高出生率、高死亡率和高增长率"向"高出生率、低死亡率、高增长率"的转变，并逐渐向"低出生率、低死亡率和低增长率"的第三阶段转移，由此呈现出劳动力的老龄化现象；另一方面，北京郊区城市化速度不断加快，农村劳动力不断由农村向城市地区转移，而且转移出去的这一部分劳动力大部分是年轻人，而"40、50"人员向城市转移则面临着较大的困难而转移较慢，因而逐渐演化为目前的劳动力年龄结构。考虑到这种演变的趋势还将继续下去，未来郊区农村人力资源开发的重点应该把"40、50"人员纳入进来。

3. 农村劳动力的文化层次偏低

如表3、图3所示，在郊区农村劳动力中，大专以上（含本科等）学历教育的比重不足1个百分点（0.98%）；中专中技劳动力比重也仅为2.7%。这反映了在当前郊区劳动力受教育水平结构中技能型劳动力严重偏少，这必然对快速发展的郊区经济产生制约作用。尤其考虑到城市化进程在郊区的推进，产业升级不断加快，对新技术的扩散和吸收存在刚性需求，目前的劳动力文化结构已经显然滞后于这种客观的经济发展形势。

表3　北京农村劳动力资源文化程度情况

单位：人，%

区　县	合计	本科	大专	中专中技	高中	初中	小学	文盲
全　市	1699792	1969	14341	46195	192778	1220113	196713	27683
比　重	100	0.12	0.86	2.72	11.33	71.78	11.57	1.62

资料来源：北京市农委专题调查（2009年）。

郊区初中以下学历的劳动力占到85.0%，其中初中程度的劳动力一般都具有识字能力，如果加强职业与成人教育，人力资本水平会迅速有一个大幅度上升，也会比较顺利地转移到二、三产业，尤其是对30岁以下的年轻劳动力而言。由此，这也意味着对个人的一个较高的收益率，对区域经济增长会存在较明显的推动作用。

4. 农村劳动力培训缺乏系统性和延续性

加大农民职业培训力度，是正规学历教育的重要补充，是农村人力资源开发的重要形式。农民职业培训主要包括岗前培训、技能培训和引导培训三个方面（见表4）。

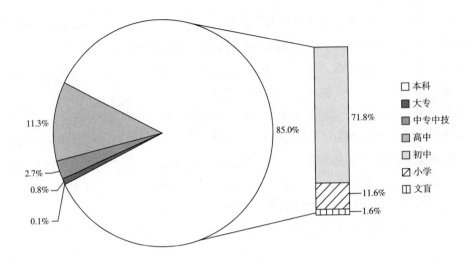

图3 郊区农村劳动力文化程度

表4 2007年农村劳动力培训情况

单位：人

培训类型	一次	两次	三次	四次	四次以上
岗前培训	23097	5950	1781	2603	720
技能培训	69650	15993	4355	4792	4128
引导培训	26540	5886	1100	1333	1477

资料来源：北京市农委专题调查（2009年）。

如图4所示，在接受过培训的劳动力中，大多数仅接受过一次培训，而且主要集中在技能性培训项目。这反映在图4中，接受过两次以上培训的劳动力数量相比接受过一次培训的劳动力数量迅速下降。这种现象反映出来的问题是，对大多数农民而言，培训项目设计缺乏系统性和连续性，这也将限制培训的实际效果。

5. 郊区农民收入与文化、产业、年龄间关联分析。从受教育程度与收入关系的分析结果显示：学历差别造成的收入差别显著

如图5所示，农民的人均收入水平和受教育程度有非常显著的相关性。2007年，全市农村劳动力平均收入为9307元，如图5中横线所示，基本上与受教育程度在初中水平的劳动力收入水平相对应。受教育程度越高，收入水平也就越高，相反则越低。文盲劳动力的收入水平为4786元，为本科以上学历水平劳动

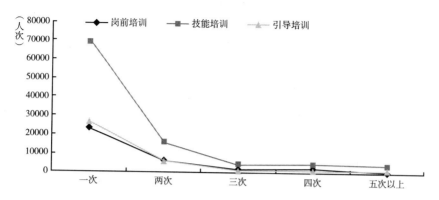

图4　2007年农村劳动力培训情况

力的1/3弱，即使和高中或中专（含中技）学历劳动力相比，也不及其收入水平的1/2。可见，提高农村劳动力的受教育程度，加大以教育为核心的人力资本投资是提高农民收入水平的重要手段。

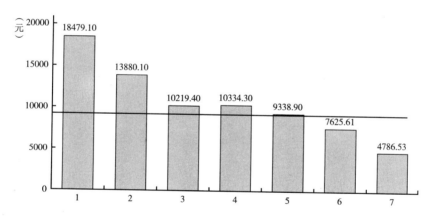

图5　农民人均收入水平与受教育程度

说明：横轴为学历等级，由1～7分别为本科以上、大专、中专（含中技）、高中、初中、小学以及文盲。1代表全市农村平均人均收入。

农村劳动力收入的产业间差别十分显著。如图6所示，三次产业的收入水平分别为6218元、10834元和10749元。产业间的收入差别是劳动力非农化转移的基本动力源，而加快劳动力向非农产业的转移也是通过提高劳动力的配置效率，促进地区经济增长的重要途径。因此，也应成为劳动力资源开发的重点内容之一。

从年龄角度分析，中年农村劳动力的收入水平较高。由图7可以看出，劳动力收入存在一个显著的生命周期曲线。年龄在30～50岁区间的劳动力收入水平

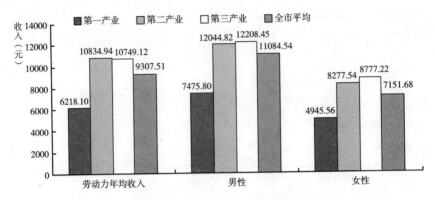

图6 劳动力收入的产业间差异分析

资料来源：北京市农委相关专题调查（2009年）。

处于顶峰阶段。在之前和之后收入水平都趋于下降。由此说明如何提高50岁以上和30岁以下劳动力的收入水平将有利于缩小年龄间收入的差别和提高平均收入水平。同时，如何进一步开发30～50岁年龄段劳动力的人力资源应成为未来人力资源开发的着力点和侧重点。

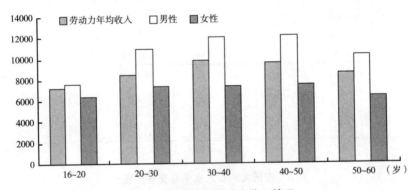

图7 不同年龄段劳动力收入情况

资料来源：北京市农委相关专题调查（2009年）。

（二）首都农村实用人才队伍现状分析

2008年，北京市委农工委对全市158个乡镇农村实用人才状况组织了全面的调查统计，结果如下。

1. 人才队伍中以男性为主，区域分布以远郊平原为主

根据全市158个乡镇统计，共有各类农村实用人才17077人，约占农村劳动力总数（170万人）的1%。其中男性占76%；女性占24%，男女比例约为3∶1。统计显示，农村实用人才分布上以远郊区县的平原为主，最多的是大兴和房山区，分别占全市农村实用人才总数的19.5%和17.2%；近郊普遍较少，其中丰台仅占1%（见图8）。对于远郊区县，尤其是平原区县，农业比重较高。

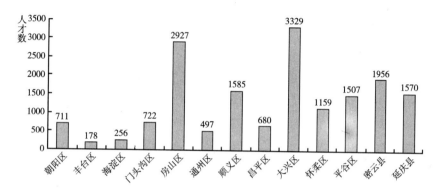

图8　区域分布结构

资料来源：北京市委农工委相关典型调查（2009年）。

2. 中年实用人才占主导地位

这次调查结果还显示，36岁以下的实用人才数量明显很少，只占8.1%，其中25岁以下的青年人才最少，仅有不足1%；36岁以上人群是当前人才队伍的主要部分，占有比例为总数的92.0%；其中40～55岁人群是主要力量，占人才总数的62.0%。

3. 非农身份的实用人才比例过半

据户籍身份的统计数据显示，拥有城镇户口的农村实用人才占相对多数，占人才总数的59%；而拥有非农业户口的人才占41%，除农转非情况外，其中有一定数量是城市非农业人口进入农村成为农村实用人才，从而对郊区发展作出了贡献。

4. 农村实用人才的培养渠道以自然成长为主

统计显示，自然成长模式仍然是当前农村实用人才培养的主要模式，占46%。但政府努力下的协议培养及其他类似培养模式正发挥越来越大的作用，有望改变当前以自然成长为主的模式，成为农村实用人才培养的主要渠道（见图9）。

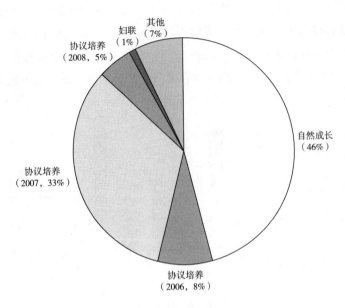

图9　培养渠道结构

资料来源：北京市委农工委相关典型调查（2009年）。

二　北京郊区农村人力资源开发进程中存在的主要问题

改革开放以来，郊区农村人力资源开发已经取得重大进展，但仍存在很多亟须解决的矛盾和问题。这主要表现在以下几个方面。

（一）郊区农村人力资源开发已经取得重大进展，与首都经济社会发展要求相比仍有较大差距

要实现首都城乡经济社会一体化新格局，人的因素是最重要的。但是长期以来政府及有关部门对人力资源开发重视不够，特别是对农村人力资源的开发力度不够。

1. 郊区农村人力资源的开发缺乏系统规划

目前郊区270多万农民的培养是一项长期的战略性任务，应成为北京建设世界城市、率先实现城乡一体化的核心内容和关键环节。应高度重视，超前规划，统筹安排。但从目前看，政府及有关部门对此问题的重视仍显不足。（1）认识

程度不够，没有将农村人力资源的开发当作一项重要任务予以高度重视。尽管2004年以来，北京市连续将"农民富余劳动力转移与培训"列入必办实事，纳入考核指标，并逐步提高财政支持标准，区（县）、镇两级也相应给予支持，但与招商引资、发展经济相比，各级政府的思想准备明显不到位，各项工作还处于各自为政的无序状态。虽然有的行业部门制定了相关的培养计划，但缺少系统性、整体性和综合性的农村人力资源开发的规划。（2）存在"只重职业技能培训，忽视整体素质的提高"的思维定式。在农民培养中普遍存在着以职业培训代替新型农民培养、为培养而培养的现象。（3）没有将农村人力资源开发与农村生产、生活方式转型有机结合起来。目前，北京一些区县在农民培养问题上，只关注完成了多少培训任务，办了多少个班，农民增加了多少收入，而忽略了新型农民的培养在其技能提高、收入提高的直接表象下，还有更深刻的内涵，还必须与彻底改变农村的生产、生活方式结合起来，让农民逐步向市民转变。（4）郊区乡镇层次的企业缺乏"人力资本投资优先"的思想。过分强调利润和有形资产增长的眼前效益，而忽视人力资本投资的潜在效益。（5）缺乏农民"人力资本致富"的观念。郊区农村的人力资本投资常常被认为是一种单纯的消费行为，而不是一种生产性投资。

2. 部分区县、乡镇政府职能缺位或越位

目前，政府公共财政对农村人力资源开发的投入仍显严重不足；同时政府又过度介入或干预市场的微观层面，直接参与乡镇企业的经济活动，左右或代替乡镇企业进行人力资源的投资和配置。总体看，各级政府对农村人力资源开发仍缺乏统筹和前瞻性，不能根据农村人力资源的供需状况、专业结构、行业分布及其发展趋势做出战略性的预测和规划；不能疏通信息渠道，引导企业和农民个体人力资本投资方向和行为；没有充分发挥引领作用，营造有利于农村人力资源开发的良好环境，激发企业和个人对自身人力资本投资的积极性等。因此，政府的这些职能缺位或越位较大程度上抑制了农村人力资源开发水平的提升，成为当前影响北京市农村人力资源有效开发的重要制约因素。

（二）郊区农村人力资源开发的培养资源分散，没有科学的统筹协调

当前，涉及农民培养工作的主管部门有：农委、人事和社会保障局、教委、科委、建委、文明委、妇联等。具体实施培养的机构有：农职院、农广校、农民成人技术学校、农民田间学校、村办农民技术学校和文化大院等。此外，各类大

中专学校及社会培训机构也不同程度地参与了农民的培养。各主管部门大多有本系统的培训机构和配套资金，并制定了培养（或培训）计划与政策。但是，由于没有统一的管理组织机构，各部门之间缺少有机的配合与协调，有限的资源得不到充分地利用，不能形成优势互补。

1. 各部门职能交叉、单打独斗、缺少整合，造成许多不必要的资源浪费

近年来，北京市的农民培养工作分散在不同部门，农委负责农民实用技术和农村劳动力转移的培训，人事和社会保障局负责就业和再就业培训，教委负责基础教育和职成教育，同时，科委、妇联、园林局都有本部门的农民培训任务，各部门职能交叉问题十分突出。以农民职业技能培训为例，目前，劳动部门从就业角度对农民进行培训，教育部门尝试把短期职业技能培训与学历教育相结合，农委则从农业技术进村、进户的角度开展培训，乡镇企业局则从提高经营管理者及劳动力素质的角度进行培训，其他部门也从各自的角度开展农民技能培训，形成了多家部门都抓农民职业技能培训的局面。由于各部门分别掌握着一定的培训资源，又多为平级机构，这些培训主体在选项、资金、师资、教材、场地、证书等方面缺少统筹安排，没有形成共享，不仅影响了农民培养工作的进展和实际效果，而且不同程度地造成资源的浪费。以计算机设备为例，农委、劳动、科委等系统分别要求每村配备一台计算机用于社保所、远程教育等，重复投资，利用不充分。其他培训设施设备及相关资源也存在重复建设现象。

2. 没有建立起较为完善的农科教相结合的科学机制

当前，全市仅在农村劳动力转移与就业培训工作中，尝试建立了联席会议制度，初步形成了整合资源、上下联动的工作机制。但各区县、乡镇农科教结合的机制则不尽相同，有的区县主要由劳动部门牵头，有的区县由农委牵头，建立起多部门参与的协调机制。乡镇是农村人力资源开发的实施主体，但对于农民的教育培训工作，也大多没有形成几方面紧密结合的局面。总体看，农村人力资源开发的工作是独立有余，协调不足，各职能部门仍在铺自己的摊子，完善自己的系统，资源整合、部门联动的机制没有很好地发挥出应有的效应。

（三）郊区农民培养的针对性不强

据调查，北京市农民培养的效果有待提高。这突出表现在：（1）在思想政治、道德信仰方面，很少针对农民开展专题教育，大多只是在职业技能培训中，讲讲形势政策，不清楚农民的理想信念、道德水准、民主素质的高低。（2）在科学文化素质方面，85%的农村劳动力只有初中及以下文化程度，高的区县达88.7%，低的也有55%。在职业技能培训方面，效果也不尽如人意。（3）从各区汇总的情况看，劳动力转移和就业培训的效果是不错的，通常合格率在90%以上，就业率达到70%左右。但实际效果并非如此。据大兴区青云店镇介绍，他们在对企业进行深入了解、对劳动力进行深入培训后，为供需双方举办的精品洽谈会，成功率仅为30%~50%；怀柔区就业调查显示，通过官方渠道能实现就业的仅占就业总数的1.2%。可见，各区对培训效果存在估价过高的问题。

（四）农村人力资源开发的支持保障措施不到位，外部环境亟待优化

1. 财力投入仍显不足

目前，财政农村人力资源的投入主要体现在三个方面：义务教育投入、职业培训投入及分散在文化科技等方面的投入。以职业培训为例，2006年，市、区、乡三级政府给每一培训人次提供600~800元的财政支持，每年提供10万人次，累计资金约8000万元左右。基层普遍反映，800元只能在政府办的学校里搞一次短期初级培训，培训出来的农民很难实现就业，基本没有什么市场。海淀搞的一项实验也证明了基层的反映。2005年，海淀区教委筹资20万元，办了一个免费高级美容美发美体美甲初中级培训班，从全市范围内招生（要求高中以上文化程度、30岁以下）20人，5个月培训完毕，全部实现就业，最高的月薪1万多元。可见，农民的职业教育还有很大的空间，只是资金投入严重不足。仅农民职业培训一项，各级财政每年至少要投入2亿元以上，才能解决问题。按照学习型社会建设的标准，"十一五"末期，农村劳动力50%达到中专文凭，每年要解决5万人的学历问题，按每人累计学习三年、每年费用5000元计，仅此一项，每年需要投入7.5亿元，若加上其他各类成人继续教育所需费用，则投入不下10亿元。因此，要达到新型农民培养目标，目前的财力投入还远远不够。

2. 政策支持不配套

涉及农民培养的政策包括人事、招生、办学方式、收费、甚至税收等方面。目前，培养机构的人员编制严重不足，师资队伍建设亟待加强。如，通州区共有11所成人学校（与社区教育中心合二为一），仅一所学校有编制。由于人手不足，普通职工身兼数职，一线教师多为外聘，稳定性差，影响教学质量。中等职业学校和高职学院在招生方面处于弱势，对农民的培养还没有起到骨干作用。一些培养机构尤其是一些社会培养机构，在用地、各项收费方面还

存在歧视性差别，不利于形成公平的培养环境。城乡政策不平等，郊区享受不到市区各种优惠政策，更谈不上倾斜。凡此等等，均制约了农民培养工作的健康开展。

3. 社会环境亟待优化

城乡二元发展模式及与农民户籍身份相联系的一系列不平等待遇，形成了与市民有较大差异的农民培养的社会环境。与不同户籍相联系的一系列配套制度，如就业、养老、医保、子女入学等，产生于工业化时代，以牺牲农民的利益为代价，达到支持工业和城市建设的目的。目前，中央提出了建设新农村的战略目标，要求城市支持农村，工业反哺农业。近年来，北京财政已开始向郊区倾斜，但由于城乡二元分割的体制机制仍在发挥作用，农民培养的环境还没有从根本上得到改变。在就业服务方面，市里出台了《关于促进下岗失业人员再就业税收优惠及其他相关政策》、《北京市下岗失业人员小额贷款担保基金管理办法》等一系列政策，鼓励其再就业和自主创业，而农民则享受不到这些优惠，处于完全不平等地位。即使有同样职业技能的农民，由于存在养老、医保等一系列不平等待遇，农民也很难实现与市民同样的就业，这客观上也影响到农民的培养。

（六）首都农村实用人才开发培养取得显著成效，但与首都建设的要求相比还存在较大差距

由于农村人力资源底子薄、质量差、开发难度大，致使目前北京市农村实用人才的素质与建设世界城市的战略目标相比，与实现城乡经济社会一体化新格局相比，与社会主义新农村建设的目标任务相比，全市农村实用人才队伍自身和我们的工作还存在明显差距。

1. 农村实用人才队伍自身主要存在数量少、素质低和分布不合理等问题

（1）郊区农村实用人才的总量偏少，文化水平偏低。据对全市农村实用人才队伍的调查，拥有带动能力较强的各类农村实用人才仅占全市劳动力比例的1%。不难看出，农村实用人才总量相对不足，与实现郊区现代化发展战略，建设都市型现代农业所需的人才数量和素质存在较大差距。加上文化水平偏低制约着农村实用人才充分发挥作用。从学历上看，多数农村实用人才学历在高中以下（86.7%），以初中为主（60%），大专以上数量明显很低（9%）。一方面，许多高学历和有知识的人才不愿扎根农村，服务于农村；另一方面，当前农村现有的实用人才大多未经过正规全面的系统教育，多是通过自学或"帮—带—帮"形

式成才。因此，知识技能老化，整体素质低。文化水平偏低往往导致思想解放力度不够，常常用老眼光、老办法、老经验去对待和处理新问题，缺乏"高起点、大跨度、大发展、争先进"的果敢精神和勇气，这是影响农村实用人才队伍作用发挥的重要因素。（2）人才的产业分布不合理，新兴产业人才缺乏。当前郊区农村实用人才从事行业以种植养殖等传统产业为主，而从事农产品深加工、农产品流通型人才较少；有一技之长的人相对较多，但集约化、规模化、产业化等方面的复合型人才较少，特别是创业型人才更少。另外。从事市场营销、技术推广、旅游管理与开发等新兴产业人才严重短缺，高素质人才匮乏，这反映了人才结构与郊区产业发展的协调程度不够。受农村人力资本过低的影响，郊区农业产业化程度低，农业科技含量低，农产品深加工少，农产品质量、标准、档次低，很多山区的自然资源还没有被充分地开发利用。

2. 农村实用人才工作层面存在的主要问题

（1）对农村实用人才之间的协作联动机制没有建立起来，示范带动作用发挥得不够充分。北京地区农村实用人才主要分散在郊区农村的各个行业中，对郊区农村的经济社会发展发挥着各自的带头作用。但是，从全郊区的角度看，目前农村实用人才队伍建设的组织管理不够合理。这主要体现在：管理分散，难以形成人才开发合力。近年来，虽然北京市委组织部、市人事局与有关涉农部门联合开展了一些农村人才资源的开发工作，但在一定程度上还存在着条块分割、各自为政的局面，没有形成人才资源开发的整体合力，从而使农村实用人才开发缺乏系统性和连续性。服务滞后，难以发挥实用人才作用。这主要表现在少数职能部门在人才作用发挥上只注重宏观引导，提要求多，服务相对较少，致使部分农村实用人才受传统小农经济的影响，在参加"帮扶结对"等活动中不积极、不主动，处于被动接受的位置，局限在"亲帮亲"上，真正起作用的实用人才占少数，从而导致实用人才作用发挥不大，亟待形成一套具体的、操作性较强的管理人才和服务人才的模式。政策不到位，难以发挥人才积极性。这主要表现在针对农村实用人才开发的政策较少，培养、开发、利用农村实用人才的相关配套措施不健全，待遇和优惠政策落实不到位，难以适应建设新农村的需要。在调研中，群众反映较为强烈的是关于农村实用人才的职称评定、人事代理、为农村实用人才提供信息服务、资金贷款、项目引进、新技术推广等问题。

（2）农村实用人才培养教育模式比较单一。调查表明，近几年在政府努力下的协议培养及其他类似培养模式也开始发挥出越来越大的作用，但目前北京市农村实用人才大多是自然成长起来的土专家和田秀才，这一渠道形成的人才基本占总数的一半，自然成长模式仍然是农村实用人才培养的主要模式。这些人才基本靠的是实践积累掌握的专业技术，具有专业技术职称的比例不高，绝大多数为初中或初中以下文化水平。在调查中了解到，农村实用人才培养教育方式主要靠农业技术推广机构、农业广播电视学校、农业职业学校、自学或师承等途径。因此，农村实用人才培养的形式和渠道有待进一步加强。

（3）农村实用人才的创业、兴业环境需进一步加强。在新农村建设中，由于没有完全按照人才发展规律制定政策措施，为其提供的服务还存在很多障碍，再加之受农村落后的发展环境制约，农村实用人才的潜能没有充分挖掘，作用发挥没有充分显现。农村实用人才的价值在于他们有科技和市场头脑、发展眼光、致富专长，但落后的发展环境不具备他们在农村地区进行创业、兴业的条件，制约其能力的发挥和事业的发展。首先，由于文化层次较低，接受新生事物的意识和能力较差，70%以上的农民表现出对农业新技术、新产品的消极"观望"心态，使农村地区形成了"人力资源质量差——科技进步的低贡献率——生产率低——人才开发重视不够——人力资源质量差"的怪圈。其次，受资金、交通、地理、自然资源等诸多方面影响，农民发展科技含量高的产业缺乏主心骨，追求的事业成了无翅之鸟、无水之舟。再次，受传统的管理体制局限和技术信息的影响，农村实用人才资源开发进程缓慢，他们生产的产品很难走出市场，走向社会。现阶段农村实用人才队伍建设尚处于尝试性开发的起步阶段。随着农村城镇化步伐加快，大量的农村实用人才纷纷闯入城镇创业，使农村这个大市场人去楼空，人才匮乏。出现这一现象的原因主要有两方面：一是缺乏有效的激励机制，二是部门服务不配套。目前，针对农村实用人才开发方面的政策还比较少，培养、利用农村实用人才的相关配套政策也不健全，难以适应人才成长的需要。

（七）农民自主开发意识逐步增强，但仍然缺乏有效的组织和引导

城乡一体化进程中北京市对农村人力资源的教育投资的力度还不够，对人才的培养工作还需要进一步加强。长期以来，农村的教育体系基本上是在计划经济体制的框架内运行，教育的供给与农村的实际需要脱钩。农村教育发展过度依赖政府财政投入，而地方政府财政的匮乏又制约了农村教育的投入，从而形成了农村人力资源的巨大潜力与农村人力资源开发的实际能力偏低的反差。

三　北京郊区农村人力资源开发的对策措施建议

农村人力资源开发培养是一项长期的系统工程，既要解决农民自身的观念问题，又要做好开发培养部门的本职工作，还要发挥好社会各方面的积极性。当前，首都北京建设世界城市，加速实现城乡一体化新格局的战略目标，对郊区农村人力资源开发提出了新要求。郊区的现代化是建立在二、三产业快速发展的基础之上，同时伴随人口向城镇的集中，迫切需要农村劳动力职业技能和文明素质的提高。按照城乡统筹的要求，新郊区建设要体现城乡结合部城市化、平原区农村城镇化、山区半山区生态化，与其相伴的是人口大面积的流动。因此，集中到城市的人，应有市民的素质；转移到二、三产业的职工，应有非农技能。在新农村建设中，都市型现代农业对郊区农村人力资源开发也相应提出了新要求。发展都市现代型农业，农村劳动力就地就业，实现增收，迫切需要增强科技素养，掌握实用技术。从事第一产业的农民要提高技术能力，产品要提高科技含量。农业要向第二、三产业延伸、融合，生态旅游、民俗旅游、观光农业成为新的增长点，农民应具备相关知识、技能和素质。

北京农村人力资源开发要深入贯彻党的十七大、十七届三中和五中全会精神，全面落实科学发展观，紧紧围绕首都建设世界城市、城乡一体化发展和新农村建设的整体部署，以提高农民综合素质、郊区文明程度、促进人的全面发展为核心，以创新体制和机制为动力，以农民现代化、农民市民化为目标，整合各类教育资源，广泛调动社会各方面力量参与，提高效率，形成合力，努力培养和造就适应首都经济社会发展的新型农民，为京郊率先基本实现现代化提供强有力的人才保障和智力支持。为了达到农村人力资源开发培养的目标，针对当前存在的问题，我们认为今后一个时期应重点做好以下工作。

（一）提高认识，转变观念，树立以人为本的科学发展观

毛泽东同志说，"严重的问题是教育农民"。在进入21世纪后，以胡锦涛为总书记的党中央提出了科学发展观的新思想。这一发展观，本质就是以人为本，全面、协调、可持续发展。而以人为本中，非常重要的一点，就是要切实保障人民接受良好教育的权利。在当今社会，只有那些受过良好教育，具有较高文化科学知识，具备一定专业技能的人，才能为社会创造更多的财富。今后北京市在继

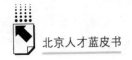
续加大开发自然资源力度的同时，一定要重视人力资源开发，使开发自然资源与开发人力资源形成互动，为北京市的持续发展奠定更加坚实的基础。与此同时，还应特别重视引导人力资源向市外转移。这是因为，人力资源开发必须与就业联系在一起。北京市在近几年之内所能提供的就业岗位是有限的，人力资源的开发不能仅以北京市用人需求为限，应该开阔眼界，把人力资源开发与全国乃至国外的用人需求联系起来，建立向市外转移人力资源的大通道，为做好北京市人力资源的开发、转移工作创造条件。

（二）建立农村人力资源开发培养的统筹体制和长效机制

要建立高效的农村人力资源开发培养领导体制。市区两级要加强新型农民培训工作的领导体制建设，形成统一领导、统一规划、分头实施、资源共享的长效工作机制。建议在"北京市农村劳动力培训与就业工作联席会议"制度的基础上，成立全市新型农民培养联席会议制度，由农委牵头，统筹协调全市新型农民培养工作，负责制定全市新型农民培养规划，下达年度工作计划和工作考核办法，研究制定相关政策与措施；要吸收文化局、文明办等部门，注重农民综合素质的提高；联席会议将以折子工程的形式，明确各部门的主要职责。各区县也应适应新的形势，设立相应机构，理顺领导体制，加强对本地新型农民教育培养工作的领导，统筹协调本地的新型农民培养工作，并将其列入对各政府部门和各乡镇工作的重要考核内容，切实把农民培养工作与新农村建设和各项工作统筹协调。

1. 强化政府责任，加强组织领导

从首都经济发展战略的角度看，农民教育培养应是各级政府支持下的公益性事业，组织农民教育培训是政府的责任，是政府的一项公共服务职能，应通过开展新型农民的培养来体现出"责任政府"和"服务政府"的一面。首先，加强组织领导。由市农委牵头，成立统揽培养新型农民全局的领导机构，负责制定提高农民素质的宏观规划和相关政策措施，明确各级政府各有关部门的责任，建立郊区新型农民培养的长效机制。其次，加强政策引导。要重点制定全市农民培养的网络建设政策、资金使用政策、培训培养费用政策、激励驱动政策等，使各政策之间相互协调，充分发挥出每项最大效应。再次，加大公共财政的投入力度，构建多元化的资金投入机制。要把农民的教育培训费用纳入公共财政的支出范畴，加强政府公共财政的支持力度，有效推进新型农民培养的质量。同时要增加

农民教育培训的供给主体，引导投资主体多元化，多渠道筹集资金。尝试探索"补、减、筹、缓"的扶持政策。补，即国家给予一定数额学费补贴；减，即培训学校减免一部分学习生活费用；筹，即学生自己筹措一部分；缓，即参加长班培训的学生可缓缴一部分学费，上岗后利用工资偿还。最后，提高非农就业能力，促进农民转移。抓好农村富余劳动力转移培训及其相关的配套工作，真正形成政府统筹、部门协作、社会参与、基地承办、点面结合、整体推进，实现农村富余劳动力有序转移的工作机制，并使其制度化和规范化。逐步建立各类培训机构、行业主管部门、企事业单位共同参加的劳动力培训体系，向社会提供各类上岗、转岗、岗位培训，以实用性职业技能培训为重点，多渠道、多层次、多形式地开展对农民的教育培训，促进农村劳动力转移就业。

2. 加大统筹力度，强化资源整合，完善工作机制

目前，应充分发挥农村劳动力培训工作联席会议制度的作用，明确各成员单位职责。进一步创新农民科技培训项目管理机制，在充分发挥政府公共培训机构作用的基础上，通过市场机制，充分发挥龙头企业、农村合作经济组织、农业科技协会等作用，有效培养新型农民。首先，要明晰各级的职责，做到各级之间分工明确，职责清晰，上下协调。市级主要出台原则指导性政策文件，对农村人力资源的开发有一个宏观系统的把握。市级层面的培养应少而精；区县是农村人力资源开发的主要承担者，除直接完成部分培养任务外，还应负责组织乡镇及村的农民培养工作；乡镇和村是农村人力资源开发的具体实施主体。其次，应做好同一层级不同部门之间资源的整合协调。市、区（县）两级整合涉及职能、编制等，较为复杂，按照统一规划、分步实施、资源共享、效益最好的目标方向，可先考虑规划、资金、师资、教材、项目等的整合。乡（镇）、村两级的整合，要注重挖掘基础教育资源及现有培训机构的潜力，向"一校多用"、"多校合一"模式转变，加强职能、编制、师资、设施设备、资金等内容的整合。最后，打破部门和行业界限，对区域转移就业培训资源进行整合。开展培训机构资质认定，并根据师资力量、教学设备、培训合格率、培训就业率等对各培训专业排序，实行末位淘汰制，并向社会公开。农民可以根据专业自愿选择这些培训机构参加培训，培训后统一纳入职业技能培训鉴定体系和劳动就业服务体系；实施政府购买培训服务，各类培训机构开展农村劳动力职业技能培训后，只要培训鉴定合格率和培训就业率达到标准，就可以按照培训人数获得政府补贴经费。

3. 加大对农民培养的资金投入

在资金投入数量上，要依据新型农民培养目标，测算出资金投入总额，找出具体的资金缺口，为政府增加财政支出提供科学依据。要加大农村成人教育和职业教育经费的投入力度和比例，为终身教育提供财力保障。资金投入近期侧重网络建设，兼顾日常运营；中远期投入应以支持项目为主。在投入方向上，要加大市级财政向郊区县倾斜的力度，不断提高其所占比例。区县财政要加大投入力度，承担起农民培养的主要职责。在投入方式上，政府投资应从按照人头使用经费逐步向支持项目和政府买服务方面转变。要出台鼓励社会力量参与农民培养的相关政策，进一步拓宽筹资渠道。

（1）建立多元化的转移培训投入机制。要建立政府、用人单位、个人承担以及社会力量捐助的多元化投入机制。各级政府应根据每年农民转移培训的规模，从财政支出中安排出逐年提高的专项经费扶持农民转移培训工作。要完善按人补贴政策。对于职业技能初级培训，实行各级政府共同负担培训费用，根据不同培训专业的实际发生成本和鉴定费用给予补贴；对于技能提升性培训和中、高级技能培训，要逐步建立农民、用人单位和社会共同负担的多元化培训经费保障机制，与之相配套，要广泛推行就业准入和劳动预备制度，对属于国家规定实行就业准入控制的职业工种，用人单位必须从取得相应培训证书和职业资格证书的人员中录用。招收农民工的用人单位应根据农民工的比例，以高于职工平均培训经费的标准从职工培训经费中安排，政府部门在这方面可采取相应的激励措施，以推动企业加强农民工培养制度的形成。在基础教育已经达标的地方，要广泛吸收社会捐助用于转移农民的培训。在条件允许时（主要是建立网络信息系统），建立全市统一的"培训券"制度，作为农民享受的福利，这样可以由转移农民自己选择培训地点、培训学校，各学校凭"培训券"向有关部门结算。从而能够较好地对转移农民培训问题进行统筹。

（2）建立根据转移培训类型设置不同补贴标准的机制。综合来看，转移培训主要有两类：一类是引导性培训，另一类是职业技能培训。引导性培训主要向农民宣讲政策法规知识、基本权益保护、城市生活常识、求职技巧等内容，培训成本较低；职业技能培训实操性强，人均培训费用根据不同专业，以及初、中、高不同级别差别较大，初级培训平均需要 400～600 元，中高级需要 800～2000元不等。如果仅按培训人次进行补贴，就会导致培训机构倾向于开展引导性培训和费用较低的初级技能培训，费用较高的初级技能培训和中、高级技能培训无人开展。从近两年转移培训的实际来看，引导性培训占40%，职业技能培训中非等级培训和初级培训的比例占92.2%。因此，今后要尽快建立根据转移培训类型和专业设置补贴标准的机制，激励培训机构提高培训质量。

（3）加大对实训基地建设的资金支持。职业技能培训是农村劳动力转移培训的核心内容，也是实操性很强的教育培训，必须有相应的设备配备，才能培训出适应企业用工需求的技能人才。今后，政府应加大对劳动力转移实训基地建设的资金支持力度，建立严格的实训设备配置专项资金，统筹全市劳动力转移实训基地建设。

（4）对山区、低收入地区的农民转移培训给予专项资金支持。北京郊区不同区域财政实力差距明显，在山区和一些低收入乡镇和村集体，劳动力转移培训配套资金难以落实，甚至一些村就业服务站人员的工资支付都很困难，而这些区域又是农村劳动力转移的重要区域。因此，政府的农村劳动力转移培训资金应向这些区域有所倾斜，对这些区域的农村劳动力转移培训应给予专项资金支持。

（三）创新跨越，推动郊区教育培训的三个战略转变，理顺农民教育培训体系

"十一五"时期，北京郊区的农村人力资源开发总体上把农民的学历教育与职业培训作为重点。提高农村职业教育培训的重视程度，进一步加强培养工作的针对性。

1. 在农村人力资源开发上要实现三个转变

（1）实现教育发展模式上的战略转变。要充分认识郊区职业教育的产业性和经济功能，改教育的"知识中心"为"能力中心"，不求人人升学、但求人人成才，为推进郊区各行业的现代化发展提供合格人才。（2）实现人才培养方式上的战略性转变。教育部门要改变以往以自我为中心的角色，增强适应和服务意识，主动地向以农村学习者为主的人才培养方向的转变，按照学习者的需求和全面发展的需要来设计新的学习制度。（3）实现从学历本位到能力本位的战略转变。在教育观念和教育培训过程中，注重提高农民的学习能力、就业能力和创业能力。

2. 建立三大教育培训体系

郊区农民的教育培训不仅要培育新型农民，而且要增强农民向非农产业转移就业的技能培训，因此，要根据不同的培养目标设置组织和管理体制。前面我们

已经提出郊区农民教育培训主要分为三大基本类型，即农民转移的职业技能性培训、现代农业实用技术培训和精神文明、民主法制等经常性、综合性教育培训。因此我们认为，郊区的农民教育培训应建立三大体系，围绕转移性职业技能培训、现代农业实用技术培训和精神文明教育这三项核心内容来实施对郊区农民教育培训工程，每项内容应建立一套完整的教育培训体系。

（1）农民非农化转移的职业技能培训体系。该体系应由各级劳动保障部门牵头负责，协调组织各类教育资源，使教育培训与对农民的就业服务融为一体。此类培训的对象主要是农村的青年群体，培训应以各类中等职业教育资源为载体，开展各类非农就业的技能培训，目的是加快郊区农民的转移并稳定就业。

（2）现代农业培训体系。该体系应由农业主管部门负责牵头，并协调各类教育资源组织实施。此类培训的对象主要是现代农业的各类专业户和农业企业的生产和经营管理者，开展现代农业实用技术和经营管理等方面的就业培训，培养目标是职业农民。

（3）加强农民思想道德和精神文明建设的综合性教育培训体系。培养新型农民，要提高农民的思想道德和精神文化素质，丰富农民健康的精神文化生活，提高农民的现代民主意识，加强民主法制建设。这一类型的农民教育培训，应由党的宣传部门牵头，协调政府的文化、司法等部门，根据不同时期的中心工作，有计划地安排丰富多彩的教育培训内容，通过乡镇、村级基层组织来实现，使郊区农民树立全面建设社会主义和谐社会的理想信念，树立社会主义的道德意识和民主法制意识，享受健康的现代文明生活方式。如开展党的基本路线和农村政策教育；爱国主义、集体主义和建设社会主义新农村的教育；落实《公民道德建设实施纲要》，对农民加强公民社会道德教育；民主法制教育；健康生活知识教育等。要使此项活动成为郊区农村精神文明建设的载体，通过这项活动使农村风气明显好转，农民思想道德素质明显提高。

3. 增强培训的针对性，对不同类型的农民应有所侧重

对40～50岁（女40岁以上，男50岁以上）以上农民，重点进行一般技能培训、文明素质培训；对中青年农民，则要加强中高级技能培训，提高其适应能力；对农村干部，应进行以提高学历教育为主的综合素质培训，提高其带领群众致富的能力；对失地农民，应加强转移培训，侧重引导性培训和技能培训。在培养方式上，应向小型化、特色化、高级化、多样化方向发展。要大胆探索，进一步丰富培训、办学模式。通过采取全日制、业余、半脱产以及深入田间地头等多种办学形式，继续发挥各系统体制内培养机构的骨干作用，逐步完善"三单"式培训模式，提高培训就业率；积极探索联合办学、政府买断服务等多种办学模式；积极探讨政府引导、企业介入、市场化运作的新型培养模式，鼓励企业踊跃参与农民培养，把追求最大利润与加强社会责任结合起来，增强企事业单位的社会责任心，切实发挥市场运作培养新型农民的有效途径。

（四）推进城镇化发展步伐，加速郊区富裕农民的非农转化，有效培养职业农民

大力推动郊区城镇化发展，实施郊区乡镇建设的战略目标是通过农村城镇化的道路，实现产业、经济和当地农业人口的城镇化集聚，靠城市化、城镇化带动农村完成社会结构转型，为北京率先实现城乡经济社会发展一体化新格局奠定基础。要实现这个目标，必须强化乡镇统筹功能，发展镇域经济，加快产业和人口的集聚，协调推进城镇化与新农村建设，实施重点小城镇建设与新农村建设"双轮驱动"。

1. 对不同乡镇的功能定位及考核应分类指导

（1）对被动城市化地区的乡镇应主要考核城市化转型指标，如产业升级，发展城市经济；旧村改造，农民上楼；农民就业，社会保障；集体经济改制和公司化改造；城市管理等。（2）对重点镇的考核应主要是产业集聚和经济发展；镇区旧村改造，农民上楼；农民就业，社会保障；集体经济改制和公司化改造；城镇社会管理等。（3）对一般建制乡镇的考核应是一定程度的二、三产业的发展和都市型现代农业的发展，一定程度的城镇化集聚和新农村建设等。（4）对以生态涵养发展为主的山区乡镇，应以生态环境建设指标考核为主，以一定程度的产业发展指标为副，并应加大财政对生态涵养的补偿力度。

2. 强化乡镇层次的统筹功能

加强乡镇层次的统筹主要应考虑以下两个方面：（1）产业布局的统筹。把产业结构调整升级与产业布局的调整集中结合起来，突破村庄的行政区划，按照核状中心集聚、组团式多中心集聚和带状集聚的不同类型模式，引导产业向集聚区域集中，实现产业的集群集约式发展。（2）人口向城镇集聚的统筹。城镇化集聚的基础是建设用地的集中配置和产业的集中布局，目标是人口的城镇化集聚，这一过程同样离不开乡镇一级的统筹。首先是劳动就业的统筹，要打破城乡二元体制和村庄界限，逐渐实现就业和劳动保障的统筹；其次是居住条件的统

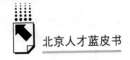

筹，如停止城镇化地区和非保留村庄的宅基地的审批、农村地区宅基地的置换等；再次是农业户籍向城镇户籍的转变。

3. 促进乡镇主导产业的发展和集聚

（1）明确不同乡镇产业发展方向。不同乡镇要立足自己的区位优势、资源条件和发展潜力，合理确定主导产业和特色产业。主导产业的选择和确立要充分利用城市产业和功能向郊区的扩散效应，特别是利用科技、文化、教育、体育、会展、商务、旅游等现代服务业向郊区转移的机会，使乡镇产业经济与城市总体功能分区相吻合，促进城乡经济的一体化。平原地区重点镇要积极建设产业园区和农民就业基地重点发展现代制造业、都市型工业、商贸物流业和现代服务业，一般乡镇要积极发展都市型现代农业；山区、半山区重点镇要以现有的文化、旅游和生态资源为条件，重点发展三产服务业和文化创意产业，以旅游集散中心、乡村旅店、度假农庄、生态观光、节庆会展等形式，发展旅游经济、沟域经济和总部经济；边远山区的一般乡镇，应利用国家生态环境建设的各项优惠政策，组织农民重点进行生态恢复建设，并根据条件适当发展生态旅游业。（2）要大力促进乡镇域内产业的集聚。首先要保证重点镇有产业集聚的用地空间，能够建设产业园区或农民就业基地，重点镇应不少于5平方公里、一般乡镇应不少于2平方公里；其次是形成企业向园区或就业基地集中的机制，对现有符合产业政策的园区外的企业，应提倡用地面积等量置换的办法向园区集中，政府给予一定的搬迁补偿；再次是新企业一般不在园区和就业基地以外批准用地，应统一规划布局在产业园区或农民就业基地。（3）完善主导产业发展的配套设施。加快产业园区和农民就业基地的基础设施建设，提高园区的集聚能力和承载力。统筹生态环境建设和山区特色产业的协调发展，进一步加强生态治理、环境整治和基础设施建设，完善主导产业和特色产业发展环境和条件。

（五）改善农村人力资源开发的外部环境

1. 消除二元结构，完善城乡对接的劳动就业和社保制度

统筹城乡协调发展就是要打破城乡经济、社会二元分割的局面，实现城乡一体化发展。当前，北京的户口管理制度对于劳动力流动的约束已经大大减弱，但在计划经济体制下形成的附着在户籍制度上的就业、教育、社保、医疗和公共服务与福利等方面的城乡差异依然存在。

2. 搭建农村人力资源信息平台，培育市场中介组织

（1）发展职业教育和职业培训，要掌握人力资源的供求信息，这样才能做到有的放矢。因此，市、区县都应建立人力资源信息网络，主动积极地与市内外劳动力市场建立联系，掌握北京市人力资源情况，了解市外特别是经济发达省区人才需求情况，争取与用人地区和用人单位签订人力资源培训、输出协议，为北京市职业教育和职业培训提供依据，实现"定单培训"、"订单输出"。

（2）建立城乡统一的农村劳动力就业市场信息平台。要做好培训机构和用工单位需求信息的对接，构建城乡统筹的劳动力就业信息服务网络，建立覆盖全市和各区县的岗位空缺，以及劳动力需求预测等信息网络体系，形成城乡统一的农村劳动力资源和就业信息平台，使城乡就业岗位与农村劳动力有效对接，实现农村劳动力有序流动和稳定就业。建设集职业介绍、职业培训、职业指导、技能鉴定、就业岗位开发和政策资金管理为一体的、统一的劳动力市场信息网络，建立"一点登记，多点查询"的信息共享机制，逐步实现就业服务和失业保险业务的全程信息化。并利用这一平台，引导培训机构根据市场用工需求合理设置专业、更新培训内容和研究开发新工种；经过培训的农民也可以通过这一平台选择培训和从业方向。同时要广泛推行就业准入和劳动预备制度。属于国家规定实行就业准入控制的职业工种，用人单位必须从取得相应培训证书和职业资格证书的人员中录用。

（3）培育市场中介组织，探索"民办公助"运营模式，使其承担起组织培训、输送服务等职能。鼓励、规范、发展民办教育培训机构，明确培训动机，降低培训收费标准，建议由北京市政府牵头，组织劳动、农业、教育、财政等部门组成评估考查组，对于全市年培训时间在 3 个月以上，规模在 800 人以上，师资、设备、管理等条件都具备的民办培训机构，由市里命名为"全市农民转移培训诚信单位"。被命名单位在物价部门核准培训收费标准时，可适当上调。每两年进行一次评估，实行动态管理。以此来推动全市民办培训机构的发展，加快农民向中、高等专业技能人才转变的培训。

3. 丰富完善农村实用人才创业兴业的发展平台，创新激励机制，营造良好氛围

要鼓励农村实用人才创业、兴业，充分发挥农村实用人才的作用，就必须提供一个有助于他们发展的平台。要根据不同产业的规模和农村实用人才的组成情况，在区县、乡镇、村组建由农村实用技术人才为骨干，以生产大户为主体的产业技术协会。各产业技术协会根据每个农村实用技术人才的特长,成立品种培育、施肥管理、旅游产品开发等服务小组,并经常在协会、服务小组内开展形式多样的比赛活动。通过不断完善评价体系,建立起以生产技能为标准、以生产业绩为依据、以贡献大小为尺度的实用人才评价、选用体系,按照"分类选优、分级认定"的原则,每年对农村实用人才进行技术职称评定。要为农村实用人才成才兴业提供及时有效的服务。在金融政策、土地流转、技术支持、项目立项、资金投入等方面实施政策倾斜,鼓励和支持农村实用人才牵头建立专业合作社和专业技术协会,领办、创办科技示范基地和农产品生产、加工、销售各类经济实体。开办技术培训班、农业技术研发和技术中介服务机构,积极推进农业产业化进程。要加快政策引导,鼓励各类金融机构为农村实用人才创业、兴业提供资金支持。要依法保护农村实用人才的知识产权和合法权益,支持他们开展技术引进、开发、推广和成果转化等创新活动。实践表明,只有多方创造条件,通过创新农村实用人才培养模式与开发体制、机制,不断提升农村实用人才的地位,才能激发出农村实用人才的创造活力和创业热情,最大限度地挖掘他们的潜能,充分发挥出他们应有的作用。

另外,要不断扩大农村实用人才的影响力和知名度,激发其报效家乡、建设家乡的热情。(1)评选表彰树典型。充分利用广播、电视、网络等媒体,广泛宣传农村实用人才典型,营造人才至上的良好氛围;积极开展"营销大户"、"种植大户"、"养殖大户"、"优秀农村实用人才"和"农民专家"等评选和表彰活动。(2)倾斜政策优环境。鼓励和支持农村实用人才参加职业技能鉴定和专业技术职称评审,以评定对象的生产经营业绩、技术水平、解决农业生产和技术推广实际问题的能力以及带动农民群众脱贫致富的作用为主要依据,放宽学历、资历要求,为农村实用人才发放"绿色证书"。

4. 完善土地流转制度

(1)农民土地承包权的股权化或社保化置换。鼓励农村土地承包权股权化,推进实际经营权的相对集中;对进入区县新城有稳定就业和收入来源,有固定居所的农业人口,应研究以城镇社会保障或其他补偿为条件,鼓励他们放弃农村土地承包权的政策措施,实现真正的城市化转移。(2)鼓励农民宅基地流转置换。可以推荐以下形式:村集体统一集中上楼,建城镇化社区;以乡镇为单位,置换到城镇集中安置小区;以区县为单位,置换到统一安排的经济适用房;宅基地格局不变,建设新型农村社区。

Strategic research of agricultural human resource development in rural Beijing

Ji Hong

Abstract: The modernization of rural area is vital for the development of both urban and rural economy. The key factor in this process is the human resource, of which the most important part is agricultural. Therefore in order to make progress in the rural development, we could accelerate the development of rural human resource and increase the quality and creativity of the workers. Currently, both the general knowledge and professorial skills of the workers are in sufficient in our city. During the development, there are lots of problems such as, the resource is coordinated without a whole picture, the training is not well targeted at the local rural workers, and the supporting policy is not well implemented. In this article, the problems are identified, analyzed and finally solved. Based on the understanding and analysis of current situation, some strategy is proposed and studied.

Key Words: Capital; Rural; Human Resource

B.14

政策建构与具体行动：公共部门在海外高层次人才引进中的作用分析

饶小龙　孟志强　马 剑*

摘　要：海外高层次人才是重要的一支人才队伍，是中国近年来人才队伍建设的重要对象。在针对海外高层次人才的引进、培养、使用等各项工作中，党委、政府等公共部门在引进环节发挥了重要作用。本文从政策建构和具体行动两个维度对这些实践进行了深入剖析，指出其显现的四大特点，提出了进一步改进这项工作的一些思考。

关键词：公共部门　海外高层次人才

当今世界，科技进步日新月异、经济全球化日趋深入，站在世界科技前沿和产业高端的海外高层次人才越来越成为中国参与国际竞争、实现经济社会可持续发展的特需资源。进入21世纪以来，中国各项事业蓬勃发展，各地积极推动海外人才引进工作，2008年12月中央"千人计划"正式启动之后，各地党委政府纷纷制订或完善海外高层次人才引进计划，工作力度进一步加大，取得了一定的成效和经验。

一　海外高层次人才引进的政策建构

制订或完善引才政策是各省市党政部门的基本职能，在引进海外高层次人

---

* 饶小龙，管理学博士，北京市人力资源研究中心科研主管，研究方向为公共部门人力资源开发与管理；孟志强，硕士，北京市人力资源研究中心科研主管，研究方向为公共部门人力资源管理、政府管理、行政法等；马剑，北京市人力资源研究中心科研主管，曾参与"首都人才发展中期评估"、"怀柔区十二五人才发展规划"等课题调研工作。

才中发挥了重要作用。对各省市发布实施的各项引才政策进行梳理分析，可以归纳出政策的五个着力点：标准认定、资金支持、平台搭建、生活保障和环境营造。

（一）确定海外高层次人才的认定标准

1. 海外高层次人才认定的四个维度

何谓海外高层次人才、高端人才？这是人才引进中首先需要明确的关键问题。对各地出台的相关政策进行分析可知，学历、能力、业绩、紧缺性四项指标成为界定海外高层次人才的衡量维度，其中深圳和香港的海外高层次人才认定方法值得学习和借鉴（见表1）。

表1 海外高层次人才的界定标准

维度	列　　举
学历	在海外取得博士学位
	发展潜力大、专业水平高的优秀出站博士后
能力	在国外著名高校、研究机构担任相当于副教授、副研究员及以上职务的专家、学者
	在国际知名企业、金融机构、知名律师（会计、审计）事务所担任高级技术职务
	在国际组织、国外政府机构、著名非政府机构中担任中高层管理职务的专家、学者
	主持过国际大型科研或工程项目，具有丰富的科研、工程技术经验的专家、学者和工程技术人员
业绩	在国际学术技术界享有一定声望，为某一领域的开拓人、奠基人或对某一领域的发展有过重大贡献的著名科学家
	在国际著名的学术刊物发表过有影响的学术论文，或获得过有国际影响的学术奖励的专家、学者
	拥有自主知识产权和发明专利的专业技术人员
紧缺性	当地重点产业发展急需的专业人才
	如：上海的国际金融人才、国际航运人才、国际贸易人才，北京的国际金融人才、文化创意人才等

资料来源：整理分析各地人才引进官方文本。

深圳市将高层次人才分为国家级领军人才、地方级领军人才和后备级人才三个层级进行界定，以条目式的量化指标作为界定标准，建立不唯学历、职称、国籍和户籍，体现能力、突出业绩的高层次专业人才评价和选拔体系。新标准打破了过去可被认定的奖项全由政府设立的状况，吸收了部分行业组织评选认可的人才标准，扩大了标准覆盖的行业范围，同时补充了知识产权、标准化、

服装、高校教学、人文社科等多个领域的人才认定标准。此外，深圳市还将根据产业发展和人才需求状况，对高层次专业人才认定标准进行适时调整，实行高层次人才信息动态发布机制，高层次专业人才任期为 5 年，期满可再次申请认定。

香港的"优秀人才入境计划"条文清楚、操作性强，申请者只要符合"基本资格"，就可以选择以"综合计分制"或"成就计分制"的方式接受评核。"综合计分制"按照申请人的年龄、财政要求、良好品格、语文能力、基本学历 5 项条件打分，最高分为 165 分，是适合普通人的计分方式；"成就计分制"主要针对"具备超凡才能或技术并拥有杰出成就的个别人士"，以申请人的成就为评核基准。在每次甄选程序中，总得分较高者的申请可获提选作进一步的评核。目前通过"优才计划"获得香港居留权的内地著名人士包括李宁、刘璇、郎朗、李云迪、汤唯、章子怡、周迅、胡军等人。

2. 海外高层次人才的三个基本类型

通过对各省市重点引进的海外高层次人才目录的整理分析，可以归纳出三类，即创新创业人才、现代服务业人才和高新技术产业人才，这三类人才的共同特点可以概括为国际化、创新性、领军型（见表2）。国际化是指引进的高层次人才大都具有海外留学或工作的经验，思考分析问题具备全球化视野，能够引领或掌握相关领域的国际前沿，通晓国际规则；创新性是指引进的高层次人才大都具备创新思维和较强的自主创新能力，能够掌握核心技术、具有自主知识产权；领军型主要是指引进的高层次人才大都在其行业领域具有较高的地位和影响力，人才的引进能够对当地相关行业的发展产生重大影响，甚至可以带动整个行业的快速发展。

表2　海外高层次人才的基本类型

领　域	列　举	特　点
创新创业人才	科技大师、科技领军人才和优秀创新团队	创新能力强，掌握核心技术，具有自主知识产权
现代服务业人才	国际金融人才、文化创意人才	国际化程度高，具有全球化视野，通晓国际规则
高新技术人才	新能源、新材料、生物医药、电子信息、装备制造等人才	掌握国际前沿技术，能抢占国际科技产业创新制高点

（二）建立人才发展专项资金，为人才引进提供资金支持

人才投入是高端人才引进的重要前提和保证。各地为保障引才计划的顺利实施，纷纷设立人才发展专项资金，用于各类高层次人才培养、紧缺人才引进、杰出人才奖励以及重大人才开发项目。据悉，从 2009 年起，江苏省昆山市每年拿出年度财政预算的 1%，不低于 1 亿元，设立优秀人才专项资金，用于引进和培养各类优秀人才。将人才经费按比例纳入财政预算，使人才投入在昆山具有法律意义的地位。厦门市从 2010 年起将每年安排 1.5 亿元人才专项资金，用于引进海外高层次人才、各类领军型创业人才。天津市滨海高新区自 2008 年起每年安排不低于 1 亿元的高端人才引进和培养资金。苏州为推动"姑苏人才计划"，提出 5 年内投入 30 亿元，引进、培育并重点支持一批创新创业领军人才。2010 年，江苏省各级财政引才资金达到 26 亿元，人才培养专项资金超过 60 亿元。

此外，为充分发挥高层次人才在科技创新创业中的带动作用，各省市也纷纷设立高层次人才创新创业扶持资金。湖北武汉市每年投入 2 亿 ~3 亿元资金，设立"黄鹤英才计划"创业扶持专项资金，入选人员在武汉领办、创办企业或研发机构，领军人才最高可获 500 万元、高层次人才最高可获 100 万元的创业扶持资金支持，入选人员在武汉创业，当年最高可获 100 万元贷款贴息。福建厦门市对于从海外引进的领军型创业人才，将提供最高 2300 万元的各类扶持资金，其中创业启动资金 100 万 ~500 万元。北京海淀区为支持高层次人才创新创业，每年从区财政预算中安排不少于 1 亿元资金鼓励，对携带具有自主知识产权或关键技术且市场前景好的高端项目来核心区创业的高层次人次，给予 100 万 ~600 万元的一次性资金支持。

（三）搭建人才创新创业平台，通过事业引进人才

为了确保引进人才创业有机会、干事有舞台、发展有空间，各地加快推进留学人员创业园、高层次人才创新创业基地建设，为吸引、凝聚和用好海外高层次人才搭建平台。例如，北京市自 1997 年建立第一家留学人员创业园，至 2010 年，已陆续建立 27 家留学人员创业园，逐步形成了北京市留学人员创业园网络，累计吸引 3682 名"海归"入园创业，留学人员创业园已成为北京海外高层次人才的聚集地。上海市为配合中央"千人计划"的实施，加快引进海外高层次人才，建设了包括中国商用飞机有限责任公司、张江高科技园区、复旦大学、上海

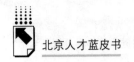

紫竹科学园区、杨浦知识创新基地、上海国际汽车城等在内的9个国家海外高层次人才创新创业基地。天津市滨海高新区把留学生创业园作为海外高层次人才创新创业基地的核心载体，目前留学生创业园6项孵化指标名列全国国家级孵化器前列，被授予9个国家级创业基地品牌、8个国家和市级荣誉称号，成为吸引海外高层次人才的"金字招牌"。

（四）完善生活保障，解除高层次人才的后顾之忧

1. 实施人才安居工程

为解决高层次人才引进中的高房价瓶颈，各地加快实施人才安居工程，为各类人才建造人才公寓或提供住房补贴。例如，深圳市组织实施人才安居工程，为杰出人才、领军人才、高级人才和中初级人才"量身"解决"住房难"问题。杭州为解决人才住房问题，提出采取包括"大师房"、"突出贡献房"、"人才限价房"、"人才经济适用房"、"人才奖励房"、"人才短期房"6个渠道，解决各类人才的住房问题。从2011年开始，北京也将用3年时间在中关村示范区内建设一万套人才公寓，为包括海归人才在内的各类人才到特区创新创业提供安居环境。

2. 建立地方绿卡制度

为打破人才引进中的户籍瓶颈，各地积极探索建立地方"绿卡"制度，让引进的高层次人才享有与户籍居民同等权利。2008年深圳市开始全面实行居住证制度，持有深圳"居住证"的居民，子女可在深圳接受义务教育、可在深圳直接办理赴港商务签证；持有10年长期"居住证"的居民，将被纳入深圳市的社会管理和社会保障体系。2009年7月南京市开始办理"南京蓝卡"，即《南京海外留学人才居住证》，持有该证的海外留学人才不仅可以和南京市民一样，办理相关社会保险、缴存住房公积金、解决子女就读、购房购车等事项，更可以享受到多项海外留学人才扶持政策。上海市为方便海外人才来沪工作，也推出了有"上海绿卡"之称的《上海市居住证》B证。

3. 成立专门人才服务机构

各省市积极转变党政部门在人才工作中的职能，由传统的管理人才向服务人才转变，人才服务朝着"高标准"、"人性化"、"多元化"的方向努力。（1）建立人才综合服务大厅，为人才提供"一站式"服务。例如，北京市海外学人中心服务大厅就是为海外高层次人才和留学人员提供专业化、信息化和国际化的服务平台，可提供包括政策咨询、技术咨询、推荐就业单位以及协助办理签证、生活保障等全

方位窗口式服务。北京市还对高层次人才实行全程代理专员制，为每名引进的海外高层次人才配设一名"服务专员"。（2）积极鼓励和支持人才服务中介机构的发展。例如，广州市未来将重点扶持30个左右的高端人才服务机构及其人才服务团队，积极促进人才培训、人才外包、人才测评、人才网站、猎头等重点人才服务。

（五）加强制度建设，营造自由宽松的环境氛围

1. 探索建设人才特区

人才竞争说到底是人才发展体制机制的竞争。各地加快建立人才改革试验区（即"人才特区"），积极探索建立与国际接轨的科研、管理和创业机制，创造有利于人才充分施展才华的制度软环境。例如，北京市中关村紧紧抓住建设国家自主创新示范区的机遇，加快建设海归人才特区，在股权激励、科技金融、科技经费管理、知识产权等方面先试先行，采用特殊的政策和机制为海归人员服务。位于中关村生命科学园内的北京生命科学研究所实行理事会领导下的所长负责制，所长的聘任实行国际公开招聘；研究所打破以往人才评价的条条框框，成立招聘委员会，对人才是否具备国际一流水平、科研题目是否具有潜力以及科学家的综合能力等方面进行评估、选拔；各实验室主任可以自主决定科研方向和研究课题，无须向所领导汇报和申请。其他一些地方也积极创建人才特区，如上海浦东、天津滨海、江苏无锡、浙江宁波、湖北武汉东湖高新区等（见表3）。

表3　中国部分省市人才特区建设情况

地域	名称	简介
北京	中关村海归人才特区	用5年时间，面向以海外高层次人才为代表的国家发展所特需的各类人才，将中关村建设成"人才智力高度密集、体制机制真正创新、科技创新高度活跃、新兴产业高速发展"的改革示范区
上海	浦东国际人才创新试验区	抓住浦东综合配套改革试点的契机，探索建立浦东国际人才创新试验区，重点从人才管理体制机制、政策法规、服务体系和综合环境等方面先行先试、创新突破；以创新试验区的经验和成果，示范和推动上海国际人才高地建设
天津	滨海新区人才特区	紧紧围绕把滨海新区建设成为中国北方对外开放的门户、高水平的现代制造业和研发转化基地、北方国际航运中心和国际物流中心的战略目标，按照综合配套改革试验的总体要求，先行先试一批重大人才政策和工程，创新体制机制，创建"人才特区"
江苏	无锡人才特区	经过3~6年的努力，到2015年，把无锡初步建成集聚高层次人才、培育高新技术产业、发展高端服务业、具有高品质人居环境的"人才特区"

资料来源：整理分析各地人才引进文本。

2. 设立重大奖项、特聘专家称号

为了让高层次人才的个人价值得到充分尊重和体现，各地区采用物质和精神上的双重激励措施。例如，深圳市为进一步优化人才发展环境，提高对优秀创新人才吸引力，于 2006 年正式设立深圳市产业发展与创新人才奖，仅 2008 年度总奖金额就达到 2.59 亿元。广东省还每两年评选一次"南粤功勋奖"和"南粤创新奖"，每名分别奖励 3000 万元和 500 万元。除资金激励外，很多地区还授予引进的高层次人才荣誉称号，对引进人才实行精神激励。例如，山西将对引进的各类海外高层次人才，分别授予山西特聘专家和用人单位特聘专家相关称号，均纳入省委、市委、厅局联系的高级专家范围。安徽省对通过省"百人计划"引进的海外高层次人才，授予"安徽省特聘专家"称号，由省委组织部、省人力资源和社会保障厅联合颁发证书。

3. 建立向高端人才倾斜的资源配置体系

各地在税收优惠、薪酬待遇、出入境、医疗保险、落户、购买住房、职称评定、子女入学、配偶工作等方面给予高层次人才支持和倾斜。北京市 2010 年首次公开招聘 835 名年轻的高学历人才，录取人选的户籍地若不属北京市，可以直接申请引进，其配偶及子女可随调随迁。深圳 2010 年出台人才引进新政策，对于国家级领军人才子女申请就读深圳义务教育阶段学校和高中转学的，可在全市范围内选择一所学校申请就读。山东、河南等地为高层次人才职称评审开辟绿色通道，高层次人才申报职称，不受年限、单位专业技术岗位结构比例等限制。

二　海外高层次人才引进的具体行动

中央"千人计划"实施以来，各省市积极响应中央号召，在完善吸引人才政策体系的基础上，积极创新人才引进的方式方法，吸引鼓励海外高层次人才回国创新创业。总结各省市的经验，主要有六种具体行动方式：搭建网络平台、举办交流大会、组团海外招聘、邀请回国考察、设立海外工作站点、借力中介机构。

（一）搭建网络信息平台引才

随着网络技术的推广和普及，高层次人才引进工作也朝着网络化发展。各地在建设海外高层次人才信息库的同时，通过各地人才网站宣传人才政策、发布人才需求，充分发挥网络招聘优势，搭建起用人单位和海外人才的信息交流平台，如北京海外学人网、上海海外人才网、江苏留学人员创业网、山东海外人才项目信息网等。2010 年 6 月，温州市举办了现代服务业高层次人才网上专场招聘会；7 月，浙江大学宁波理工学院专场举办了海外高层次人才网络视频招聘会。网络视频面试缩短了招聘双方时间与空间的距离，降低了招聘成本，提升了招聘效果。此外，为更好地服务用人单位与人才，宁波市留学人员中心还计划将网络视频常态化，为宁波市用人单位异地人才求职搭建新平台。

（二）举办高层次人才交流会引才

举办具有国际影响力的高层次人才交流会是各地引进人才的一个重要途径。目前国内影响力较大的有四川"海外华侨华人高新科技洽谈会"、广州"中国留学人员广州科技交流会"、大连"中国海外学子创业周"、湖北"华侨华人创业洽谈会"、深圳"中国国际人才交流大会"等。这些品牌活动已经成为当地对外开放和智力引进的重要平台。如广州"留交会"已发展成为中国最大的留学人才资源库、最大的海外留学人员项目信息库，成为国内规模最大、最有影响力的国际科技信息与留学人才交流平台，是各地政府宣传留学人员创业政策、引进海外智力，以及国内企业、高校、科研院所招聘高端人才和寻求项目合作的重要渠道。

（三）定期组团到海外招聘人才

组团海外招聘是各地近几年引进高层次人才的一种新途径。国内一些地方政府纷纷以"组团"的形式赴海外揽才，把招聘会现场搬到了海外。截至 2008 年底，深圳市曾先后 6 次以政府名义赴北美、欧洲、香港等地举行海外招才引智活动。上海市政府有关部门及 20 余家金融机构在伦敦、芝加哥、纽约举办了三场"海外高层次金融人才招聘会"。2010 年 4 月，福建省委组织部、省公务员局组织 17 家高新技术园区、科技企业、高校和科研机构负责人，先后在美国旧金山、华盛顿、波士顿、纽约等市召开 5 场高层次人才招聘会。6 月，广东省政府组织由国家重点大学、科研机构、大型企业以及政府人力资源部门负责人组成的庞大招聘团，在德国柏林举行引进海外高层次人才洽谈会，并通过远程视频与设在美国、法国和西班牙等国的分会场同步展开招聘活动。9 月，北京市在纽约与当地华侨华人举行高层次人才恳谈会，并在硅谷举办"华侨华人高层次人才群英

会",与硅谷各大公司高管、工程师和技术专家等面对面交流,诚恳邀请高端人士到北京,打造中国硅谷和人才特区。

(四) 邀请人才回国考察访问

除了组团"走出去"赴海外招聘,各地还把海外人才"请进来",组织海外高层次人才回国考察访问,让更多的海外人才了解国内的创业环境和生活环境,通过考察活动洽谈对接项目,吸引海外人才回国创新创业。例如,北京市于2010 年月 18～20 日开展了"2010 海外赤子北京行"活动,邀请来自美国、英国、德国、法国、加拿大、日本、荷兰等国家的海外人才来京参观考察。江苏省每年组织 1～2 次全省性"海外高层次人才江苏行"活动,同时根据需要不定期多批次地组织海外高层次人才及团队到江苏各地考察,有针对性地安排海外高层次人才和用人单位对接交流。与此同时,海外留学人员也在积极寻求在国内发展创业。硅谷中国工程师协会从 2010 年 6 月初组团展开"创业中国行",先后走访了北京中关村、天津滨海新区、苏州高新开发区、武汉光谷等城市及高科技园区,寻求项目合作和创业机会。

(五) 建立海外人才工作站点

各地为使海外高层次人才引进工作常态化,纷纷在国外设立海外人才联络处,及时宣传高层次人才政策和发布人才需求,搭建起海外引才引智的新平台。2009 年 11 月,广东省外国专家局分别与美国、法国、德国、西班牙四个国家的7 个机构合作设立海外人才工作站。2010 年 3～4 月,山东省济南市组织代表团赴欧洲、美加、日韩开展引才活动,先后设立了法兰克福、巴黎等 6 个"中国济南海外人才联络处"。2010 年 4 月,福建省公务员局(省人力资源开发办公室)与美国旧金山美中交流协会签署了人才合作协议,建立了福建首个海外人才联络站。各省市依托出国招聘计划纷纷在国外设立海外人才联络处,使国外和国内的交流更加直接,为海外学子和国内政府、企业之间搭起了一座沟通的桥梁。

(六) 借力国内外知名中介机构引才

人才猎头在国外是一种比较高效、成熟的人才引进方式,各地在借力中介机构引进海外人才方面也有所探索。2008 年 9 月,江苏省人事厅在南京与 8 家国际知名人力资源机构签署战略合作协议书,委托它们从海外协助引进江苏发展所急需的高层次人才。2009 年 5 月，沈阳市外国专家局与世界著名的猎头公司美国阿利杰斯集团公司签署协议，就高层次人才智力合作、人才引进服务等建立了国际合作平台。2010 年，昆明市聘任了包括美国美洲银行副总裁易立在内的 50 名高端"猎头"，作为引才特使在全世界范围内搜罗人才。与此同时，各地还大力支持人才中介机构的发展。2008 年 7 月，宁波市出台优惠政策，面向国内外大力引进信誉度高、高端服务能力强的人才猎头和人才培训中介机构。江苏宿迁的人才中介机构只要为宿迁引进创业创新领军人才，便可获得 10 万元奖励。

三 海外高层次人才引进工作的主要特点

根据以上分析，可以从宏观层面梳理出近年来各省市引进海外高层次人才工作的四项主要特点：领导重视，资金投入力度大；政策体系逐步健全，工作全面推进；党政主导特征明显，官方色彩浓厚；人才需求趋同，各地竞争激烈。

（一）领导高度重视，人才资金投入力度大

随着近几年经济社会的发展，地方各级领导越来越清楚地认识到，人才在当地经济社会发展中的基础性、战略性、决定性作用，特别是 2010 年第二次全国人才工作会议的召开，人才是第一资源和人才优先发展的理念更是深入人心，各地党政部门也从思想上重视人才逐步转变到具体的行动上，各地引才主动出击，竞相争夺人才先机。其中突出的表现是对人才资金投入的大幅增加。为了加强本地人才培养和高层次人才引进，各省市纷纷建立了人才发展专项资金，不论是东部经济发达省市还是中西部欠发达地区，在人才资金投入上都体现了大气魄和大手笔。除了省级财政的专项资金支持外，大部分省市还明确了市级以及用人单位的资金配套方案，形成一套人才资金支持系统。同时，各省市还充分利用担保、股权质押、专利入股等金融手段解决海外高层次人才创业初期的融资需求。

（二）政策体系逐步健全，引才工作全面推进

2003 年底，中央召开第一次全国人才工作会议，颁布实施《中共中央国务院关于进一步加强人才工作的决定》，各地人才工作开始全面启动实施，针对人才培养、引进、使用等环节相继出台一系列政策，并在具体工作中不断补充和完善。经过多年来的努力，各地人才政策已逐步形成体系，人才引进工作也越

来越规范化、系统化，引才工作思路越来越开阔。从人才引进的对象来看，已经由原先的国内人才为主放眼到海外国际人才，引才工作的全球化、国际化视野逐步形成。从人才引进的政策本身来看，越来越系统化，引才措施原来主要关注人才本身，而现在也越来越关注人才事业平台的搭建、人才环境的营造，开始从满足人才的多元化需求出发，出台相应的激励保障措施，将人才引进工作全面推进。

（三）党政部门主导特征明显，引才工作官方色彩浓厚

坚持党管人才原则是新时期加强人才工作的迫切需要，也是中国特色在人才工作中的具体体现。按照党管人才的要求，各地紧密围绕中央"四管"（即管宏观、管政策、管协调、管服务）、"六抓"（即抓战略、抓规划、抓政策、抓创新、抓培养、抓宣传）开展人才工作，党委政府在人才工作中发挥着积极主导作用。在引进海外高层次人才方面，各级地方政府部门除了研究制定各类人才吸引政策，还通过"政府搭台、企业唱戏"的方式，组织当地用人单位开展各种引才活动，协助解决人才引进过程中的相关问题。例如，有些省市领导亲自赴欧美等发达国家，与海外高层次人才座谈、恳谈，积极宣传当地人才引进政策和创新创业环境，为海外高层次人才和当地用人单位牵线搭桥等。此外，在海外高层次人才的认定审批上，大部分省市还是由政府相关部门来负责具体实施，人才引进中官方色彩较为浓厚。

（四）引进对象趋同化，地区间人才竞争激烈

由于产业结构趋同、政策制定主体的单一、公众及利益相关群体参与不充分，各地政策在人才标准、政策措施等方面存在较为明显的趋同性现象。比如，在引才标准方面，大部分省市涉及的只有高科技、新能源、先进制造业、生物医药、现代服务等有限的几方面。这样的定位，虽然积极响应了国家的号召，力图推动发展战略新兴产业，但一定程度上也限制了本区域依据资源禀赋发展的动力。人才政策的趋同性在无形中加剧了各省市间的人才竞争，提高了人才引进的成本，对有限的公共资源造成一定程度的浪费。例如，在资金扶持、住房保障、未成年子女教育及配偶安置等方面的规定上，各地优惠政策没有质的区别。由于受当地经济社会发展水平的限制，对于中西部地区来说，趋同性的政策措施对于海外高层次人才的吸引力很有限。

四 进一步改进海外高层次人才引进工作的思考

经过近几年的努力，前五批入选国家"千人计划"的海外高层次人才达到1140多人，各地各具特色的引才项目也取得不同进展。习近平同志在2010年全国组织部长会议上强调，要"正确处理人才引进中数量与质量的关系，坚持质量第一、以用为本、按需引进，积极稳妥地推进海外高层次人才引进工作"，这标志着未来时期中国海外高层次人才引进工作将更加注重人才质量和科学规范，需要从全面统筹、加快社会化进程、实施差异化战略和政策落实四个方面进一步改进工作。

（一）加强中央统筹协调，推动海外人才引进工作均衡发展

在市场经济条件下，资源禀赋差异和竞争机制使得人才资源在发达地区和相对不发达地区之间呈现不同的分布形势，中西部地区在中国人才版图中处于相对弱势地位，而海外高层次人才有可能带来新的更大的地区间的"人才鸿沟"。在引进对象范围重叠、人才数量有限的情况下，中西部地区省份尽管也制订了相应的专项计划，力图争取人才资源，推动本地发展，但与东部发达省市相比，无论在政策力度，还是在经济基础、政府服务、生活环境等方面的劣势难以短期克服。多个研究单位的调查数据显示，海外人才归国首选之地多为北京、上海、广州、深圳等东部发达城市，中西部地区除成都、西安等外，吸引力则降低很多，迫切需要中央采取行动，加强宏观指导和统筹协调。中央应当从国家区域发展总体战略出发，通过经济和行政杠杆，运用社会舆论导向，制定人才引进支持政策，根据国家未来产业区域发展布局，对中西部各省市实施差异化的人才扶持政策。支持和鼓励区域间的人才合作，建立高层次人才引进的区域协调机制，降低人才引进的总体成本。

（二）逐步转变公共部门角色，加快引才工作社会化进程

由于目前各省市大规模的海外高层次人才引进工作还处于初期，政府部门在其中占据着主导地位，这对于现阶段的引才工作发挥着重要推动作用。今后，随着各地海外高层次人才引进工作日益进入正轨，政府部门在其中的角色也应该相应作出调整，逐步转变为"政策制定者、活动支持者、障碍清除者"三大角色，

人才引进的具体工作则可以逐步让位于用人单位和人才中介机构，逐步实现引才工作的社会化、市场化。例如，海外高层次人才的认定工作，就可以委托给具有相应资质的人才中介机构，政府部门要做好的就是相关部门的协调服务工作。目前许多省市已经在探索通过知名猎头公司来寻找人才、联络人才、引进人才，相关的经验值得借鉴和推广。

（三）结合地方区域资源优势，实施引才差异化战略

由于目前高层次人才引进中的趋同化，各省市间人才竞争比较激烈，大大增加了海外人才引进的成本。如何结合本地资源禀赋，在人才优惠政策的制定上充分体现地方特色和优势，将对海外高层次人才引进起到重要推动作用。例如，香港的"优秀人才入境计划"，并没有利用高额的资金支持和奖励来引进人才，而是通过自由的出入境管理来引进海内外高层次人才，持香港特别行政区护照可免签证进入全球130多个国家和地区。北京的首都区位优势、政治文化中心地位，上海的高国际化程度、金融经济中心地位，都是吸引海外高层次人才的重要资源优势。东南沿海发达地区可以发挥其经济基础雄厚的优势，通过发展较为成熟的产业园区来吸引海外高层次人才，而对于相对欠发达的中西部地区，则可以发挥其劳动力成本低、土地等自然资源的优势，为吸引海外高层次人才创造条件。各省市应当基于本地实际情况，因地制宜，按需引才，量力而行，走差异化的人才吸引策略。同时，在优势互补、合作共赢原则的指导下，构建利益共享机制，加强区域间的引才合作。

（四）抓好优惠政策的落实，做好人才后期跟踪服务

虽然各省市引进海外高层次人才的政策体系不断建立和完善，人才引进方式不断创新发展，人才引进工作水平大幅提升，但是在与有些引进海外人才活动的接触中发现，有些地方提出的优惠政策没有被很好地执行，或者在执行过程中大打折扣，对海外人才引进工作造成不良影响。因此，各级党政部门不仅要研究制定具有吸引力的人才政策，同时也要抓好各项优惠政策的执行落实，对涉及的具体工作部门做好督促检查，确保各项政策落到实处。此外，要做好海外归国人才的跟踪服务和调查研究，为人才更好地发挥作用创造条件。目前有些省市存在过分关注海外高层次人才引进数量，而忽视人才本身作用发挥的情况，因此后期做好相关政策的评估也很重要。

Policy Construction and Concrete Action:
Analysis on the Roal of Public Sectors in
the Introduction of High-level Talents

Rao Xiaolong   Meng Zhiqiang   Ma Jian

Abstract: Overseas high-level talents is a important team in our country, is the focus that our country constucting in recent years. All of the work related to the overseas high-level talents, such as attract train and use, public sector play an important role in attracting especially. This paper analysed these practices from two dimension: policy and action, pointed out it's four characters, put forward some suggestions to improve this work.

Key Words: Public Sector; Overseas High-level Talents

创 新 实 践

B.15
"人才京郊行" 计划

【案例陈述】

北京作为国家政治、经济和文化中心，人才智力资源非常丰富，但也存在着城乡分布不够均衡的现象。针对这一问题，北京市委组织部策划并组织实施了"人才京郊行"计划，分批选派城区优秀人才到远郊区县对口单位进行为期一年的服务锻炼，加强城区对郊区的扶持力度，取得了良好的效果。

（一）统筹需求与可能

由于历史及现实等多方面原因，远郊区县人才资源状况在很多领域都与城区存在较大差距。为了突出重点，北京市委组织部要求远郊区县根据本地区经济社会发展状况提出急需人才岗位，在此基础上，会同城区有关单位共同协商酝酿选派对象。选派人员范围以关系远郊区县社会民生和经济发展重点的医疗卫生、教育文化、科技、农业、规划、环保等领域为主，既尽量满足远郊区县的发展需求，同时也充分考虑派出单位的工作状况和选派可能性。

（二）严格标准与条件

选派人员的思想政治素质和业务水平不仅直接影响"人才京郊行"的现实效果，也关系到这项活动能否持续开展。为此，北京市委组织部对选派人员的标准与条件进行了严格的规定，相关条款包括：长期从事专业技术和管理工作的高层次人才；思想政治素质好，勇于奉献，具有突出的专业特长和较强组织管理能力，有发展潜力和培养前途；具有硕士及以上学位，或具有副高级以上专业技术职务、处级以上行政职务；年龄在 45 周岁以下，身体健康。

（三）注重服务与管理

为保障计划顺利实施，北京市委组织部制定了详细服务与管理规定。一是明确管理责任。选派人员由派出单位和接收单位共同管理，以接收单位管理为主。二是明确工作安排。选派人员在接收单位全职工作，安排到党政机关工作的，一般任实职，不占接收单位领导职数；安排到企事业单位的，一般担任副职或助理。三是明确纪律要求。选派人员必须服从接收单位的工作安排，严格要求自己，认真履行岗位职责；严格遵守接收单位的各项规章制度和纪律要求，严格履行请假手续。四是明确服务保障。接收单位确定专人联系选派人员，及时了解其思想、工作和生活情况；选派人员保留原职务，职务晋升、专业技术职务评聘、工资福利待遇等不受影响；接收单位可根据工作地区和岗位的不同情况给予选派人员适当生活补助。五是明确考核要求。服务锻炼结束时，选派人员对思想、工作和学习情况进行总结，接收单位协助派出单位对选派人员进行考核，考核结果报送市委组织部。

该计划自启动实施以来，已选派三批 114 名高层次人才和优秀中青年干部到远郊区县服务锻炼，其中具有硕士及以上学位的 89 名，具有副高及以上专业技术职务的 73 名，平均年龄 39 岁。他们在各自的岗位上认真履行职责，扎实开展工作，在推动远郊区县经济社会发展方面作出了突出贡献。

【案例简评】

"人才京郊行"计划是北京市统筹城乡人才资源、拓宽人才工作格局的积极探索和尝试，是北京市人才工作机制创新的一项品牌工作。该案例的特点主要在

于：一是充分体现了党委组织部门在人才工作中牵头抓总的职责定位。人才工作涉及方方面面，党委组织部门作为人才工作的牵头抓总部门，必须立足全局，着眼重点，积极协调，统筹各方面力量，共同解决那些反映突出，同时又是一个地区、一个部门自身难以解决的困难和问题。二是探索建立了城乡人才资源统筹发展的长效机制。以对口支援的形式统筹城乡人才资源发展，必须充分考虑相关各方利益需求，并以制度形式予以保障，否则难免成为"昙花一现"式的政绩工程。"人才京郊行"计划统筹各方需求与可能，严格标准与条件，注重服务与管理，形成了一套行之有效的工作机制。远郊区县获得了急需优秀人才的支持，区域发展增添了新的推动力量；派出单位锻炼了人才、扩大了影响，发展空间有了新的拓展；优秀人才能力素质得到了提升，同时也没有后顾之忧。各方在合作中取得了共赢，党委组织部门则为围绕中心、服务大局、推进首都科学发展又一次作出了贡献。

B.16
首都高层次卫生人才队伍建设工程

【案例陈述】

为进一步加强北京市卫生系统特别是市属单位人才队伍建设，提升卫生系统高层次人才的规模和竞争力，北京市卫生局实施了首都高层次卫生人才队伍建设工程（简称"215"工程）。

（一）明确任务和目标

该工程的主要任务是：构建政府、单位和社会共同参与的高层次卫生技术人才开发模式，形成市、区县和各相关单位紧密协作的人才工作联动机制，构建定位明确、层次清晰、衔接紧密、促进高层次卫生技术人才可持续发展的培养和支持体系，培养和汇聚一批具有国际先进水平的学科领军人才、具有创新能力和发展潜力的学科带头人和学科骨干，建立一批重点学科和创新平台。具体目标是：到2020年，培养和引进20名领军人才、100名学科带头人、500名学科骨干，建立20个以重点学科为依托、以培养两院院士等拔尖创新人才为核心的创新平台。

（二）制定了严格的遴选标准

该工程在个人申报、单位推荐的基础上，经过评审确定重点培养对象，并给予相应的支持。为确保质量，针对领军人才、学科带头人、学科骨干三类不同的培养对象，从道德素质、学术贡献、专业能力、引领作用、团队效应、发展潜力等方面分别制定了严格的遴选标准；建立了资格审查、函审和会审三级选拔程序，并明确了相应的评审指标。评审专家以非市属单位人员为主，保证了评审的客观公正。

（三）完善培养资助和管理考核措施

对遴选的三类培养对象，相关单位和人员要制订个人、团队和学科发展计

划，并明确各个年度的目标、任务和实施方案；市区两级分别设立专项经费，按照领军人才每人每年 70 万元、学科带头人每人每年 30 万元、学科骨干每人每年 7 万元的标准给予培养资助；培养对象在经费使用、团队建设、培训交流等方面，享有一定的优惠政策；以评审标准和培养发展计划为依据，由所在单位组织年度考核，市主管部门组织中期和终末考核。

"215"工程启动后，首批申报中，全市 32 个单位共推荐 394 名候选人，覆盖了市属各大医疗卫生机构和部分区属医疗单位。经过严格评审，有 99 名专家分别当选为三个层次的培养对象，市卫生行政管理机构与入选人员及所在单位签订了《培养计划任务书》，并下拨了专项培养经费，开始为期 3 年的资助培养。

【案例简评】

实施重大人才工程是加快人才资源开发的重要举措，是整合各种资源合力推进人才工作的有效途径，是引领人才队伍建设的有力抓手。首都高层次卫生人才队伍建设工程，就是在政府部门主导下，以重大工程为载体，整合集聚各种资源，共同推动高层次人才队伍建设的创新实践。其特点在于：一是体现了人才工作服务大局的战略定位。"215"工程着眼于服务首都卫生事业又好又快发展，以首都卫生事业发展规划为依据，以急需领域和关键学科专业为重点，以高层次人才为培养对象，目标明确、任务明确、效果明确。二是注重整体效益。"215"工程整合政府、单位和社会等各方面资源，把人才培养、引进、评价、使用等融为一体，把发展人才、实现人才价值、推动事业进步贯穿工程实施全过程，能够有效提高人才工作的整体效益。三是积极创新人才评价标准和方法，形成了多维度的评价指标、多层次的评价标准、多元化的评价主体。

B.17

朝阳区吸引海外高层次人才 "凤凰计划"

【案例陈述】

朝阳区是北京市乃至全国的主要外事活动区，区内有160余个外国驻华使馆、联合国办事机构、国际组织办事处，以及90%的外国驻京新闻机构、60%的海外企业代表机构。同时，该区也是北京最具经济活力的地区之一，以CBD（中央商务区）、望京电子城、奥运功能区为代表的高端产业发展迅速。国际化、高端化的发展特点使得朝阳区对海外高层次人才的需求尤为强烈。为此，该区制订实施了"凤凰计划"，大力吸引和扶持海外高层次人才来朝阳创新创业。

（一）制订实施方案，明确预期目标

计划从2009年开始，用5~10年时间，在CBD、望京电子城、奥运功能区等重点功能区，聚集一批由科技领军人才领衔的高科技创业团队；引进并有重点地支持100名左右海外高层次人才来朝阳创新创业；鼓励和吸引上千名优秀留学人员来朝阳创新创业；支持、鼓励非公有制企业和民办非企业单位开展引进海外高层次人才工作等。

（二）建立政策体系，提供制度保障

制定《关于大力推进海外学人工作的实施意见》和《鼓励海外高层次人才创业和工作暂行办法》，对吸引海外高层次人才成效显著的中介机构和企事业单位给予资金支持和表彰，通过调动人才主体和载体的积极性，实现全方位吸引人才、点对点吸引人才、有目标吸引人才。成立朝阳区海外学人工作联席会，明确成员单位职责，确保各项工作有效落实。

（三）健全服务体系，保障政策落实

建立北京海外学人中心CBD分中心，开设专属服务窗口，为引进的海外高

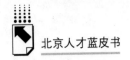

层次人才安排服务专员，提供办理居住证、落户、社会和商业保险、财政奖励等全方位服务。成立海外学人俱乐部，以"携手海外精英人才、共创朝阳美好未来"为宗旨，通过举办联谊活动，广泛交流信息、分享经验。

"凤凰计划"启动实施后，朝阳区于 2009 年 10 月成立北京海外学人中心CBD 分中心，2010 年 6 月成立海外学人俱乐部，并先后召开首批认定海外高层次人才座谈会、"聚集国际人才，建设世界城市试验区"研讨会、"国际人才与区域发展高端论坛"等系列活动，全区已投入 1548 万元用于奖励来朝阳工作、创业的海外高层次人才和引进海外人才成绩突出的单位，重视海外人才、尊重海外人才的氛围初步形成，为海外人才服务的工作体系基本搭建。

【案例简评】

"凤凰计划"是在中央大力引进海外高层次人才的背景下出台的，是对中央"千人计划"和北京市"海聚工程"的呼应，是基层政府探索建立区域性海外人才高地的积极尝试。该计划的创新之处体现在以下三个方面：一是紧密结合本区域发展实际来贯彻落实中央决策部署，有效实现了高端人才引进与区域发展协调推进。二是能够准确把握海外高层次人才的特点和需求，从加大事业支持力度、提供专属服务、开展联谊交流活动等各个方面，不断完善服务内容和方式，保证了工作成效。三是树立了鲜明的品牌形象，具有较强的传播性和影响力。海外人才引进作为一项面向海内外公众的开放式工作，如何树立品牌形象、扩大影响力，是一个需要考虑的问题。自古以来，太阳和凤凰都是具有美好意境的图腾，而且二者有着紧密的联系。《诗经》中"凤凰鸣矣，于彼高冈；梧桐生矣，于彼朝阳"的诗句，就是比喻贤才逢明时。以"凤凰计划"为朝阳区海外高层次人才引进工程命名，既具有较高的美誉度，又充分体现了朝阳区的地方特色，容易在社会上引起强烈共鸣，可以说是党委政府部门创建工作品牌的优秀样本。

B.18
海淀区教育人才培养“双名”* 工程

【案例陈述】

北京市海淀区是全国著名的科教文化区，基础教育资源非常丰富，区内有中国人民大学附属中学、清华大学附属中学、101 中学、中关村第一小学等一大批名校，2009 年底基础教育系统有特级教师 110 名，市级学科带头人和骨干教师354 名。但同时，优质教育资源分布城乡不均衡、区域不均衡、校际不均衡的问题同样存在，农村校、薄弱校的师资力量有待加强。教育发展的核心在教师和教育管理者，教育均衡的核心也在教师和教育管理者。为进一步发挥区内优秀校长和骨干教师的引领作用，促进全区基础教育系统人才队伍建设和教育事业均衡发展，海淀区教工委、教委启动实施了教育人才培养“双名”工程。

（一）高起点搭建人才培养平台

以“整合资源、高端培养，构建优秀教师、校长的专业发展平台”为指导思想，成立了“名师工作站”和“优秀校长培训基地”。“名师工作站”以导师制为基础，以学科组为单位，发挥名师在同伴互助中的带头作用，组织导师同学员一起制订学期活动计划，组织论文评比、教学论坛、读书交流、听课评课等各种活动。“优秀校长培训基地”设在中国人民大学附属中学、101 中学等具有一定知名度和影响力的品牌学校，区内其他学校校长和后备人才进入基地后，可以参与培养基地的会议和活动，学习培养基地的办学理念和方法，跟着名校长一起，在做中学，在学中做。培养基地的校长作为主持人，要组织和引领研修学员，在教育实践过程中发现和解决问题。

（二）高质量组织各类培训

一是举办骨干班抓重点人才培养。先后举办了北部新区骨干教师研修班、中

---

* “双名”，指名校长、名教师。

小学骨干教师研修班和市级学科带头人研修班，举办了系列化的区级学科带头人、骨干教师岗位培训班和校长高研班。二是有计划地实施境外培训。先后与英国、澳大利亚等国合作开展了骨干教师境外培训，组织校长到美国、英国、澳大利亚、加拿大等地进行专题培训和教育考察。三是不断摸索区域人才资源共享模式。在中关村四小、十一学校等示范校组建了"名师交流工作站"，给予经费支持，吸引区外高端教育人才来海淀区从事学习、交流和工作。在多个教育发达地区建立了教师挂职锻炼基地，选派校级干部参加挂职交流。

到 2010 年底，"名师工作站"已发展为拥有 18 个学科组、134 位导师和 379 位学员的广阔平台，"优秀校长培养基地"由人大附中校长刘彭芝、中关村一小校长刘畅等六位优秀校长担任首批导师，两大基地为 613 名骨干教师、53 名校长提供了个性化、针对性的培养服务，有力地促进了全区基础教育人才队伍建设。2010 年底，名师数占全区教师队伍的 2.4%，区级骨干教师占教师总数的 17.3%，有 7 名校长被评为"改革开放 30 年中国教育管理杰出人物"。

【案例简评】

"高能为核"是人才学理论的基本原则，强调了杰出人才在事业发展中的引领带动作用，强调了杰出人才在团队构建中的骨干作用。海淀区基础教育人才培养的"双名"工程就是以杰出人才为核心推动人才整体开发的有益实践。其创新之处主要体现在以下三个方面：一是搭建了高层次交流平台。人才的交流合作需要具体平台的支撑，缺少了平台的支持，人才的交流合作只能是暂时的、无序的、随意的。海淀区根据教师和校长两类教育人才的不同特点，高标准搭建了不同的交流平台。二是创造了多元化交流方式。突破了在本区范围内教师资源的交流，实现了向海外学习、向国内教育发达地区学习的拓展，这既得益于资金经费的保障，更得益于组织者的眼光和思路。三是探索了高层次人才发挥辐射作用的途径。通过工程的实施进一步扩大了名师、名校长的影响力，在不转变工作关系的情况下，实现了人才智力资源的柔性共享，发挥了积极的辐射带动作用。

B.19
中关村石景山园"创业导师制"

【案例陈述】

中关村科技园石景山园是中关村国家自主创新示范区"一区十园"中的文化创意产业特色园，园中的留学生创业园是由中关村管委会和石景山区政府共同创建的数字娱乐创业基地，有留学生创业企业45家。为了帮助留学回国人员解决创业中遇到的突出困难，支持创业企业成长发展，园区工委积极探索并实施了"创业导师制"。

（一）组建创业导师队伍

根据园区内创业企业初创期较长、管理风险高、资金困难大等特点，园区聘请行业知名企业家、风险投资家和首都著名高校资深教授，以一对一的方式，义务为创业企业提供日常经营发展的辅导与支持，定期帮助企业分析自身状况和存在的问题，提高企业创业成功的可能性。

（二）建立留学人员投融资平台

设立企业创业投资项目库，由留学生创业园定期向风险投资机构进行推介，已入库优秀项目200余项。充分运用科技部、北京市政府和中关村的各项支持资金和优惠政策，辅助、支持企业创业，帮助企业解决融资难题。

（三）建立"个十百千"工程的网络教育平台

园区积极整合创业服务资源，根据"一个创业园、十个创业楼、百家创业工作室、千人就业"的园区建设目标，针对创业人员需求，建设石景山青檬夜校网络教育平台，推广"创业梦想家"培训课程，目前该网校已上线并推出150学时的创业教育课程。

（四）启动常青藤高端人才创业园建设计划

园区借鉴相关经验，积极创新服务模式，推出适合高端人才创业的百万服务模式，即以每年百万元的建设服务成本，为高端创业人才提供全方位创业管理服务，引进高端创业人才快速发展战略新兴产业，扶持高端创业人才创业。

"创业导师制"实施以来，已组建了一支由 20 余名国内知名专家学者和著名企业家组成的导师团队，已对 200 多名创业者和 30 余家园区创业企业给予了支持和指导，部分创业企业已经迈入发展的快车道。有 2 人被评为北京市海外高层次人才，1 人被评为中关村高端人才，1 人被评为北京市劳动模范。

【案例简评】

中关村石景山园"创业导师制"，是基层组织贯彻落实党管人才原则、支持创新创业人才成长发展的积极探索。"创业导师制"的可贵之处在于：一是工作定位准确。党管人才是人才工作的根本原则，但不同单位、不同部门贯彻落实党管人才原则，有着不同的职责、方法和途径。作为基层组织，最主要的就是为人才的成长发展创造良好的环境。中关村石景山园在推动人才工作中，能够找准自身定位，以助推人才成长、服务企业发展为切入点，创新服务模式，完善服务内容，为留学人员和创业企业创造了良好的发展环境，受到了留学人才和创业企业的欢迎与好评。二是目标定位准确。人才的需求多种多样，为人才成长提供服务也需要立足实际，找准目标，把需要与可能有机统一起来，这样才能取得实效。有关研究指出，留学人员进行创业普遍存在两方面的问题：一方面是个体能力素质欠缺，包括创业知识匮乏，创业能力较弱，不了解商业运作规则，创业行为过于盲目等；另一方面是创业企业运作经验匮乏，存在创业计划不够周全，市场调研不够深入，资金调配不够合理，营销渠道过于单一，产品服务明显滞后等。中关村石景山园针对创业人才面临的这些困难，充分发挥自身职能作用，提升服务层次和水平，既"授之以鱼"，也"授之以渔"，既给予资金扶持、政策支持，也提供全方位、全流程、系统化的创业辅导、心理辅导、管理团队建设等服务，从而有效促进了创业者个体能力的提升。

B.20
房山区"五化"模式推进农村实用人才帮带培养

【案例陈述】

北京市房山区是京郊农村劳动力大区，2009年末户籍人口76.7万人，其中农业人口36.4万人，农村从业人员28.5万人，做好农村实用人才开发工作对于提升全区人才工作水平、实现区域又好又快发展意义重大。近年来，房山区立足农村地区经济产业和社会事业发展实际需求，以实施农村实用人才协议帮带培养工程为抓手，加强农村实用人才的培养，逐步形成了以"对象全面化、主体多元化、模式多样化、管理契约化、机制市场化"为特点的"五化"帮带培养模式。

（一）找准对象，推动帮带对象全面化

组织全区23个乡镇、4335名农村实用人才与培养老师签订了帮带培养协议，占全区农村实用人才总量的75%。帮带培养项目体现发展现代都市型农业的需要，涵盖了种植业、养殖业、民俗旅游等5大类、14小类。

（二）选准主体，推动帮带主体多元化

动员社会各方面力量参与帮带培养工作，沟通联系中央、市农业院校和农业科研机构及专家，深入挖掘区内农业科技推广机构、农业企业、合作组织或协会的潜力；积极协调文化、卫生、体育、旅游、妇联等部门，发挥各自的职能优势；组织发动具有一定经济基础、技术能力和帮带热情的种养大户、能工巧匠、村干部等个人，形成上下、内外、集体个人的帮带主体多元化格局。

（三）积极创新，推动组织形式多样化

由主管部门负责，组织区内农业技术专家，采取"1+X"帮带培养模式；

由有关职能部门协调高校或区内培训机构，聘请区外高校专家，采用"X＋X"集体帮带多名实用人才的模式。组织对口单位集体帮带，采用"D＋X"培养模式，如由卫生局牵头协调，良乡医院、房山医院等单位分别帮带多名农村医疗卫生人才。另外还有专业合作社、龙头企业或产业基地帮带等模式。

（四）深化改革，推动管理模式契约化

帮带双方签订《农村实用人才培养对象帮带服务协议书》，填写《帮带指导人员登记表》和《培养对象登记表》，以书面的形式对帮带双方的权利义务进行约束。帮带主体针对培养对象需求，制定《帮带培养方案》，明确项目、目标、途径、时限。建立《专家帮带指导卡》，人手一册，详细记录帮带指导的时间、内容、解决的问题等信息。区主管部门建立帮带培养项目库，设立台账进行统一管理。

（五）抓住重点，推动管理机制市场化

建立300万元的区级专项资金，督促乡镇和有关部门加大资金投入。积极争取上级支持，2010年，"五化"项目获市级奖励资助100万元。组织举行帮带培养双选见面会，本着协商一致、平等互利原则结成帮带对子。帮带双方紧密结合市场需求，选择具有良好市场前景、符合地域特色和实际状况的项目重点开发。制定实施《帮带培养工作考核验收办法》，帮带结束后由区主管部门组织有关单位和专家，对帮带培养工作进行考核验收，对市场效益好、帮带效果突出的项目给予一定的资金支持，对帮带主体给予表彰奖励。

房山区通过构建"五化"模式推进农村实用人才培养取得了良好的效果，截至2010年底，全区农村实用人才总量达到5748名，整体素质不断提升，形成了近800名较高层次的乡土专家队伍。培养对象在自己创业致富的同时，能够充分发挥示范、引领和带动作用，带领广大农户发家致富，有力促进了房山农村地区的稳定和经济社会的发展。

【案例简评】

房山区农村实用人才培养"五化"模式是党委、政府把握宏观大局、统筹人才发展服务新农村建设的积极探索。近年来，随着市场经济的快速发展，广大

农村地区发生了巨大变化，农村地区产业结构调整、科教文卫等社会事业发展对人才资源提出了实际需求，建设一支扎根农村、精通农业、服务农民的农村实用人才队伍，意义重大、任务繁重。

房山以"五化"模式构建了农村实用人才培养的特殊路径，该模式的创新之处在以下三个方面：一是党委、政府把握宏观，定位准确。农村实用人才培养是一项投入大、见效慢的工作，但关系到农民增收致富，关系到新农村建设的实际效果，也关系到整个社会的安定团结。房山区相关部门扮演了活动策划者、组织者的角色，具体项目由合作双方确定，到位而不越位。二是着眼打造留得下、用得上的人才队伍。长期以来，农村地区培养、稳定、集聚人才的能力不强，由于事业、待遇、环境等各方面的差距，大批人才回流农村短时间内难以实现。农村实用人才是已经在农村地区扎根的人群，流动性相对较小，提高这一群体的专业技能和综合素质对于切实促进农村地区发展效果更加直接。三是市场化机制运用充分。契约双方围绕产业项目开展合作，能够紧密结合市场需求，积极选择那些具有良好市场前景、符合地域特色的项目重点发展，双方获益为活动持续开展提供了基本动力。

B.21
怀柔区非公企业党员人才培养模式探索

【案例陈述】

怀柔区地处北京市东北部，是北京市重要的生态涵养发展区。近年来，随着非公经济的蓬勃发展，非公企业对怀柔经济的贡献越来越大，非公企业人才已成为怀柔人才队伍的重要组成部分，在经济社会发展中发挥着举足轻重的作用。同时，非公企业人才队伍显示出类别多、学历层次和专业结构复杂、工作在生产一线的人员比重大、党员人才发挥作用不充分等特点。为进一步探索非公企业中党管人才工作的实现机制，加大对非公企业人才的培养力度，怀柔区以非公企业党员人才为突破口，制定《关于进一步加强高层次人才队伍建设的实施意见》，把"非公企业党员人才培养工程"确定为全区人才培养的六大工程之一。

（一）选取培养对象

2008 年开始从已建立党组织的规模以上非公企业中，确定了 500 名党员人才作为培养对象，确定其中 78 名作为重点培养对象。在 78 名重点培养对象中，企业经营管理人才 43 名，专业技术人才 35 名；博士研究生 2 名，硕士研究生 12 名，大学本科生 43 名，大学专科生 21 名；高级职称者 9 名，中级职称者 12 名，初级职称者 8 名。

（二）开展系统培训

依托雁栖经济开发区的硬件设施，组织开展"每月大课堂"培训活动，根据非公企业党员人才的特点和实际需求确定培训主题，聘请国内知名专家学者前来授课，由非公企业党员人才根据自己的时间和兴趣进行自主选学。先后举办了人力资源管理、提升执行力、企业文化、应对经济危机、高新技术企业申报政策解读等专题讲座。每年选派 10 名经营管理人才到清华大学"中国民营企业总裁高级研修班"进行培训，并组织培养对象参加区内有关培训活动。

（三）加大扶持力度

为激励和支持人才干成事业，针对高新技术企业中党员人才的实际需求，开展了项目资助工作，通过项目申报、组织评审等程序，先后选取 15 名非公企业党员人才承担的科研项目，根据项目难度和重要性，分别给予了 1 万～2 万元的专项资助。这些项目涵盖新材料、影视文化创意、食品工业等怀柔区重点发展产业，具有较高的针对性和实效性。

（四）创造学习条件

专门为党员人数较多的非公企业党组织赠送了管理类、励志类、创新类、战略类等书籍，为重点培养对象免费办理了区图书馆的图书借阅证。组织企业经营管理人才到中关村科技园、中国科学院化学所和天津滨海新区等地进行参观考察，并开展专题研讨。

（五）创新活动载体

帮助非公企业党组织完善各项制度，补贴一部分资金加强党员活动室建设。根据企业生产实际和党员队伍特点，开展"党员挂牌上岗"、"党员责任区"、"党员承诺制"等活动，为党员人才在非公企业中发挥示范作用搭建了平台。

（六）加大资金投入

在积极申请北京市委组织部集体项目 40 万元经费资助的基础上，从区人才工作经费中专门列支 30 万元专项经费，用于专家讲座、党员活动室建设、外出参观考察等活动支出，为工程的顺利实施提供了资金保障。

经过两年的深入实施，培养对象的决策创新能力和市场经济运作能力有了较为明显的提升，有的还取得了丰硕的科研成果，成为行业的拔尖人才。从长远来看，工程的效果主要体现在三个方面：一是有效调动了非公企业加强党员人才培养的积极性。随着培养工程的逐步开展，灵活的培养方式、丰富的培训内容逐渐被非公企业所接受，参与此项工程的非公企业已由开始的 18 家增加到了 34 家。二是初步形成了培养非公企业党员人才的长效机制。两年来的实践探索，培养工程已实现了组织领导、具体实施、培养重点、工作模式、经费保障的五落实，真正将非公企业党员人才纳入全区人才培养的工作范畴。三是为非公企业党员人才

发挥作用搭建了平台。在开展非公企业党员人才培养过程中，各非公企业通过规范党组织活动、明确党员职责任务、加强党员活动室建设，不仅强化了本企业党组织的职能作用，而且为党员人才在非公企业中发挥作用搭建了平台。例如，天威瑞恒公司党支部在党员中积极开展了"党员示范岗"、"党员一帮一"、"党员谏言献策"等活动，2009 年 16 名党员为公司提出合理化建议 120 余条，进行技术革新 9 项。

【案例简评】

怀柔区"非公企业党员人才培养工程"是对非公有制企业人才开发的一种有益尝试，是基层部门落实党管人才原则的一种大胆探索。这主要体现在三个方面：一是探索了多种所有制人才一体化开发的路径。非公企业作为市场经济中的自主经营主体，人才培养开发模式与党政机关、国有企事业单位大有不同，不宜采用行政命令的方式。怀柔选取非公企业中的党员人才作为培养对象，采取灵活的工作方式，满足了非公企业党员提升素质能力和企业提高经济效益的双重需求，逐步将非公企业党员人才纳入全区人才培养的工作范畴，为进一步探索多种所有制人才一体化开发积累了经验。二是构建了多样化的培养方法。按照"缺什么、补什么，干什么、学什么"的原则，针对企业经营管理人才、专业技术人才和普通职工的不同需求，有针对性地采取了讲座、参观、项目资助等多种灵活的培养方式，既调动了各类人才的积极性，又保证了培训效果。三是探索了组织工作与人才工作协同推进的方式。组织工作和人才工作都是党委组织部门的重要职责，在本案例中，怀柔区以党员人才开发为目标，以基层党组织建设为重要抓手，通过一系列手段，为党员人才在非公企业中发挥作用搭建了平台，扩大了党在非公企业的影响力，取得了加强非公企业党建和促进人才开发的双重效果。

B.22
平谷区从合同期满大学生
"村官"中选拔优秀人才制度

【案例陈述】

平谷区是北京东北部的生态涵养发展区。同一些远郊区县一样，由于受区位条件和发展状况的制约，平谷区在吸引人才方面没有特别明显的优势。近年来在经济社会快速发展的过程中，干部队伍年龄老化、知识结构不尽合理的问题日益突出，部分领域专业技术人才的数量和质量难以满足需要。为了解决新农村建设中人才缺乏的问题，平谷区从2005年4月开始，率先以"政府雇员制"的形式，面向全市选聘大学生到村任职，担任"村官"，给予公务员的工资待遇，合同期3年。几年来，这项工作健康发展、有序推进，取得了明显的成效。到村任职的大学生充分发挥自身特长，利用母校和社会资源，创造性地开展工作，在传播新知识、传授新技能、解决新问题等方面发挥了积极作用，为推动农村经济发展、促进农村文化建设、提高农村管理水平作出了很大的贡献，赢得了广大基层干部群众的欢迎和社会各界的认可。

在实际工作的锻炼中，大学生"村官"们不断成长，逐步成为一支高素质、多元化的人才力量。根据调查，目前平谷区大学生"村官"涉及几十个专业，70%以上是大学本科学历，30多名具有研究生学历，许多人在法律、畜牧和果树种植等领域具有一定的专业水准，有些人还具备表演、体育等文体特长。特别是经过几年基层工作的实践锻炼，许多大学生"村官"对区域发展状况有了充分的了解，积累了比较丰富的基层工作经验，已经成为基层干部的得力助手、新农村建设的重要力量。但是，由于缺少合适的发展岗位和有效的政策引导，2009年第一批引进的大学生"村官"在合同期满后，一部分选择离开平谷，造成了人才流失。

大学生"村官"合同期满，如何让他们选得来、用得上、留得住？从2010年起，平谷区委、区政府决定启动优秀大学生"村官"选拔工程，每年从合同

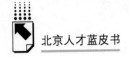
期满大学生"村官"中选拔一定数量的优秀人才充实全区干部队伍,以此推动大学生"村官"工作长效、可持续发展,并优化干部队伍人员素质结构,培养和储备一批党政后备人才。

为切实做好从大学生"村官"中选拔优秀人才工作,平谷区对选拔条件、程序、使用等有关问题做出了详细规定。对于选拔条件,规定原则上合同即将期满的大学生"村官",在任期内综合考核为合格以上等次的,均可参加选拔,具备下列条件的优先考虑:在新农村建设和农业生产中发挥带头作用,任期综合考核为优秀,并获得区级以上表彰奖励的;在村"两委"班子中担任职务并作出一定成绩,在群众中有一定威望的;具有较高的综合素质,有一定发展潜力和发展前途,任职期间工作表现突出并取得显著成绩的;全区经济社会发展急需的紧缺型人才,个人综合素质在合同即将到期的大学生"村官"队伍中处于拔尖地位的;具有专业特长,在国家、省、市(部委)专业比赛中获奖,或在国家承认的专业特长考试中获得中级以上证书的。

在选拔程序方面,规定:由乡镇党委根据合同期满大学生"村官"的专业特长、工作表现、获奖情况和工作成果提出推荐意见;区高校毕业生到农村工作领导小组办公室根据乡镇推荐意见和综合排序情况确定初步人选,区委组织部、区人力资源和社会保障局等相关部门组成考核小组(专业性人才邀请有关专家参与考核),对初步人选进行测评、考核,做出综合评价;区高校毕业生到农村工作领导小组依据考核情况,集体研究确定拟选拔人选,由区委常委会研究确定。选拔人员名单在适当范围内进行公示。

对选拔留用的优秀人才,本着多渠道使用、多样化管理、多形式培养和多途径交流的原则,根据其个人特长和工作需要,可在乡镇或区直单位直接任职,全区范围内统筹调剂使用,列为全额(差额)事业编,工资由区财政统一支付。有经营管理才能和潜力的,安排到企业进行挂职锻炼;聘任到企业担任领导职务或高级管理人员的,享受企业同等人员相应待遇。继续在农村任职的,编制挂在乡镇、街道;在村"两委"班子中担任正职的,按事业单位正科级管理,担任副职的按事业单位副科级管理。对工作表现好、用人单位一致认可的,优先提拔到企事业单位科级领导岗位,按《公务员法》有关规定适时调任至公务员相应职务级别任职,全区公开选拔处级领导职务时,同等条件下优先选拔。

2010年5月,按照规定的条件和程序,平谷区从镇(乡)、街道推荐的人选中，初选出 12 名优秀大学生"村官"，分别进入区委宣传部、农民专业合作社指导服务中心、开发区等 9 家单位。

【案例简评】

平谷区从大学生"村官"中选拔优秀人才，是建立选聘高校毕业生到村任职工作长效机制的积极探索。选聘高校毕业生到村任职工作，是一项长期的具有战略意义的重要任务，是推动新农村建设的重要举措，是为党培养后备人才的重要途径。北京市开展选聘高校毕业生到村任职工作行动早、规模大，已经实现了村村都有大学生的目标，在全国起到了很好的示范作用；到村任职高校毕业生发挥作用明显，涌现出了一批先进典型和优秀人才。但是由于相关政策还不够完善配套，大学生"村官"出路不够畅通，在一定程度上影响了其思想稳定和作用发挥。平谷区从合同期满大学生"村官"中选拔优秀人才进入党政系统，为他们的个人发展提供了新选择，开拓了新渠道，对于推动这项工作的持续发展有着重要意义。

平谷区的这一创新举措，对于远郊区县如何吸引、集聚人才也具有借鉴意义。人才是科学发展的第一资源，如何吸引人才，不同地区有着不同的特点和选择。有的依靠优厚的待遇，有的依靠广阔的事业发展空间，有的依靠优越的自然或人文环境。由于历史和现实等各种原因，远郊区县和城区相比，对人才的吸引力相对较弱，在越来越激烈的人才竞争中，怎样才能有所作为？平谷区抓住选聘高校毕业生到村任职这一契机，率先出台政策措施，打通优秀大学生"村官"同企业、事业单位甚至公务员之间的流通渠道，在区级层面实现了一定程度的制度突破，对于本地区吸引优秀人才起到了重要作用，这是通过制度创新形成人才竞争比较优势的一次很好的实践。

B.23

天坛医院人才培养和管理系统工程

【案例陈述】

北京天坛医院始建于 1956 年 8 月 23 日，是一所以神经学科为重点的大型综合医院，目前该院是亚洲最大的神经外科临床、科研、教学基地，是世界三大神经外科研究中心之一和世界卫生组织（WHO）在中国的神经科学培训合作中心。长期以来，医院始终坚持把人才培养作为支撑医院长远发展的关键环节，不断创新手段、完善制度，形成了系统的人才培养工程和科学的人才管理机制。

（一）内育外引，实施"栋梁工程"和"汇聚工程"

天坛医院的人才培养系统工程包括内部培养和外部引进两部分。人才的本土化培养主要由"栋梁工程"来承担，优秀人才的引进主要由"汇聚工程"来实现。

"栋梁工程"由四项子计划组成：一是院内栋梁计划，对在诊疗工作中成绩突出、取得优异成绩的领军人才，以及目前处于创业阶段、有进一步发展潜质的学科骨干，给予院内经费资助。二是"学科振兴基金"，目的是扶持、振兴本院发展较慢的临床、医技和护理学科，以资助学科团队的形式，加快非重点学科的发展。三是苗圃工程，对 33 岁以下的院内杰出青年人才给予培养经费资助，从中发现、培养和推选市级科技新星和学科骨干，并适时安排到行政管理岗位兼职锻炼，在提高其科研能力和专业技术水平的同时提高行政管理能力。四是创建青年创新工场，通过开展学术交流、青年志愿者服务等活动，培养年轻人才良好的人文精神和临床科研能力，为医院的长远发展提供坚实的人才储备。

"汇聚工程"按照引进区域的不同，分为从国内引进人才和从海外引进人才两项子计划。医院制订了"引进海外高层次人才专项计划"，已引进 8 名急需高层次人才。此外还通过报纸、网络等多种形式，面向国内外招聘学科带头人和学科骨干。

（二）人才培养管理机制建设

为了加强对人才队伍的动态管理，天坛医院建立了"人才培养指标量化分层管理数据库"。具体做法是全面整合信息，建立人才基本信息、医疗、教学、科研、管理能力五个培养评价维度，共计 66 个指标，进行指标量化和自动化综合跟踪管理，详细记录人才的成长轨迹，科学地实现对人才发展的现状分析、结果评价、前瞻预测及分层重点培养；以数据为依托，以分层目标管理与评价为主体功能，实现人才的宏观管理、决策管理、组织管理的科学化、规范化和标准化，基本形成了一套新的人才选拔、培养和评估流程，建立起促进人才建设的新体系。

经过努力，天坛医院打造了一支具有较高专业技术水平的医务人才队伍。目前全院有 132 人拥有正高级职称，236 人拥有副高级职称，640 人拥有中级职称。建立了博士后流动站 4 个，博士点 9 个，博士生导师 23 人，硕士生导师 61 人。王忠诚、赵雅度、罗世祺、赵继宗等一批著名的神经外科专家享誉海内外。

【案例简评】

天坛医院人才系统工程建设为人才密集单位做好人才资源开发与管理工作提供了有益启示。其创新之处在于：一是建立了多层次开发目标。面对医院人才资源技能、年龄多样的现实状况，坚持具体化、宽覆盖，容纳了从顶尖人才到中层骨干再到有潜力的青年人才，针对不同类型人才的不同需求，有针对性地进行培养和支持，做到科学管理、量才所用。二是创建了多类型培养管理手段。一方面，制定具体的人才培养措施，坚持内育与外引相结合，根据医院科室发展和学科建设需要，延揽海内外各类高层次人才，创造有利于人才成长的环境，完善人才发展的"软件"；另一方面，建立人才管理数据库，加强人才经费投入，建设人才培养的"硬件"，最终形成针对不同人才需求、全方位、系统化的人才培养方案。

B.24
京城机电公司"首席员工"制度

【案例陈述】

北京京城机电控股有限责任公司(简称京城机电)是北京市属大型装备制造业公司。公司总资产 247 亿元,包括 1 家上市公司、14 家合资公司、31 家装备制造企业、3 家科研院所,共有员工 2 万余人。作为一家高端装备制造业企业,公司十分重视提高职工队伍技术素质,在全系统建立了"首席员工"制度,并通过开展争当"首席员工"活动,推动了公司高技能人才队伍建设。

(一) 明确"首席员工"的标准条件、选拔程序和相应待遇

公司根据企业发展实际,在技术含量高、技能要求强的主要工种及核心岗位中选择确定首席岗位,并规定"首席员工"作为职工的优秀代表,必须符合下列条件:一是业务技能领先,能解决生产经营、重大项目、重要设备中的难题,具有较强的创新能力;二是岗位贡献突出,高标准、高质量地或超额完成工作任务、经济指标;三是能发挥技术带头人作用,在推广应用和发明新技术、新工艺、新材料等方面有突出贡献;四是富有团结协作精神,能够带动和影响周围员工。"首席员工"通过员工自荐、组织推荐、群众推荐等民主方式,或考试、考核、业绩评比、技能比赛等竞争方式产生,公司级技能大赛前三名获得者、市级以上技能大赛成绩优异者优先入选。"首席员工"可获得物质奖励和工资提档奖励,可破格参加相应工种技师或高级技师考评,在学习培训、体检休养、评选先进等方面优先考虑,企业每月发给不少于 300元的津贴。

(二) 开展职工技能大赛,为优秀员工脱颖而出创造条件

公司组织了职工技能大赛,鼓励广大职工以活动为契机,努力学习业务知

识，提高岗位操作水平，形成了人人钻研技术、争当技术能手的良好氛围。根据技能大赛的结果，公司授予获得各工种前三名的选手"首席员工"称号，并给予其5万元的奖励。

（三）加强管理，充分发挥"首席员工"的带动作用

公司对"首席员工"实行动态管理，不搞终身制，原则上两年一聘，合格者可续聘，不合格者不再聘用；同一人在同一岗位上连续三次被聘为"首席员工"的，该岗位可以另聘任"首席员工"，原"首席员工"继续享受有关各项待遇。公司围绕出人才、出机制、出成果的目标，充分发挥"首席员工"在企业生产经营中的骨干作用，积极鼓励、支持他们以企业发展的重点、难点、薄弱点为中心，推广新工艺、引进新技术、开发新产品，积极开展合理化建议、技术创新、发明创造、节能降耗等活动，促进技术创新、管理创新、服务创新。2010年8月，公司还专门成立了以首席员工杨继锋命名的"杨继锋创新工作室"，探索建立了发挥"首席员工"作用的新模式。

"首席员工"制度建立后，有力地激发了广大职工学习业务、钻研技术、争先创优的工作热情，公司高技能人才队伍不断壮大。经过推荐、竞赛和评审，先后有21名职工被命名为"首席员工"，有8位职工被推荐为北京市"知识型"职工，2名职工被评为北京市劳动模范，1名职工在全国数控大赛中获得第二名，1名职工被评为全国"知识型"职工，1名职工获得全国"五一"劳动奖章。首席员工杨继锋带领其创新工作室成员开展技术攻关，仅在汽轮机组叶片改造生产一项工作中就为企业节约经费近10万元。

【案例简评】

高技能人才是人才队伍中不可缺少的重要组成部分，是推动技术创新和实现科技成果转化不可缺少的中坚力量，在促进产业结构调整、提高自主创新能力中发挥着十分重要的作用。"首席员工"制度，是进一步加强高技能人才队伍建设的重要举措，是加快培养和造就一大批数量充足、结构合理、素质优良的技术技能型、复合技能型和知识技能型的高技能人才的有效途径。京城机电公司在推行"首席员工"制度的过程中，坚持尊重劳动、崇尚技能、鼓励创新，营造了有利于高技能人才成长的社会氛围，发现和选拔了一批掌握精湛技艺的高技能人才，

激发了广大技能劳动者勤练技术、争当能手的热情。这项制度不仅探索了有利于高技能人才成长的激励机制，进一步提高了高技能人才的社会地位，而且建立健全了保障机制，为高技能人才更好地发挥作用创造了条件，对于建立培养体系完善、评价和使用机制科学、激励和保障措施健全的高技能人才工作新机制，具有重要的借鉴意义。

政 策 文 件

B.25

首都中长期人才发展规划纲要
（2010～2020 年）*

为落实人才强国战略，服务首都经济社会发展，根据《国家中长期人才发展规划纲要（2010～2020 年）》、《北京城市总体规划（2004～2020 年）》，按照建设"人文北京、科技北京、绿色北京"要求，特制定本纲要。

一 首都人才发展面临的形势

人才是经济社会发展的第一资源。当前世界多极化、经济全球化深入发展，科技进步日新月异，知识经济方兴未艾，人才在经济社会发展中的基础性、战略性、决定性作用更加凸显，人才的竞争已经成为国家与地区间竞争的焦点。北京作为国家首都，是全国政治中心和文化中心，人才发展不仅是北京提高核心竞争力、加快建设"人文北京、科技北京、绿色北京"、推动世界城市建设的关键，

---

* 中共北京市委、北京市人民政府关于印发《首都中长期人才发展规划纲要（2010～2020 年）》的通知（京发〔2010〕11 号）。

而且关系到全国实施人才强国战略、建设创新型国家的大局。

改革开放以来，特别是进入新世纪以来，市委、市政府高度重视人才发展，大力实施以构建现代化人才资源开发与管理体制为核心的首都人才发展战略，取得了显著成效。与首都特点相适应的首都人才发展观初步确立，与社会主义市场经济相适应的人才发展体制机制基本形成，与人才发展需要相适应的引才聚才环境不断优化，与建设现代国际城市需要相适应的人才队伍不断壮大，人才在首都经济和社会发展中的战略支撑和引领作用日益突出，首都对全国人才发展的辐射带动作用显著增强。

但必须清醒地认识到，未来十几年，是我国基本建成创新型国家、全面实现小康社会建设目标的重要时期，是北京建成现代化国际城市、全面实现现代化和建设世界城市的重要时期。面对新形势新任务新要求，首都人才发展观念需要进一步更新，人才发展体制机制需要进一步创新，人才发展环境需要进一步优化，人才队伍高端化发展需要进一步推进。我们必须认清形势，提高认识，抢抓机遇，统筹规划，锐意进取，大力开拓首都人才发展的新局面。

二 指导思想、指导方针和战略目标

（一）指导思想

高举中国特色社会主义伟大旗帜，以邓小平理论和"三个代表"重要思想为指导，深入贯彻落实科学发展观，坚持党管人才原则，尊重劳动、尊重知识、尊重人才、尊重创造，遵循人才发展规律，贯彻落实人才强国战略，实施首都人才优先发展战略，更好地服务国家发展和首都发展，充分发挥市场配置人才资源的基础性作用，进一步加强人才发展法制化建设，营造有利于人才成长的良好环境，从建设世界城市的高度，为加快建设"人文北京、科技北京、绿色北京"，全面实现现代化提供坚强的人才保证。

（二）指导方针

创新机制。破除影响人才发展的落后观念，健全有利于人才发展的体制机制，营造人才宽松发展的环境，促进人才全面发展。

服务人才。完善服务内容，丰富服务手段，转变服务方式，拓展人才发展空间，有效满足人才工作和生活的需要。

高端带动。加大高层次人才引进和培养力度，建设一支具有国际竞争力和影响力的顶尖人才队伍，带动全市人才队伍建设大发展、大繁荣。

引领发展。确立人才优先发展战略布局，发挥人才在经济社会发展中的关键作用，引领首都经济社会发展。

（三）战略目标

到2020年，首都人才发展的战略目标是：培养和造就一支数量充足、结构优化、素质一流、富于创新的人才队伍，确立支撑世界城市建设的人才竞争优势，成为世界一流的"人才之都"，为落实人才强国战略发挥示范带动作用。

——世界级人才队伍。主要劳动年龄人口中受过高等教育的比例达到42%。每万劳动力中研发人员达到260人年。百万人年专利授权量达到3000件（其中百万人年发明专利授权量达到800件）。人力资本对经济增长的贡献率达到45%，人才贡献率达到60%。集聚一大批教育、科技、文化、艺术等领域世界级大师。

——世界级人才发展服务体系。以人为本，加快转变政府职能，建立公共服务型人才管理体系。完善人才市场体系，健全人才培养、引进、使用、评价机制，实现有利于首都发展的高度开放的国际国内人才大循环。全面提升社会事业水准，健全人才社会服务体系，努力形成具有国际竞争力的人才环境。

——世界级人才聚集发展平台。拓展人才聚集和辐射的全球化空间，提供人才成长和发挥作用的平台，建设一批世界一流及高水平的高等院校和科研院所，举办一批高层次国际会议和国际赛事节事，大力吸引国际组织落户北京，吸引和聚集500家左右跨国公司在京设立具有总部性质的功能性机构。

专栏一　首都人才发展主要指标

指　　　　标	单位	2008年	2015年	2020年
人才资源总量	万人	337	510	650
每万劳动力中研发人员	人年/万人	204	240	260
高技能人才占技能劳动者比例	%	21.8	26	30
主要劳动年龄人口受过高等教育的比例	%	27	35	42
人力资本投资占国内生产总值比例	%	19	24	29
人才贡献率	%	35	50	60

注：人才贡献率数据为区间年均值，其中2008年数据为1978～2008年区间平均值，2015年数据为2009～2015年区间年均值，2020年数据为2016～2020年区间年均值。

专栏二　首都人才队伍建设主要目标

队伍类型	主要目标(到2020年)
党政人才	大学本科及以上学历占95%,专业化水平明显提高,结构更加合理,总量从严控制
企业经营管理人才	总量达到205万人,大学本科及以上学历占80%,国有企业拥有一批高素质的国际化人才。国有企业领导人员通过市场化方式选聘的比例达到50%以上
专业技术人才	总量达到300万人,占总从业人员的25%以上,高、中、初级专业技术人才比例为2:4:4
社会工作人才	总量达到8万人左右,包含社会工作师、助理社会工作师在内的各类社会工作专业人才不少于4万人,高层次社会工作人才达到1000名左右
高技能人才	总量达到120万人,占技能人才总量的30%,技师、高级技师达到30万人以上
农村实用人才	总量达到5万人,占农村劳动力的3%,平均受教育年限达到13年,每个行政村主要特色产业至少有2~3名示范能力强的带头人

三　战略部署

（一）确立向人才发展倾斜的资源配置格局

确立人才发展在全社会资源配置中的重点地位,大力降低人才发展的机会成本,加快形成有利于人才发展的比较利益格局,引导和鼓励全社会资源配置向人才发展倾斜,实现人才、资本、知识等要素的有效融通和结合。

（二）确立人才引领经济社会发展格局

大力营造具有国际竞争力的创意、创新、创业环境,努力聚集人才、解放人才、武装人才,壮大人才队伍,提高人才密度,引领首都经济社会发展转型升级,率先形成人才驱动型经济和社会体系。

（三）确立人才高端高效高辐射发展格局

转变人才发展方式,优化人才结构和布局,走人才高端、高效、高辐射发展之路,加快形成顶尖人才脱颖而出的社会环境和文化氛围,努力建设结构完善、布局合理、具有全球影响力的人才队伍。

（四）确立人才工作综合配套推进格局

转变人才工作方式，创新人才工作体制机制，走综合配套推进之路，加快形成统一有效的人才发展研究、决策、执行、监督长效机制，提高人才工作统筹兼顾、协同推进的能力和水平；大力营造适合人才生活、发展的自然环境、人文环境、社会环境等综合环境，提升引才聚才的地方品质，增强对人才的吸引力，努力在全国率先形成具有全球竞争力的人才服务综合配套体系。

四　重大任务

（一）发挥教育在人才发展中的基础性作用

推进教育人才体制改革。建立教师和教育管理人才职业发展体系，鼓励支持教师在教学科研实践中实现个人价值和成就事业；完善教师治学体制机制，保障教师有效行使科研和学术自主权；完善教师队伍的激励保障机制，进一步提高教师的经济待遇和社会地位。探索校长及其他管理人才科学选用制度，充分引入竞争机制，形成教育家不断涌现的教育环境和社会环境。

构建创新型人才教育培养体系。转变基础教育方式，明确培养目标，改革课程体系、教学内容、教学方法，加快从应试教育向素质教育转型，着力实现学生德智体美全面发展，培育学生观察问题、发现问题、分析问题、解决问题的能力。密切职业教育发展与产业发展的联系，培养一大批创新型高技能人才，满足首都高端产业和新兴支柱产业对创新人才的需求。改革高等教育教学内容，转变教学方式，建立学校教育和社会实践锻炼相结合、国内培养和国际交流合作相衔接的国际一流培养体系，加大创新型人才培养力度。

（二）发挥人才在自主创新中的决定性作用

建立支持人才自主创新的体制机制。改变以行政权力决定资源配置和学术发展的决策方式，尊重研究人员的科研和学术自主权，保障研究人员自主选题、自主使用研究经费、自主控制研究进程。建立有利于人才自主创新的评价、使用、激励制度，健全科研诚信制度，从严治理学术不端行为，加强对创新成果的知识产权保护与创新成果转化应用的支持。鼓励跨国、跨地区、跨行业、跨部门、跨

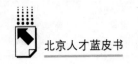

单位的产学研创新团队的发展，推动人才的合理流动和合作共享。建立科学有效的支持办法，加强对高端创新型人才的发现、培养、使用和资助力度。

搭建支持人才自主创新的事业平台。大力推进人才发展综合配套改革，建立健全人才、资本、知识等要素融通结合的体制机制，形成发达的人才金融体系、人才知识体系和人才公共服务体系；积极争取国家重大科研和重大工程项目、重点实验室、重点科研基地落户北京，加快实施北京市重大科技专项，在双管高校、市属高校择优建设一批首都拔尖人才培养基地，大力支持世界一流大学和高水平大学、科研院所以及国外和本土跨国公司研发中心的建设，构建世界一流的产学研用结合的创新研发平台。

建立和完善年轻创新型后备人才的发现培育体系。按照"及早选苗、重点扶持、跟踪培养"的总体要求，加大对年轻创新苗子的发现、教育、培养和跟踪工作力度。整合"雏鹰计划"、"翱翔计划"和"科技新星计划"等后备人才支持计划，进一步完善后备干部管理机制，建立非公有制经济组织、新社会组织年轻创新后备人才联系办法，在全市范围内构建年轻创新英才发现培育体系。建立青年英才培养使用工作责任制，保障青年人才健康成才、持续进步，形成爱护青年、关心青年和鼓励青年成才、支持青年干事创业的良好氛围。

（三）推进人才国际化发展

加大海外高层次人才引进力度。围绕首都发展需要，持续引进一批能突破关键技术、引领新兴学科、带动新兴产业发展的战略科学家和创新创业领军人才。坚持引才与引智并举，建立海外高层次人才特聘专家制度。制定具有国际竞争力的海外人才吸引政策，完善人才薪酬、税收、社会保障、医疗、住房、子女入学等配套政策。

加快本土人才国际化步伐。引导和鼓励高等院校、科研院所、企业跨国跨地区开展学术交流和项目共建，促进各类人才融入国际竞争。加强与海外高水平教育科研机构、知名企业的合作，联合建立一批研发基地，推动首都人才参与国际前沿科学和应用技术研究。建立一批境外培训基地，扩大境外学习培训规模。改进低龄出国留学人员的爱国主义教育、联系和服务方式，引导其学成归国和报效国家。

拓宽人才国际化平台。发挥首都总部经济优势，吸引跨国公司、国际组织总部在京落户，延伸和拓展人才参与国际竞争的渠道。以高端产业功能区为载体，推进人才创新创业基地建设。培育具有品牌效应的国际人才中介服务机构，在全国率先建成比较完善的国际人才市场。

全面建设人才特区。面向以海外高层次人才为代表的国家发展所特需的各类人才，建设"人才智力高度密集、体制机制真正创新、科技创新高度活跃、新兴产业高速发展"的改革示范区。借鉴国外的先进经验，构建国内首创、国际一流水平的创业体系。繁荣区域创业企业，促进战略性新兴产业发展，显著提升经济发展效益。

（四）推进人才集群化发展

发挥大师引领人才集群的作用。实施以领军人才为主导的人才群发展战略，围绕发挥人才领袖在人才群发展中的引领作用，赋予大师以更大的人、财、物自主权，完善大师引领体制机制，确保人才集群不断形成和升级；根据首都经济社会发展需要，通过选送优秀人才、支持合作研究项目、建立共同研究中心等形式，有序地组织本地人才群与本领域海外顶级人才群接轨，建立起国际一流的交流合作网络。

发挥产业集群促进人才集群发展的作用。加大政策支持力度，大力吸引世界500强企业总部、跨国公司、民营企业总部等落户北京，通过产业集群的升级转型带动人才集群的发展。支持本土企业国际化发展步伐，探索建立"中关村—硅谷—班德鲁尔"、"金融街—华尔街"、"北京 CBD—曼哈顿"、"中影怀柔—好莱坞"等对口产业集群联盟，推动人才集群参与制定行业国际新标准。

建立健全人才集群发展公共服务平台。扶持和规范产业集群内就业中介机构的运行，整合行业协会在人才集群开发工作中的作用。定期公布产业集群的人才政策、产业发展、科技市场、人才供求信息，通过打造主题会议、俱乐部、知识产权转让网站和交易中心等交流平台，促进产业链各类人才在集群内部流动和成长。

（五）推进人才一体化发展

加快央地人才融合。构建央地共建项目信息平台，实现信息共享。促进中央重大投资项目落地，带动人才在京聚集。不断提高国家人才发展平台和品牌体系中市属成分的比重，在北京大学、清华大学等著名大学中建立市立学院或研究院所。依托在京国家重点实验室、重大科技专项、重点工程项目及其科教资源优

势，通过对口学习培训、双向挂职锻炼、课题联合攻关、项目合作等方式，实现和中央单位在人才资源上交流共享，投资建设上合作共赢。

发挥首都人才资源对全国的辐射和带动作用。围绕建设"环渤海经济圈"，成立区域人才资源合作组织，加强人才资源战略合作，加快区域人才资源开发一体化进程。结合首都产业的区域转移，按照"人才＋产业"的发展模式输出人才资源，实现人才紧跟产业流动、人才流动带动产业群发展。加大与东部沿海发达地区间的人才交流力度，拓宽锻炼平台。加大对中西部欠发达地区的人才支持力度，通过挂职锻炼、交流任职、支边支教等方式输送人才资源，推动当地发展。

促进城乡人才一体化发展。进一步推动就业、户籍、社会保障等制度的衔接并轨，建立统一开放的城乡人才资源市场。制定城区与郊区结对帮扶政策，通过项目共建、挂职锻炼、支教、助医等形式，促进城区人才智力带动郊区事业发展；通过进修、向上挂职等形式，促进郊区人才素质能力提升，形成城乡人才融合发展的良好局面。

促进非公有制经济组织和新社会组织人才发展。建立和完善促进非公经济组织和新社会组织人才发展的体制机制，将其纳入党和政府人才工作范围，一视同仁，平等对待。有关人才发展的各项政策、支持人才发展的各种公共资源、激励人才成长的各项活动，向各类人才平等开放，实现不同所有制经济组织和不同类型社会组织人才共同发展。

（六）完善人才投入体制机制

建立和完善人才投入增长机制。各级政府优先保障对人才发展的投入，确保教育、科技、卫生支出依法增长。在整合财政性人才投入资金的基础上，重点加大高层次人才培养、紧缺人才引进、杰出人才奖励以及重大人才开发项目的经费保障力度。

改革人才投入管理制度。探索人才价值实现的有效途径，建立财政性人才投入经费用于人才本身的培养和激励制度，逐步提高财政性教育投入和科研投入中直接用于人才培养和激励经费比例。市财政拨付项目经费中，在建立必要的监督约束机制的前提下，为项目科研骨干设立一定比例的自主支配额度。

构建多元化、社会化的人才投入体系。在资金整合的基础上，设立首都人才发展基金。完善财政投入支持、贷款贴息、质押融资、税收优惠等方面的政策措施，引导用人单位、个人和社会组织加大人才投入。探索建立人才投入的激励制度，形成合理的人才投入回报机制，激发用人单位人才投入的主动性和积极性。

（七）完善人才引进和社会保障制度

完善有利于人才引进的政策体系。建立健全以能力业绩为导向的人才引进综合评价体系，畅通高层次人才落户北京的政策渠道，进一步简化工作程序、改进服务方式，充分保障各类用人单位对高级管理人才和高层次专业技术人才的引进落户需求，畅通农村实用人才、高技能人才引进渠道。适应京津冀一体化发展要求，逐步推行京津冀地区互认的高层次人才户籍自由流动制度。

完善有利于人才发展的社会保障制度。探索党政机关和事业单位社会保障制度改革，逐步建立全市统一的社会保障体系。将海外高层次人才纳入全市社会保障体系。适当延长高层次女性专业技术人才工作年限，给予其与现岗位同等水平的待遇。

（八）优化引才聚才的地方品质

提高城市环境对人才的吸引能力。将"人文、科技、绿色"理念更加深入系统地贯穿到城乡规划、设计、建设和运营中，大幅提高城乡自然和人文环境的集约化、精细化水平，提升城市品位，以国际一流水平为人才提供良好的工作和生活条件。

探索跨文化的人才交流机制。以事业单位录用人员为突破口，积极探索实践跨民族、跨国别用人制度，促进跨文化交流合作的深入发展，努力形成多种文化背景人才共存共荣的宽松环境。

营建丰富多彩的活动环境。引进、参与和创建国际赛事、节事、会议、论坛等活动，提高活动效益。鼓励和支持国内外民间艺术团体来京演出和交流，加强非物质文化遗产保护与展示。调动社会力量参与组织创办不同类型的休闲、娱乐和交流活动，形成各类人才间广泛联系的活动网络和体系。

构建广泛参与的社会环境。发挥市场配置人才资源的基础性作用，充分调动用人单位在人才资源开发中的主体作用。加大人才工作宣传力度，创新宣传方式方法，引导社会力量加强人才培养。营造良好的社会环境，提高首都吸引和凝聚各方英才的能力。

（九）建立人才优先发展工作体系

提高人才工作统筹协调力度。进一步完善党管人才工作格局，探索党管人才实现途径，在统筹协调上加大工作力度。在宏观上，要在全市层面进行统一规划，形成统一完备的人才法规政策体系。在人才发展重大项目和重大工程上，要通盘考虑，科学设计，有效推进。

提高人才工作规范化力度。出台《关于进一步加强党管人才工作的实施意见》，指导各级党委开展人才工作，建立各级党委常委会听取人才工作专项报告制度，把人才工作业绩作为考核领导班子和领导干部职责绩效的重要指标。推动制定《北京市人才发展条例》、《北京市人力资源市场管理条例》等地方性法规，为人才健康发展提供健全的法律保障。

提高人才工作服务水平。建立市区两级人才工作定期例会制度，依据不同区县人才工作特点和需要，制定差异化指导意见，给予有针对性的政策支持。延伸人才工作服务半径，完善对国际人才和非公有制领域人才的服务办法和服务方式。编制开发首都人才地图和人才需求目录，建立首都人才资源年度统计调查和定期发布制度。

五　重点工程

（一）"人文北京"名家大师培养造就工程

服务"人文北京"建设，通过组织、支持和资助课题研究、学术研讨、国际交流、著述创作和舞台表演等手段，有重点地培养扶持和引进聚集一批在人文和社科领域具有较高学术影响和知名度的理论家、作家、艺术家、出版家、名编辑、名记者、名主持人、工艺美术大师，并授予人文社科领域相应荣誉称号，不断丰富北京文化内涵，大幅提升文化软实力和世界影响力。到2020年，得到社会广泛公认的名家大师达到500名左右。

（二）"科技北京"百名领军人才培养工程

服务"科技北京"建设，促进首都高端产业发展，加快推进首都科技现代化，加大对科技人才培养支持力度。到2020年，通过项目带动、产学研用结合、国际合作交流等形式，培养造就不少于100位具有国际水平的科技领军人才，建成一批具有国际水平的实验室和科技人才培养示范基地。

（三）"绿色北京"人才支撑工程

服务"绿色北京"建设，加快推进绿色生产体系、绿色消费体系、绿色环境体系建设，在新能源、节能环保、都市绿色农业等产业中，培养和聚集一批能够持续提供绿色创新产品的高层次人才，打造一支具有世界影响力的绿色产业人才队伍，为北京抢占绿色经济发展制高点提供人才保证。

（四）北京海外人才聚集工程

服务北京世界城市建设，推进海外高层次人才引进工作，加快人才发展国际化步伐。到2020年，聚集10个由战略科学家领衔的研发团队，聚集50个左右由科技领军人才领衔的高科技创业团队，引进并有重点地支持1000名左右海外高层次人才来京创新创业，建立10个海外高层次人才创新创业基地，鼓励和吸引上千名具有真才实学和发展潜力的优秀留学人员来京创新创业。

（五）首都名师教育家发展工程

服务首都教育现代化战略，实施"长城学者计划"，建立多元化投入体系，设立"长城学者"奖励基金，培养和资助一批勇于实践、敢于探索、富有创新精神的优秀青年教育人才；实施"首都教育家发展计划"，通过探索建立教育管理人才职业化发展方式，促进优秀教育管理人才不断涌现，设立"首都教育家"荣誉称号，对为首都教育作出重要贡献的教育工作者进行表彰和奖励。到2020年，"长城学者"达到1000人以上，"首都教育家"达到100名。

（六）首都高层次卫生人才队伍建设工程

服务首都卫生事业发展，加大高层次卫生人才开发力度。以北京市卫生系统高层次卫生人才队伍建设工程为主线，建设一支适应世界城市要求的专业技术水平、创新能力和核心竞争力较高的高层次卫生人才队伍。到2020年，培养、选拔和引进20名领军人才、100名学科带头人、500名学科骨干，建立20个以重点学科为依托、以培养两院院士等拔尖人才为核心的创新平台。

（七）优秀企业家聚集培养工程

服务首都经济发展，围绕提升首都企业国际竞争力，加大优秀企业家聚集培养工作力度。到 2020 年，聚集培养 10～20 名世界级产业领袖，100 名左右职业素养好、开拓能力强、具有战略思维和全球视野的优秀企业家，1000 名左右国际化、专业化、职业化的高级经营管理人才和精通战略管理、财务、法律、金融、人力资源管理、国际贸易或国际项目运作等专业知识的管理人才。

（八）高技能人才培养带动工程

服务首都产业发展布局，大力培养高技能人才。通过建设高技能人才培养基地和研修平台，推广定制化联合培养模式，健全技能人才考核评价、岗位使用和激励机制，全面推行首席技师制度，鼓励企业开展职业培训，促进高技能人才的技术交流和学习，全面提升高技能人才创新创造能力，带动整个技能人才队伍梯次发展。到 2020 年，实现高技能人才占技能人才比例 30% 的目标，高技能人才总量达到 120 万人。

（九）京郊农村实用人才开发培养工程

服务首都新农村建设，完善人才开发培养长效机制，着力开发培养京郊农村实用人才。探索建立农村实用人才等级评价和服务体系，完善农村实用人才激励政策，不断拓宽农村实用人才发挥作用的方式和途径。到 2020 年，人才总量达到 5 万名左右，其中高级农村实用人才达到 2000 名左右。

（十）首善之区社会工作人才发展工程

服务社会主义和谐社会首善之区建设，发展造就一支结构合理、素质优良，专业化、职业化的社会工作人才队伍。健全以培养、评价、使用、激励为主要内容的制度体系，加大教育培训力度，到 2020 年，社会工作人才总量达到 8 万人左右，包含社会工作师、助理社会工作师在内的各类社会工作专业人才不少于 4 万人，高层次社会工作人才达到 1000 名左右。

（十一）党政人才素质提升工程

服务增强党的执政能力建设和先进性建设，在高级专业性岗位探索职员聘任制度，在街道、乡镇层面探索职业经理人制度；开展大规模干部教育培训，加强理论教育、业务培训、党性教育，有计划地组织境外培训，提高干部综合素质和国际化素养。加大实践锻炼工作力度，坚持把现岗位锻炼、岗位轮换、挂职锻炼、交流任职作为实践锻炼的主要方式，不断探索和拓宽党政机关干部到基层和生产一线锻炼的新方法、新途径，提高干部的实际工作能力。

（十二）首都青年人才开发工程

服务首都经济社会可持续发展，建立多层次、分渠道的青年拔尖人才培养体系，加大对高层次、创新型、国际化青年人才的培养力度。每年在重点学科、重点产业等领域扶持培养1000名左右青年拔尖人才。建设一批优秀青年英才培养基地，每年组织1000名左右青年人才赴基地开展学习实践。提升青年人才队伍国际化素质，每年选派各类青年人才500人赴境外学习交流，每年重点联系100名左右在境外一流教育机构深造的北京地区学校留学生，并进行跟踪培养。

六　实施保障

（一）加强组织领导

《人才规划纲要》由市人才工作领导小组全面负责，市人才工作领导小组办公室具体组织实施，负责研究制定《人才规划纲要》的任务分解方案，建立年度任务检查评估制度和方法，定期跟踪执行情况，提出改进措施。

（二）强化责任落实

各区县、各部门、各单位要按照《人才规划纲要》的总体部署和任务分解方案，结合实际情况，研究制定具体实施方案，明确工作时间进度和责任人。

（三）完善运行保障

加强财政资金支持力度，优先保障规划实施所需配套资金。加强人才工作者队伍建设，加大现有人才开发培养力度，招录高层次专业人才，全面提升人才工作者队伍能力素质。

B.26
关于实施北京海外人才聚集工程的意见*

为贯彻落实《中央人才工作协调小组关于实施海外高层次人才引进计划的意见》，充分发挥北京地区资源优势，组织实施好北京海外人才聚集工程，特提出以下意见。

一 充分认识实施北京海外人才聚集工程的战略意义

当今世界，科技发展突飞猛进，技术进步日新月异，科技创新能力在综合国力竞争中的地位日益突出。创新的关键在人才。站在世界科技前沿和产业高端的海外高层次人才越来越成为我国参与国际竞争、实现经济社会全面协调可持续发展的特需资源。大力引进海外高层次人才，是中央为更好地实施人才强国战略、建设创新型国家作出的一项重大战略决策。实施海外高层次人才引进计划，是在短时间内解决我国科技领军人才匮乏的现实、快捷、有效的途径。

首都北京在海外高层次人才引进工作中具有独特的优势。高等院校、科研院所云集，总部经济特征明显，产学研用结合紧密，国际学术交流广泛，具备吸引海外高层次人才回国创新创业的良好环境。近年来，市委、市政府不断完善政策措施，健全工作机制，建立服务体系，搭建工作平台，在吸引海外高层次人才回国工作方面进行了一些有益的探索与尝试，取得了显著成效，但同时也还存在一些突出问题：顶尖人才引进不足、政策创新力度不够、服务体系有待完善、回国人才作用发挥还不尽充分。实施北京海外人才聚集工程，加大海外高层次人才引进力度，着力解决突出问题，切实发挥好人才作用，是贯彻落实国务院关于建设中关村国家自主创新示范区批复精神的重要举措，也是利用好战略机遇期、增强城市自主创新能力的重要举措，是建

---

* 中共北京市委办公厅印发《关于实施北京海外人才聚集工程的意见》的通知（京办发〔2009〕11 号）。

设"人文北京、科技北京、绿色北京"的必然选择，是时代赋予北京的重大历史使命。

各区县、各部门、各单位要充分认识引进海外高层次人才的重要性、紧迫性和当前面临的难得机遇，进一步解放思想，完善体制机制，健全政策措施，围绕实施北京海外人才聚集工程，切实落实各自承担的工作职责，增强做好工作的自觉性与主动性。

二　北京海外人才聚集工程的实施对象与目标

北京海外人才聚集工程，要围绕北京市重点发展产业、行业、学科的建设目标和中关村科技园区建设国家自主创新示范区的重大任务，重点聚集一批具备较高专业素养和丰富海外工作经验，掌握先进科学技术、了解国际政治经济、熟悉国际市场运作，具有广泛的国际联系，能够突破关键技术、发展高新产业、带动新兴学科的战略科学家、科技创新人才和产业领军人才；着力研发和转化国际领先的科技成果，做强做大一批具有全球竞争力的创新型企业；培育一批国际知名品牌，全面提高首都自主创新能力。

从 2009 年开始，用 5 ~ 10 年时间，在市级重点创新项目、重点学科和重点实验室、市属高等院校、科研院所、医院、国有企业和商业金融机构及中关村科技园区、北京经济技术开发区等高新技术产业开发区，聚集 10 个由战略科学家领衔的研发团队；聚集 50 个左右由科技领军人才领衔的高科技创业团队；引进并有重点地支持 200 名左右海外高层次人才来京创新创业；建立 10 个海外高层次人才创新创业基地，推进产学研用紧密结合，探索实行国际通行的科学研究和技术开发、创业机制；推进建设市级和国家级企业技术中心，鼓励和吸引更多的跨国公司来京设立地区总部和研发中心，聚集一大批海外高层次创新创业人才和团队；鼓励和吸引上千名具有真才实学和发展潜力的优秀留学人员来京创新创业；承接国家在京重大科技基础设施和科技重大专项建设，支持中央企业在京设立研发机构，做好相关人才引进的协调服务、配套落实工作；支持、鼓励非公有制企业和民办非企业单位开展引进海外高层次人才工作。通过北京海外人才聚集工程把北京打造成为亚洲地区创新创业最为活跃、高层次人才向往并主动汇聚的"人才之都"。

三 实施北京海外人才聚集工程的基本原则

一是与中央"千人计划"协调推进。从时间进度、人员选择、工作方法上主动配合"千人计划";在优化人才发展环境、完善人才生活配套服务等方面主动服务"千人计划"。

二是适应首都经济社会发展需要。紧紧围绕首都重大项目、重点工程、重点产业、重点学科和重点实验室建设吸引和使用人才。

三是统筹吸引海外高层次人才和普通留学人员。以服务全体留学人员为基础,以吸引高层次人才为重点,加强政策衔接和工作协调。

四是引才和引智并举。鼓励海外高层次人才通过兼职、咨询、讲学、技术合作、学术交流、中介服务等多种形式服务北京。

五是政府引导、市场配置和发挥用人单位主体作用相结合。充分发挥政府部门的引导作用、市场配置高层次人才的基础性作用和用人单位吸引使用人才的主体作用。

四 加强服务保障,着力用好引进人才

实施北京海外人才聚集工程,吸引人才是过程,用好人才是关键。各区县、各部门、各单位要积极为引进人才提供相应的工作条件,允许他们担任市属高等院校、科研院所、医院、国有企业和商业金融机构的领导职务和高级专业技术职务,主持北京市重点科研项目和工程项目,申请政府部门的科技资金和产业发展扶持资金,参与重大项目咨询论证、重大科研计划和重点工程建设,参加国内各种学术组织等,在科研条件、基地建设、项目经费、知识产权保护等方面给予充分支持;要积极为引进人才营造良好的创业环境,努力开辟创业绿色通道,给予创业资金支持,提供融资服务和工商税务服务;要积极为引进人才提供特定的生活待遇,妥善解决他们在居留和出入境、落户、医疗、保险、住房、子女入学、配偶安置等方面的困难和问题;要重视和关心引进人才的思想,加强政治和业务培训,提高综合素质;要积极探索建立符合国情并与国际接轨的科研和管理机制,按照科研规律和国际惯例设置工作考核周期和考核指标,避免多头评价和重复评价,实行弹性考核制度和激励性薪酬制度,大胆破除不合时宜的条条框框。

各市属高等院校、科研机构、医院、国有企业和商业金融机构等用人单位要充分发挥吸引人才和使用人才的主体作用，认真研究制订引才计划、提出人才需求、推荐拟引进人选、建设工作平台、安排岗位职务、落实配套政策；要把引进人才配置到最能发挥其专业和特长的岗位；要结合实际建立战略研究部、规划发展委员会等过渡性机构，作为人才"蓄水池"，帮助新引进人才尽快适应国内环境、熟悉单位工作，为量才使用创造条件。

五　加强组织领导，确保实现北京海外人才聚集工程整体目标

未来 5~10 年，是实施北京海外人才聚集工程的关键时期。在北京市人才工作领导小组指导下，由市委组织部牵头，市人力资源和社会保障局、市委统战部、市委社会工委、市发展改革委、市教委、市科委、市公安局、市安全局、市财政局、市住房和城乡建设委员会、市商务委员会、市卫生局、市人口计生委、市政府外办、市国资委、市地税局、市工商局、市质量技术监督局、市知识产权局、市政府侨办、中关村科技园区管委会、北京经济技术开发区管委会、北京海外学人中心等单位共同成立北京市海外学人工作联席会。主要负责审定海外高层次人才引进人选、引才目录、年度引才计划、海外学人工作的有关政策，研究解决海外学人工作的重大事项。联席会办公室设在市委组织部，作为日常办事机构，负责北京海外人才聚集工程的具体实施，指导各区县、各部门、各单位的海外高层次人才引进工作。市人力资源和社会保障局负责研究提出海外学人工作的有关政策，汇总提出海外高层次人才引进人选、引才目录和年度引才计划，对北京海外学人中心进行业务指导，牵头负责留学人员创业园的人才引进工作；北京海外学人中心作为全市海外高层次人才引进和服务的窗口单位，负责执行有关政策，以全程代理方式为海外学人提供政策咨询和生活信息等服务，办理有关手续；市教委牵头负责重点学科人才引进工作；市科委牵头负责重点创新项目和重点实验室人才引进工作；市卫生局牵头负责医疗卫生系统人才引进工作；市国资委牵头负责市属国有企业人才引进工作；中关村科技园区管委会负责中关村科技园区的人才引进工作；北京经济技术开发区管委会负责北京经济技术开发区的人才引进工作；各区县负责本区域的人才引进工作。联席会其他成员单位要根据各自职责做好政策落实和服务保障工作。

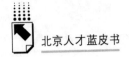

　　各级组织部门要将海外高层次人才纳入各级党委联系专家范围，完善联系方式，建立服务机制；要建立海外高层次人才信息库，及时掌握相关信息；要大力宣传和表彰作出突出贡献的海外高层次人才。各级财政部门要安排专项资金，用于海外高层次人才引进工作。各用人单位的上级主管部门要支持用人单位通过各种渠道，包括利用各种学会、协会等社会组织的牵线搭桥作用积极寻访人才；要注意跟踪监测重点人才发挥作用情况，及时协调解决他们遇到的各类问题；要对用人单位引进人才以及通过人才推进科技进步和管理创新工作进行考核。

　　各区县、各部门、各单位要依据本意见制订各自的海外人才引进工作方案，明确工作职责、工作步骤、工作措施和配套政策，认真组织实施，加强协调配合，确保北京海外人才聚集工程的整体目标顺利实现。

B.27

北京市鼓励海外高层次人才和促进
留学人员来京创业和工作暂行办法*

一 北京市鼓励海外高层次人才来京
创业和工作的暂行办法

第一条 引进海外高层次人才要坚持以科学发展观为指导，贯彻尊重劳动、尊重知识、尊重人才、尊重创造的方针，坚持着眼长远、突出重点、以用为本、特事特办、统筹实施的工作原则，积极支持海外高层次人才来京创业和工作。

第二条 引进的海外高层次人才一般应在海外取得博士学位，不超过55岁，引进后每年在京工作不少于6个月，并具备以下条件之一：

（一）在国外著名高校、研究机构担任相当于副教授、副研究员及以上职务的专家、学者；

（二）在国际知名企业、金融机构、知名律师（会计、审计）事务所担任高级技术职务，熟悉相关领域业务和国际规则，具有丰富实践经验的管理人才或研发技术人才；

（三）在国际组织、国外政府机构、著名非政府组织中担任中高层管理职务的专家、学者；

（四）主持过国际大型科研或工程项目，具有丰富的科研、工程技术经验的专家、学者和工程技术人员；

（五）拥有符合北京市重点发展产业、行业、领域自主知识产权或掌握核心技术的专业技术人员；

（六）首都文化创意产业发展需要的优秀人才；

（七）发展潜力大、专业水平高的优秀出站博士后。

---

* 北京市人民政府关于印发《北京市鼓励海外高层次人才来京创业和工作暂行办法》和《北京市促进留学人员来京创业和工作暂行办法》的通知（京政发〔2009〕14号）。

其他紧缺和急需的海外高层次人才可采取个案研究的办法引进。

第三条 引进海外高层次人才可采取核心人才引进、团队引进、高新技术项目开发引进等方式，也可采取岗位聘用、项目聘用和任职等方式。

第四条 引进海外高层次人才的程序：

（一）符合引进条件的高层次人才可以自荐、互荐或通过驻外使领馆、华人华侨社团、留学生组织、大学、专业团体协会、各类园区（包括科技企业孵化器、留学人员创业园、大学科技园和工业园等）以及国内外专家学者推荐等方式向北京海外学人中心申报，由北京海外学人中心会同市有关部门向用人单位进行推荐。积极发挥好市政府外办、市政府侨办等部门在海外的联络、宣传、推介作用。北京海外学人中心可通过驻外使领馆、华人华侨社团、留学生组织、海外联络处、国外大学及各专业团体协会等渠道积极寻访海外高层次人才，并会同市有关部门向用人单位进行推荐。用人单位根据需要物色拟引进人选，经接洽达成初步引进意向后，向北京海外学人中心申报。

（二）北京海外学人中心对申报拟引进的海外高层次人才进行评估并提出认定意见后，报北京市海外学人工作联席会审批。

（三）经北京市海外学人工作联席会审批同意后，由北京海外学人中心通知用人单位并向海外高层次人才颁发《北京市海外高层次人才工作居住证》，提供专业配套服务。

（四）用人单位根据北京海外学人中心的意见，对经过认定、审批的海外高层次人才，积极落实相关配套政策；对引进的人才，依法与其签订聘用（劳动）合同，由市人力社保局办理引进手续。

第五条 海外高层次人才来京创办企业，凭《北京市海外高层次人才工作居住证》享受留学人员创业园优惠政策和其他优惠待遇，在企业注册、土地使用、工商、税务、商检等方面给予便利服务。鼓励和支持有条件的企业、大学和科研机构以及经济开发区或高新技术产业园区建立海外高层次人才创新创业基地，推进产学研紧密结合，提供吸引海外高层次人才来京创业的平台，集聚一批海外高层次人才和团队。

第六条 海外高层次人才来京创办企业，通过北京海外学人中心评估的，由市级财政给予一次性资助，市政府各类创业投资引导基金给予优先支持；北京海外学人中心推荐申请国家或市级科研及产业化项目资金支持；整合现有资源，引导社会资源形成多元化投融资平台，为创业企业提供稳定的发展资金支持；通过投资与担保绿色通道，提供担保费补助和担保贷款贴息支持。

第七条 支持海外高层次人才创业企业在境内外资本市场上市，给予一定补助资金，用于补贴企业在改制上市中发生的相关费用。

第八条 海外高层次人才在中关村科技园区创办企业的，享受国家支持中关村科技园区建设国家自主创新示范区的相关税收优惠政策、产业政策和政府采购政策以及深化科技金融改革创新试点政策。

第九条 鼓励企业申请国内外专利、取得国内外专利授权、登记软件著作权、注册商标和争创驰名商标等活动；开展技术标准制（修）订工作的，按照《北京市技术标准制（修）订专项补助资金管理办法》的规定给予资金支持。

第十条 鼓励建设海外高层次人才创业孵化基地，促进海外高层次人才创业企业集聚发展。通过服务支撑体系建设、给予办公用房租金补贴等方式加大对孵化基地的扶持力度，为海外高层次人才来京创业创造良好的服务环境。

第十一条 对来京工作的海外高层次人才给予工作条件和平台支持：

（一）可担任市属高等院校、科研院所、国有企业和国有金融机构中级以上领导职务（外籍人士担任法人代表的除外）或高级专业技术职务。

（二）可参加北京市重点科研项目并担任重大科学研究计划负责人。符合条件的可聘为政府专家顾问组成员，参与政府政策咨询、制定与实施。涉及国家安全的，须另行批准。

（三）担任项目或计划负责人的，在规定职责范围内，可决定科研经费使用，包括用于人力成本投入；按照有关规定对项目研究内容或技术路线进行调整；决定团队成员的聘任，所聘人员可采取协议工资制，不受本单位现有编制和科研经费成本比例限制。

（四）受聘中关村科技园区的高等院校、科研院所、企业等单位，承担国家科技重大专项项目（课题）的，在国家科技重大专项项目（课题）经费中核定一定比例的间接费用，主要用于项目（课题）承担单位组织实施项目（课题）过程中发生的管理、协调和监督费用，以及其他无法在直接费用中列支的相关费用。

（五）可申请有关部门的科技资金、产业发展扶持资金等，用于开展科学研究或生产经营活动。有关部门要简化手续，优先办理。必要时，有关部门应以特别项目形式给予支持。

（六）由人才引进牵头组织单位会同财政等有关部门，通过财政资金，对引

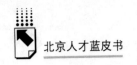

进的人才提供稳定的科研经费支持。

（七）有关部门应注重吸收引进人才参与本市重大项目咨询论证、重大科研计划和重点工程建设等工作。

（八）按照国际惯例考核和评价引进人才的工作绩效，可采取弹性考核和评价等方式，避免多头评价、重复评价和频繁考核。

（九）可推荐引进人才参加国内各种学术组织，推荐参加中国科学院院士（外籍院士）、中国工程院院士（外籍院士）评选。

第十二条 保障海外高层次人才在专有知识、技术专利、科研成果（包括以合作和委托研究开发方式取得）等方面享有的知识权益；对于获得发明专利的，给予资金补贴。

第十三条 海外高层次人才来京工作，可不受用人单位的编制和专业技术职务结构比例限制，编制已满的，可经编制部门同意后，先接收再消化。海外高层次人才提出评聘专业技术职务需要的，用人单位可根据其自身条件和岗位需要自主聘任。

第十四条 海外高层次人才来京创业和工作，薪酬待遇由用人单位参考引进人才来京前的收入水平，一并考虑应为其支付的住房（租房）补贴、子女教育补贴、配偶生活补贴等，协商确定合理薪酬，并与本人能力和贡献挂钩。受聘中关村科技园区的高等院校、科研院所、国有高新技术企业并作出突出贡献的海外高层次人才，可按照财政部、科技部有关规定实施期权、技术入股、股权奖励、分红权等多种形式的激励。

第十五条 持外国护照入境的海外高层次人才（含配偶及未成年子女），需要多次临时出入境的，可根据实际需要签发有效期为 2 至 5 年的多次入境 F 签证（不超过护照有效期）；需要在本市常住的，可根据实际需要签发有效期为 2 至 5 年的外国人居留许可（不超过护照有效期）；符合永久居留条件的，可申请外国人永久居留证。对愿意放弃外国国籍而申请加入或恢复中国国籍来京工作的，公安机关根据《中华人民共和国国籍法》有关规定优先受理。

第十六条 持中国护照的海外高层次人才（含配偶及未成年子女）要求取得本市常住户口的，可不受出国前户籍所在地的限制，按照有关规定，简化程序，优先办理落户手续。

第十七条 海外高层次人才来京创业和工作，市政府给予引进人才每人 100万元人民币的一次性奖励。用人单位、有关部门和区县负责配套必要资金，用于改善引进人才的工作、生活条件。

第十八条 市卫生行政部门确定有条件的公立医院作为海外高层次人才的定点医疗机构，为海外高层次人才提供优质医疗服务；鼓励有条件的医院与境内外保险公司开展商业医疗保险合作，方便海外高层次人才在京就医。

第十九条 海外高层次人才及其配偶、子女，可根据本人意愿参加本市各项社会保险，缴费年限以实际缴纳各项社会保险费的年限为准。参保缴费办法和在中国境内办理社会保险关系转移接续、享受各项社会保险待遇的办法，与本市市民有相同权利。用人单位在引进人才办理各项社会保险的基础上，可为引进人才购买商业补充保险。

第二十条 海外高层次人才来京创业和工作，愿意购买住房的，可参照本市居民购房政策，购买一套自用商品住房。引进人才未购买自用住房的，在聘用（劳动）合同期内，用人单位要为其租用便于其生活、工作的住房或提供相应的租房补贴。

第二十一条 海外高层次人才来京创业和工作，在用人单位聘用期内，按其对地方财政收入作出的贡献，以市政府名义予以奖励。引进人才可由境外携带一辆自用机动车（限摩托车、小轿车、越野车、9座以下的小客车），海关予以征税验放。进境少量科研、教学物品，免征进口税收；进境合理数量的生活自用物品，按现行政策规定执行。

第二十二条 海外高层次人才来京创业和工作，其配偶一同来京并愿意在本市就业的，由用人单位妥善安排工作；暂时无法安排的，用人单位可参照本单位人员平均工资水平，以适当方式为其发放生活补贴。

第二十三条 海外高层次人才来京创业和工作，子女无论是否拥有中国国籍，均可申请到本市公立学校就读，教育行政部门负责优先协调办理入学手续；选择国际学校或当地公办学校国际班就读的，教育行政部门协调解决入学问题。其中国籍子女参加普通高校招生入学考试并报考市属高等院校的，同等条件下优先录取；其外国籍子女按照招收外国留学生的有关规定报考高等院校。

第二十四条 海外高层次人才来京创业和工作，为首都作出突出贡献并符合评选条件者，可申报"首都杰出人才奖"和"北京市有突出贡献的科学、技术、管理人才"等表彰奖项。

第二十五条 市有关部门依据《北京市产业结构调整指导目录》及相关产业发展规划，定期向社会公开发布北京市海外高层次人才重点引进目录，并及时

发布用人单位对高层次人才的需求信息。

第二十六条　北京海外学人中心建立全市统一的海外高层次人才信息库，实现资源共享，为人才遴选提供支持。引进的人才列入市委市政府联系专家范围，制定日常联系和服务办法，建立跟踪和沟通反馈机制，解决引进人才工作、生活中的有关问题。

第二十七条　用人单位应根据事业发展需要，不断改善人才队伍结构，积极引进海外高层次人才；应按照国家法律法规与引进的海外高层次人才签订聘用（劳动）合同，明确双方权利与义务，提供工作条件和平台；应关心海外高层次人才的思想和生活，积极协调解决其工作、生活中的具体问题。

第二十八条　按照中央要求，积极主动地为中央实施"千人计划"提供配套政策支持和服务措施。鼓励市属各单位采取特聘专家、项目咨询和讲学论坛等形式，充分利用国家引进的海外高层次人才智力资源。

第二十九条　引进人才因个人原因未履行聘用（劳动）合同或相关协议的，由用人单位提出，经北京海外学人中心审核，取消其享受的相关待遇。

第三十条　本办法自颁布之日起施行，施行过程中涉及的有关问题由市人才工作领导小组办公室负责协调解决。此前发布的《北京市人民政府办公厅印发关于进一步鼓励海外高层次留学人才来京创业工作意见的通知》（京政办发〔2007〕44号）同时废止。

二　北京市促进留学人员来京创业和工作的暂行办法

第一条　本办法所称留学人员，是指我国公派或自费出国留学一年以上并已于近期回国，具备以下条件之一者：

（一）在国外取得硕士及以上学位或具有国外毕业研究生学历；

（二）出国前已具有中级及以上专业技术职务；

（三）出国前已获得博士学位，出国进行博士后研究或进修。

第二条　促进留学人员来京创业和工作应遵循的原则：

（一）党管人才的原则。形成党委统一领导，组织部门牵头抓总，相关部门各负其责，社会力量广泛参与的工作格局。

（二）突出重点的原则。围绕建设"人文北京、科技北京、绿色北京"的需要，着力引进具有真才实学和发展潜力的优秀留学人员。

（三）市场配置的原则。政府提供公共服务，留学人员按照双向选择原则来京创业和工作。

（四）用人主体引进的原则。用人主体按需引进，并提供必要的事业平台和条件。

第三条　留学人员可通过北京海外学人中心接待服务窗口、北京海外学人网站、留学人员来京创业和工作咨询热线等渠道，咨询了解北京市创业和工作环境、相关政策、工作信息、岗位需求和生活信息。市有关部门定期举办"海外人才发展论坛"、"人才技术交流和项目推介洽谈会"、"海外学人看北京"等活动，为留学人员实现人才、技术、项目、资本对接提供机会。

第四条　留学人员不受其出国前户籍所在地限制，凭用人单位证明或工商执照向北京海外学人中心申请，经市人力社保局审核后，领取《北京市（留学人员）工作居住证》。

第五条　留学人员来京创业和工作的主要方式：

（一）以技术入股或投资形式创办企业；

（二）创办、租赁各类经济实体和研究开发机构；

（三）进入国有企、事业单位和其他类型经济社会组织工作；

（四）开展学术交流、科研合作或承担科研项目；

（五）进入博士后科研流动站、工作站从事博士后研究；

（六）进入社区公共服务等公益性机构工作；

（七）进入市、区县国家机关担任公务员职务。

第六条　留学人员来京创办企业，可凭护照直接注册登记，注册资本金可按国家有关法律法规规定的最低标准执行。通过北京海外学人中心评审的，政府提供10万元企业开办费。申请市、区县政府设立的各类中小型企业创业引导资金的，优先给予支持；取得银行贷款的，政府给予部分或全部贴息支持。创办高新技术企业的，可享受本市的高新技术企业优惠政策。

第七条　支持高新技术产业开发区、科技企业孵化器、留学人员创业园、大学科技园、工业园等各类园区建立创业种子资金和信用担保资金，为留学人员提供创业资本支持和融资担保服务。

第八条　鼓励各类金融机构、境内外风险投资基金、民间资本等按照国家及本市有关规定，设立留学人员风险投资基金，为留学人员创业提供资金支持。

第九条　留学人员来京创业和工作，从事技术转让、技术开发业务和与之相

关的技术咨询、技术服务取得的收入，经有关部门认定，可免征营业税；创业取得的合法收入，依法纳税并经税务部门审核开具专用凭证后，可全部购买外汇携带或者汇出国（境）外。

第十条 留学人员来京创办企业，企业发展方向符合首都产业发展定位且近三年平均年纳税额达到 100 万元以上，需引进外埠技术研发和管理骨干的，在科研孵化、资金支持、人才引进等方面给予倾斜。

第十一条 鼓励市属高等院校及科研机构实验室向留学人员创办的企业开放。支持留学人员创办的企业自办或与高校、科研院所联合组建企业技术中心、工程技术研究中心，通过国家或市级评审验收的，给予一次性资金支持，并享受相关优惠政策。

第十二条 留学人员来京开发、生产高新技术项目和产品，可按有关规定申请市科委的相关科技资助，同等条件下优先支持。

第十三条 留学人员来京进行科学研究，从事技术改造项目以及拥有专利、发明的研究项目和新产品、新技术开发的，用人单位为其提供实验场所、设备等必要条件，提供必要的经费资助，允许其在国内外选聘助手。留学人员从事科研活动可向市科委申请科技经费支持。

第十四条 受聘到本市科研、教学、卫生等事业单位或企业单位担任专业技术职务的留学人员，不受单位编制、职称指标的限制。留学人员在国外未取得专业技术职称的，由市人力社保局根据其在海外的经历和学识水平直接确定职称。

第十五条 依法保护留学人员的合法权益，按照有关法律、法规规定，保护留学人员在京创业和工作的智力成果、合法收入及其他权益。

第十六条 本市企业、事业单位聘用留学人员，其报酬由聘用单位与本人协商，从优确定。企业单位聘用的，可根据情况自定工资标准；事业单位聘用的，可比照本单位同类人员从优确定，对有突出贡献的经批准可给予奖励。

第十七条 持外国护照的留学人员（含配偶和未成年子女），可凭《北京市（留学人员）工作居住证》等有关证明向公安机关申办两年有效的外国人居留许可或一年多次出入境签证（不超过护照有效期）；短期来京不能按期离境的，可申请签证延期。如确因时间紧急或其他原因未在国外办妥入境签证的，可依据有关规定申办口岸签证。

第十八条 持中国护照来京创业和工作的留学人员，取得《北京市（留学人员）工作居住证》的，具有硕士及以上学位或出国前具有高级职称的，经用人单位申请，市人力社保局办理调京手续，其配偶及 18 岁以下子女可依有关规定随迁。

第十九条 留学人员来京创业和工作，再次出国（境）工作、学习、考察或参加有关学术活动的，简化办理有关手续。

第二十条 来京创业和工作的留学人员，其子女入托及义务教育阶段入学，由居住地所在区、县教育行政部门安排并为其办理入学、转学手续，不收取政府规定以外的费用；参加研究生全国统一考试的，本市高等院校可在同等条件下优先录取。

第二十一条 鼓励有条件的医院与境内外保险公司开展商业医疗保险合作，方便留学人员在京就医。

第二十二条 留学人员可按本市规定参加社会保险。留学人员出国前、在国外期间和回国后的工龄，按国家有关规定可连续计算的应连续计算，与社会保险缴费年限合并计算。

第二十三条 来京创业和工作的留学人员，可申请按照优惠价格租住北京海外学人中心提供的短期周转性住所，也可由用人单位以合约形式提供住房。

第二十四条 留学人员自国外毕业之日起，在外停留不超过两年，且自毕业后首次入境之日起一年内，可向海关申请购买免税国产小轿车一辆。

第二十五条 为本市作出突出贡献的留学人员，符合评选条件者，可申报"首都杰出人才奖"和"北京市留学人员创业奖"等表彰奖项，获奖者可按规定优先推荐申报科技进步奖等奖项。

第二十六条 北京海外学人中心建立海外学人信息库和重点中学学生出国留学信息库，实现资源共享，为人才遴选提供支持。

第二十七条 用人单位应根据事业发展需要，不断改善人才队伍结构，积极引进留学人员；应按照国家法律法规与引进的留学人员签订聘用（劳动）合同，明确双方权利与义务，提供工作条件和平台；应关心留学人员的思想和生活，积极协调解决其工作、生活中的具体问题。

第二十八条 本办法自颁布之日起施行，施行过程中涉及的有关问题由市人才工作领导小组办公室负责协调解决。此前发布的《北京市人民政府关于印发北京市鼓励留学人员来京创业工作若干规定的通知》（京政发〔2000〕19 号）同时废止。

B.28
关于加强卫生人才队伍建设的意见[*]

为建设一支高素质的卫生人才队伍，大力推进首都卫生事业的快速发展，根据中央和北京市人才工作有关部署和要求，结合北京市卫生系统实际，现就加强北京卫生人才队伍建设提出如下意见。

一　指导思想和总体目标

（一）指导思想

以邓小平理论和"三个代表"重要思想为指导，全面贯彻落实科学发展观，按照建设世界城市和"人文北京、科技北京、绿色北京"的要求，围绕首都卫生事业改革与发展的目标，大力实施人才强卫战略，紧紧抓住人才培养、吸引和使用三个环节，坚持以用为本，提高卫生人才队伍的整体素质，促进卫生人才队伍全面、协调、可持续发展，为首都卫生事业发展和人民群众健康提供人才支持和智力保障。

（二）总体目标

按照党的十七大提出的"人人享有基本医疗卫生服务"的总体要求，根据卫生部等六部门《关于加强卫生人才队伍建设的意见》和北京卫生事业改革与发展的需要，确定总体目标为：建设一支在国内外卫生领域具有一定影响力的高层次卫生人才队伍，建设一支能够满足首都群众基本医疗卫生服务的基层卫生人才队伍，建设一支能够推动卫生事业科学发展，具有战略思维、领导水平高的卫生管理人才队伍，逐步形成规模适宜、结构优化、层次合理、素质优良、实力雄厚的卫生人才队伍。

---

[*] 中共北京市委组织部、北京市卫生局关于印发《关于加强卫生人才队伍建设的意见》的通知（京卫发〔2010〕20号）。

二 具体目标和主要任务

以实施"215"高层次卫生技术人才队伍建设工程和加强基层卫生人才队伍建设为主要任务，整体推进各类卫生人才队伍的协调发展，全面提高卫生人才的综合素质和能力。

（一）加强高层次卫生人才队伍建设

按照市委市政府《关于进一步加强高层次人才队伍建设的意见》要求，继续抓好北京市卫生系统"215"高层次卫生技术人才队伍建设工程。通过3至5年的努力，选拔20名领军人才，100名学科带头人，500名学科骨干。进一步完善高层次卫生人才的评价指标体系，制定并执行配套的高层次人才培养管理办法，建立高层次人才培养档案。依托重点学科和重点实验室的建设，努力打造一批在国内领先、具有国际竞争力的专家团队。支持高层次人才申报国家重点项目和奖励，申报两院院士。

（二）加强基层卫生人才队伍建设

通过政策导向，促进基层卫生人才队伍的稳定，增强基层医疗卫生机构对人才的吸引力。从首都城乡卫生实际出发，认真研究群众的医疗卫生需求，合理配置基层医疗卫生机构人员，加大农村卫生人才、社区卫生人才、全科医师和护理人才的培养力度。区县二级医院及卫生机构，要以学科骨干培养和住院医师规范化培训为重点进行培训。乡镇医疗卫生机构，要以"三基"培训为重点进行培训。乡村医生，要以规范化岗位培训为重点进行培训。实行岗位培训再注册制度，建立以需求为导向的培训机制。大力开展社区卫生人员培训。农村乡镇卫生机构在职在岗卫生人员每5年进行全员岗位培训一次，村卫生室在职在岗卫生人员每年培训一次。培训成绩作为岗位聘任与年度考核、职称晋升的重要依据。加强与大医院、高校和科研机构的合作，采取定向招生、定向培养和定向分配的方式，为基层医疗卫生机构培养下得去、留得住、用得上的医疗卫生专业技术人员，更好地为当地群众提供医疗卫生服务。

（三）加强公共卫生人才队伍建设

按照承担的职责和任务，合理确定公共卫生机构的人员编制、工资水平和经

费标准。加强公共卫生人才的培养，重点加强疾病预防控制、妇幼保健和卫生应急等方面人员的业务培训，提高技术水平，提高应对新发、突发传染病和重大灾害与恐怖事件等突发公共卫生事件的能力，保障首都公共卫生安全。加强与高等院校的合作，加大公共卫生学科建设的力度。进一步完善相关制度，吸引、鼓励高等院校公共卫生专业毕业生到基层公共卫生机构工作。各区县卫生行政部门及所属公共卫生机构，要根据传染病防控需要，组织传染病防控知识的专项培训。加强卫生监督人员的业务培训，不断提高卫生监督人员的综合素质和执法能力。公共卫生人员的培训成绩纳入职称晋升考核。

（四）加强中医药人才队伍建设

落实市政府《关于促进首都中医药事业发展的意见》，实施好北京市中医药"125"人才培养计划，开展学科领军人才、高层次西学中用人才、传统中药人才、学术传承人才、中医科普人才和国际交流人才六类紧缺人才的培养。充分利用名家研究室、名医工作室和名医传承工作站，开展学术传承和人才培养工作。开通首都中医药实训网，实现中医药从业人员全员基本功底网络培训。充分利用"名医大讲堂"，开展全系统"四部经典"网络强化培训。实施中医药"回归扎根"工程，开展中医药全科医师培训，为社区卫生服务培养大批医针药结合、内外妇儿常见病兼通、中医药适宜技术全能的中医药全科人才。

（五）加强卫生管理人才队伍建设

深化卫生系统干部人事制度改革，加大内部竞争上岗和面向社会公开选拔领导干部力度。积极推动卫生管理人员岗位培训，逐步建立医疗卫生机构管理人员持证上岗制度。制定不同层次、不同类型医疗卫生机构管理人员的职位说明书，规范管理者的职责和权限。会同有关院校逐步完善卫生管理专业相关学科建设，实施卫生管理人员培训及学历教育。探索建立符合科学发展观和卫生行业特点的管理人员考核评价体系，进一步规范医疗卫生机构管理人员培养、选拔与使用，努力建设一支职责明晰、考核规范、责权一致的职业化医疗卫生机构管理人才队伍。

三 完善机制，科学管理

建立和完善与首都卫生事业改革和发展需求相适应的卫生人才管理体制和

工作机制，制定并完善卫生人才队伍建设的相关政策，提高工作效率和管理水平。

（一）建立和完善卫生人才引进和交流机制

加快人才结构调整，优化人才资源配置，促进人才合理流动。鼓励不同医疗卫生机构专业技术人员之间在服务、科研、教学等多领域的交流合作，鼓励人才由人才聚集度较高的大医院向基层医疗卫生机构流动。通过政府引导和市场调节，实现区域卫生人才资源合理配置。

充分发挥首都医疗卫生的人才优势，鼓励有关高校和科研院所及大医院，与基层医疗卫生机构建立人才培养合作关系，通过进修、挂职、支教、助医等多种形式，促进基层卫生人才队伍建设。充分发挥市卫生人才交流服务中心的作用，加强卫生人才信息网络和人才库的建设与管理。

加强社区卫生服务机构大学生及适宜人才的引进工作，进一步做好为农村山区半山区定向培养临床医学毕业生工作。借助北京海外学人中心的引才工作平台，制订切实可行的引才计划，积极探索制定配套措施，力争在 5 年内引进 75 名左右海外高层次人才。

（二）建立和完善卫生人才培养机制

进一步完善卫生人才培养机制，建立分级负责，责权清晰，制度完善的市、区县、乡镇三级卫生人才培养的组织管理体系。遵循医学人才成长规律，兼顾当前需要与长远发展，逐步规范人才培养制度。重点加强高层次技术人才、卫生管理人才、农村卫生人才、社区卫生人才、公共卫生人才、中医药人才、全科医师和护理人才培养机制的建设。

充分发挥首都医学教育资源优势，加大在职医疗卫生人员继续教育的力度。以重点学科建设为基础，探索建立不同教学医院间教学资源共享、统一管理的继续教育基地。不断拓宽卫生管理人才培养渠道，定期选送优秀后备干部到国外进修学习，提高卫生管理人才的综合管理能力。

（三）建立和完善卫生人才评价机制

建立和完善科学的卫生人才评价指标体系。进一步完善各级各类卫生人才的遴选评价标准，规范遴选评价程序，强化对卫生人才实践能力的考核。既要从专

业技术的角度，对创新能力、科学精神、梯队建设以及研究成果等方面进行科学的评价，又要从社会评价的角度，对其学术地位、学术声望、人文素质以及社会认可度等方面进行客观的评价。要发挥好专家在遴选评审中的咨询作用，建立评审专家人才库，探索建立卫生人才评价的专家咨询制度。继续完善卫生系列职称评聘的人才评价功能，深化卫生专业技术职务聘任制改革，坚持个人申报、社会评价、单位聘任、政府调控的人才评价与使用的改革方向，实施评聘分开。

（四） 建立和完善卫生人才激励机制

坚持精神激励和物质激励相结合，进一步完善政府激励制度，规范部门激励行为。建立以市、区县卫生行政部门激励为导向，用人单位激励为主体的人才激励机制。鼓励和支持用人单位针对人才的个性需求，从物质、精神、事业、感情等多方面，研究制定切实可行的激励措施，为各层次各类人才的发展创造条件。

进一步完善专业技术领域的激励机制，在专业技术职务的晋升、评选先进、专业进修等方面制定激励措施。积极推进卫生事业单位收入分配机制改革，研究制定体现管理人才和专业技术人才报酬相对应的薪酬制度。探索建立适合卫生事业单位性质和特点、以岗位绩效工资为主体的收入分配制度。引导卫生事业单位在收入分配方面，向关键岗位、一线岗位，向高层次人才、优秀人才倾斜。积极协调有关部门提高远郊区县特别是偏远地区的基层卫生人员待遇。逐步形成与岗位职责、工作业绩紧密联系，有利于人才创新创业，灵活多样、科学规范的收入分配机制。

（五） 建立和完善卫生人才经费保障机制

建立以政府投入为主、用人单位和社会资助为辅的卫生人才队伍建设投入机制，探索社会资本参与卫生人才队伍建设的方式。整合卫生人才队伍建设资金，统筹安排，合理使用，形成合力。加强资金的监督管理，提高资金使用效益。市、区县卫生和财政部门要逐步加大对卫生人才队伍建设的支持力度，为卫生人才培养提供经费保障。各类医疗卫生机构要安排一部分资金，用于卫生人才的培养、选拔、引进、评价和激励等。差额拨款事业单位要根据本单位人才队伍建设的需要，按照每年不低于本单位事业发展基金年末余额 $1\% \sim 5\%$ 的比例，提取专项基金用于人才培养工作。

四　加强组织领导，确保目标实现

建立和完善党管人才工作机制。市卫生局及其所属医疗卫生机构，按照党管人才的原则，成立人才工作领导小组，明确人才工作部门，按照"管宏观、管政策、管协调、管服务"的要求，明确相关部门的职责任务。建立市卫生人才工作协调机制，以联席会的方式，定期组织成员单位研讨全市卫生人才队伍建设的重大问题，科学高效地推进全市卫生人才工作。

建立卫生人才工作责任制。各级卫生行政部门及医疗卫生机构党委（党组）书记为人才工作的第一责任人，领导班子中要明确分管的领导。各有关部门明确工作职责，加强协调配合，突出工作重点，分步实施，整体推进。

建立健全卫生人才工作督察制度。把抓卫生人才工作的情况纳入领导班子和领导干部的考核体系，把卫生人才工作的成效作为衡量和评价领导班子和领导干部政绩的重要标准和依据。从 2010 年起，市卫生局将定期开展人才工作的专项检查评估工作，确保卫生人才工作目标的实现。

各级卫生行政部门和各医疗卫生机构，要根据本意见精神，结合本地区和本单位的实际，制定加强卫生人才队伍建设的具体实施办法。

B.29
中关村高端领军人才聚集工程实施细则[*]

为贯彻落实国务院关于建设中关村国家自主创新示范区的批复精神，打造具有全球影响力的科技创新中心，持续培育和发展国家战略性新兴产业，做强做大一批具有全球影响力的领军型企业，聚集和培育一大批海内外高端领军人才，按照中关村高端领军人才聚集工程有关方案，组织实施中关村高端领军人才聚集工程（以下简称中关村高聚工程），制定本细则。

第一章 总则

第一条 由市委组织部、市科委、市财政局、市人力社保局、中关村管委会等部门组成中关村高聚工程工作小组，负责组织推进中关村高聚工程相关实施工作。

第二条 中关村高聚工程工作小组办公室（以下简称高聚工程办公室）设在中关村管委会，负责解答咨询、受理申请和资格审查工作。

第三条 中关村高聚工程工作小组委托中关村国家自主创新示范区企业家顾问委员会推荐知名企业家、风险投资家、相关行业专家组成中关村高端领军人才评审委员会。

第四条 中关村高端领军人才相关支持资金从中关村国家自主创新示范区专项资金中列支，并按照年度预算进行安排。

第二章 战略科学家标准及扶持政策

第五条 战略科学家标准。战略科学家是指在信息科学、生命科学、环境科

---

* 中关村科技园区管理委员会 2010 年 4 月 6 日印发《中关村高端领军人才聚集工程实施细则》的通知（中科园发〔2010〕7 号）。

学、材料科学等领域从事国际前沿科学技术研究，具有国际科学视野和科技战略眼光，能够正确把握科学技术发展方向，提出本领域发展的战略目标、战略构想和技术路线，其研究成果对本学科和技术领域产生重要影响的科学家。

第六条 战略科学家同时还需具备以下条件之一：

（一）诺贝尔奖获得者。

（二）国外科学院院士、国外工程院院士、中国科学院院士、中国工程院院士。

（三）在国外著名高校、科研院所或研究院担任首席科学家或相当于教授职务的专家学者。

（四）具有世界一流研究水平，近5年在国际重要核心刊物上发表过具有重要影响的学术论文。

（五）获得国际或国内重要科技奖项、掌握重要实验技能或科学工程建设关键技术。

（六）中关村知名企业和高校院所拟建设的世界一流研究机构吸引的海内外战略科学家。

第七条 战略科学家扶持政策。鼓励中关村重点企业根据企业发展战略需要，面向全球，在信息科学、生命科学、环境科学、材料科学等领域广泛吸引战略科学家，并由战略科学家领衔建立具有世界一流水平的科学研究所。政府每年给予战略科学家一定额度的科研和工作经费支持。

（一）支持战略科学家创办科学研究所。研究所实行所长负责制，政府提供部分科研经费以及所需科研条件。

（二）对于研究所在国内外获得专利授权、创制国际标准、担任国际标准化机构领导职务的，享受相关的政策支持。

（三）设立服务绿色通道，为战略科学家在机构注册、规划建设项目申报审批等方面提供便捷高效服务；对研究所聘用的外埠技术研发和管理骨干，按照北京市有关规定，对于符合引进人才条件的予以优先办理相关手续。

（四）分别给予研究所所长、研究所副所长100万元人民币的一次性奖励。

（五）战略科学家持有外籍护照的，根据需要，提供必要申请材料可办理1～5年期相关签证和居留许可；符合《外国人在中国永久居留审批管理办法》相关规定的外国人，根据个人意愿，可申请办理《外国人永久居留证》。

（六）战略科学家可按规定参加北京市社会保险。其子女入托或中小学入学，由教育行政部门协助办理相关手续。

第三章 科技创新人才标准及扶持政策

第八条 科技创新人才标准。科技创新人才是指 2008 年 1 月 1 日以后在中关村领军型企业工作，担任企业首席科学家、首席技术官或其他同等级别职务，领衔重大研发项目，解决核心技术难题的高端人才。

第九条 科技创新人才一般应取得硕士或博士学位，原则上还需具备以下条件之一：

（一）在国内外著名高校、研究机构担任相当于副教授、副研究员及以上职务的专家、学者。

（二）在国内外知名企业担任高级技术职务，熟悉相关领域业务和国际规则，具有丰富实践经验的研发技术人才。

（三）主持过大型科技或工程项目，具有丰富的科研、工程技术经验的专家、学者和工程技术人员。

（四）在北京市或中关村重点发展产业、行业、领域，拥有自主知识产权或掌握核心技术的专业技术人员。

第十条 科技创新人才扶持政策。

（一）科技创新人才可享受中关村园区关于股权激励改革试点、国家科技重大专项项目（课题）列支间接费用等相关政策。

（二）给予科技创新人才 100 万元人民币的一次性奖励。

（三）科技创新人才持有外籍护照的，根据需要，提供必要申请材料可办理 1~5 年期相关签证和居留许可；符合《外国人在中国永久居留审批管理办法》相关规定的外国人，根据个人意愿，可申请办理《外国人永久居留证》。

（四）科技创新人才可按规定参加北京市社会保险。其子女入托或中小学入学，由教育行政部门协助办理相关手续。

第四章 创业未来之星标准及扶持政策

第十一条 创业未来之星标准。创业未来之星是指在未来 5~10 年有潜力成长为中关村领军型企业的企业创始人或创始团队。其创办的企业原则上是已经注册成立1个月以上5年以内，产品正处于中试阶段。创业未来之星应该是企业的主要股东，其创办的企业已获得投资1000万元人民币以上（特别优秀的可以适当放宽）。

第十二条 创业未来之星扶持政策。

（一）对于创业未来之星创办的企业，可优先享受北京市政府各类创业投资引导基金支持，推荐承担国家部委和北京市重大产业化项目，中关村股权投资、担保费补助和担保贷款贴息、境内外资本市场上市补助、申请专利和创制技术标准补助等政策。

（二）设立服务绿色通道，为创业未来之星在企业注册、高新技术企业认定、项目申报审批等方面提供便捷高效服务；对企业聘用的外埠技术研发和管理骨干，按照北京市有关规定，对于符合引进人才条件的予以优先办理相关手续。

（三）给予创业未来之星100万元人民币的一次性奖励。

（四）创业未来之星持有外籍护照的，根据需要，提供必要申请材料可办理1~5年期相关签证和居留许可；符合《外国人在中国永久居留审批管理办法》相关规定的外国人，根据个人意愿，可申请办理《外国人永久居留证》。

（五）创业未来之星可按规定参加北京市社会保险。其子女入托或中小学入学，由教育行政部门协助办理相关手续。

第五章 风险投资家和科技中介人才标准及扶持政策

第十三条 风险投资家和科技中介人才标准。风险投资家和科技中介人才是指在风险投资、金融、法律、财务、知识产权、技术转移等领域从事风险投资或科技中介，具备行业认可的从业资质，有较大知名度和影响力，有较强创新服务能力，有设计和实施服务模式的成功经验或若干成功案例，其领衔的团队为高新技术企业服务的高端人才。其中，风险投资家应主导投资了多家行业影响力大并成功上市的创业型企业。

第十四条 风险投资家和科技中介人才一般应取得硕士或博士学位，不超过55岁。同时还需具备以下条件之一：

（一）在业界有较大的知名度和影响力，是业界公认的资深人士，并有若干有影响力的成功案例。

（二）在国际知名的风险投资公司、律师事务所、会计师事务所、投资银行曾经担任过合伙人。

（三）从事风险投资的，其领衔的团队累计投资超过2亿元或者受托管理资金超过5亿元，主导投资了1家以上行业影响力大或成功上市的创业型企业。

第十五条 风险投资家和科技中介人才扶持政策。

（一）设立服务绿色通道，为风险投资家和科技中介人才在企业注册、项目申报审批等方面提供便捷高效服务；对企业聘用的外埠技术研发和管理骨干，按照北京市有关规定，对于符合引进人才条件的予以优先办理相关手续。

（二）给予风险投资家和科技中介人才100万元人民币的一次性奖励。

（三）风险投资家和科技中介人才持有外籍护照的，根据需要，提供必要申请材料可办理1~5年期相关签证和居留许可；符合《外国人在中国永久居留审批管理办法》相关规定的外国人，根据个人意愿，可申请办理《外国人永久居留证》。

（四）风险投资家和科技中介人才可按规定参加北京市社会保险。其子女入托或中小学入学，由教育行政部门协助办理相关手续。

第六章　中关村高端领军人才的认定程序

第十六条 高端领军人才认定的申请方式。

（一）战略科学家的申请由中关村相关重点企业提出。

（二）科技创新人才的申请主要由中关村领军型企业推荐，根据其在解决企业重大创新问题以及承担国家重大项目中的作用提出推荐名单进行申请。

（三）创业未来之星的申请主要由天使投资人、风险投资机构和战略投资机构提出推荐名单进行申请。

（四）风险投资家和科技中介人才的申请主要由第三方机构推荐和自荐的方式进行申请。

第十七条 申请受理和资格审查。

（一）申请人根据所申请类别，填写《中关村高端领军人才——战略科学家申请表》、《中关村高端领军人才——科技创新人才申请表》、《中关村高端领军人才——创业未来之星申请表》或《中关村高端领军人才——风险投资家和科技中介人才申请表》。

（二）高聚工程办公室全年受理申请，并对申请人员的国（境）内外学历、创业和工作经历、获奖情况及相关材料进行审查。对于审查合格的人选，提交中关村高端领军人才评审委员会评审。

第十八条 评审。中关村高端领军人才评审委员会按照公平、公正、公开的原则进行评审。中关村高端领军人才评审委员会采取集中评审方式。评审工作包括材料审核和面试审核等环节，并对评审合格人选进行尽职调查。

第十九条 确定人选。

（一）对于通过评审的候选人，由高聚工程办公室上报中关村高聚工程工作小组审定。

（二）战略科学家人选由中关村高端领军人才工作小组采取"一事一议"的方式确定。

（三）经中关村高聚工程工作小组批准的各类中关村高端领军人才，分别颁发《中关村高端领军人才——战略科学家证书》、《中关村高端领军人才——科技创新人才证书》、《中关村高端领军人才——创业未来之星证书》或《中关村高端领军人才——风险投资家和科技中介人才证书》。

（四）被认定的各类中关村高端领军人才，列入中关村高端领军人才库。

第七章　附则

第二十条 属于中关村国家自主创新示范区范围并已被列入中央千人计划、北京市海聚工程的人选，直接成为中关村高聚工程的人选，享受中关村国家自主创新示范区相关扶持政策，但不重复享受一次性资金奖励政策。

第二十一条 本实施细则自发布之日起施行。

第二十二条 本实施细则由高聚工程办公室负责解释。

大 事 记

B.30
2010 年北京人才发展大事记

1 月

8 日，北京市委常委、组织部长吕锡文，北京市委常委、中关村管委会党组书记、海淀区委书记赵凤桐为首都创新人才发展大厦揭牌。

11 日，2009 年度国家科学技术奖励大会召开，北京在国家奖自然科学、技术发明、科学技术进步三大奖项上获得全面丰收，首次实现一等奖满堂红。

18 日，中央政治局委员、北京市委书记刘淇等市领导与首批入选"北京海外人才聚集工程"的 50 位高层次人才进行座谈。国家人力资源和社会保障部副部长王晓初参会并讲话。

19 日，NICC 国际动画学院全国动漫人才实训基地暨全国信息技术人才培养工程培训基地，在北京工业职业技术学院揭牌。该基地致力于培养高端领军人才、高等专业人才和产业技能人才等高端动漫人才。

22 日，北京市委、市政府在国家大剧院举行慰问首都各界人才专场演出，包括两院院士、首都杰出人才奖及提名奖获得者、有突出贡献的科学、技术、管理人才和享受政府特殊津贴的专家等在内的 2100 多位优秀人才欣赏了大型音乐舞蹈史诗《复兴之路》。

27 日，北京市 13 名专家入选"新世纪百千万人才工程"国家级人选。截至目前，北京市共有 258 名工程人选，其中国家级工程人选 42 名，市级工程人选 252 名。

2 月

1 日，北京市委、市政府隆重召开北京市科学技术奖励大会。中共中央政治局委员、中共北京市委书记刘淇，北京市委副书记、市长郭金龙，北京市委副书记王安顺，科技部副部长曹健林，北京市委常委、组织部长吕锡文，北京市委常委、市委秘书长李士祥，北京市委常委赵凤桐等领导出席大会并为获奖代表颁奖。

25 日，北京市人力资源和社会保障局召开全市专业技术人才队伍建设工作会，就本市专业技术人才队伍建设取得的成绩进行总结，制定出台《关于进一步加强引进人才工作的意见》。截至目前，北京市专业技术人才总量已达 105 万人，比 2001 年增加了约 41 万人，增幅达 65%。

3 月

15 日，北京市委农工委召开全市农村实用人才工作会，会议听取了郊区县 2009 年度农村实用人才工作汇报和 2010 年工作计划安排，要求各区县认真贯彻落实《北京市"十一五"期间农村实用人才队伍建设规划》。

15 日，北京市启动享受政府特殊津贴人员选拔工作。2010 年北京市共有名额 75 个，其中，专业技术人才 63 人，高技能人才 12 人。

18 日，北京市科协开展第二十届"北京优秀青年工程师"评选工作。截至目前，共评选出 3030 名"北京优秀青年工程师"和 69 名"北京优秀青年工程师标兵"。

25 日，2010 年北京市人才工作领导小组会议召开。会议原则通过了《北京市人才工作领导小组 2010 年重点工作安排（审议稿）》、《首都中长期人才发展规划纲要（2010～2020 年）（审议稿）》和北京市第二批海外高层次人才建议人选名单。

29 日，国资委主任李荣融，北京市委副书记、市长郭金龙，中国商用飞机有限责任公司董事长、党委书记张庆伟等，在昌平区未来科技城共同为中国商用飞机有限责任公司北京海外人才创新创业基地开工奠基。

4 月

15 日，北京专家联谊会召开第三次会员大会，共有 340 余名各界专家参加。大会审议通过了北京专家联谊会第二届理事会工作报告和《北京专家联谊会章程（修正案）》，同时选举产生了新一届理事会、监事会。

20 日，2010 年北京市劳动模范和先进工作者表彰大会隆重举行。北京市委书记刘淇出席会议并讲话。大会向劳动模范和先进工作者代表颁发了奖章和荣誉证书，向模范集体代表颁发了奖牌。

22 日，来京施工企业 2010 年北京市劳动模范、模范集体表彰大会在北京经济技术开发区隆重举行。对来京施工企业获得"北京市劳动模范"和"北京市模范集体"荣誉称号的个人和单位进行集中表彰。

5 月

11 日，北京市委组织部、市人力资源和社会保障局等 10 家单位召开新闻发布会，面向海内外发布《"海聚工程"2010 年人才引进专项工作计划》。该计划共提出 529 个海外人才需求岗位。

19 日，北京市人力资源和社会保障局启动 2010 年享受市政府技师特殊津贴人员选拔工作，主要面向工作在北京市各类企、事业单位生产服务一线，具有良好职业道德和敬业精神、技能高超、工作业绩突出的技师、高级技师。

28 日，首届北京人才发展高端论坛在京举行。论坛以"世界城市·世界人才"为主题，共吸引了 400 多位学界精英、商界领袖和政府要员围绕推动首都在世界城市建设过程中的人才发展问题展开讨论。

29 日，第九届北京留学人才招聘会举办。46 家市属高校、科研院所、国企、金融机构等提供了 914 个急需留学人才的职位，1000 多名留学人员参加了现场招聘。

6 月

8 日，教育部国际合作与交流司与中关村科技园区管委会达成战略合作协议，根据协议，教育部将组织和资助海外高层次留学人才回国创业与交流。此外，中关村"国际化创新创业人才培养方案"将纳入国家公派留学计划。

23 日，北京市委常委会召开会议，市委书记刘淇主持。讨论并通过了《北京市贯彻〈2010～2020 年深化干部人事制度改革规划纲要〉实施意见》。

7 月

2 日，2010 年北京大学生"村官"选聘工作顺利结束，共有 14000 余名应届高校毕业生参加"村官"应聘，最终 2409 名应届大学毕业生被 13 个区县选聘为"村官"。

20 日，北京市首次面向国内公开发布《2010 年引进国内人才专项工作计划》，新推出的 835 个岗位锁定国内高层次人才，包括 289 个管理人才岗位、546 个专业技术人才岗位。

21 日，2010 年北京选聘高校毕业生到社区工作顺利结束，2958 人最终被聘为新任"大学生社工"。其中应届高校毕业生 2534 人，合同期满"大学生村官" 424 名。

26 日，《首都中长期人才发展规划纲要（2010～2020 年)》正式下发。纲要分析了首都人才发展面临的形势，提出了首都人才发展的指导思想、指导方针和战略目标。

29 日，北京市召开全市人才工作会议，市委书记刘淇发表重要讲话。会议授予刘冠军、李彦宏、李桓英、张艺谋、欧阳中石、柳传志 6 名同志"首都杰出人才奖"荣誉称号，授予丁树奎等 40 名同志"北京市有突出贡献的科学、技术、管理人才"荣誉称号，授予王军等 10 名同志"北京市有突出贡献的农村实用人才"荣誉称号。

8 月

14 日，北京市面向社会公开选拔局处级领导干部和国有企事业单位领导人员顺利结束。这是北京市第十次公开选拔，规模为历年最大，包括 38 位副局级、186 位处级岗位任职人员，共 11416 人参加了报名。

26 日，北京市侨联召开海外高新技术人才为国服务研讨会。与会海外侨界

专家学者针对北京如何进一步做好新时期引进人才、引进科技项目等工作提出了
意见和建议。

9 月

2 日，中共中央政治局委员、北京市委书记刘淇，北京市市长郭金龙等在北
京科技大学为中关村科学城首批 11 个建设项目集中签约揭牌。会上，北京市政
府与知名企业和高校签署了共建协议。

18 ~ 20 日，"2010 海外赤子北京行"活动在北京成功举办。活动邀请了来
自美国、加拿大、英国、德国、法国、日本与荷兰等国的近百名海外高层次人
才。在开幕式上，北京海外学人中心与 8 家海外华人专业社团签署了合作意向
书。至此，从 2009 年开始实施的"海聚工程"，已经为北京聚揽并认定海外高
层次人才 129 人。

11 月

21 日，北京市干部人事制度改革工作联席会第一次会议召开。北京市委常
委、组织部长吕锡文出席会议并讲话。

26 日，北京市博士后表彰会议召开，首次对优秀博士后和博士后科研流动
站、工作站进行了表彰。会后，举办了以"世界城市战略"为主题的北京博士
后学术论坛。另外，北京市 2011 年将启动博士后工作专项经费资助工作。

12 月

7 日，中关村国家自主创新示范区领导小组召开第六次会议。会议听取并讨
论了中关村科技创新和产业化促进中心组建方案。

20 日，北京市委书记刘淇会见了 2010 年北京市职工职业技能大赛获奖者和
首都职工优秀技能人才代表，并参观了大赛冠军风采榜、首都职工优秀创新成果
展示和职工创新工作室展示。

B.31
后　记

　　2011年度《北京人才蓝皮书》是在北京市人才工作领导小组办公室策划安排下，由北京市人力资源研究中心组织编写的。本书的编辑出版工作得到了各方面的关心与支持：中共北京市委组织部副部长张志伟、闫成同志自始至终给予了具体指导；首都经济贸易大学劳动经济学院院长杨河清教授、中央财经大学人力资本与劳动经济研究中心特聘主任李海峥教授欣然应邀担任编委，对全书的总体架构和内容提出了意见和建议；北京市委组织部人才工作处、市人才工作领导小组成员单位、市社科规划办在编写过程中给予了大力支持，在此谨致谢忱！社会科学文献出版社有关同志为本书的出版付出了辛勤的劳动，在此一并致谢！

　　本书由马宁、李晓霞、饶小龙负责组稿和初稿统稿，孟志强、曹立锋负责创新实践篇的文字编辑工作，胡秋华负责政策文件篇的文字编辑工作，马剑、赵凝负责大事记的文字编辑工作，王俊峰、秦元元、王选华也参加了书稿的编辑整理工作。

　　本书各研究报告仅代表作者本人的观点！

　　作为北京市人力资源研究中心服务全市人才工作的一种新的模式，编辑出版《北京人才蓝皮书》是我们的初次尝试，由于水平有限，加之时间仓促，难免有疏漏不当之处，敬请广大读者批评指正。

北京市人力资源研究中心

2011年3月

图书在版编目（CIP）数据

北京人才发展报告：2010~2011/张志伟主编. —北京：社会
科学文献出版社，2011.5
（北京人才蓝皮书）
ISBN 978-7-5097-2333-3

Ⅰ.①北… Ⅱ.①张… Ⅲ.①人才-发展战略-研究报告-
北京市-2010~2011 Ⅳ.①C964.2

中国版本图书馆 CIP 数据核字（2011）第 074058 号

北京人才蓝皮书
北京人才发展报告（2010~2011）

主　　编/张志伟
执行主编/闫　成　杨河清

出 版 人/谢寿光
总 编 辑/邹东涛
出 版 者/社会科学文献出版社
地　　址/北京市西城区北三环中路甲 29 号院 3 号楼华龙大厦
邮政编码/100029
网　　址/http://www.ssap.com.cn
网站支持/（010）59367077
责任部门/编译中心（010）59367139
电子信箱/bianyibu@ssap.cn
项目经理/祝得彬
责任编辑/王玉敏　胡三乐
责任印制/董　然
品牌推广/蔡继辉

总 经 销/社会科学文献出版社发行部
　　　　　（010）59367081　59367089
经　　销/各地书店
读者服务/读者服务中心（010）59367028
排　　版/北京中文天地文化艺术有限公司
印　　刷/北京画中画印刷有限公司

开　　本/787mm×1092mm　1/16
印　　张/24　字数/423 千字
版　　次/2011 年 5 月第 1 版　印次/2011 年 5 月第 1 次印刷

书　　号/ISBN 978-7-5097-2333-3
定　　价/69.00 元

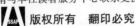

中国皮书网全新改版，增值服务大众

中国皮书网
http://www.pishu.cn

图书 ▼　在此输入关键字　　　🔍 搜

皮书动态　皮书观点　皮书数据　皮书报道　皮书评价与研究　在线购书　皮书数据库　皮书博客　皮书留

规划皮书行业标准，引领皮书出版潮流
发布皮书重要资讯，打造皮书服务平台

中国皮书网开通于2005年，作为皮书出版资讯的主要发布平台，在发布皮书相关资讯，推广皮书研究成果，以及促进皮书读者与编写者之间互动交流等方面发挥了重要的作用。2008年10月，中国出版工作者协会、中国出版科学研究所组织的"2008年全国出版业网站评选"中，中国皮书网荣获"最具商业价值网站奖"。

2010年，在皮书品牌化运作十年之后，随着"皮书系列"的品牌价值不断提升、社会影响力不断扩大，社会科学文献出版社精益求精，对原有中国皮书网进行了全新改版，力求为众多的皮书用户提供更加优质的服务。新改版的中国皮书网在皮书内容资讯、出版资讯等信息的发布方面更加系统全面，在皮书数据库的登录方面更加便捷，同时，引入众多皮书编写单位参与该网站的内容更新维护，为广大用户提供更多增值服务。

www.pishu.cn

中国皮书网提供： ·皮书最新出版动态　　·专家最新观点数据
　　　　　　　　　　　·媒体影响力报道　　　·在线购书服务
　　　　　　　　　　　·皮书数据库界面快速登录　·电子期刊免费下载

盘点年度资讯 预测时代前程

从"盘阅读"到全程在线阅读
皮书数据库完美升级

·产品更多样

从纸书到电子书，再到全程在线网络阅读，皮书系列产品更加多样化。2010年开始，皮书系列随书附赠产品将从原先的电子光盘改为更具价值的皮书数据库阅读卡。纸书的购买者凭借附赠的阅读卡将获得皮书数据库高价值的免费阅读服务。

·内容更丰富

皮书数据库以皮书系列为基础，整合国内外其他相关资讯构建而成，内容包括建社以来的700余部皮书、20000多篇文章，并且每年以120种皮书、4000篇文章的数量增加，可以为读者提供更加广泛的资讯服务。皮书数据库开创便捷的检索系统，可以实现精确查找与模糊匹配，为读者提供更加准确的资讯服务。

·流程更简便

登录皮书数据库网站www.i-ssdb.cn，注册、登录、充值后，即可实现下载阅读，购买本书赠送您100元充值卡。请按以下方法进行充值。

充值卡使用步骤：

第一步
- 刮开下面密码涂层
- 登录 www.i-ssdb.cn
  点击"注册"进行用户注册

社会科学文献出版社 皮书系列
SOCIAL SCIENCES ACADEMIC PRESS (CHINA)

卡号：30965809231293

密码：

(本卡为图书内容的一部分，不购书刮卡，视为盗书)

第二步
登录后点击"会员中心"进入会员中心。

SSDB
社科文献资源库
SOCIAL SCIENCE
DATABASE

第三步
- 点击"在线充值"的"充值卡充值"，
- 输入正确的"卡号"和"密码"，即可使用。

如果您还有疑问，可以点击网站的"使用帮助"或电话垂询010-59367071。